WUNSCHKYND

Anna Lena Diel

ANNA LENA DIEL

WUNSCH KYND

2. Auflage Februar 2021

ISBN 978-3-96966-710-1

c/o autorenglück.de
Franz-Mehring-Str. 15
01237 Dresden
www.annalenadiel.de

Lektorat: Jessica Weber www.buchgezeiten.eu
Cover-/Umschlaggestaltung: Buchgewand Coverdesign
www.buch-gewand.de
Verwendete Grafiken/Fotos:sergeymansurov â€“
depositphotos.comolly18 â€“ depositphotos.com
Buchsatz: Anna-Lena Diel
Druck und Bindung: BookPress, Olsztyn, Polen

PAULA

Sonntag, 09.01.2028

Manche Menschen sollten keine Kinder bekommen, denke ich, während ich auf den Bauch meiner Arbeitskollegin starre. Jeder Quadratzentimeter ihres Körpers wölbt sich nach außen, selbst die einst so schlanken Schultern sind rund und weich. Sieht eher nach dem achten als nach dem fünften Monat aus. Carolines Wangen sind vor Aufregung gerötet, als sie an die Kante ihres Sessels rutscht und den Arm nach den auf dem Couchtisch dargebotenen Geschenken ausstreckt.

Sie kichert. »Ich kann mich schon jetzt kaum bewegen, dabei habe ich erst die Hälfte geschafft.«

Die anderen Frauen lachen, einige beteuern, dass Caroline fantastisch aussehe und es gut für das Kind sei, wenn man in der Schwangerschaft das eine oder andere Kilo zu viel hätte.

Die korpulente Frau hinter mir lacht auf. »Als ich im neunten Monat war, brauchte mein Mann einen Kran, um mich morgens aus dem Bett zu hieven.«

Caroline nimmt eines der kleineren Geschenke zur Hand. Papier knistert, als sie es aufreißt. Rosa Stoff kommt zum Vorschein.

»Oh, wie niedlich!« Caroline hält ein Kleidchen hoch, das direkt aus einem Disneyfilm zu stammen scheint.

»Zeig mal her.« Als sich die Frau neben mir auf dem Sofa vorbeugt, reibt ihr fleischiger Oberschenkel an meinem.

Caroline reicht ihr das Kleidungsstück. Pflichtbewusst recke ich den Hals, um es ebenfalls zu bewundern.

»Süß.« Mir fällt nichts Besseres ein. Zum tausendsten Mal an diesem Abend wünsche ich mir, zu Hause geblieben zu sein. Schon als ich drei Stunden zuvor im heimischen Badezimmer auf meine Schminkutensilien herabgeblickt habe, hat mich das massive Gefühl der Unlust fast zu Boden gezogen. Am liebsten wäre ich wieder in die Jogginghose geschlüpft, um mich vor den Fernseher fallen zu lassen und den ganzen Abend über kein Wort mehr zu sprechen. Ich wollte Caroline jedoch nicht enttäuschen, immerhin ist sie meine liebste Arbeitskollegin und ich habe sie seit fast fünf Monaten nicht mehr gesehen. Beschäftigungsverbot. Schwangere Frauen und Labore mit all ihren Chemikalien passen nicht zusammen. Also habe ich nach dem Make-up gegriffen und mein Gesicht so gut es ging hergerichtet. Inzwischen bereue ich meine Entscheidung.

Wieder lehnt Caroline sich vor. Ihre Hand schwebt einige Sekunden lang über dem kleiner werdenden Stapel an Präsenten, dann greift sie nach dem großen, quadratischen Paket, dessen maigrünes Geschenkpapier in diesem Meer aus Rosa unangenehm heraussticht.

Caroline lächelt mich an. »Paula, das ist von dir, oder?«

Meine Wangen werden heiß und ich wünschte, sie hätte nichts gesagt.

»Ja«, gebe ich zu.

Dass es einen Farbcode für diese Party gab, hat mir leider niemand mitgeteilt. Alles ist rosa: die Dekoration, das Geschenkpapier, die Cupcakes, selbst der Sekt. Natürlich befolgen auch die Oberteile aller Gäste diesen Farbcode. Nur meine Bluse ist dunkelblau.

Caroline reißt das Papier auf und ihre Gesichtszüge gefrieren. Einen Wimpernschlag später fängt sie sich und lächelt gekünstelt.

»Windeln! Die kann man immer gebrauchen.« Sie lacht und die anderen Gäste nicken bekräftigend. Die Frau zu Carolines Linker fügt an: »Wenn ich an all die Pampers denke, die mein Sohn verbraucht hat … Ein halbes Vermögen habe ich ihm um den Hintern gewickelt.«

Alle lachen und ich spüre, wie sich auch meine Mundwinkel zögerlich heben. Caroline stellt die Windeln neben sich auf den Teppich und öffnet das nächste Geschenk. Gespannt beugen sich alle Gäste vor. Plötzlich entfährt Caroline ein heiteres Kreischen. Mit ausgestreckten Armen hebt sie ein Korsett aus schwarzer Spitze in die Höhe, woraufhin die übrigen Frauen mitkreischen.

»Das ist aber nicht für mein Prinzesschen!« Carolines Gesicht glüht. Sie hält sich das Dessous vor den Oberkörper und wackelt mit den Brüsten. Auch ich muss grinsen. Ein originelles Geschenk. Ich wünschte, mir wäre so etwas eingefallen.

Nachdem das gewagte Stück ausreichend gemustert und kommentiert wurde, legt Caroline es beiseite und greift nach dem nächsten rosaroten Präsent. Ein Geschenk nach dem anderen wird geöffnet und jedes ist fantasievoller und niedlicher als das vorherige. Nachdem endlich das letzte Papier aufgerissen wurde, zerfasert die Veranstaltung in kleine Grüppchen und die Zeiger der Uhr scheinen noch langsamer voranzuschreiten. Geplauder erfüllt den Raum. Ich halte mich an meinem Sektglas fest und versuche mich in eines der gackernden Grüppchen einzufügen. Außer Caroline kenne ich niemanden und selbst sie scheint ein fremder Mensch zu sein. Vor wenigen Monaten haben wir stundenlang über Gensequenzen und Vererbung fachsimpeln können, nun existieren für sie nur noch Schwangerschaftsyoga, Vorsorgeuntersuchungen und die Wahl des perfekten Namens.

Ich beneide sie.

Alle Gespräche drehen sich um Babys. Einige der Frauen haben schon eines, manche träumen noch davon. Ich kann sie verstehen, sehr gut sogar. Zwar ist es bei mir schon fast zwei Jahrzehnte her, doch die Erinnerungen an Finjas Babyzeit zaubern mir immer noch ein Lächeln auf das Gesicht. Eigentlich sollte ich mich problemlos in die Gespräche einklinken können, doch ich finde keinen Zugang zu diesen Frauen. Sie lachen zu laut, sind zu aufgedreht, ich verstehe ihre Witze nicht. Es ist einfach nicht mein Schlag Mensch. Ich kann mit diesem schrillen, affektierten Gehabe nichts anfangen.

Die Feier löst sich um halb zehn auf, wofür ich dankbar bin. Ich verstehe ohnehin nicht, weshalb eine solche Veranstaltung an einem Sonntag stattfinden muss, Bergfest hin oder her. Eine halbe Stunde später lenke ich mein Auto auf einen der aufgemalten Parkplätze in unserer Straße. Als ich aussteige, fährt mir ein eisiger Wind unter den Kragen und ich schlage fröstelnd den Mantel enger. Es ist ruhig und die noch nicht abgebaute Weihnachtsdekoration hüllt die Häuser und Carports in ein feierliches Leuchten. Meine Absätze klackern auf dem Fußweg und zerstören die Atmosphäre der Nacht, in der ansonsten bloß das leise Rascheln der blattlosen Hecken zu vernehmen ist. Hinter den meisten Fenstern brennt noch Licht. Unser Haus kommt in Sicht. Ein flackerndes Leuchten aus dem Wohnzimmer malt ein verzogenes Rechteck aus Licht auf den Rasen unseres Vorgartens.

Auch im Nachbarhaus zur Linken ist noch jemand wach. Licht sickert durch den Stoff der Schlafzimmervorhänge. Beatrice und Robert. Sie wohnen zwar erst seit letzten März hier, dennoch hatte ich reichlich Gelegenheit, sie heimlich zu beobachten. Robert verfügt über jene Ausstrahlung, die Männern wie George Clooney vor fünfzehn Jahren zu eigen war. Ein Mann, bei dem es nicht überrascht, dass seine Partnerin zehn oder sogar zwanzig Jahre jünger ist. Beatrice ist eine wunderschöne Frau, die einen Hauch südländischen Bluts in sich trägt. Sie besitzt eine grazile Gestalt, mit endlosen Beinen und Rundungen an genau den richtigen Stellen und genau der richtigen Größe. Ein apartes Pärchen. Ich wünschte, Sören und ich wären wie sie.

Sörens Haare haben sich schon mit Ende zwanzig gelichtet. Damals begann er ständig Mützen zu tragen, um seine Geheimratsecken zu verbergen, und diese Angewohnheit hat er leider bis heute nicht abgelegt. Was als junger IT-ler passend wirkte, ist mit vierzig einfach nur noch lächerlich. Aber ich sollte meinen Mund nicht zu weit aufreißen. Mit meinen dicken Oberschenkeln fliegen auch mir nicht gerade die Blicke zu.

Ich stelle mir vor, wie Beatrice und Robert in ihrem Bett liegen. Beatrice trägt ein champagnerfarbenes Negligé und hat sich in ihr Buch vertieft. Robert liegt neben ihr, auf der Nase ruht seine Lesebrille. In der Hand hält er jedoch kein Buch, sondern ein Tablet, auf dem er gerade die Tabelle eines wissenschaftlichen Papers studiert, vielleicht mit dem Titel *In vitro fertilization and embryo transfer.*

Beatrice schließt ihr Buch, legt es auf den Nachttisch und wendet sich ihrem Angetrauten zu. Er ist so sehr in die Studie vertieft, dass er ihren Blick nicht bemerkt. Seine Stirn ist leicht gerunzelt und er kaut auf der Unterlippe. Erst als sie ihre Hand unter seine Decke schiebt, sieht er auf. Einen Moment lang ist er irritiert, dann schleicht sich ein Lächeln auf seine Züge und er legt das Tablet beiseite. Obwohl ihn das Paper Sekunden zuvor noch gefesselt hat, ist es jetzt vergessen. Wenn Beatrice ihn mit diesem Blick anschaut, gibt es für ihn nichts anderes auf der Welt.

Plötzlich erlischt das Licht in ihrem Schlafzimmer und mir kommt es vor, als habe mir jemand die Tür vor der Nase zugeschlagen. Ich seufze. Vielleicht liegt hinter dem Paar ein langer Arbeitstag und sie besaßen nicht mehr die Energie, ihrer Zuneigung durch mehr als ein Händchenhalten und ein lächelnd gehauchtes »Ich liebe dich« Ausdruck zu geben, bevor Beatrice den Arm ausstreckte, um die Lampe auf ihrem Nachttisch auszuschalten.

Ich wende mich vom Nachbarhaus ab und steige die Stufen zur eigenen Haustür hinauf.

Als ich eintrete, höre ich aus dem Wohnzimmer Sörens monotone Stimme, die von einem tiefen, mechanischen Brummen unterlegt wird. »Checked and armed.«

Eine kurze Pause folgt, in der ich einen englischsprachigen Funkspruch vernehme.

Sören antwortet: »Set.«

Natürlich ist die Playstation an und mein Mann wieder in diese unfassbar langweilige Flugsimulation vertieft.

Typisch.

Ich hänge meine Jacke an die Garderobe und schenke dem Dialog im Wohnzimmer keine Beachtung. Mein Blick fällt automatisch auf das Schuhregal. Der Platz, der jahrelang für Finjas Schuhe reserviert war, ist auch heute unbesetzt. Obwohl ich nichts anderes erwartet habe, sinkt mein Herz. Selbstverständlich freue ich mich darüber, dass meine wunderschöne Tochter sich in einen so netten Jungen verliebt hat. Trotzdem vermisse ich sie. Seit einer Woche habe ich sie nicht gesehen.

Nachdem ich Rucksack und Schuhe an ihren Platz gestellt habe, gehe ich ins Wohnzimmer. Sören dreht sich nicht einmal um. Auf dem Fernseher blinkt das Innere eines modernen Cockpits. Durch die Frontscheiben sieht man, wie das Flugzeug in den Sinkflug geht und auf die Lichter einer in Dunkelheit liegenden Landebahn zuhält. Aus dem Lautsprecher dringen englische Funkdurchsagen.

»Continue«, sagt Sören.

Die Landebahn nähert sich wie in Zeitlupe. Es wird noch Minuten dauern, bis das Flugzeug aufsetzt. Sören ist jedoch so tief in seinen Sessel versunken, als ob er im Begriff sei, mit ihm zu verschmelzen. Ich beuge mich vor und versuche, ihm einen Kuss zu geben.

Er weicht aus. »Gleich!« Sein Blick ist starr auf den Fernseher gerichtet. Ich streichle ihm über den Kopf, wende mich seufzend ab und gehe nach oben, um mich für die Nacht fertig zu machen. Als ich mich ins Bett lege und nach dem Buch auf dem Nachttisch greife, erklingen Schritte auf der Treppe. Sören steht in der Schlafzimmertür. Er lehnt sich mit einer gespielten Machopose an den Türrahmen und grinst mich an. »Habe ich dir heute eigentlich schon gesagt, wie hübsch du aussiehst?«

Ich lächle verkniffen, denke an Beatrice und ihr champagnerfarbenes Negligé und bin mir meines ausgeblichenen Shirts, das mir als Nachthemd dient, umso bewusster.

Sören kommt zu mir herüber, setzt sich auf die Bettkante, zieht mir das Buch aus der Hand und legt es auf den Nachttisch. Dann ist er über mir und bedeckt mich mit Küssen. Seine Stoppeln piksen, er hat sich seit fast einer Woche nicht rasiert. Ich sage nichts, lasse meine Hände über den vertrauten Körper gleiten, während meine Gedanken in die Ferne schweifen. Ob unsere Nachbarn ebenfalls auf eine derart mechanische Art Sex haben? Bestimmt nicht. Beatrice ist eine leidenschaftliche Frau, das verrät mir der Blick aus ihren dunklen Augen. Und Robert ist ein Genießer, der jede Sekunde voll auskostet.

»Ich liebe dich«, stöhnt Sören über mir. Mein Mund verzieht sich automatisch zu einem Lächeln.

»Ich dich auch.«

Unsere Worte sind abgenutzt und bedeutungslos, ähnlich meinen Händen, die ohne mein Zutun über seine Haut huschen. Früher war das anders. In der ersten Zeit unseres Kennenlernens war kein Ort in der Wohnung vor uns sicher: am Küchentresen, unter der Dusche, auf dem Wohnzimmerteppich. Wir haben es sogar einmal auf der Toilette der Unibibliothek getrieben, was ich jedoch eher als umständlich und merkwürdig empfand. Auch Sex am Strand haben wir sehr schnell sein lassen, nachdem der Sand während unseres Liebesspiels an die unmöglichsten Stellen gekrochen war.

Sörens Bewegungen werden ruckartiger. Seine Atemfrequenz nimmt zu und verrät, dass er sich dem Ende nähert. Ich kralle mich in seinen Rücken und lasse ein Stöhnen die

Kehle hinaufsteigen. Er kommt schneller, wenn ich so tue, als hätte auch ich meinen Spaß.

Ein letztes Mal ruckt seine Hüfte vor. Mehrere Sekunden verharrt er in dieser Position, schließlich rollt er sich von mir runter und bleibt schwer atmend und mit ausgestreckten Gliedern auf seiner Bettseite liegen. Ich greife nach meiner Decke und ziehe sie bis zum Kinn hinauf. Am liebsten wäre ich aufgesprungen, um mich im Bad zu säubern, doch Sören beschwert sich dann stets und meint, es vermittle den Eindruck einer Flucht. Für ihn gehört das gemeinsame Verklingen des Rausches mit zum Sex. Also verharre ich. Es ist einfacher, fünf oder zehn Minuten dazuliegen, als schon wieder seinem vorwurfsvollen Blick zu begegnen. Ich starre nach oben. Straßenlicht dringt durch den schmalen Spalt zwischen den Vorhängen und zeichnet eine Linie an die Zimmerdecke. Draußen ist es still, die einzigen Geräusche in diesem Raum sind unsere Atemzüge. Jeder für sich, jeder auf seiner eigenen Bettseite. Beatrice und Robert liegen nach dem Sex bestimmt nicht wie Fremde nebeneinander. Sie schmiegt sich an ihn, seine warme Hand liegt auf ihrem Rücken und als er ihren Geruch einatmet und eine schwarze Strähne seine Wange kitzelt, schleicht sich ein Lächeln auf seine Züge.

Damals hat auch Sören nach dem Sex gelächelt und seinen Arm um meine Schultern gelegt, mich eng an sich gezogen, während ich mit dem Ohr an seinem Brustkorb dem Herzschlag gelauscht habe. Wir waren jung, hatten uns gerade erst kennengelernt und in meinem Bauch prickelte es, als wäre er mit Brausepulver gefüllt. Selbst nachdem Finja Bestandteil unseres Lebens geworden war und der Sex seltener wurde, habe ich eine unsichtbare Verbindung zwischen uns gespürt.

Ein glitzerndes Band, das unsere Seelen verband, egal wie viele Kilometer uns trennten. Räumliche Distanz konnte dem Band nichts anhaben. Allein die Zeit ließ es fadenscheinig werden.

Jetzt, in diesem Bett, trennen uns nur wenige Zentimeter, doch all die Jahre türmen sich zwischen uns auf wie ein Gebirgsmassiv, dessen Gipfel in den Wolken verschwinden.

Ich halte unser von Schweigen erfülltes Schlafzimmer nicht mehr aus.

»War schon irgendwie lustig heute«, sage ich, ohne genau zu wissen, worauf ich überhaupt hinaus will. »Dieses ganze Gerede über Babys.«.

Mehrere Sekunden verstreichen, doch ich erhalte keine Antwort. Stattdessen höre ich an seinem langsamen Atem, dass er eingeschlafen ist. Einen Moment lang überkommt mich der Impuls, ihn an den Schultern zu packen, zu schütteln, ihn anzuschreien, ihn mit Vorwürfen zu überhäufen. Aber ich schweige, stehe auf, greife nach meinem T-Shirt und der Unterhose, gehe ins Bad. Als ich wenig später ins Schlafzimmer zurückkehre, hat Sören sich nicht bewegt. Ich schlüpfe unter die Decke, schließe die Augen, und wie in letzter Zeit so oft, denke ich vor dem Einschlafen an früher, an meine winzige Finja. An die goldenen Löckchen und ihr zauberhaftes Lächeln, das mein Mutterherz vor Stolz zum Glühen brachte. Sie war ein richtiges Mamakind. Zwei Jahre lang zog jede Trennung unweigerlich eine Flut aus Tränen nach sich, selbst wenn ich nur kurz auf den Dachboden wollte, um die Wäsche aufzuhängen. Nicht einmal die Tür zum Bad ließ sie mich schließen. Sie hing an meinem Rockzipfel und ich habe es genossen. Ich war ihr Ein und Alles und sie war das Zentrum meiner Welt. Sören spielte in unserer Mutter-Tochter-Symphonie nur die zweite Geige.

Dann wurde Finja älter, ging in den Kindergarten, wurde eingeschult, wechselte aufs Gymnasium. Meine Welt drehte sich um sie. Ich hatte stets einen Blick auf ihre Schulnoten, fuhr sie vom Gitarrenunterricht zum Handballtraining und war von Sorge zerfressen, wenn sie abends nicht rechtzeitig nach Hause kam und nicht an ihr Handy ging. Mit jedem Lebensjahr wurde sie unabhängiger und meine Rolle in ihrem Leben wurde zusehends kleiner. Eine Zeitlang habe ich noch versucht, sie festzuhalten, habe sie unentwegt angerufen, wollte wissen, was sie gerade macht. Leider scheint ihr meine mütterliche Fürsorge mittlerweile lästig zu sein. Vor drei Monaten hatten wir den heftigsten Mutter-Tochter-Streit, den ich je erlebt habe. Sie warf mir vor, übergriffig zu sein, sie nicht loslassen zu können, woraufhin ich mich damit verteidigte, dass es das Normalste der Welt sei, dass sich eine Mutter um ihr Kind sorgt. Ich befürchte, dieser Streit ist mit ein Grund, weshalb sie ihre gesamte Zeit bei Luca verbringt. Und ich muss zugeben: Seit wir uns so selten sehen, hat sich unser Verhältnis drastisch verbessert. Dennoch vermisse ich meine Tochter.

Am nächsten Morgen reißt mich ein Klingeln aus dem Schlaf. Sören hebt murrend die Hand und schlägt auf seinen Wecker ein. Aus Erfahrung weiß ich, dass sich das Gerät in fünf Minuten erneut melden wird. Und dann noch einmal und noch einmal und noch einmal, bis Sören endlich, eine halbe Stunde später, aufsteht.

Ich schlage die Decke beiseite, bleibe mit hängenden Schultern auf der Bettkante sitzen und reibe mir durch das Gesicht, horche in mich hinein. Mein Körper hasst es, wenn ich von der üblichen Tagesroutine abweiche, und diese dumme Party von gestern war purer Stress. Schon lange habe ich mich nicht mehr derart deplatziert gefühlt.

Ich verspüre jedoch bloß einen dumpfen Druck hinter den Augen und hege die Hoffnung, dass der gestrige Ausflug folgenlos bleiben wird. Ich möchte die Tabletten nicht zu oft nehmen. Die überall nachzulesende Faustregel lautet: Wer Triptane mehr als zehnmal im Monat einnimmt, der läuft Gefahr, Dauerkopfschmerzen zu bekommen. Daher verzichte ich an diesem Morgen auf eine Einnahme, werde aber kontrollieren, ob noch eine Packung in meinem Rucksack liegt. Normalerweise gehe ich nie ohne aus dem Haus, doch ab und an vergesse ich, die leere Schachtel auszuwechseln.

Ich stehe auf und beginne mit der Morgenroutine. Als Sören schließlich zu mir in die Küche kommt, habe ich meinen Kaffee längst getrunken. Das Koffein hat das Drücken in meinem Schädel ein wenig zurückgedrängt und ich fühle mich besser. Außerdem habe ich mir ein reichhaltiges Frühstück aus Vollkornbrot und Spiegelei bereitet, welches ich nun hungrig verschlinge. Nebenbei scrolle ich an meinem Laptop durch meine sozialen Profile. Sören nimmt sich ebenfalls einen Becher, gibt mir einen Kuss auf die Schulter.

»Guten Morgen, Schatz.«

»Morgen.«

Er setzt sich mit an den Tisch und starrt auf sein Smartphone, tippt rasch darauf herum. Offenbar verfasst er eine Nachricht. Keiner sagt ein Wort.

Das ist nicht richtig, denke ich. Wir sind ein Ehepaar, wir sollten am Frühstückstisch miteinander reden. Das Gespräch von Beatrice und Robert kommt sicherlich nie ins Stocken und wenn doch, dann nur, um sich hingebungsvoll anzulächeln. Bei Sören und mir hingegen … Minuten verstreichen, in denen das Schweigen immer drückender auf mir lastet. Früher haben wir oft stumm nebeneinandergesessen, doch damals war es ein gemeinschaftliches Genießen der Stille. Heute ist dieses Schweigen mit so vielen unausgesprochenen Worten erfüllt, dass sie in meinen Ohren dröhnen. Ich bekomme kaum mit, welche Banalitäten mir das Internet heute wieder offeriert. Plötzlich gibt Sören ein amüsiertes Schnaufen von sich. Ich schaue auf, doch er sieht nicht mich an, sondern konzentriert sich auf das Gerät in seiner Hand. Er lächelt. Weshalb lächelt er? Spürt er denn die Spannung zwischen uns nicht?

Als er mein Starren bemerkt, wende ich mich rasch ab und scrolle weiter durch die bunte Instagram-Bilderwelt. Ich spüre seinen Blick ein paar Sekunden auf mir, dann schaut er wieder auf sein Smartphone, lächelt und tippt.

Mit wem schreibt er? Mit einer Arbeitskollegin? Die Vorstellung, dass er mit mir am Frühstückstisch sitzt, mit den Gedanken jedoch bei einer anderen Frau ist, sollte mich rasend machen. In Filmen hätte die Protagonistin ihrem Mann das Gerät aus der Hand gerissen, hätte geschrien, getobt, mit der Scheidung gedroht. Ich bewege jedoch bloß den Zeigefinger auf dem Mousepad, während ein bleiernes Gewicht meinen Magen nach unten zieht.

»Ich freue mich wirklich für Caroline«, sage ich.

»Hm?« Er hebt den Blick. »Wer ist Caroline?«

»Na, meine Arbeitskollegin, bei der ich gestern auf der Babyparty war.« Ich zwinge mich zu einem Lächeln.

»Ach so.« Er konzentriert sich wieder auf sein Smartphone.

Ich seufze verträumt. »Sie haben so ein süßes Beistellbett bei sich im Schlafzimmer. Ich wünschte, so etwas hätten wir damals auch gehabt.«

»Unseres hat doch gereicht.«

»Ja, aber so ein Beistellbett ist doch süßer. Da schläft das Kind direkt neben der Mutter. So viel inniger als damals bei uns, wo wir Finja gleich in ihr eigenes Bett verfrachtet haben.«

»Hat ihr doch nicht geschadet, oder?«

»Nein.« Ich blicke auf die Tastatur, weiß nicht, was ich hinzufügen soll, und auch Sören schweigt. Erneut droht sich die Stille über uns zu senken. Rasch sage ich: »Caroline plant übrigens eine Hausgeburt.«

Sörens Stirn legt sich in Falten. »Ach so, das Kind ist noch gar nicht da. Aber wieso feiert man dann eine Babyparty?«

Ich zucke mit den Schultern. »Ist so ein Brauch aus Amerika.«

Ein abfälliges Grunzen erklingt. »Das ergibt doch gar keinen Sinn. Man sollte erst feiern, wenn das Kind tatsächlich da ist.«

»Na ja, es geht bei diesem Anlass eher um die Mutter. Nach der Geburt ist sie zu sehr mit dem Baby beschäftigt, um wirklich feiern zu können.«

Sören schüttelt den Kopf und sein Blick wandert wieder zum Display in seiner Hand. »So ein Blödsinn. Müssen wir denn alles übernehmen, was aus Amerika kommt?«

»Wir hatten gestern jedenfalls viel Spaß.«

»Geht doch letztendlich nur um den Kommerz. Genauso wie der Valentinstag. Den hat man auch nur erfunden, um den Handel anzukurbeln. Oder diese Sache mit dem Verlobungsring, der zwei Gehälter kosten soll. Alles nur, um uns das Geld aus den Taschen zu ziehen.«

Ich seufze. »Möchtest du noch einen Kaffee?«

Er schaut in seinen Becher und kippt den letzten Schluck runter. »Nein, ich muss gleich los. Ach ja: Heute komme ich wohl später. Ich will noch mit Tom und Dominik zum Handball.«

»Ja, okay. Passt gut, ich wollte mir heute ein wenig Arbeit mit nach Hause nehmen.«

Er stellt den Becher auf die Spülmaschine, gibt mir einen Kuss auf die Stirn. »Liebe dich.«

»Ich dich auch.«

Er verlässt die Küche, streift sich die raschelnde Winterjacke über und Sekunden später fällt die Haustür ins Schloss. Jetzt bin ich wirklich allein.

Es ist halb acht, auch ich muss demnächst zur Arbeit aufbrechen. Dennoch sitze ich reglos vor meinem Laptop, starre auf den Bildschirm und Tränen brennen in meinen Augenwinkeln. Ich bedaure zutiefst, was aus unserer Beziehung geworden ist, weiß aber auch nicht, wie ich sie retten kann … oder ob überhaupt noch etwas vorhanden ist, was sich zu retten lohnt.

Ruckartig klappe ich den Laptop zu und stehe auf, um mein Frühstücksgeschirr zur Spülmaschine zu tragen und auch Sörens Becher wegzuräumen. Danach gehe ich ins Wohnzimmer und ziehe das alte, in Dunkelblau und Silber gehaltene Fotoalbum aus dem Regal. Jahrelang habe ich es nicht angerührt, in letzter Zeit schlage ich es fast täglich auf. Jedoch nie, wenn Sören zu Hause ist. Er bezeichnet mich schon deshalb als sentimental, weil ich diese Alben überhaupt angelegt habe.

Ich setzte mich auf das Sofa und lege das Album auf meinen Knien ab. Obwohl es schon damals üblich war, seine Fotoalben am Rechner zu erstellen und anschließend ausdrucken zu lassen, habe ich meine Erinnerungen auf altmodische Weise festgehalten: mit eingeklebten Fotos und handschriftlichen Notizen. Die Pergamentseiten zwischen den Fotos knistern leise, als ich das Buch aufschlage. Langsam blättere ich hindurch, Seite für Seite, blicke in das vertraute Babygesicht, streiche zärtlich über das glatte Fotopapier.

15. Mai 2008: Finja hat heute zum ersten Mal nach der Rasselente gegriffen.

Ich blättere weiter, versinke in Erinnerungen. Bei den Bildern meiner einjährigen Finja halte ich inne.

20. November 2008: Sie hat Mama gesagt.

Meine Brust wird eng vor Sehnsucht. Wie gern wäre ich wieder einundzwanzig, um diese magische Zeit ein weiteres Mal zu erleben. Finja und mich schien damals eine Blase zu umhüllen und vom Rest der Menschheit abzuschotten. Die Außenwelt war ein dumpfer, fremder Ort, erfüllt von Banalitäten. Was zählte, war allein dieses Wesen, das aus unschuldigen Augen zu mir aufblickte.

Als Finja drei Jahre alt war, habe ich das erste Mal von einem Geschwisterchen gesprochen. Sören winkte ab. »Wir sollten uns auf unsere Abschlüsse konzentrieren«, meinte er. »Schon dieses eine Kind hat uns im Studium mächtig zurückgeworfen. Hätte ich geahnt, wie viel Zeit es frisst …«

Als wir beide unsere Master in der Tasche hatten, brachte ich das Thema erneut zur Sprache.

»Nicht jetzt«, sagte er. »Lass uns erst einmal sichere Jobs haben. Zwei, drei Jahre oder so. Wir sind noch jung, wir haben Zeit.«

Das nächste Mal hieß es: »Puh. Muss das wirklich jetzt sein? Ich werde vermutlich bald befördert und habe dann kaum Zeit für etwas anderes.«

Vor fünf Jahren versuchte ich es ein letztes Mal.

»Echt?« Erstaunt sah er mich an. »Ich dachte, das sei kein Thema mehr für uns.«

Mittlerweile ist mir seine Meinung egal. Ich brauche sein Einverständnis nicht mehr. Wir hätten einfach einen dieser Unfälle, wäre ja nicht der erste. Auch unsere Finja war ein Überraschungskind. Natürlich wäre Sören nicht erfreut, natürlich stände erneut das Gespenst der Abtreibung im Raum, doch genauso wie damals würde ich die Arme verschränken und entschieden den Kopf schütteln.

Dennoch überkommt mich ein dumpfes Gefühl der Schuld, wenn ich daran denke, ihm ein Kind unterzuschieben. Immerhin würde es unser Leben komplett umkrempeln. Aber auch er hat nicht fair gespielt: Hätte er mir vor fünfzehn Jahren gesagt, dass er sich ein zweites Kind nicht vorstellen kann, hätte ich die Chance gehabt, ihn zu verlassen und mir einen Mann mit mehr Familiensinn zu suchen. Vielleicht wäre ich auch bei Sören geblieben, damals habe ich ihn wirklich geliebt. In jedem Fall wäre es meine Entscheidung gewesen. Mit seiner Verzögerungstaktik hat er mir jedoch die Möglichkeit geraubt, die Weichen für mein Leben selbst zu stellen.

Außerdem hätte Sören ohnehin kaum mit dem Kind zu tun. Schon bei Finja habe ich sowohl die Versorgung als auch die Erziehung nahezu allein übernommen. Sören besitzt einfach nicht genügend Einfühlungsvermögen.

Klar, ein Kind würde finanzielle Einschnitte bedeuten. Ich könnte eine Zeitlang nicht arbeiten und auch unser viertes Familienmitglied würde Nahrung, Kleidung und Spielzeug benötigen. Zudem wird Finja bald ausziehen, um zu studieren, wobei wir sie finanziell unterstützen werden. Aber wir verdienen genug, bekämen das problemlos hin. Selbstverständlich wäre die geplante Reise nach Island erst einmal nicht drin, doch ich bin ohnehin kein Freund von großen Reisen.

Eigentlich spricht nichts dagegen, noch heute schwanger zu werden. Eigentlich …

Mit einem Seufzen schlage ich das Fotoalbum zu und stelle es mit dem festen Vorsatz zurück, es in den nächsten fünf Jahren nicht anzufassen. Dann bin ich vierundvierzig und für ein zweites Kind wäre es zu spät. Ich sollte vernünftig sein. Manche Menschen sollten ihre Gene nicht weitergeben.

BEATRICE

Montag, 10.01.

»Robert, hast du meinen Collegeblock gesehen?« Suchend drehe ich mich im Kreis. Ich bin mir sicher, dass ich die Unterlagen gestern auf dem Couchtisch gelassen habe, doch sie sind nirgends auffindbar. Es ist zehn vor acht und damit höchste Zeit, dass ich mich auf den Weg mache, wenn ich es rechtzeitig zum Bus schaffen will. Zum Glück kann ich mein Auto morgen aus der Werkstatt abholen. Auf öffentliche Verkehrsmittel angewiesen zu sein, ist wirklich lästig.

Mein Gatte steht im Türrahmen und hat einen Zeigefinger auf seine Lippen gelegt.

»Hm … wo könnte er bloß sein?« Die blassblauen Augen betrachten mich amüsiert.

»Robert! Ich komme zu spät!«

Sein Grinsen wird breiter. »Meine Hilfe wird dich etwas kosten.«

»Ja, meinetwegen, aber jetzt rück -«, fange ich an, unterbreche mich jedoch, als er seine Arme um meine Taille legt und meinen Hintern drückt.

»Ich brauche eine Anzahlung«, raunt er, doch ich schiebe ihn von mir.

»Nein, ich darf nicht zu spät zur Vorlesung kommen. Nicht heute, das ist wirklich wichtig. Wenn Frau Lantzbach -«

»Und was ist mit deinen ehelichen Pflichten?«, schnurrt er. »Außerdem kann ich dich mitnehmen, wann musst du da sein?«

Ich zögere, wäge meine Optionen ab. »Viertel vor zehn.«

»Das schaffen wir locker.« Robert beginnt, meinen Hals mit Küssen zu bedecken. »Überdies bringt es dir ohnehin nichts, zum Bus zu rennen, solange du nicht weißt, wo sich dein Collegeblock aufhält.«

»Robert! Hast du ihn versteckt?«

»Vielleicht.«

Ich lache und schlage ihm spielerisch mit der flachen Hand gegen die Brust. »Du Schuft!«

»Ich verlange lediglich, was mir zusteht.« Seine Hand schiebt sich unter den Bleistiftrock und streichelt mich durch den Stoff der Winterstrumpfhose.

»Du hast also meine Unterlagen als Geisel genommen.« Mit einem theatralischen Seufzen lege ich meine Arme um seinen Hals. »Es scheint, als habe ich keine Wahl.«

Es ist zwanzig vor neun, als ich nackt durch das Wohnzimmer springe und meine Kleidung zusammensammle.

»Scheiße, scheiße, scheiße!« Hektisch versuche ich, den BH zu schließen, der natürlich ausgerechnet jetzt seine Kooperation verweigert. Derweil liegt Robert rücklings auf dem Teppich, hat beide Hände hinter dem Kopf verschränkt und grinst. Normalerweise würde ich seinen Blick genießen und aus dem Anlegen meiner Kleidung eine kleine Show machen, doch die Uhr mahnt mich zur Eile.

»Robert, komm schon!« Hastig rücke ich den BH zurecht.

Mein Mann bewegt sich nicht. »Lass die Vorlesung ausfallen«, sagt er. »Geh mit mir frühstücken.«

Ich stoße einen frustrierten Laut aus und mein Blick springt wieder zur Uhr. Wenn wir jetzt losfahren, bekomme ich zumindest die Hälfte der Lehrveranstaltung mit. Bei Professorin Lantzbach mitzuschreiben gleicht dem Versuch, einen Wasserfall mit den Händen aufzufangen. Jedes einzelne Wort scheint relevant zu sein und gleichzeitig sind ihre Folien derart löchrig, dass sie nicht ausreichen, um sich auf die Prüfungen vorzubereiten.

»Komm schon, Darling«, sagt Robert. »Lass dich nicht stressen. Das ist es nicht wert. In der letzten Zeit hast du dich so tief in deine Bücher vergraben, dass ich kaum etwas von dir hatte.«

»Ja, ich weiß, tut mir leid. Aber ich musste diese Hausarbeit fertigstellen.« Ich fische nach meinem Spitzenslip und steige hinein. »Was ist mit dir? Solltest du nicht längst in der Praxis sein?«

Er winkt ab. »Ich werde erst um zwölf erwartet. Und? Was ist nun mit dem Frühstück?«

Ich zucke mit den Schultern. »Meinetwegen. Aber zur nächsten Vorlesung muss ich wirklich rechtzeitig da sein.«

Robert grinst und rappelt sich gemächlich auf. »Ich verbürge mich dafür.« Wie ein Gentleman aus dem viktorianischen London hält er mir meine Bluse hin. Seine Nacktheit gibt der Geste einen pikanten Anstrich. Ich drehe mich und schlüpfe erst mit dem einen, dann mit dem anderen Arm hinein. Sein Atem streicht über meinen Hals. »Du bist so schön.«

Ich wende mich ihm halb zu, doch mein spöttischer Kommentar bleibt mir im Hals stecken, als ich seinem verliebten Blick begegne. Prompt fühle ich mich wieder so flattrig wie in den ersten Monaten unserer Beziehung.

Ich lächle. »Du auch.«

Ein amüsiertes Schnaufen erklingt. »Wir sind schon ein hinreißendes Pärchen.«

Ich platziere einen Kuss auf seine Wange, während mich der Anflug eines schlechten Gewissens streift, weil ich gestern nicht auf dem Crosstrainer geschwitzt, sondern mich stattdessen in meine Lehrbücher vertieft habe. Selbstverständlich wird dieses einmalige Sportschwänzen keine Speckröllchen auf meine Hüfte zaubern, dennoch nehme ich mir vor, die heutige Kalorienzufuhr auf Tausend zu beschränken. Sicher ist sicher, denn Roberts Auge fürs Detail ist derart ausgeprägt, wie ich es noch bei keinem Menschen erlebt habe. Er ist ein wahrer Ästhet. Nie werde ich vergessen, wie er an unserem ersten Weihnachtsfest den Baum geschmückt hat. Vier Stunden lang hat er die Kugeln immer wieder neu arrangiert, bis er schließlich mit einem zufriedenen Nicken zurücktrat. Das Ergebnis war perfekt. Ein Weihnachtsbaum wie aus dem Katalog.

Robert gibt mir einen Klaps auf den Hintern. »Dann zieh dich mal an.«

Erst, als ich schon in der Haustür stehe, kommen mir meine Unterlagen wieder in den Sinn. Erschrocken wende ich mich zu Robert um.

»Wo ist der Collegeblock?«

Er grinst breit und deutet auf meine Tasche, die ich über der Schulter trage. »Schau mal rein.«

Ich folge seiner Aufforderung und lache auf, als ich das Gesuchte finde.

»Du Lump!«

»Da muss ich dich enttäuschen, Darling«, sagt er. »Ich bin vollkommen unschuldig. Du selbst hast den Block gestern Abend dort hineingetan.«

»Nein! Habe ich nicht!«

»Und ob.« Sanft schiebt er mich voran. »Komm, unser Zeitfenster bis zur nächsten Vorlesung ist alles andere als großzügig.«

Während ich die Stufen zur Einfahrt hinabsteige, suche ich in meinem Gedächtnis. Jetzt, da Robert es erwähnt hat, erinnere ich mich tatsächlich daran, wie ich gestern den Block in die Tasche geschoben und anschließend die Treppe hinaufgestiegen bin, um todmüde ins Bett zu fallen.

Ein Lachen entfährt mir. »Und du hast die Situation schamlos ausgenutzt.«

»Darling, ich habe dir schon beim ersten Date gesagt, dass ich kein Heiliger bin.«

Eine halbe Stunde später stellt die Kellnerin das Frühstück vor uns ab. Der Anblick des Rühreis lässt meinen Magen knurren, doch ich ignoriere es. Stattdessen nehme ich mir eine Scheibe Schwarzbrot und verteile hauchdünn fettarmen Frischkäse darauf. Robert starrt auf sein Tablet, das vor ihm auf dem Tisch liegt, und überfliegt wie jeden Morgen die Überschriften der Tageszeitungen. Eine nervige Angewohnheit, aber ich lasse ihm stets fünf oder zehn Minuten, bis ich ihn bitte, das Gerät beiseitezulegen und sich mir zu widmen.

Ich beiße vom Brot ab und beobachte, wie sich jene steile Falte zwischen seinen Augenbrauen bildet, die ich inzwischen so gut kenne. Robert gehört jenem Schlag Mensch an, der zu allem und jedem eine Meinung hat. Er lässt sich nicht von den hübschen Worten der Politiker einlullen, sondern erkennt sofort deren wahre Absichten. Ich bewundere ihn dafür. Bevor ich ihn kannte, habe ich die Nachrichten selten hinterfragt. Erst durch Robert erfuhr ich, wie es in der Welt tatsächlich zugeht. Mein Gatte genießt es, seine Ansichten mit mir zu teilen. Eigentlich verwunderlich, dass er Arzt und nicht Dozent geworden ist. Ich kann mir diesen adrett aussehenden Mann problemlos vor einem Hörsaal gebannt lauschender Studenten vorstellen: Wie er mit raumgreifenden Schritten auf und ab stolziert und sein Wissen in die Köpfe seiner Gefolgschaft tröpfeln lässt. Mit dem makellosen Lächeln, den eindringlichen Augen und seiner natürlichen Eloquenz nimmt er jeden Menschen spielend für sich ein.

Im Moment lächelt er jedoch nicht. Im Gegenteil: Die Falte zwischen seinen Augenbrauen wird beständig tiefer und er fängt an, den Kopf zu schütteln. Die Bewegung steigert sich, immer energischer geht der Kopf von rechts nach links und zurück. Schließlich hält er abrupt inne und schnaubt.

»Fühlst du dich unterdrückt, weil du dir die Achseln rasierst?«, fragt er.

»Wie kommst du denn darauf?«

Mit einem Handwedeln zeigt er auf das Gerät. »Dieser Artikel hier. Totaler Blödsinn.« Er holt Luft, um einen seiner Vorträge zu beginnen. »Die ganze Diskussion ist doch nur wieder Produkt eines bravourös aus dem Ruder gelaufenen Feminismus. Diese Frauen stecken ihre Energien in vollkommen falsche Kanäle. Sie reden über Achselhaare, über Beinhaare, Schminke oder den Zwang, schlank zu sein. Mal abgesehen davon, dass ich vor allem Letzteres ziemlich heuchlerisch finde, denn welche Frau schaut einem übergewichtigen Mann nach, dessen Brüste größer sind als ihre? Entscheidend ist doch, dass diese ganze Diskussion in eine falsche Richtung läuft. All diese Themen sind Nebensächlichkeiten, die aber nicht den Kern der Diskussion treffen. Sag, Darling, hast du von der sogenannten Fackel der Freiheit gehört?«

Es ist eine rhetorische Frage und er wartet meine Antwort gar nicht erst ab, sondern lehnt sich mit verschränkten Armen zurück. »Im Jahr 1929 war für Frauen das Rauchen in der Öffentlichkeit verpönt. Sie taten es heimlich, hinter verschlossenen Türen. Dann jedoch, beim Ostermarsch in New York, zündete sich eine Gruppe eleganter Ladys vor aller Augen ihre Zigaretten an. Sofort richteten sich Kameras auf diese kühnen Rebellinnen und am nächsten Tag war dieses Ereignis Schlagzeile und Aufreger zugleich. Prompt wurde die Zigarette zum Symbol des Aufbegehrens gegen das Patriarchat. Die Fackel der Freiheit. Aber weißt du, was wirklich hinter dieser Aktion steckte? PR! Es war weniger eine Freiheitsbewegung, sondern vielmehr eine gewieft eingefädelte Werbemaßnahme der Tabaklobby. Die Frauen waren engagiert, die Pressefotografen vorab informiert. Indem nun auch Frauen in aller Öffentlichkeit rauchten, hat sich der Kundenstamm der Tabakfirmen über Nacht verdoppelt.«

Er streicht sich seine mit silbernen Strähnen durchzogenen Haare nach hinten. »Viel zu viele Leute laufen einfach mit, ohne den Grund solcher Aktionen angemessen zu reflektieren. Genau den Eindruck habe ich von der aktuellen Feminismusdiskussion. Alle laufen irgendeinem neuen Thema nach und reden sich den Mund fusselig, ohne jedoch das wahre Problem zu erfassen. Besonders absurd finde ich jene Frauen, die sich die Beinhaare nicht nur stehen lassen, sondern sie auch färben. Was soll das für eine Aussage sein? Ich bin Herr über meinen eigenen Körper und darf ihn auch mutwillig demolieren? Ja, gut, meinetwegen! Aber bewirken werden diese Frauen damit nichts.«

Natürlich gebe ich ihm recht, dennoch zucke ich unbeeindruckt mit den Schultern und füge augenzwinkernd an: »Du bist ein alter Mann, das verstehst du nicht mehr.« Wie erhofft, lacht er auf und ich setze nach: »Außerdem solltest du solche Sachen nicht schon beim Frühstück lesen. Das regt dich zu sehr auf. Denk an dein Herz.«

Mahnend hebt er den Zeigefinger. »Fräulein Frech, über diese Worte müssen wir uns heute Abend unterhalten.«

Ich zwinkere ihm zu. Dann deute ich mit einem Nicken auf sein Tablet. »Jetzt mal ernsthaft: Mach das aus. Du sitzt nicht allein am Tisch.«

Robert verdreht die Augen, kommt aber meiner Aufforderung nach. »Dieser Wahnsinn scheint wirklich, um sich zu greifen. Manchmal kommt es mir vor, als würden heutzutage alle durchdrehen.« Er sieht mich an und lächelt. »Alle außer dir.«

»Hm.« Ich ziehe einen kleinen Schmollmund, von dem ich weiß, dass Robert diesen Ausdruck anziehend finden. »Um ehrlich zu sein, spiele ich mit dem Gedanken, mir ein paar Haare an den Beinen stehen zu lassen. Ich denke, im Winter wäre das ganz praktisch. Ein allerliebster, wärmender Pelz.«

Robert lacht auf. »Das will ich sehen!«

»Ich könne sie färben. Ich stelle mir ein apartes Lila oder ein keckes Pink vor.«

»Hellblau«, sagt er. »Das würde famos zu deiner Unterwäsche passen.«

»Ausgezeichnete Idee! Das Gleiche mache ich mit meinen Achselhaaren.«

»Den Damenbart nicht zu vergessen.« Er stützt sich mit den Ellenbogen auf dem Tisch ab und knurrt wohlwollend. »Ich stehe auf Frauen mit ordentlich Flaum auf der Oberlippe.«

»Da muss ich dich enttäuschen, Sweetheart«, sage ich und streiche mit dem Zeigefinger über die glatte Haut unter meiner Nase. »Die ließ ich mir schon vor Jahren weglasern.«

Er verzieht das Gesicht zu einem bedauernden Ausdruck. »Welch eine Schande!«

Ich zwinkere ihm zu. »Ehrlich gesagt habe ich gehofft, dass du den Rasierer ebenfalls für ein paar Monate zur Seite legen würdest. Ich liebe es, meine Nase in einen Busch zu drücken, wenn ich dich verwöhne.«

Robert prustet los. Nun kann auch ich mein Kichern nicht mehr zurückhalten und blicke hastig zu den anderen Gästen, doch keiner scheint sich für unser Gespräch zu interessieren. Ich kräusele die Nase und schüttle mich angewidert. »Gruselige Vorstellung. Kaum zu glauben, dass es Menschen gibt, die das tatsächlich machen.«

»Beate hat sich am Ende auch nicht mehr rasiert«, sagt Robert unvermittelt. Sein Blick kehrt sich in die Ferne und ein seltsamer Ausdruck zwischen Abscheu und Wehmut huscht über seine Züge. »Und dann überrascht es sie, dass ich fremdgegangen bin.«

Ich zucke mit den Schultern, während sich mein Magen zusammenballt. »Wie kann diese Frau nur in den Spiegel schauen, ohne zurückzuschrecken. Manche Frauen sollten wirklich nicht auf Schminke verzichten.«

Robert brummt zustimmend und schaut gedankenversunken auf seinen Teller hinab.

»Was ist?«, frage ich. »Verdirbt dir die Erinnerung den Appetit?«

Er hebt den Blick und sieht mich mit einem derart melancholischen Lächeln an, dass ich schlucken muss. Ich weiß, dass er in diesem Moment nicht an die dicke Beate denkt, sondern an jene jüngere Version, mit der er einst vor dem Traualter stand. Ich habe die Fotos in dem versteckten Ordner auf seinem Rechner gesehen. Noch immer begreife ich nicht, wie sich diese attraktive Frau in eine solche Seegurke verwandeln konnte. Natürlich gehen drei Schwangerschaften nicht spurlos an einem Körper vorbei, doch heutzutage ist es doch möglich, etwas dagegen zu unternehmen. Mit ein bisschen Spandex hätte sie ein oder vielleicht sogar zwei Kleidergrößen wegzaubern können. Die unförmige Schnepfe hat es nicht anders verdient. Sie wusste, was für einen Mann sie geheiratet hat. Wenn sie besser auf ihr Äußeres geachtet hätte, wäre sie jetzt nicht alleinerziehend. Mir wird das niemals passieren, meine Mama hat stets viel Wert auf ein ansprechendes Erscheinungsbild gelegt. Mein Kleid zum Abschlussball hat ihr mehr Freude bereitet als mein mustergültiges Realschulzeugnis. Während meine Klassenkameraden von ihren Eltern zum Abschluss ein Auto oder eine Reise erhielten, finanzierte mir Mama jene Operationen, von denen ich schon lange geträumt hatte. Endlich konnte ich mich von meiner schiefen Nase und meinen Schlupflidern verabschieden.

Robert seufzt. »Ich vermisse meine Kinder. Es ist unfassbar, dass das Amt zugelassen hat, dass Beate mit ihnen so weit wegziehen darf.«

»Das hat sie nur getan, um dir wehzutun.«

Er brummt wortlos, greift über den Tisch und tätschelt meine Hand.

»Und vielleicht sind ja auch wir bald zu dritt«, füge ich lächelnd an. Der traurige Ausdruck auf seinem Gesicht schwindet. Ich setze nach: »Das wird wunderschön! Ich sehe schon unseren Familienurlaub auf den Philippinen vor uns:

wir am Strand unter dem Sonnenschirm, im Hintergrund das Wellenrauschen und zwischen uns eine kleine Prinzessin.«

Robert jault theatralisch auf und schlägt die Hände vors Gesicht. »Nein, bitte nicht noch eine. Nach drei Töchtern will ich endlich einen Sohn haben. Ich habe genug vom Haareflechten!«

PAULA

Montag, 10.01.

Rinderzucht Nord hat seinen Sitz in Neumünster, weshalb ich jeden Tag gut eine halbe Stunde auf der Autobahn verbringe. Als ich kurz vor halb neun das Labor betrete, ist der dumpfe Druck in meinem Kopf zurückgekehrt. Meine Kollegin Stina ist gerade nicht da. Ich werfe mir meinen Kittel über und aktiviere das Arbeitstablet, um mir die neu hereingekommenen Aufgaben anzusehen.

Für heute steht lediglich eine kleinere Bestellung auf dem Tagesplan: Ein Betrieb in Bayern hat einen Bullen für die Milchviehzucht geordert. Die Auftraggeber verlangen das Übliche: Ein Schwarzbunter, der eine hohe Milchleistung, eine lange Nutzdauer und eine verbesserte Passung an die Melkroboter vererben soll. Meine Aufgabe ist es, diese genetischen Eigenschaften in die Embryonen einzupflanzen. Anschließend werden die mikroskopischen Geschöpfe in die ausgewählte Mutterkuh eingesetzt, welche einen oder zwei austragen wird. Die Jungbullen wachsen heran und werden ihr Leben als produktive Zuchtbullen verbringen. Theoretisch wäre es auch möglich, weibliche Kühe mit diesen Eigenschaften zu erstellen, allerdings ist eine Genom-Editierung relativ kostspielig. Der Vorteil von männlichen Rindern ist, dass sie die von uns eingefügten Features tausendfach weitervererben können, während Milchkühe lediglich fünf oder sechs Kälber hervorbringen.

Schon in der Schule hat mich Genetik begeistert. Es ist faszinierend, dass der Bauplan jedes Lebewesens aus nur vier Basen besteht: Adenin, Guanin, Cytosin und Thymin. Ich bin nicht gläubig, nicht einmal getauft. Trotzdem scheint mir ein allmächtiger Gott zuzuzwinkern, wenn ich einen DNA-Strang untersuche. Heutzutage ist die Wissenschaft in der Lage, fast jedes Rätsel zu ergründen, selbst die Entstehung des Universums birgt – zumindest nach den ersten Sekunden – kaum Geheimnisse. Dennoch können wir nicht nachvollziehen, wie das Leben einst entstand. Erst war die Erde ein karger Planet, in dessen Ozean leblose Proteine und Moleküle von den Strömungen hin und her getragen wurden. Dann, vor etwa dreieinhalb Milliarden Jahren, machte es Zack und aus unbelebter Materie wurde ein lebender Organismus. In meinen Augen gibt es kein größeres Wunder. Wie es dazu kam, kann niemand mit Bestimmtheit erklären, obwohl es zahlreiche Theorien gibt.

In der achten Klasse wusste ich, dass ich Biologie studieren würde. Niemanden überraschte es, dass ich meinen Studienschwerpunkt auf Genetik legte. Damals glaubte ich, eine glänzende Zukunft vor mir zu haben. Ich träumte von einer Wissenschaftskarriere, sah mich als gefeierte Forscherin. Leider hatte das Leben andere Pläne mit mir und am Ende landete ich hier: bei *Rinderzucht Nord*. Aus mir wird keine bekannte Wissenschaftlerin mehr, dennoch bin ich glücklich. Denn was ich hier mache, ist gottgleich: Ich designe Lebewesen.

Eine Hand legt sich auf meine Schulter, ich stoße einen Schrei aus und fahre herum, woraufhin die andere Frau ebenfalls zusammenzuckt.

Stina fasst sich theatralisch an die Brust, während ich ein heiseres Lachen ausstoße. »Musst du dich denn immer so anschleichen? Irgendwann verpasst du mir einen Herzinfarkt!«

»Ich bin nicht geschlichen!«, entgegnet meine zierliche Arbeitskollegin mit vorgeschobener Unterlippe. »Ich bin ganz normal gegangen.«

»Nein, du huschst wie eine Maus! Pass auf: Noch heute Abend bestelle ich dir laut klimpernde Sporen. Dann gehört dein Anschleichen der Vergangenheit an.«

»Ich bin mir sicher, das verstößt gegen das Arbeitsschutzgesetz«, erwidert Stina und linst an mir vorbei auf das Tablet. »Unser neuster Auftrag? Oho! Das soll ja ein stattliches Tier werden. Kein Wunder, dass du mich nicht gehört hast. Bei diesem Anblick würde auch ich alles vergessen.«

Ich gebe ein schnaufendes Lachen von mir, lange zum Tablet und zoome die gewünschten Parameter heran. »Das Übliche. An erster Stelle steht natürlich die Milchleistung.«

»Was denn auch sonst?« Stina seufzt. »Ein langes Leben wünscht sich niemand für seine Kühe. Weißt du, wie alt eine Kuh werden könnte?«

»Zwanzig Jahre«, erwidere ich, ohne eine Sekunde darüber nachdenken zu müssen. Standardwissen.

Stina presst die Lippen aufeinander und streicht eine braune Haarsträhne zurück, die sich aus ihrem Zopf gelöst hat. »Irgendwie bedrückend, oder? Heute hat eine Kuh Glück, wenn sie ihren fünften Geburtstag erlebt. Das sind keine Kühe mehr, das sind Kälber mit Altersschwäche.«

Von mir kommt ein Schulterzucken. »Dafür gibt die Kuh in diesem Zeitraum doppelt so viel Milch wie die Rinder früher innerhalb ihrer ganzen Lebensspanne. Aber komm, lass uns mal in die Datenbank schauen. Wir brauchen Elterntiere.«

»Klar, bin schon dabei.«

Inzwischen sind Stina und ich ein eingespieltes Team, obwohl sie erst vor vier Monaten von Rinderzucht Nord zunächst als Elternzeitvertretung für Caroline eingestellt wurde. Keiner weiß, wie lange Stina bleiben kann, denn ob Caroline jemals zurückkehren wird, steht in den Sternen. Ihr Arbeitsvertrag läuft noch während der Schwangerschaft aus. Das Arbeitsgesetz ist wirklich zum Kotzen. Es lässt genügend Schlupflöcher, um Arbeitsverträge bis in alle Ewigkeit zu befristen. Die Wirtschaft muss anpassungsfähig sein, erklärte man uns, als die Änderungen des Arbeitsgesetzes vor fünf oder sechs Jahren in Kraft traten. Trotzdem läuft Stinas Einstellung derzeit noch unter *Elternzeitvertretung*.

Als Stina bei Rinderzucht Nord anfing, war die Unterschrift auf ihrer Masterurkunde nicht einmal getrocknet. Ich habe ihr jeden Handgriff beibringen müssen. Sie ist jedoch ein blitzgescheites Mädchen, das sich rasch eingefunden hat. Mittlerweile kann sie die meisten Arbeitsgänge nicht nur selbstständig durchführen, sondern hat auch eigene Verbesserungsvorschläge. Ich bin mir sicher, dass sie nicht lange bei der Rinderzucht bleiben wird. Stina will hoch hinaus.

Konzentriert arbeiten wir vor uns hin. Normalerweise hätte ich stundenlang weitermachen können, doch mein körperliches Unwohlsein nagt an meiner Aufmerksamkeit. Gegen elf Uhr massiere ich mir die Schläfen und verkünde, dass ich einen Snack und einen Kaffee benötige. Stina grinst. »Kaffee klingt nach einer phänomenalen Idee.«

Als wir die Kantine betreten, riecht es derart penetrant nach Kartoffeln und zu stark gewürzter Soße, dass ich am liebsten auf dem Absatz umgekehrt wäre. Ich brauche jedoch Koffein und etwas im Magen, also versuche ich, die intensiven Ausdünstungen zu ignorieren. Trotzdem scheint man mir mein Unbehagen anzusehen, denn Stina mustert mich mit gerunzelter Stirn.

»Alles in Ordnung?«

»Dieser Geruch.« Ich deute in die Richtung der Kantinenküche. »Ich kriege davon Kopfschmerzen.«

Stina hebt die Nase und schnuppert. »Echt? Ich rieche kaum etwas.«

Ich erwidere nichts, sehe meine gesteigerte Sensibilität als erstes Warnzeichen. Kurz erwäge ich umzukehren. Meinen Rucksack, und damit die Packung mit dem Naratriptan, habe ich leichtsinnigerweise im Labor gelassen. Aber da ich jetzt hier bin, werde ich mir zuerst einen Kaffee holen - mit Glück reicht ein wenig Koffein aus, um das Schlimmste zu verhindern.

Der Ansturm auf das Mittagessen wird bald beginnen, doch im Moment sitzen außer uns nur eine Handvoll weitere Mitarbeiter an den Tischen, trinken Kaffee oder genehmigen sich einen Happen. Ein paar Leute unterhalten sich, Geschirr klappert. Trübes Licht sickert durch die langgezogene Fensterfront, die den Blick auf den Rasen des Betriebsgeländes und ein Dutzend kahler Bäume freigibt. Wir holen unsere koffeinhaltigen Lebenselixiere und ich kaufe mir ein üppig belegtes Sandwich.

»Gestern gab es wieder eine Demo in Berlin«, erzählt Stina, als wir uns an einen Tisch setzen.

»Hm?« Ich beiße von der Schnitte ab und massiere mir die Stirn. Meine Augenlider werden kontinuierlich schwerer und ich merke, wie der Nebel in meinem Kopf zunimmt.

»Na, wegen des Editings«, sagt Stina.

Ich nicke behutsam. Zu hektische Bewegungen würden mein körperliches Unbehagen verschlimmern.

»Lass mich raten: Dieser Verein war auch da … hach, wie heißt er noch gleich?« Ich sollte den Namen kennen, diese Spinner waren in der letzten Zeit andauernd in den Medien. Der Begriff liegt mir auf der Zunge, doch ich komme einfach nicht drauf. Gar nicht gut. Wortfindungsstörungen sind ein weiteres Anzeichen.

»Pandora«, hilft Stina mir aus. »Natürlich waren die wieder mit dabei, haben es sogar organisiert.«

Ich lege das Sandwich beiseite, um einen großen Schluck Kaffee zu trinken. Er schmeckt widerwärtig und kaum hat die Flüssigkeit meinen Magen erreicht, ballt sich dieser zusammen.

»Die sollten sich mal mit unserer Arbeit auseinandersetzen, anstatt immer nur zu meckern«, murmle ich. »Dann würden sie sehen, dass wir hier kein … ähm, wie heißt es gleich? Kein … kein Hexenwerk veranstalten.«

Stina zuckt mit den Schultern. »Denen geht es eher ums Prinzip.«

»Der Mensch hat sein Nutzvieh seit jeher nach seinen … Vorstellungen erschaffen«, erkläre ich mit schwerer Zunge. »Die Natur hätte niemals ein verkrüppeltes Tier wie den Mops hervorgebracht. Pandora ist unsere Arbeit suspekt, weil die Selektion nicht mehr im Stall, sondern im Labor stattfindet.«

Stina nickt bestätigend und reißt ihren knisternden Schokoladenriegel auf. »Vielleicht sollte man sich bemühen, mehr Aufklärung zu betreiben. Ich glaube, die wenigsten verstehen, was wir hier machen und was diese Technik alles leisten kann.«

»Ja, vielleicht.« Der Druck in meinem Schädel steigt kontinuierlich an.

»Nicht nur vielleicht, sondern ganz bestimmt!« Stinas euphorische Stimme schneidet durch meine Gedanken. Am Tisch neben uns rührt jemand seinen Kaffee um. Immer wieder stößt der Löffel gegen den Becher. *Kling Kling Kling.* Der grelle Laut bohrt sich in meine Stirn.

»Bei diesem Thema führen sich die Leute auf, als diskutiere man über eine Religion«, bringe ich hervor, wobei ich mich nur noch mühsam konzentrieren kann. »Fakten sind für die ...« Ich deute eine wegwerfende Handbewegung an.

Stina verzieht das Gesicht. »Ja, mag sein. Aber das gilt nur für die Fanatiker. Die breite Masse hingegen ... Ich glaube, dass die meisten offener wären, wenn man ihnen das Editing im Detail erklären und die Vorteile beleuchten würde. Wir könnten jegliche Erbkrankheiten ausmerzen, das Krebsrisiko erheblich verringern.«

»Ja ... könnten wir.«

Der Himmel ist wolkenverhangen und grau, dennoch sticht mir das Licht wie tausend Nadeln in die Augen. Ich wende den Fenstern den Rücken zu.

Stina spricht weiter, hat mittlerweile richtig an Fahrt aufgenommen. »In den meisten Fällen bräuchten wir nicht einmal in der DNA herumzuspielen, um eine Weitervererbung zu verhindern, sondern könnten mit der Präimplantationsdiagnostik arbeiten. Wir verändern die menschlicher DNA damit nicht, wir würden lediglich die gesunden Embryonen auswählen. Aber selbst dagegen sperrt Pandora sich. Das macht mich wütend. Die nächste Generation könnte von allen erdenklichen Krankheiten befreit werden, doch wegen solcher Sturköpfe werden weiterhin Babys mit ALS, Hämophilie,

Mukoviszidose oder wer weiß was geboren. Wenn du mich fragst, ist Pandora direkt für das Leid all dieser Menschen verantwortlich!«

Es sind zu viele Worte. Obwohl ich mit diesem Thema vertraut bin, kann ich den Sinn von Stinas Rede kaum erfassen. Behutsam stehe ich auf.

»Was ist?«, fragt Stina.

»Migräne …« Ich verfluche mich, weil ich nicht schon vorhin meine Tablette genommen habe.

»Oje.« Stina sieht mich mitleidig an. »Bist auch schon ganz blass.«

»Du musst … die Embryonen allein fertig machen«, flüstere ich und kneife die Augen gegen die Helligkeit zusammen.

»Klar, kein Problem.«

Ich schlurfe aus der Kantine, kann nur noch an die Tabletten in meinem Rucksack denken. Auf dem Flur kommen mir Menschen entgegen. Sie lachen. Ihre Stimmen hämmern gegen meine Schädeldecke. Über mir flackert eine der grellen Leuchtstoffröhren und ihr aggressives Summen dröhnt in meinen Ohren. Wie im Nebel torkele ich in unser Labor, suche meinen Rucksack, hole mit zittrigen Fingern das Naratriptan heraus, schlucke es trocken runter. Ich lehne mich mit dem Rücken gegen einen der Schränke, rutsche auf den kalten Fliesenboden herab und schließe die Augen. Doch selbst durch die geschlossenen Augenlider dringt das Licht des trübgrauen Tages und lässt meine Augäpfel pochen. Ich lege den Unterarm über das Gesicht und erlösende Schwärze umhüllt mich. Minutenlang bleibe ich so sitzen. Ich sehne mein Bett und die dunklen Schlafzimmervorhänge herbei. Um nach Hause zu fahren, ist es jedoch zu spät. In diesem Zustand kann ich mich keinesfalls hinter ein Steuer setzen. Meine Reaktionen würden nicht einmal ausreichen, um rechtzeitig an einer roten Ampel zu halten.

Der Konferenzraum am Ende des Flures dürfte leer sein. Dort steht sogar ein Sofa und die Fenster besitzen Verdunklungsrollläden.

Die Tür des Labors wird geöffnet, Schritte nähern sich.

»Paula? Alles in Ordnung?«

Es ist Stina. Sie kniet vor mir. Ich bewege mich nicht, presse weiterhin meinen Unterarm auf die Augen.

»Kann ich etwas für dich tun?«, fragt sie. »Ein Schluck Wasser?«

»Nein.« Allein dieses einzelne Wort herauszubekommen erfordert höchste Konzentration und lässt meinen Schädel derart knirschen, dass mir übel wird vor Schmerz.

»Möchtest du ein wenig Musik hören? Ich habe da ein bisschen zur Entspannung auf meinem Handy. Warte mal, vielleicht gefällt es dir ja.« Ihre Schritte entfernen sich.

Wenn ich könnte, würde ich auflachen. Musik ist das Letzte, was ich in diesem Moment will. Jeder einzelne Laut gleicht einem Gewehrschuss.

»Nein, lass mal«, murmle ich.

»Diese Trackliste ist wirklich gut.« Unbeeindruckt von meinem schwachen Protest kramt Stina raschelnd in ihrer Jacke. »Ich höre sie gern, wenn ich mal einen Kater habe.« Im nächsten Moment erklingt ein langgezogener Geigenton.

»Mach das aus!«, zische ich.

»Hm. Na gut.« Stina klingt enttäuscht. »Brauchst du eine Kopfschmerztablette? Ich habe Aspirin dabei.«

Dieses Mal entfährt mir tatsächlich ein trockenes Lachen. Mit Acetylsalicylsäure gegen Migräne vorzugehen entspricht dem Versuch, einen tollwütigen Tiger mit einem Kochlöffel zu vertreiben.

»Nein. Ich brauche ... Ruhe«, bringe ich hervor.

»Okay, aber nicht hier auf dem kalten Boden!«

Ich hätte sie am liebsten angeschrien, dass sie mich in Ruhe lassen soll. Schon ihre Anwesenheit bereitet mir Unbehagen. Ich weiß, dass sie es nur gut meint, sie will mir helfen. Das Problem ist, dass sie offensichtlich keine Ahnung hat und ich zu schwach bin, um ihr zu erklären, was ich brauche. Das werde ich nachholen, sobald diese Attacke vorbei ist. Im Moment müssen knappe Anweisungen ausreichen.

»Im Konferenzzimmer«, murmle ich. »Sofa.«

»Hervorragende Idee. Komm, ich helfe dir auf.« Sie packt meinen Arm und zieht mich auf die Beine. Die unerwartete Bewegung entfacht ein Blitzgewitter in meinem Gehirn. Ich krümme mich, presse die Handflächen gegen den Kopf. Stina sagt etwas, ich spüre ihre Hände auf mir. Ein kreischendes Sägeblatt pflügt durch meinen Schädel und lässt mich wimmern. Mein Bauch zieht sich zusammen und ich habe gerade noch genügend Zeit, mich über das Waschbecken zu beugen. Immer und immer wieder krampft mein Magen und schickt seinen Inhalt die Speiseröhre hinauf. Jedes Zusammenzucken meines Körpers entfacht eine neue Welle unmenschlicher Pein, welche wiederum dafür sorgt, dass ich mich ein weiteres Mal übergeben muss. Ein Kreislauf des Todes. Ich bestehe nur noch aus meinem hämmernden Schädel und meinem krampfenden Magen, mir ist alles egal, Stina ist mir egal, das vollgekotzte Laborwaschbecken ist mir egal. Es gibt keinen Horizont mehr, meine Welt schrumpft zusammen, mein Ich zerfasert, löst sich auf, nur ein einziger Wunsch bleibt: Es soll aufhören! Egal wie. Selbst der Tod erscheint als willkommene Option.

Irgendwann gelingt es mir, die Kontrolle über meinen Magen zurückzuerlangen. Eine Migräne ist kein Kater, bei dem es einem nach dem Kotzen besser geht. Es bringt keine Erleichterung, sondern schüttet nur noch mehr Benzin ins Feuer.

Keuchend stehe ich am Waschbecken, als mich ein Gedanke überfällt: Konnte das Naratriptan schon wirken, bevor ich es erbrochen habe?

Oh bitte, bitte, bitte, bitte, bitte, denke ich und schluchze vor lauter Verzweiflung. Ich habe nur diese eine Tablette dabei.

Stina springt um mich herum und redet unaufhörlich. Herrgott, kann sie nicht einfach die Klappe halten und sich verziehen?

»Handy«, stoße ich hervor und sinke zu Boden.

»Hm? Was?«

»Brauche … Handy.« Auffordernd strecke ich die Hand aus.

Stina bringt mir den gewünschten Gegenstand. Mit zusammengekniffenen Augen regle ich die Helligkeit des Displays herab, suche seine Nummer heraus, atme tief durch, drücke auf *Wählen.* Das Handy halte ich ein paar Zentimeter von meinem Ohr entfernt, da ich dieses grässliche Tuten nicht aushalte.

»Hey, Schatz«, ruft Sören fröhlich.

»Migräne«, murmle ich dumpf. »Schlimm. Hol mich ab.«

»Alles klar. Bin unterwegs.«

Keine Fragen, keine unnötigen Vorschläge, ob ich nicht vielleicht ein Taxi nehmen oder doch selbst fahren könnte. Kein Protest, weil ich ihn von der Arbeit wegbeordere. Mein Herz schwillt an vor Dankbarkeit.

»Du bist ein Held«, flüstere ich.

»Bis gleich.«

Ich reiche Stina mein Handy.

»Er holt dich ab?«, fragt sie unnötigerweise und tätschelt mir die Schulter. Ich lehne mich zurück, versuche, der Hand zu entkommen, doch sie versteht meine nonverbale Geste nicht.

»Das ist gut«, sagt sie. »Solltest dich wirklich hinlegen. Pass auf, ich bleibe solange bei dir, in Ordnung? Dann vergeht die Zeit schneller.«

Allein bei der Vorstellung krampft sich mein Magen erneut zusammen.

»Nein, ich will bloß -«, beginne ich.

»Kommt gar nicht in Frage!«, unterbricht Stina mich. »So wie du aussiehst, kann ich dich unmöglich allein lassen. Willst du nicht doch ein wenig Musik hören? Oder ein Glas Wasser? Soll ich dir das Fenster aufmachen?«

Ich nehme meine verbliebene Kraft zusammen. »Lass mich in Ruhe! Sprich mich nicht an. Mach einfach deine Arbeit weiter.«

Ihr Lächeln erstirbt und ich seufze innerlich, verschiebe etwaige Erklärungen jedoch auf später. Meinetwegen kann Stina so beleidigt sein, dass ihr Petersilie aus den Ohren wächst, solange sie mich nur endlich in Frieden lässt.

»Okay.« Sie klingt verletzt. Ich rapple mich behutsam auf, ohne sie dabei anzusehen, sammle meine Sachen zusammen und schlurfe mit schweren Gliedern aus dem Labor hinaus, den Flur entlang und in das Konferenzzimmer. Ich habe Glück: Es ist tatsächlich leer. Mit zittrigen Händen drücke ich auf den Knopf, der die Rollläden mit lautem Klackern runterfahren lässt. Danach strecke ich meinen bleiernen Körper auf dem Sofa aus. Schmerz und Hilflosigkeit treiben mir Tränen in die Augen. Mein einziger Trost ist, dass es in einigen Stunden vorbei sein wird.

Ich muss bloß durchhalten, muss bloß durchhalten …

BEATRICE

Montag, 10.01.

Ganz der formvollendete Kavalier zieht Robert den Stuhl vom Tisch. Lächelnd nehme ich Platz, woraufhin er sich mir gegenüber niederlässt. Er wirkt angespannt, doch ich gehe nicht darauf ein. Wenn ich mich nach seinem Befinden erkundige, reagiert er immer genervt.

»Hübsch hier«, sage ich und sehe mich in dem Restaurant um. Das Interieur besteht aus eleganten Tischen und Stühlen aus dunklem Holz. Beherrscht wird der Raum von dem gläsernen Dach, auf das ein leichter Regen trommelt und der Atmosphäre etwas Heimeliges gibt. Es erinnert mich an die Sommer meiner Kindheit, deren größte Abenteuer das Zelten im Garten meiner Freundin gewesen sind.

»Ich wollte längst einmal herkommen«, sagt Robert. Seine Finger trippeln auf der Tischplatte. Ein sicheres Zeichen, dass ihn etwas beschäftigt.

Ein Kellner erscheint und reicht uns die Speisekarten. »Möchten Sie schon etwas zu trinken bestellen?«

Robert lächelt mich an. »Wie wäre es mit einer Flasche Wein? Ist dir eher nach einem Roten oder einem Weißen?«

Ich hebe eine Augenbraue. »Seit wann überlässt du mir die Wahl?«

»Seit heute.«

»Na gut, dann einen Weißen.«

Robert nickt, senkt seinen Blick wieder auf die Karte und bestellt schließlich einen Chardonnay.

Der Kellner notiert sich die Bestellung und kehrt zum Tresen zurück. Robert blättert in der Karte nach vorn und studiert mit gerunzelter Stirn die Auswahl.

»Wie war es heute in der Praxis?«, frage ich, da ich hier den Grund für seine Unruhe vermute.

»Hm?« Er sieht mich nicht einmal an.

»Ich wollte wissen, wie dein Tag war.«

»Nichts Besonderes.«

Ich verdrehe die Augen. »Lass dir nicht andauernd alles aus der Nase ziehen.«

Von meinem Mann kommt ein Schulterzucken. »Ganz normal. Paare mit Kinderwunsch kommen rein und wir tun unser Möglichstes, ihren Traum zu erfüllen.« Er seufzt. »Bei einigen wünschte ich mir, dass sie sich früher mit diesem Thema befasst hätten. Viele gehen davon aus, dass es schon irgendwie klappen wird. Solltest mal die entsetzen Gesichter sehen, wenn ich denen erkläre, dass die durchschnittliche Baby-Take-Home-Rate bei achtzehn Prozent liegt. Tja … und heute war wieder einmal eine Frau Mitte vierzig bei mir.«

»Oha. Denkst du, bei ihr wird es etwas?«

»Keine Ahnung, ist ihre erste Behandlung. Sie wirkt zuversichtlich und entspannt, gute Voraussetzungen. Aber in ihrem Alter …«

Noch immer sieht Robert mich nicht an. Ich seufze, gebe für den Moment auf und widme mich meiner eigenen Speisekarte. Einige Minuten lang sagt keiner ein Wort und das einzige Geräusch an unserem Tisch ist das leise Rascheln, wenn wir die Seiten umblättern. Um uns herum herrscht die übliche Geräuschkulisse eines gehobenen Restaurants: gedämpfte Gespräche, verhaltenes Geschirrklappern und die Schritte der Angestellten.

»Hat deine Ex sich gemeldet?«, frage ich ins Blaue hinein. Als er das letzte Mal derart abwesend war, folgte die Ankündigung, dass er eine Woche in Frankfurt bei seinen Kindern verbringen wolle.

Robert runzelt die Stirn. »Beate? Nein, wie kommst du darauf? Hast du dich schon für ein Gericht entschieden?«

Zwar wundere ich mich über seinen plötzlichen Themenwechsel, bohre jedoch nicht nach, sondern nehme mir vor, später auf subtilere Weise nachzuhaken. Außerdem habe ich tatsächlich Hunger. Bei den aufgeführten Speisen läuft mir das Wasser im Mund zusammen. Die gebratenen Pilze lächeln mich an, genauso wie das Süßkartoffel-Kichererbsen-Curry. Allerdings habe ich fast mein gesamtes Budget an Kalorien verbraucht, daher schlage ich die Karte rasch zu. »Ich nehme den Rucolasalat.«

Robert lächelt, als habe er nichts anderes erwartet, blättert zu der Salatseite und betrachtet meine Auswahl. Dann schüttelt er den Kopf. »Nein! Heute wird mein Darling etwas Richtiges essen. Du hast in letzter Zeit abgenommen und ich finde, du darfst dir etwas gönnen.«

Ich hebe eine Augenbraue. Macht er sich über mich lustig?

Mit einem Augenzwinkern fügt er an: »Außerdem kann es manchmal nicht schaden, ein Kilo zu viel zu haben.«

Ich gebe ein schnaufendes Lachen von mir. »Wer bist du und was hast du mit meinem Gatten gemacht?«

Er lächelt weiterhin, doch ich sehe, dass ihm ein Gedanke auf der Zunge liegt. Ich schlage die Karte zu.

»Raus damit«, sage ich.

Er schaut mich so perplex an, dass ich auflache.

Ich lehne mich vor. »Sag mir einfach, was dich beschäftigt.«

Nun findet auch er sein Lächeln wieder. »Ist es wirklich derart offensichtlich?«

»Als stände es in Neonbuchstaben auf deiner Stirn geschrieben.«

Er lächelt schief, schaut auf seine Hände herab. In diesem Moment kehrt der Kellner mit unserem Wein zurück. Er beginnt einen kurzen Vortrag darüber, woher der gute Tropfen stammt, wobei ich nach dem zweiten Satz nicht mehr zuhöre, während mein Mann interessiert lauscht. Dann schenkt der Kellner uns ein und es folgt die obligatorische Frage, ob wir schon gewählt haben. Robert bestellt sich Streifen vom Rindersteak mit Sprossen, Ingwer und Chili. Als sich der Kellner mit fragendem Blick mir zuwendet, springt Robert ein: »Meine zauberhafte Frau hätte gern das gebratene Hähnchenbrustfilet mit geschmortem Spitzkohl, Brokkoli, Karotten, Sesam-Sojasauce und Limette.«

Ich presse die Lippen aufeinander, will keine Diskussion vom Zaun brechen, die unser Date vermiesen könnte. Die Worte meiner Mama kommen mir in den Sinn: *Ganz egal, was er sagt, du allein bist für die Stimmung im Raum verantwortlich.*

Ein schlechter Ratschlag, der mir als Frau alle Haftbarkeit aufdrängt, während sich der Mann wie ein tollwütiger Eber benehmen darf. Dennoch drängt sich mir die Stimme meiner Mama immerfort ins Bewusstsein, es ist unmöglich, sie abzuschütteln.

Der Kellner notiert sich alles und verschwindet, woraufhin ich mich wieder Robert zuwenden kann.

»Also?«, frage ich.

Er seufzt und reibt sich den Nacken, was er stets macht, wenn er nervös ist.

»Ich wollte das eigentlich erst zu Hause ansprechen. Es ist ein wenig … privat.«

»Jetzt gibt es kein Zurück mehr.«

Er lacht auf und trinkt einen Schluck von seinem Wein.

»Geht es doch um Frankfurt?«, frage ich, um ihm den Einstieg zu erleichtern. Er schüttelt den Kopf.

»Nein, mit Beate hat es nichts zu tun.«

Ich hasse es, wenn er ihren Namen nennt, weil er meinem so ähnlich ist. Manchmal kommt es mir vor, als sehe er in mir einen Ersatz für das, was er verloren hat. Natürlich wehrt er es ab, wenn ich ihn darauf anspreche. Die Gemeinsamkeiten seien doch nicht überraschend, er stehe halt auf schlanke Frauen mit schwarzen Haaren.

Ich sage nichts, blicke ihn in gespannter Erwartung an, woraufhin er erneut einen Schluck trinkt.

»Wie lange probieren wir es schon?«, fragt er plötzlich.

Ich blinzle. Damit habe ich nicht gerechnet. »Du meinst …« Ich mache eine kreisende Bewegung um meinen Bauch. Er nickt. Plötzlich scheint es im Raum kälter zu werden. Ich lehne mich mit verschränkten Armen zurück. Über uns tröpfelt der Regen auf das Glasdach.

»Ich weiß, ich weiß«, murmelt er. »Dir gefällt die Vorstellung nicht, dabei nachzuhelfen. Aber es ist wirklich keine Schande. Zu mir kommen tagtäglich ein halbes Dutzend Frauen, bei denen es einfach nicht klappt.«

Ich verziehe das Gesicht und wünsche mir, gewartet zu haben, bis wir wieder zu Hause sind. Nun ist es jedoch zu spät. Das Thema liegt auf dem Tisch und kann nicht heruntergekehrt werden.

Robert lächelt nachsichtig. »Wir versuchen es nun schon seit mehr als einem Jahr. Es hätte längst klappen müssen, vor allem, da du sogar Hormone nimmst. Was spricht denn dagegen, der Natur noch ein wenig mehr nachzuhelfen?«

»Es …« Ich unterbreche mich, atme tief ein, lasse die Luft langsam entweichen und suche nach den richtigen Worten. Robert stützt sich mit den Ellenbogen auf dem Tisch ab und faltet die Hände vor dem Mund. Sein Blick ruht auf mir und macht mich nur noch nervöser. Ich wende mich ab, schaue zur Theke hinüber, wo eine Kellnerin zwei Gläser mit Rotwein auf ein Servierbrett stellt.

»Medikamente zu nehmen ist das eine.« Ich habe die Stimme gesenkt, damit die anderen Gäste nichts mitbekommen. »Da schlucke ich einfach eine Tablette und gut. Aber das, was du vorschlägst …«

Robert lächelt, langt über den Tisch und tätschelt meine Hand. »Das geht vielen Paaren so. Sie stellen sich die Zeugung eines Kindes als romantischen Akt vor, der nur zwischen ihnen stattfindet.«

Ich nicke, dennoch fühle ich mich bei der Vorstellung unbehaglich. Unvermittelt löst sich seine Hand von meiner und seine Schultern sacken herab. Ohne dass ich ein Wort gesagt habe, wirkt er besiegt.

»Aber du hast ja recht«, murmelt er. »Mit achtundzwanzig bist du noch jung, wir haben noch Zeit.«

Um meinen Händen eine Aufgabe zu geben, greife ich nach dem Weinglas und nehme einen großen Schluck. Allein die Vorstellung, dass ein Kind in mir heranwächst, das zuvor in einem Reagenzglas gezeugt wurde, verursacht mir eine Gänsehaut. Da ist jedoch noch etwas anderes, das mich umtreibt. Er spricht zwar nicht darüber, aber ich sehe Robert an, dass er vermisst, was er verloren hat: seine Kinder und damit jenes Zugehörigkeitsgefühl, das nur die eigene Familie vermitteln kann. Ich weiß, dass er an sie denkt, wenn er ins Leere starrt. In solchen Momenten ist er weit von mir entfernt. Natürlich habe ich ihn nie darauf angesprochen. Ich bin schlau genug, um zu wissen, dass man die Antwort auf manche Fragen nicht hören will. Stattdessen trete ich an ihn heran und küsse ihn lange und leidenschaftlich, hole ihn aus der Vergangenheit in das Hier und Jetzt zurück. Er soll nicht andauernd an Beate denken. Seit einem Jahr bin ich seine Frau, doch immer wieder kehrt sich sein Blick ins Nichts und er entgleitet mir ein weiteres Mal. Wie ein Eisenspan, der sich an einem starken Magneten ausrichtet. Ich muss meine Anziehungskraft erhöhen, wenn ich ihn ganz bei mir halten will, und das kann ich nur, wenn ich ihm schenke, was er sich am meisten wünscht: eine Familie. Wenn wir nur endlich zu dritt sind, dann wird er nicht mehr so oft an Beate und die drei Mädchen denken. Er wird bei mir und unserem Kind auf dem Sofa sitzen, seinen Arm um meine Schultern legen und versonnen das Baby in meinem Schoß betrachten.

»Vielleicht hast du recht«, sage ich und blicke ihn liebevoll an. »Vielleicht kann ein bisschen mehr Unterstützung nicht schaden.«

Ein Strahlen überzieht sein Gesicht. »Darling, das ist wirklich ...« Er lacht auf, schüttelt den Kopf. Dann hält er sein Weinglas hoch, um mit mir anzustoßen. Ich ringe mir ein Lächeln ab und komme seiner Aufforderung nach.

»Ich finde die Vorstellung noch immer ein wenig unheimlich«, versuche ich, seine Euphorie zu dämpfen, da sie mir unpassend erscheint. Er scheucht meinen Einwand mit einer wedelnden Handbewegung beiseite, als sei er eine lästige Fliege.

»Klar, kann ich verstehen. Aber all das wird vergessen sein, wenn du erst unseren Sohn in den Armen hältst.«

Ich blicke ihn mahnend an. »Es könnte auch ein Mädchen sein.«

»Ja … aber wenn ich es mir nur stark genug wünsche, wird mein Traum vielleicht Wirklichkeit.« Er zwinkert mir zu.

»Es klingt trotzdem seltsam«, sage ich »Als wäre das Baby nicht erwünscht, wenn es ein Mädchen ist.«

»Hey, nun guck nicht so grimmig. Alles wird gut, du wirst schon sehen. In einem Jahr wirst du im Kreißsaal um dein Leben schreien, während du unseren Sohn aus dir herauspresst.« Er zwinkert mir zu, offenbar hält er diesen Spruch für witzig. Ich gebe ein Schnaufen von mir und schüttle den Kopf, um deutlich zu machen, dass ich seine Auffassung nicht teile.

»Entschuldige bitte«, sagt er, doch ich höre, dass er es nicht ernst meint. Er will lediglich einen Streit verhindern, was ich ihm jedoch nicht verübeln kann. Wir sitzen in einem verdammt teuren Restaurant und es wäre eine Schande, das gute Essen mit einer schlechten Stimmung zu vermiesen. Daher trinke ich erneut einen Schluck Wein und als ich das Glas absetze, zwinge ich mich zu einem Lächeln.

In den nächsten Minuten dreht sich unser Gespräch um belanglose Themen. Ich erzähle von meinem Tag an der Uni und als mir nichts mehr einfällt, überlegen wir, wo wir unseren diesjährigen Sommerurlaub verbringen wollen. Robert würde gern eine Rundreise durch die USA machen, mich zieht es eher an einen warmen Strand. Vielleicht Thailand oder die Karibik? Bevor wir zu einem Konsens gelangen, bringt der Kellner unser Essen. Prüfend betrachte ich das vor mir auf dem Teller liegende Hähnchen.

»Na, das sieht doch wahrlich besser aus als dein Kaninchenfutter, oder?«, fragt Robert.

Ich ergreife das Besteck. Nein, eigentlich steht mir heute nicht der Sinn nach Fleisch.

Er meint es doch bloß gut, flüstert Mama.

Als der Kellner sich erkundigt, ob wir weitere Wünsche hätten, nickt mein Gatte. »Zum Nachtisch möchten wir gern …«

Robert mustert mich mit verengten Augen. Ich hebe abwehrend die Hände, doch sein Grinsen wird daraufhin umso breiter.

»Zwei Crème brûlée«, sagt er.

Ich winke ab. »Nein, kein Dessert für mich.«

Robert lacht und greift nach meinen Händen, drückt sie sachte auf den Tisch. »Und ob! Ich sage dir schon seit Wochen, dass es unser Vorhaben erheblich unterstützen würde, wenn du zwei, drei Kilo mehr auf den Rippchen hättest.«

Mein Blick huscht zu dem Kellner, der so tut, als habe er nichts gehört. Da es mir peinlich wäre, vor diesem Mann das Für und Wider des Desserts zu diskutieren, gebe ich nach.

»Na gut.«

»Sehr wohl. Zwei Crème brûlée.« Der Kellner notiert sich die Bestellung und geht zum nächsten Tisch, um zwei neue Gäste zu begrüßen.

Ich werfe Robert einen zornigen Blick zu, doch er grinst nur spitzbübisch, während ich erneut die Stimme meiner Mama höre: *Widersprich ihm nur, wenn es unbedingt sein muss. Zur Not kannst du die Kalorienbomben später auskotzen.*

Ich greife nach dem Besteck und schneide einen Happen von der Hähnchenbrust ab, aber Robert ist offenbar noch nicht fertig.

»Und vielleicht solltest du auch darauf achten, dass du dich nicht andauernd derart stresst«, sagt er.

Ich lache auf. »Stress? Mein Leben war noch nie so entspannt.«

Robert hebt oberschullehrerhaft eine Augenbraue. »Also ich finde, dass dich dein Studium ziemlich unter Spannung setzt.«

»Nun ja … ein wenig Mühsal gehört nun einmal zum Leben«, witzle ich, was ihm ein Grunzen entlockt.

»Stress kann sich auf deine Fruchtbarkeit auswirken, dies wurde schon mehrfach bewiesen und ich sehe es nahezu tagtäglich in meiner Praxis. Je angespannter die Frau, desto unwahrscheinlicher eine Befruchtung. Zudem habe ich ernsthafte Bedenken wegen deines Studiums in Bezug auf deine zukünftige Schwangerschaft. Stresshormone wie Cortisol wirken sich äußerst negativ auf Ungeborene aus.«

Die blassblauen Augen fixieren mich.

Ich lehne mich zurück und verschränke die Arme vor der Brust. »Was genau willst du mir sagen?«

Er seufzt. »Ach, Darling, wenn unser Sohn endlich da ist, wirst du ohnehin keine Zeit für dein Studium haben. Dieses ganze Gerede über Vereinbarkeit von Kind und Beruf ist totaler Humbug. Ein entspanntes Familienleben funktioniert nicht, wenn beide Eltern Vollzeit arbeiten. Dann kommen die zwei abends müde nach Hause und haben nicht mehr die Geduld, um auf die Sprösslinge einzugehen, die ebenfalls von ihrem Tag in der Fremdbetreuung überreizt sind. Und was ist, wenn unser Sohn krank ist? Oder noch besser: wenn er angeschlagen ist und man weiß, dass es seiner Gesundheit zuträglich wäre, wenn er ein paar Tage zu Hause bliebe. Aber die ganzen Krankheitstage sind aufgebraucht, man müsste Urlaub nehmen, doch heute steht diese überaus wichtige Besprechung an ...«

Die Fassungslosigkeit hat mir die Sprache verschlagen. Lächelnd, aber mit einem bedauernden Ausdruck im Gesicht schaut Robert mich an. »Und wir beide wissen doch, dass dein Studium nur ein Zeitvertreib ist. Ich verdiene genügend für uns zwei.«

»Darum geht es doch gar nicht«, hauche ich. »Die Kunstgeschichte ... Ich liebe, was ich mache.«

»Tust du das wirklich?«, fragt er und runzelt die Stirn. »In letzter Zeit hast du dich oft darüber beklagt.«

»Klar, nicht jede Hausarbeit macht Spaß und manche Vorlesungen können echt lästig sein, vor allem, wenn die Professoren solche Schnarchnasen sind. Dennoch ...«

Beschwichtigend hebt Robert die Hände. »Es redet doch auch niemand davon, dass du dein Studium komplett aufgibst. Du sollst lediglich eine Zeitlang pausieren. Und später, wenn die Kinder selbstständig sind, kannst du es ja wieder aufnehmen.«

»Und wann soll das sein? Mit fünfunddreißig? Mit vierzig?« Wut grollt in meinem Bauch.

Männer hassen zickige Frauen, raunt Mama mir zu.

»Darling, weshalb bist du jetzt derart zornig? Wie hast du dir das mit einem kleinen Kind denn vorgestellt? Glaubst du wirklich, dass du dann noch die Zeit für ein Vollzeitstudium hast?«

»Na ja ...« Als ich feststelle, dass ich mich tatsächlich ohne konkrete Vorstellung auf dieses Projekt eingelassen habe, verstumme ich und blicke auf meinen Teller. »Es gibt Kitas und viele Väter nehmen heutzutage ebenfalls Elternzeit.«

Robert schnauft, was mich wieder aufblicken lässt. »Darling, irgendjemand von uns muss das Geld verdienen. Außerdem kann ich meine Praxis nicht einfach so für ein paar Monate schließen.« Er langt ein weiteres Mal über den Tisch und tätschelt mir die Hand. »Jetzt hat dieser überkandidelte Feminismus selbst dir den Kopf verdreht. Ich kann ja verstehen, dass du das alles als unfair empfindest. Ist es ja auch. Aber daran kann ich nichts ändern. Zudem kann ich als Mann ohnehin nicht viel machen, solange unser Sohn klein ist. Die Natur hat es so eingerichtet, dass ein Säugling vor allem seine Mutter braucht.«

Robert lächelt mich an, doch mir ist bloß noch zum Heulen zumute.

»Wir müssen ja nicht gleich heute eine Entscheidung treffen«, sagt er. »Lass dir die Sache einfach in Ruhe durch den Kopf gehen, ja?«

PAULA

Montag, 10.01.

Als ich das erste Mal aufwache, bin ich so zerschlagen, dass ich einfach reglos liegen bleibe und durch halb geöffnete Augen in das finstere Schlafzimmer starre. Ich bin zu entkräftet, um auch nur einen Finger zu bewegen. Zumindest sind die Schmerzen weg.

Insgesamt wache ich zweimal auf und schlafe gleich darauf wieder ein. Erst als ich meine Augen zum dritten Mal aufschlage, richte ich mich langsam auf. Meine Gliedmaßen sind so schwer, als hingen Bleigewichte daran. Minutenlang sitze ich reglos auf der Bettkante, bevor ich die Kraft finde, aufzustehen. Ich habe Hunger und Durst, also schleppe ich mich nach unten. Es ist still im Haus. Auf dem Küchentisch liegt ein Notizzettel. Sören teilt mir in seiner krakeligen Handschrift mir, dass er zum Handballgucken gefahren ist.

Wohl eher zum Biertrinken, denke ich.

Ehrlich gesagt bin ich froh, allein zu sein. Mir ist nicht nach Gesellschaft.

Dem Tiefkühlfach entnehme ich eine Pizza und schiebe sie in den Backofen. Dann lasse ich mich auf einen Stuhl fallen und rubble mir durch das Gesicht, um endlich wach zu werden. Nach einer Migräne muss mein Kopf erst hochfahren, was mitunter Stunden in Anspruch nehmen kann.

Momentan scheint er dreißig Prozent geladen zu haben und ich fühle mich schrecklich dumm. Würde ich in diesem Zustand zur Arbeit gehen, käme vermutlich ein zweiköpfiger Stier dabei heraus. Das wäre ein Fressen für Pandora. Bei dieser Vorstellung muss ich schmunzeln.

Nachdem ich genügend Kraft gesammelt habe, um mich erneut zu erheben, schlurfe ich zur Kaffeemaschine und werfe sie an. Koffein ist immer gut, doch zuvor zwinge ich ein Glas Wasser in mich hinein.

Migräne ist eine widerwärtige Krankheit. Ich kämpfe seit Jahren mit diesem Schicksal, habe Dutzende Mittel ausprobiert, doch nichts davon hat mir geholfen. Mittlerweile habe ich resigniert und mich damit abgefunden, dass dieses hinterlistige Leiden mich bis ins Grab begleiten wird. Zwar besteht eine Chance, dass mich die Migräne verlässt, sobald ich in die Wechseljahre komme – anscheinend haben da einige Frauen Glück –, doch ich bin skeptisch. Es bringt nichts, einer schwachen Hoffnung nachzugehen, nur um am Ende enttäuscht zu werden. Falls die Migräne irgendwann verschwinden sollte, werde ich diesen Tag feiern wie den Eintritt ins Paradies. Ich glaube jedoch nicht, dass ich eine andere Erlösung von dieser Krankheit finde als den Tod.

Auch Sören hatte früher Migräne, jedoch nur im Anschluss an besonders stressige Prüfungsphasen. Nach Beendigung des Studiums hörte die Migräne nahezu auf. Er hat vielleicht eine Attacke im Jahr, wenn überhaupt. Ich beneide ihn. Sein migränefreies Leben führt mir umso mehr vor Augen, welch düsteres Los ich ertragen muss. Das Schlimmste ist das Ausgeliefertsein. Eine Migräne ist mehr als nur Schmerzen. Sie bestimmt dein Leben, auch an Tagen ohne Attacke. Jede Terminabsprache, jede Verabredung, jeder gebuchte Urlaub wird überschattet von der Frage, wann sie mich erneut heimsuchen wird. In den letzten Jahren habe ich mehr Treffen abgesagt als eingehalten. Kein Wunder, dass ich keine Freunde habe.

»Sie sollten sich mehr Ruhepausen gönnen«, hatte mir mein Hausarzt gesagt, als ich mit vierundzwanzig Jahren das erste Mal wegen der schier unaushaltbaren Schmerzen einen Mediziner aufgesucht habe. Seither habe ich diesen Ratschlag tausendfach gehört, manchmal verbunden mit dem Hinweis, dass die prophylaktische Einnahme von Magnesium anderen Patienten geholfen hätte. Schön für sie, mir brachte es jedoch nichts. Nach jedem Arztbesuch bin ich mit dem bedrückenden Gefühl aus der Praxis gegangen, dass man mich ohnehin nicht ernst nimmt. Die meisten nahmen sich nicht einmal Zeit, mir zuzuhören. Kaum hatte ich das Wort »Migräne« ausgesprochen, schien sich in den Köpfen der vor mir sitzenden Weißkittel ein Schalter umzulegen, woraufhin das übliche Programm abgespult wurde.

»Reduzieren Sie den Stress in Ihrem Leben«, war der gängigste Ratschlag, den ich zu hören bekam. Natürlich habe ich Stress, jeder Mensch hat Stress. Das allein ist doch keine Erklärung. Ich kann schließlich nicht den Rest meiner Tage als buddhistischer Mönch auf einem abgelegenen Berg verbringen.

Es gibt Spezialkliniken, die sich mit Migränepatienten befassen. Deren Wartelisten sind jedoch fast zwei Jahre lang. Als ich bei einer angerufen und meine Situation geschildert habe, erwiderte die Arzthelferin freundlich, dass meine Migräne harmlos sei. Mit einer Attacke pro Woche könne man leben. Es gäbe Migräniker, die im Schnitt jeden zweiten Tag von einer Attacke heimgesucht werden. Ich habe erschrocken nach Luft geschnappt, woraufhin die Arzthelferin meinte, dass ich mich glücklich schätzen könnte, dass die Triptane gut bei mir anschlagen. Bei anderen Patienten wirken diese Medikamente nicht. Die Arzthelferin berichtete mir von einem jungen Mann, dessen Attacken mehrere Tage andauern.

»Wenn es ganz schlimm kommt«, erzählte sie, »dann muss er einen Notarzt rufen, damit man ihm Schmerzmittel intravenös verabreicht.«

Anschließend gab sie mir den Ratschlag, Ausdauersport zu betreiben, anderen Patienten hätte es geholfen.

Mit Anfang dreißig habe ich aufgegeben, nach einer Heilung zu suchen.

Bis mein Essen fertig ist, bleiben noch fünfzehn Minuten, daher schleppe ich mich ins Wohnzimmer. Mit dem Controller in der Hand falle ich in den Sessel. Es gelingt mir allerdings nicht, in dem Spiel zu versinken. Ich bin zu müde, um mehr zu tun, als auf dem Sofa zu liegen und passiv in den Fernseher zu starren. Daher schalte ich die Konsole aus und rufe Netflix auf. Ich beobachte die über den Bildschirm springenden Figuren, drifte mit den Gedanken davon und fühle mich seltsam entkörpert. Wie so oft in den letzten Wochen denke ich an meine süße kleine Finja, an die großen blauen Augen, an die winzigen Finger und das zahnlose Babylächeln.

Ich frage mich, was sie wohl in diesem Moment macht. Kuschelt sie mit Luca auf dem Sofa und sieht sich ebenfalls eine Serie an? Vielleicht stehen sie aber auch in der Küche, bereiten gemeinsam ihr Abendessen zu und nippen zu oft am Wein. Vielleicht eilen sie gerade ins Kino, die Jacken gegen die Kälte eng um sich geschlungen. Vielleicht sitzen sie bei Freunden, vielleicht planen sie ihren nächsten Urlaub, vielleicht …

Neun Tage ist es her, seit ich das letzte Mal mit ihr gesprochen habe. Ich weiß, dass sie zwischendurch hier war.

Plötzlich lag ein Berg dreckiger Kleidung im Wäschekorb. Mehr nicht. Vermutlich sollte ich mich darüber ärgern, dass sie in mir nichts weiter sieht als eine Arbeitskraft, die ihr die Unterhosen wäscht. Aber als ich dastand und auf den schwarzen Pullover blickte, den ich ihr letztes Jahr zum Geburtstag geschenkt habe, empfand ich bloß Trauer. Es ist, als ob sie schon ausgezogen sei.

Der Wunsch nach einem zweiten Kind ist mit einem Mal so drängend, dass mir die Tränen in die Augen steigen. Der Bildschirm verschwimmt. Ich drücke auf den Pausenknopf, wuchte mich aus dem Sessel und strebe zur Vitrine, wo ich eines der guten Kristallgläser nehme und zwei Fingerbreit Cognac einschenke.

Normalerweise ist Alkohol für Migräniker eine verdammt dumme Idee, besonders, wenn man gerade einen Anfall hinter sich hat. Doch mir ist es egal, ich stürze das scharfe Getränk hinunter.

Migräne ist vererbbar.

Unzählige Male habe ich vor dem abgedunkelten Jugendzimmer gestanden und auf das leidende Bündel Mensch geschaut, während sich Schuldgefühle wie tausend Nadeln in meine Brust bohrten. Als Mutter will man sein Kind beschützen, es vor allem Leid bewahren, doch wenn die Migräne ihre Klauen in den Schädel meiner Tochter gräbt, kann ich nichts tun, außer hilflos daneben zu stehen. Ich fühle mich verantwortlich, weil ich ihr dieses Los mitgegeben habe. Verschlimmert werden diese Selbstvorwürfe durch das Wissen, dass man es hätte verhindern können. Tagtäglich stehe ich im Labor und mache nichts anderes, als Rinder nach den Vorstellungen der Kunden zu gestalten. Genauso gut könnte man in die DNA eines menschlichen Embryos eingreifen. Wir Genetikingenieure könnten viele der gängigen Erbkrankheiten einfach ausmerzen. Davon will die EU jedoch nichts wissen. Zu feige, sich der unausweichlichen Zukunft zu stellen, klammern sich die Politiker lieber an veraltete Normen und lassen die Menschen weiterhin leiden. Ich möchte die Verantwortlichen gern einladen, eine Migräneattacke am eigenen Leibe zu erleben. Das würde diese Dickköpfe überzeugen, dass es Fälle gibt, in denen es selbst beim Menschen sinnvoll ist, Genetic Editing zu nutzen.

Immer, wenn dieses Thema auf den Tisch kommt, wehren die Politiker jedoch ab und meinen, dass es ausreichen würde, auf die Präimplantationsdiagnostik zurückzugreifen, um eine Weitergabe der fehlerhaften Genabschnitte zu verhindern. Eine PID kann im Zuge einer künstlichen Befruchtung angewandt werden. Nachdem Eizelle und Spermium in einer Petrischale zusammengebracht wurden, wäre es möglich, die DNA des hierbei entstandenen Embryos zu untersuchen. Findet man eine Erbkrankheit, wird dieser Embryo aussortiert. Während einer PID fasst der Arzt die DNA nicht einmal an. Es erfolgt lediglich eine Auswahl, bevor die Embryonen in eine Gebärmutter implantiert werden.

Alles schön und gut, in den meisten Fällen stimmt es sogar, dass eine PID ausreichend ist. Irgendwie kann ich auch nachvollziehen, dass die EU vorgibt, wann eine PID durchgeführt werden darf und wann nicht. Wenn man den Menschen freie Hand ließe, würden sie sicherlich schon bald beginnen auch nach äußerlichen Merkmalen zu selektieren, wie der Augen- oder Haarfarbe. Allein das Vorliegen einer tödlichen oder stark einschränkenden Erbkrankheit rechtfertigt in den Augen der EU eine PID. Was ich jedoch nicht verstehen kann, ist, dass

Migräne nicht dazugezählt wird. Mir ist unverständlich, dass eine zur Volkskrankheit erhobene Beeinträchtigung, als derart marginal abgetan wird.

Viele nehmen dieses Leiden bis heute nicht ernst und glauben, bei einer Migräne handle es sich lediglich um Kopfschmerzen. Sie sehen nicht, wie stark sie sich auf das Leben ausweitet. Die WHO geht davon aus, dass jeder Zehnte an Migräne leidet. Inzwischen wurden zahlreiche Protestaktionen gestartet und Unterschriften gesammelt, um Migräne ebenfalls auf die PID-Liste zu setzen.

Natürlich habe auch ich unterzeichnet, auch wenn mir eine Änderung der gesetzlichen Lage nichts bringen würde, denn bei der Gen-Lotterie habe ich gleich zwei Nieten gezogen.

Jeder DNA-Strang ist doppelt vorhanden. Einer stammt von der Mutter, der andere vom Vater. Es sind jedoch keine exakten Kopien. Von der Mutter wurden beispielsweise blaue Augen vererbt, vom Vater braune. Wenn dieses Kind heranwächst und eigenen Nachwuchs zeugt, würde er nur einen dieser DNA-Stränge weitervererben: Entweder die braunen oder die blauen Augen.

Leider haben sowohl mein Vater als auch meine Mutter jenen Gendefekt besessen, der neunundneunzig Prozent aller Migräneattacken auslöst: ein Fehler auf dem Chromosom Eins, welcher für die Regelung der Ionenpumpen im Gehirn und damit für die Energieversorgung der Nervenzellen verantwortlich ist. Beide haben diese Krankheit an mich weitergegeben. Eine PID würde mir nichts bringen, weil jede von mir erzeugte Eizelle jenen Gendefekt in sich trägt. Somit bleibt mir nur eine Möglichkeit, um ein gesundes Kind zu bekommen: Man müsste den migräneauslösenden Abschnitt auf dem Chromosom Eins reparieren.

Ich könnte die Korrektur sogar selbst vornehmen. Es hat in den letzten Jahren einen Schub an neuen Studien gegeben, die sich mit der Vererbbarkeit von Migräne befassen. Einige von ihnen haben theoretische Möglichkeiten genannt, wie man diese Sequenz mithilfe einer Genom-Editierung ausschalten könnte. Für jemanden wie mich, der sich tagtäglich mit dieser Technik befasst, lesen sich derartige Beschreibungen wie ein Kochrezept.

Das Einzige, was ich nicht kann, ist, mir selbst Eizellen zu entnehmen und diese nach einer erfolgreichen Editierung wieder einzusetzen. Dabei bräuchte ich Hilfe.

Bitterkeit schnürt mir die Kehle zusammen. Es ist so unfair! Wir besitzen das Wissen und nur, weil irgendwelche Idioten Genetic Editing für moralisch bedenklich halten, muss ich mich entscheiden: Entweder ich erschaffe ein zweites Mal einen Menschen, der für den Rest seines Lebens leiden wird … oder ich begrabe meinen Wunsch nach einem Baby.

Eine Adoption kommt für mich nicht infrage. Wenn ich unerwartet schwanger werden würde, könnte ich Sören dies mit einem Unfall erklären. Aber ich kann schlecht mit einem Kind auf dem Arm zur Tür hineinspazieren und sagen: »Guck mal, Schatz, habe ich gefunden. Können wir es behalten?«

Außerdem kann ich mir nicht vorstellen, ein fremdes Kind aufzuziehen. Ich weiß, dass mir viele widersprechen würden. Doch jede Faser meines Körpers sträubt sich bei dieser Vorstellung. Gegenüber einem adoptierten Baby könnte ich sicherlich Empathie empfinden, würde jedoch ständig daran denken, dass ich das Balg irgendwelcher nutzloser Eltern großziehe, die nicht fähig waren, Verantwortung für ihren Nachwuchs zu übernehmen. Wie könnte unter solchen Voraussetzungen wahre Mutterliebe entstehen?

Ein Geruch steigt mir in die Nase. Im ersten Moment kann ich ihn nicht zuordnen, schnuppere erneut. Erschrocken fahre ich zusammen und renne in die Küche.

Qualm wabert mir entgegen, als ich den Backofen aufreiße.

»Mist.« Resigniert blicke ich auf die halb verkohlte Pizza.

Den restlichen Abend verbringe ich zusammengesunken auf dem Sofa und starre den Fernseher an. Als ich gegen elf ins Bett gehe, ist Sören noch nicht nach Hause gekommen.

Um halb sieben reißt mich das Klingeln von Sörens Wecker aus dem Schlaf. Grummelnd schlägt er ihn aus und dreht sich auf die Seite. Noch während ich die Fäden des Traumes von mir abstreife und versuche, den ersten klaren Gedanken des Tages zu fassen, spüre ich, dass mein Körper nicht in Ordnung ist. In meinem Nacken sitzt ein bösartiger Teufel, der mit leiser, kratzender Stimme einen Fluch heraufbeschwört. Auf Wackelpuddingbeinen wanke ich ins Badezimmer. Mit fahrigen Bewegungen krame ich in dem unaufgeräumten Medizinschrank, erwische ein Päckchen Naratriptan. Als ich die Tablette aus ihrem Blister drücke, fällt sie ins Waschbecken und rutscht in den Abfluss. Dümmlich starre ich ihr nach, habe jedoch nicht einmal die Kraft, einen Fluch auszustoßen. Ergeben drücke ich einfach die zweite Tablette heraus und schlucke sie trocken herunter.

In der Küche bereite ich mir einen starken Kaffee und ein üppiges Frühstück. Obwohl ich die Tablette genommen habe, bin ich unruhig und habe Angst, dass die Migräne doch noch zuschlagen wird.

Als ich etwas verspätet zur Arbeit aufbreche, fühle ich mich einigermaßen fit. Die Tablette hat mich zwar ein wenig schläfrig gemacht, doch dagegen hilft eine Dose Red Bull. Da mein Auto noch auf dem Parkplatz von Rinderzucht Nord ausharrt, muss ich heute auf Bus, Bahn und Taxi zurückgreifen. Vor mir liegt eine fast zweistündige Weltreise.

Gegen neun betrete ich endlich das Labor. Stina steht an der Arbeitsfläche und starrt auf ein vor ihr liegendes Tablet, aus dem blecherne Stimmen dringen.

»Was schaust du dir da an?«, frage ich.

»Geht es dir wieder besser?«

Ich winke ab, als ob die gestrige Attacke nicht erwähnenswert sei.

Stina betrachtet mich mit einem gequälten Lächeln. »Du hast mir einen Schrecken eingejagt. Ich wusste gar nicht, dass Migräne so heftig ist.«

»Das wissen die wenigsten.« Ich stelle meinen Rucksack ab und beuge mich zu ihrem Tablet. Meine Arbeitskollegin lässt nicht ab. »Hast du das schon lange?«

»Schon immer. Was siehst du dir da an?«

»Nachrichten. Ist Migräne immer so schlimm?«

Ich zucke mit den Schultern. Eigentlich habe ich keine Lust, darüber zu sprechen, aber nach dem gestrigen Vorfall hat Stina eine Erklärung verdient.

»Nein, nicht immer. Das gestern war auf der Schmerzskala eine Zehn von Zehn. Meist habe ich bloß eine Fünf oder Sechs.«

»Und wie funktioniert das mit der Migräne? Kommt die einfach so, wie ein epileptischer Anfall, oder kannst du etwas vorausahnen? Entschuldige, wenn die Frage zu persönlich ist, dann musst du natürlich nicht darauf antworten.«

Nachdenklich reibe ich mir den Nacken. »Migräne ist zwar genetisch bedingt, doch wann und wie oft sie heraufbeschworen wird, hängt von der Umwelt ab. Viel Stress, zu wenig trinken, zu viel Alkohol, am besten noch Nikotin, all das kann eine

Migräne auslösen. Manche reagieren sogar auf Schokolade, manche auf Käse, wieder andere vertragen kein Histamin. Auch Wetterwechsel zählen zu den klassischen Triggern.«

Ich beäuge Stina, um zu sehen, ob ich sie mit meinen Ausführungen langweile. Sie hat die Stirn in Falten gelegt und sieht mich erwartungsvoll an. Also fahre ich fort: »Letztendlich kann man eine Migräne mit einem Rauchmelder vergleichen: Wenn der Körper zu vielen Belastungen ausgesetzt ist, dann geht der Alarm los und *bumm*: Migräne. Je mehr Stressfaktoren auf den Körper einprasseln, desto größer ist die Wahrscheinlichkeit für eine erneute Attacke. Das Problem ist, dass man nicht alle Trigger vermeiden kann. Wetterwechsel beispielsweise. Zudem kennen die wenigsten all ihre Trigger. Die Medizin tappt größtenteils im Dunkeln und somit liegt es an einem selbst, per Trial-and-Error herauszufinden, auf welche Umwelteinflüsse man sensibel reagiert.«

Stina nickt und ich sehe, dass ihr noch etwas auf der Zunge liegt.

»Ich habe mich gestern nicht sonderlich klug verhalten, oder?« Sie grinst mich schief an, woraufhin ich ebenso schräg zurücklächle.

»Schon in Ordnung, du wolltest bloß helfen.«

»Dennoch …«

»Mach dir keinen Kopf.« Mit einem Nicken deute ich auf das Tablet. »Zeigen die Nachrichten etwas Interessantes?«

»Hast du es nicht mitbekommen?«, fragt Stina.

»Nein, ich war bis spät in die Nacht ausgeschaltet.« Ich drehe das Tablet zu mir und drücke auf *Play*. Ein Mann im anthrazitfarbenen Anzug steht an einem Rednerpult. Stolz blickt er in die Menge und berichtet auf Englisch, während ein deutscher Nachrichtensprecher das Gesagte zusammenfasst.

»Warte.« Mit dem Finger dreht Stina das Video einige Sekunden zurück. Ich blicke auf die vertraute Abbildung eines exponentiell ansteigenden X-Y-Diagramms, mit dem seit Wochen die drohende Phosphorkrise symbolisch dargestellt wird.

»Kommt gleich«, meint Stina.

Der Beitrag wechselt. Der Mann in dem grauen Anzug stellt sich hinter das Rednerpult, ordnet seine Papiere und strahlt wie jemand, der weiß, dass er gleich sehr viele Leute sehr glücklich machen wird.

»Ladys and Gentlemen, I'm proud -«, beginnt er, dann setzt der deutsche Sprecher ein, während der Mann im Anzug mit raumgreifenden Gesten seine Botschaft verkündete.

»Seit nunmehr sieben Jahren befasst sich das MALARI-Projekt mit der Ausrottung von Malaria-Mücken. Das entscheidende Werkzeug im Kampf gegen die krankheitsübertragenden Moskitos ist die Gentechnik. Modifizierte Mücken wurden in von Malaria betroffenen afrikanischen Regionen entlassen und haben durch den sogenannten Gene-Drive über Generationen hinweg die abgeänderten Erbinformationen in ihre Population übertragen. Obwohl diese Unternehmung in den ersten Jahren noch mit Schwierigkeiten kämpfte, kann Burkina Faso heute zur malariafreien Zone erklärt werden. Nächstes Ziel des MALARI-Projektes ist ganz Afrika.«

Der Beitrag endet. Die Nachrichten wechseln zum Wetter.

»Nett«, sage ich.

»Nett?« Stina lacht auf. »Das ist ein Triumph für die Gentechnik! Friss das, Pandora!«

Ich lächle und klopfe ihr auf die Schulter. »Du hast ja recht. Entschuldige, bin noch ein wenig erledigt von gestern. Was steht an?«

»Ach, bloß Nachkontrolle der Embryonen von letzten Freitag. Die sollen morgen raus.«

Ich nicke erleichtert. Routinearbeit ist genau das Richtige für einen Tag wie heute.

Wir beginnen mit der Arbeit und es ist nicht zu übersehen, dass ich langsamer bin als sonst. Trotz der zwei Energydrinks möchte ich mich am liebsten in der Ecke zusammenrollen und einfach die Augen schließen. Kurz vor Mittag öffnet sich die Tür und das schwammige Gesicht von Uwe, dem Leiter der fünf Genetiklabore von Rinderzucht Nord, schaut herein.

»Guten Morgen, die Damen, wie läuft es?« Er schiebt seine beträchtliche Körpermasse zu uns herüber.

Stina grinst. »Unsere Designerbabys sind bereit, ihre Mamas kennenzulernen. Alles bestens, wie immer.«

»Gut, gut.« Uwe tritt zwischen uns und blickt auf die Monitore, auf denen die Ergebnisse der DNA-Analyse anzeigt werden. Einen Moment lang studiert er die Daten und brummt zustimmend. Sein Kopf geht auf und ab wie bei einem dieser Wackel-Dackel, die vor zwanzig Jahren in fast jedem Auto auf der Hutablage gestanden haben.

Eine fleischige Hand legt sich auf meine Schulter. »Paula, ich müsste da mal etwas mit dir besprechen.«

Alarmiert schaue ich auf. Seine Stimme klingt ernst. Auch Stina ist dies offenbar nicht entgangen und wir tauschen einen nervösen Blick.

»Okay ... Jetzt?« Ich frage mich, ob ich etwas falsch gemacht habe. Ist es wegen meiner häufigen Krankheitstage? Ich wusste, dass man mich irgendwann darauf ansprechen wird.

Uwe sieht mich an. »Falls es gerade passt ...«

»Klar. Das kannst du doch allein fertig machen, oder?«, frage ich meine Kollegin. Sie nickt und ich folge unserem

Laborleiter in sein Büro, das hauptsächlich zur Ablage jener Papiere genutzt wird, die wir aus rechtlichen Gründen jahrelang bereithalten müssen. Vollgestopfte Ordner drängen sich in deckenhohen Metallregalen.

»Setz dich.« Er deutet auf den Stuhl vor seinem Schreibtisch. Ich nehme Platz, weiß einen Moment lang nicht wohin mit meinen Händen und klemme sie schließlich zwischen die Oberschenkel.

Uwe lässt sich auf seinen Drehstuhl fallen, den er vollkommen ausfüllt. Er nimmt ein bedrucktes Blatt zur Hand und räuspert sich. Die Luft in dem kleinen Raum ist mit einem Male zum Schneiden dick.

»Paula, leider muss ich dir mitteilen, dass dein Arbeitsvertrag nicht verlängert wird.«

Unter meinen Füßen sackt der Boden weg. Ich starre ihn an, bin nicht in der Lage zu erfassen, was er mir soeben eröffnet hat.

Uwe kratzt sich am Kinn und weicht meinem Blick aus. »Ich bin auch nicht glücklich damit, das kannst du mir glauben. Die ausbleibende Vertragsverlängerung kommt von oben.«

»Ist es wegen der Krankheitstage?«

Er zuckt mit den Schultern und blickt auf das Papier in seiner Hand.

»Ich mache hier gute Arbeit!«, rufe ich und verstumme sogleich, als ich den hysterischen Klang meiner eigenen Stimme wahrnehme.

Uwe seufzt. »Ja, das habe ich denen vom Personalmanagement auch gesagt. Aber anscheinend müssen wir Geld sparen, heißt es.«

»Die Arbeit wird nicht weniger«, halte ich dagegen. »Im Gegenteil: In den nächsten Jahren wird es immer mehr Anfragen geben.«

»Ja. Ja, das weiß ich doch und ich möchte noch einmal betonen, dass nicht ich diese Entscheidung getroffen habe. Außerdem wird hier demnächst alles umgebaut.«

»Umgebaut?«

Er nickt gewichtig und hebt endlich den Blick, um mich aus seinen kleinen Schweinchenaugen anzusehen. »Unsere Labore sind noch immer so gebaut, als würden wir Forschung betreiben. Aber das tun wir ja längst nicht mehr. In wenigen Monaten geht es los. Alles kommt neu, alles wird standardisiert, soll effizienter laufen und so. Dann werden wir weniger Personal brauchen.« Als er endet, lächelt er mich tatsächlich an.

Mir stehen Tränen in den Augen. »Ich arbeite seit sechs Jahren hier.«

Sein Lächeln verschwindet, er schaut wieder auf das Papier in seinen Händen. »Ja, und ich lasse dich wirklich ungern gehen.«

»Gibt es denn nicht irgendwas, das ich tun kann?«, frage ich mit einer weinerlichen Stimme, für die ich mich hasse. Meine Augen brennen immer stärker und als ich blinzle, rollt eine Träne über meine Wange. Ärgerlich wische ich sie weg, doch der ersten folgt eine zweite, dann eine dritte.

»Ach, Paula.« Uwe langt über den Tisch und tätschelt mir unbeholfen die Hand. »Nimm dir doch für den Rest des Tages frei, ja?«

Ich lache schrill auf. »Wie überaus großzügig von dir.«

Uwe seufzt. Der langgezogene Laut eines Menschen, der sich nichts sehnlicher wünscht, als aus dieser unangenehmen Lage zu flüchten.

»Es tut mir leid«, murmelt er.

»Werdet ihr Stina behalten?« Vor lauter Bitterkeit schnürt sich mein Brustkorb zusammen.

»Das weiß ich nicht.« Erneut weicht Uwe meinem Blick aus.

Ich nicke verstehend. »Es ist wegen der Krankheitstage.«

»Ach, Paula …«

Mit einem Ruck stehe ich auf und drehe mich auf dem Absatz herum.

»Ich kann da nichts machen«, ruft Uwe mir nach.

»Ach, fick dich doch!«

BEATRICE

Dienstag, 11.01.

»Beate, wie konnte das nur passieren? Scheiße! Ich habe dir schon beim letzten Mal gesagt, dass du ihr viel zu viele Freiheiten lässt!« Energisch schreitet Robert durch das Wohnzimmer, macht am Bücherregal kehrt und durchmisst den Raum erneut mit langen Schritten. Ich sitze auf der Sofakante und verfolge stumm den ruhelosen Marsch.

Seit zehn Minuten brüllt er seine Exfrau an und überhäuft sie mit Vorwürfen. Ich muss aufpassen, nicht zu grinsen. In der letzten Zeit war ihr Umgang eindeutig zu freundschaftlich. Eine Situation, vor der mich meine Mama stets gewarnt hat. Mir ist bewusst, dass Mama eine verzerrte Vorstellung von Männern hatte, dennoch hat sie in einigen Punkten recht. Wenn ich einen Wunsch frei hätte, würde ich seine Ex aus unserem Leben streichen. Ich träume sogar schon davon, wie die dicke Schnepfe von einem Auto erfasst wird oder im Badezimmer ausrutscht und mit dem Kopf gegen das Waschbecken knallt.

Letzten Oktober sind Robert und ich zum achtzehnten Geburtstag von Jasmin, seiner Ältesten, nach Frankfurt gefahren. Ich habe es gehasst, jede einzelne Sekunde. Wie eine Ausgestoßene saß ich am Tisch, während sich die ehemalige Familie einen Insider nach dem anderen zuwarf. Selbstverständlich hat Beate keine Gelegenheit ausgelassen, daran zu erinnern, dass sie mit Robert Jahrzehnte teilt, wohingegen ich ihn erst seit zwei Jahren kenne. Unzählige Weißt-du-noch-damals-Geschichten wurden an diesem Abend ausgetauscht. Am schlimmsten war, dass die Mädchen ihrer Mutter wie aus dem Gesicht geschnitten sind. Es kam mir vor, als säße ich nicht mit einer, sondern mit vier Beates an einem Tisch.

Ich habe diese Frau und ihre Kinder verachtet, selbst Robert habe ich gehasst, weil er auf den Besuch gedrängt hat. Später am Abend, als wir ins Hotel zurückkehrten, warf er mir vor, dass ich mit meinem langen Gesicht die Stimmung verdorben hätte, woraufhin ich zornig entgegnete, dass er wohl kaum erwarten könne, dass ich Freude an einer solchen Veranstaltung hätte.

Das war der mit Abstand schlimmste Streit in unserer Beziehung und dafür war allein Beate verantwortlich. Seither versuche ich, die Kontakte zu Roberts vergangenem Leben auf ein Minimum zu beschränken. Vor die Wahl gestellt habe ich ihn jedoch nie, da ich befürchte, dass er sich für seine Kinder entscheiden wird. Das Wissen, dass ich in seinem Leben nur an zweiter Stelle stehe, schmerzt.

Robert bleibt mitten im Raum stehen. Schon an der Art, wie er Luft holt, erkenne ich, dass gleich eine weitere Tirade folgen wird, bei der die Person am anderen Ende der Leitung keine Möglichkeit hat, etwas zu erwidern. Erneut bereitet es mir alle Mühe, nicht zu grinsen.

»Beate, das ist mir egal! Was da passiert ist, hätte verhindert werden können, wenn du nur ein bisschen aufmerksamer gewesen wärst und dich mit deiner Tochter anstatt mit deiner egoistischen Selbstverwirklichungs-«

Mitten im Satz hält er inne. Die Verblüffung steht ihm ins Gesicht geschrieben.

»Hallo?«, fragt er in einem ungewohnt defensiven Tonfall, dann ziehen sich seine Augenbrauen verärgert zusammen. »Hallo!«

Er reißt das Handy vom Ohr, starrt auf das Display und wirft das Gerät mit einem Fluch auf den Ohrensessel neben dem Bücherregal. »Ich fasse es nicht! Aufgelegt!«

Das ist mein Stichwort, mich ihm in Erinnerung zu rufen. Ich stehe auf und umarme ihn. Er lässt es geschehen, doch ich spüre, wie angespannt er ist.

»Atme tief durch«, sage ich, »und danach erzählst du mir, was eigentlich los ist.«

Er drückt mir einen flüchtigen Kuss auf die Stirn und löst sich. »Nicht jetzt. Ich muss packen.«

»Packen? Wieso? Wohin willst du?«

»Frankfurt. Jasmin liegt im Krankenhaus.« Robert spurtet die Treppe hinauf und ich eile ihm nach.

»Was ist passiert?«

»Alkoholvergiftung.«

»Ach du Scheiße!«, rufe ich, während mein Herz einen freudigen Hüpfer macht. Robert wird seiner Ex noch jahrelang vorhalten, dass Jasmin unter ihrer Aufsicht derart entgleisen konnte.

Er stürmt ins Schlafzimmer, ich hinterher. Aus dem hinteren Schrank kramt er einen kleinen Reisekoffer und beginnt ihn mit Kleidung zu füllen.

»Wie konnte sie das nur zulassen?«, flüstere ich und gebe mich erschüttert.

Robert grunzt, fährt mit dem Packen fort.

»Kümmert sich Beate denn nicht um eure Mädchen? Ich meine: Wer so viel Alkohol schluckt, dass es zu einer Vergiftung kommt, ist doch schon ein geübter Trinker«, behaupte ich.

»Keine Ahnung. Ich fahre jedenfalls runter.«

»Wann bist du zurück?«

Er zuckt mit den Schultern. »Vielleicht Montag, vielleicht später.«

Ich setze mich auf die Bettkante. »Das wäre niemals passiert, wenn sie mit den Mädchen noch hier wohnen würde.«

Er gibt ein langgezogenes Stöhnen von sich und bedeckt das Gesicht mit den Händen.

»Vielleicht haben wir damit etwas in der Hand, mit dem wir zum Jugendamt gehen können«, setze ich nach.

»Schatz, bitte nicht jetzt.« Er seufzt und nimmt die Hände herunter.

Ich schrecke zusammen, als ich ihm ins Gesicht blicke. Ich weiß ja, dass er über fünfzig ist, auch wenn ihn seine Ausstrahlung deutlich jünger wirken lässt. In diesem Moment sieht er jedoch aus wie sechzig.

»Bitte, ich will das alles nicht hören.« Er wirft den Deckel des Koffers zu.

»Musst du wirklich noch heute Abend fahren? Du hast den ganzen Tag gearbeitet und bist müde.« Ich verschränke meine Hände in seinem Nacken. »Schlaf doch erst einmal zwei oder drei Stunden.«

Er schiebt mich von sich und ich erschrecke bei dem zornigen Ausdruck auf seinem Gesicht. »Meine Tochter liegt im Krankenhaus!« Mit dem Koffer in der Hand verlässt er den Raum und poltert die Treppe hinab, ich hinterher.

»Warte, ich mache dir einen Kaffee, den kannst du dann mitnehmen.«

Er schüttelt den Kopf und reißt seine Jacke von der Garderobe. »Ich hole mir ein paar Energydrinks von der Tankstelle.«

»Dann bereite ich dir ein Sandwich -«

»Nein, an der Tanke bekomme ich schon irgendwas.« Nun bückt er sich, um in die Schuhe zu steigen. Als er sich wieder aufrichtet, falle ich ihm um den Hals und drücke ihm einen Kuss auf die Lippen. Er seufzt und schiebt mich zurück.

»Ich schreibe zwischendurch.« Er öffnet die Haustür und entschwindet in die Nacht. Obwohl die kalte Luft mich frösteln lässt, bleibe ich in der offenen Tür stehen und beobachte, wie er in seinen Mercedes steigt, die Auffahrt hinunterrollt und verschwindet, ohne mir ein letztes Mal zu winken. Hilflosigkeit legt sich wie ein stählernes Korsett um meinen Brustkorb. Ich eile ins Wohnzimmer, suche nach meinem Smartphone, und als ich es gefunden habe, scrolle ich durch mein geheimes Fotoalbum, in dem ich ein paar sexy Bilder von mir aufbewahre. Ich entscheide mich für eines, auf dem ich mit laszivem Blick und seidenem Nachthemdchen auf dem Bett liege. Das Foto sieht aus, als wäre ich gerade aufgewacht, doch natürlich habe ich es sorgsam inszeniert. Ich tippe einige Male auf das Display, dann halte ich inne. Nein, Robert ist erst seit wenigen Minuten unterwegs. Es wirkt verzweifelt, wenn ich es jetzt schon abschicke. Also lege ich das Gerät beiseite und frage stattdessen das Internet, wie lange Robert für seine Fahrt nach Frankfurt brauchen wird. Sechs bis sieben Stunden, wenn er gut durchkommt. Momentan ist es halb elf, also wird er halb fünf oder halb sechs dort sein. Ich stelle den Wecker auf fünf Uhr. Das Foto soll ihn kurz vor seiner Ankunft erreichen, damit es ihn daran erinnert, was er zurückgelassen hat.

PAULA

Mittwoch, 11.01.

Wieder erwache ich zerknittert. Mein Nacken ist verspannt und der Kiefer schmerzt, als hätte ich die gesamte Nacht mit den Zähnen geknirscht. Aus dem Badezimmerspiegel blicken mir verquollene Augen entgegen, die von einem grauen Gesicht eingerahmt sind. Zur Vorsicht werfe ich zwei Paracetamol ein, wodurch sich ein schlechtes Gewissen in meinem Magen einnistet. Ich nehme zu viele Tabletten, kann ohne sie nicht mehr leben.

Beim Frühstück mit Sören versuche ich, mir meinen Zustand nicht anmerken zu lassen. Zum Glück ist er wieder mit seinem Smartphone beschäftigt und sieht mich kaum an. Bisher habe ich ihm noch nichts von meinem nicht verlängerten Vertrag erzählt. Ich schäme mich und kann nicht an Stina denken, ohne vor Neid zu verbrennen. Sie darf bleiben, während ich gehen muss. Sie, die gerade erst den Hörsaal verlassen hat. Und ich habe sie auch noch angelernt.

»Schatz, alles in Ordnung?« Sörens Stimme reißt mich aus meinen Gedanken.

»Hm?« Ich blicke auf, zwinge mich zu einem Lächeln.

»Migräne?« Er sieht mir prüfend ins Gesicht.

Ich winke ab. »Ein bisschen, habe schon eine Tablette genommen.«

»Willst du nicht vorsichtshalber zu Hause bleiben? Heute steht ein wichtiger Termin an, da kann ich dich nicht abholen.«

Meine Unterlippe zittert. Plötzlich bin ich den Tränen nahe. Sören sieht mich erschrocken an. »Schatz?«

Ich kann ihm nicht von meiner Entlassung erzählen. Ich komme mir wie eine Versagerin vor. Daher spreche ich das Nächstbeste aus, was mir auf der Zunge liegt: »Ich will ein Baby.«

Die Worte sind raus, bevor ich Gelegenheit hatte, über sie nachzudenken. Keiner von uns sagt etwas, unwillkürlich halte ich die Luft an.

»Ach, Paula …« Sören klingt wie Uwe, nachdem er mir gestern die Kündigung ausgesprochen hatte. Mitleidig und doch von oben herab. In dem gleichen Tonfall redet man mit einem Kind, wenn es morgens nicht in die Kita will.

»Nein, du hast recht, schon gut«, bringe ich hervor und rutsche von meinem Stuhl. »Vielleicht sollte ich heute wirklich zu Hause bleiben. Ich … ich lege mich noch einmal hin.«

Sören seufzt. »Ja, mach das.«

Als ich die Küche verlasse und die Treppe hinaufsteige, ruft er mir nach: »Ich liebe dich.«

Im Schlafzimmer ziehe ich die Vorhänge zu, lege mich aufs Bett und sage bei der Arbeit Bescheid, dass ich heute nicht komme. Anschließend falte ich die Hände auf dem Bauch, starre zur Decke hinauf, finde jedoch keine Ruhe. Wenig später höre ich, wie die Haustür ins Schloss fällt und Sörens Wagen die Auffahrt hinabrollt. Ich horche in die Stille des Hauses. Nein, es ist nicht nur still. Das Haus ist verlassen. Vier Wände und ein Dach, die darauf warten, mit Leben gefüllt zu werden.

Ich denke an mein Labor, an Gene, Allele, Erbinformationen. Während ich mir Stina vorstelle, die sich im weißen Kittel über die Arbeitsfläche beugt, bin ich gleichermaßen von Missgunst, wie von Sehnsucht erfüllt.

Ich bin intelligent, liebe meine Arbeit. Aber mein Körper verrät mich. Wie viel hätte ich beruflich erreichen können, würde mein Geist in einem anderen, einem gesunden Körper stecken?

Die Minuten verstreichen und ich liege einfach nur da. Als es mir endlich gelingt, den Kopf zu drehen, ist eine Stunde vergangen und ich komme mir noch überflüssiger vor. Ich stehe auf, treibe mich die Treppe hinab und bleibe unschlüssig im Wohnzimmer stehen. Mein Blick fällt auf die Vitrine, in der sich unsere guten Gläser befinden.

»Scheiß drauf!«

Ich nehme einen Cognacschwenker aus dem Schrank und gönne mir zwei Fingerbreit Asbach. Anschließend werfe ich die Spielkonsole an.

So verbringe ich den Vormittag und einen guten Teil des Nachmittags. Zwischendurch schiebe ich eine Pizza in den Ofen, ansonsten versuche ich, mein übriges Leben zu vergessen. Es klappt auch ganz gut, bis ich gegen fünfzehn Uhr eine Nachricht von Stina erhalte.

»Kommst du morgen?«, schreibt sie.

Mein erster Impuls ist, mit »Nein« zu antworten. Der Zeigefinger schwebt über dem Display und ich frage mich, was die Konsequenzen wären, wenn ich einfach nicht mehr zur Arbeit ginge.

Eine schnelle Recherche im Internet ergibt, dass sie mir bei längerem Wegbleiben fristlos kündigen könnten. Damit würde ich mein Restgehalt verspielen, was jedoch nur das kleinere Übel darstellt. Weitaus unangenehmer wäre das zu erwartende Arbeitszeugnis. Bei der Suche nach einem neuen Job bin ich davon abhängig.

Mit einem frustrierten Schnauben werfe ich mein Smartphone beiseite. Alles in mir sträubt sich bei dem Gedanken, das Labor noch einmal zu betreten. Die drei verbleibenden Monate erscheinen mir wie eine Ewigkeit.

Mir kommt ein Gedanke und ich gebe ein humorloses Lachen von mir. Wenn ich jetzt schwanger wäre, bekäme ich sofort ein Beschäftigungsverbot.

Ich packe mein Glas und schenke mir dieses Mal vier Fingerbreit ein.

Als Sören am späten Nachmittag nach Hause kommt, bin ich angetrunken. Ich kaschiere es, indem ich vorgebe, erschöpft von der Migräne zu sein. Er fragt nicht nach, lässt sich auf das Sofa fallen, setzt die Kopfhörer auf und beginnt auf seinem Laptop herumzutippen. Bis um sieben Uhr wechseln wir kaum ein Wort. Ich speichere mein Spiel ab und schaue zu Sören. Er hat sein Smartphone in der Hand und lächelt.

»Mit wem schreibst du da?«, frage ich in einem Tonfall, der schärfer ausfällt als beabsichtigt.

»Ist da jemand eifersüchtig?«, frotzelt er. Offenbar versucht er, die Situation mit einem dummen Scherz auflockern, bewirkt damit jedoch das Gegenteil.

»Mit einem so verliebten Blick hast du mich seit Jahren nicht mehr angeschaut«, sage ich.

»Na, wir sind auch seit Ewigkeiten verheiratet. Da läuft das eben so.«

»Was soll das denn heißen?«

Er verdreht die Augen. »Das sollte ein Witz sein. Ich schreibe mit Tom. Hier, willst du sehen?«

Er hält das Display in meine Richtung, doch aus dieser Entfernung kann ich natürlich nichts lesen. Ich springe auf und reiße ihm das Gerät förmlich aus der Hand. Sörens Mundwinkel sinken herab.

Ich überfliege die Zeilen. Es geht um Handball und darum, dass irgendeine Mannschaft absteigen wird. Ich gebe meinem Mann sein Smartphone zurück und lächle »Mensch, das ist ja grottenlangweilig. Habt ihr keine interessanteren Themen?« Mein flapsiger Spruch soll die Atmosphäre entspannen, doch wie Sörens lahmer Versuch von eben scheitert auch meiner. Er steht auf und verstaut das Handy in der Gesäßtasche.

»Tut mir leid, wenn unsere Konversation nicht deinen intellektuellen Ansprüchen genügt«, knurrt er.

Auf meiner Zunge liegen zornige Worte und ich bin versucht, sie ihm alle an den Kopf zu werfen. Im nächsten Moment überkommt mich jedoch die Vernunft: Ein Streit würde nichts bringen. Ich weiß doch ohnehin, was er sagen wird. Wir haben das alles schon tausendfach durchgekaut. Das Gespräch würde wie immer im Sand verlaufen und zurück blieben bloß schlechte Laune verletzte Gefühle. Und wofür? Genauso gut könnte in China ein Sack Reis umfallen.

Vor zehn Jahren haben wir fast jeden Tag gestritten. Andauernd wurde gebrüllt, weil Socken herumlagen, das dreckige Geschirr auf der Arbeitsfläche stand oder weil wir uns uneinig waren, wie mit Finjas unzureichender Leistung in Mathe umzugehen sei.

Irgendwann obsiegte die Resignation. Noch immer lagen die Socken herum, auf den Tellern trockneten die Essensreste ein, doch Sören und ich waren es leid, andauernd dieselben nutzlosen Diskussionen zu führen. Wir brachen aus dem Teufelskreis aus, indem wir uns in Schweigen hüllten.

Ich zwinge mich zu einem Lächeln. »Entschuldige. Das war übertrieben von mir. Es tut mir leid.«

Seine Miene wird weich, doch für einen Moment habe ich den Eindruck, nicht Triumph, sondern Trauer in seinem Blick zu sehen. Mehre Sekunden lang stehen wir uns stumm gegenüber. Etwas scheint in der Luft zu liegen. Dann weicht Sören meinem Blick aus. »Mir auch.«

Er setzt die Kopfhörer auf und seine Finger fliegen über die Tastatur. Ich warte einen Moment ab, doch da er mir keine weitere Beachtung schenkt, klemme ich mir meinen eigenen Laptop unter den Arm und flüchte nach oben.

Als Sören endlich ins Bett kommt, habe ich das Licht zwar längst gelöscht, bin jedoch noch hellwach. Mein Mann krabbelt unter seine Decke und wühlt sich in eine bequeme Schlafposition, liegt dann still. Das Gebirge zwischen uns scheint seit gestern gewachsen zu sein. Irgendwie bedaure ich, dass er vorhin bloß mit Tom geschrieben hat. Eine Affäre würde diesem Bergmassiv zumindest einen Sinn geben.

Der nächste Tag beginnt wie jeder andere. Ich dusche, ziehe mich an, bereite mir ein kleines Frühstück, setze mich mit meinem Kaffee an den Tisch und starte den Laptop. Vor mir schwebt ein großes Fragezeichen und ich stehe in einem Meer aus Selbstzweifel. Wieso haben sie mich entlassen? Liegt es an den Krankheitstagen? Oder war meine Arbeitsleistung unzureichend? Meistens habe ich gründlicher gearbeitet als Caroline, habe sie sogar oft vor Fehlern bewahrt.

Vielleicht hätte ich damit mehr angeben sollen, wie Michael Prehn, der sich für den tollsten Hecht hält und tragischerweise auch verdammt gute Resultate abliefert. Ich bin jedoch niemand, der unnötig angibt. Bisher habe ich angenommen, dass meine Ergebnisse für sich sprechen.

Sören kommt die Treppe herab und betritt die Küche. Er küsst mich auf den Scheitel, als ob der gestrige Abend nicht gewesen wäre, und schenkt sich einen Kaffee ein. Alles wie immer. Doch als er sich zu mir an den Tisch setzt, bleibt das Smartphone in der Tasche. Erwartungsvolles Schweigen erfüllt die Luft. Oder bilde ich mir das wieder nur ein? Ich linse zu Sören, der sich an seinem Kaffeebecher festhält und ins Leere stiert. Er bemerkt meinen Blick und lächelt gezwungen. Ich lächle zurück. In der angespannten Stille scheint eine Brücke zwischen uns zu entstehen. Noch ist sie schmal und wackelig, besteht bloß aus Seilen und einigen Hölzern. Doch es ist eine Einladung …

»Das mit dem Baby war nicht ernst gemeint, oder?«

Sein Hieb zerteilt die Seile. Beide Hälften der Brücke schwingen zu ihren jeweiligen Seiten zurück. Lautlos stürzen vereinzelte Tritthölzer in die Tiefe und verschwinden im Nebel.

Ich presse die Lippen aufeinander, wende mich wieder dem Laptop zu.

Er seufzt. »Ich meine, wir sind doch beide mittlerweile viel zu alt dafür. Vor einigen Jahren hast du mir selbst erzählt, dass die Wahrscheinlichkeit für ein behindertes Kind steigt, je älter man ist. Mit einem kopfkranken Kind kann ich unmöglich leben.« Ich öffne den Mund, will etwas sagen, doch er beachtet mich nicht. »Natürlich kann man solche Fehlbildungen heute sehr früh feststellen und das Kind abtreiben. Aber könntest du das? Ich denke nicht, es würde dich total fertigmachen. Du warst ja schon damals kategorisch dagegen.«

»Finja war ja auch gesund.«

Sören sieht mich nicht einmal an. »Darüber hinaus weißt du selbst, wie anstrengend so ein Baby sein kann. Noch heute gruselt es mich, wenn ich an das erste Jahr denke. Der Schlafentzug war echt hart, vor allem für dich. Finja hat uns beide im Studium zurückgeworfen. Wir hätten die Abschlüsse viel früher haben können. Und damals waren wir erst Anfang zwanzig. Aber jetzt, mit vierzig? Ich glaube wirklich nicht, dass wir die Kraft dafür haben. Dann noch deine Migräne. Du bist doch gar nicht in der Lage, dich um ein Kind zu kümmern. Stell dir vor, wie die letzten Tage ausgesehen hätten, wenn du für ein Baby verantwortlich gewesen wärst. Du konntest ja nicht einmal für dich selbst sorgen.« Er schüttelt den Kopf. »Nein, wirklich. Für ein Baby ist es mittlerweile zu spät.«

Er zeigt erneut dieses gezwungene Lächeln, greift über den Tisch und legt seine Hand auf meinen Unterarm. Am liebsten hätte ich sie abgeschüttelt und ihm stattdessen meine Faust ins Gesicht geschmettert. Ich öffne den Mund, um etwas zu sagen, doch statt Worten erklingt nur ein Schniefen. Plötzlich rollen Tränen meine Wangen herab.

»Ach, Schatz.« Er steht auf und umarmt mich, woraufhin meine Brust von einem erneuten Schluchzen geschüttelt wird. »Das ist doch nur eine Phase«, murmelt er. »Das haben viele Frauen so kurz vor … na ja, du weißt schon. Einige bei der Arbeit haben erzählt, dass ihre Frauen das auch durchlebt haben.«

Ich stelle mir vor, wie Sören und seine Kollegen am Mittagstisch in ihrem kleinen Pausenraum sitzen, die in der

Mikrowelle aufgewärmten Fertiggerichte in sich hineinschaufeln und über ihre von Hormonen geschüttelten Ehefrauen lachen.

»Wir sind spät dran«, bringe ich hervor und stehe auf. Sören hält mich an den Oberarmen fest.

»Nun sei nicht sauer«, sagt er und küsst mich auf die Stirn. »Du weißt, dass ich recht habe.«

»Natürlich hast du das. Heute genauso wie in all den Jahren davor.«

»Was soll das denn heißen?«

»Ach, nichts!«, fauche ich und löse mich von ihm, greife meinen Laptop und rausche aus der Küche.

»Herrgott, Paula. Was ist denn heute mit dir? Setzt dir die Migräne immer noch so zu?«

Ich greife nach meiner Jacke und schlüpfe in die Schuhe. Sören folgt mir und redet unaufhörlich auf mich ein. Ich höre kaum hin. Als ich meinen Schlüssel vom Brett nehme, packt er meinen Arm.

»Du gehst jetzt nicht!«, sagt er. Gefährliche Worte liegen mir auf der Zunge. Worte, die, einmal ausgesprochen, nie mehr zurückzunehmen sind und so tief ins Fleisch schneiden, dass sie Narben hinterlassen. Ich will ihm die Worte vor die Füße werfen, will ihm sagen, dass es ein Fehler war, ihn geheiratet zu haben. Wieso habe ich ihn nicht schon längst verlassen? Bequemlichkeit? Naive Hoffnung, dass er seine Meinung eines Tages doch noch ändern wird?

Ich fühle, wie der Hass aus meinen Augen sprüht, und sehe, dass dies auch Sören nicht entgeht. Der Griff um mein Handgelenk verstärkt sich.

Nein, ich werde keines dieser Worte aussprechen. Ein Streit würde uns nirgendwohin führen. Wir haben es oft genug versucht, um zu wissen, dass es nur eine Verschwendung von Lebenszeit und Energie wäre.

Ich zwinge mich zu einem Lächeln, beuge mich vor und lege meine Lippen auf seine. Jetzt muss ich ihn zumindest nicht mehr ansehen.

»Tut mir leid«, hauche ich und bin erstaunt, wie leicht mir diese Lüge fällt.

Er weicht zurück, betrachtet mich skeptisch. Ich behalte das Lächeln bei und reibe mir die Stirn. »Ich bin im Moment tatsächlich nicht gut drauf.« Mir kommt ein Gedanke und ich nutze ihn. »Man hat mir gekündigt.«

Sören reißt die Augen auf. »Was?«

Ich nicke, blicke auf meine Schuhe hinab. »In drei Monaten läuft der Vertrag aus und sie werden ihn nicht verlängern.«

»Aber … wie? Das können sie doch nicht einfach so … Scheiße, das tut mir leid.«

Er umarmt mich so fest wie seit Langem nicht mehr. Bärenumarmung haben wir das früher genannt, in Anlehnung an eines von Finjas Kinderbüchern, in dem Mamabär ihren kleinen Bären so fest umarmt, wie nur Bären es können.

Ein Schluchzen entringt sich meiner Kehle. Meine Arbeit war mein Anker. Die Kündigung fühlt sich an, als hätte ein geliebter Mensch unerwartet mit mir Schluss gemacht.

»Du findest sicherlich bald etwas Neues«, murmelt er. »Meine kleine Wissenschaftlerin.«

Ich weiß nicht, was ich darauf erwidern soll, und verharre schweigend.

»Deshalb auch die Migräne, hm?«, fragt er.

Ich nicke.

Sören streichelt meinen Rücken.

»Aber hast du dir deine Karriere nicht ohnehin anders vorgestellt? Du wolltest eigentlich in die Forschung, oder? Könnte man die Kündigung nicht vielleicht als Chance sehen?«

Ich lache trocken auf. Typisch Sören: Er denkt seine Ideen nie bis zum Ende durch.

»Dieser Zug ist längst abgefahren«, entgegne ich. »In der wissenschaftlichen Welt bin ich eine Unbekannte. Kein einziges Paper trägt meinen Namen. Ich bin ein Niemand und müsste gegen Mitbewerber konkurrieren, die entweder deutlich jünger sind oder einen Doktortitel besitzen.«

»Du hast dafür Berufs- und Lebenserfahrung.«

Ich winke mit einem Schnaufen ab, habe keine Lust, seine halbgaren Gedanken mit ihm durchzukauen.

Sören seufzt. »Es spricht doch nichts dagegen, wenn du es zumindest versuchst, oder?«

»Klar«, sage ich, obgleich ich ohnehin schon weiß, dass ich keinen Erfolg haben werde. Aber mit diesem Zugeständnis kann ich die Diskussion abkürzen.

»Willst du denn heute wirklich zur Arbeit?«, fragt er. »Kannst du nicht zu Hause bleiben? Wie lange läuft dein Vertrag noch?«

»Drei Monate.«

»Scheiße.«

Ich löse mich von meinem Mann und schaue lächelnd zu ihm auf. »Ich will mein Labor sauber hinterlassen. Du weißt schon: Alle Projekte abschließen oder so bearbeiten, dass mein Nachfolger problemlos weitermachen kann.«

Er lacht auf. »Du bist zu gut für diese Welt. Andere würden an ihrem letzten Tag die Toiletten mit Klopapier verstopfen.«

»Vielleicht mache ich das ja noch.« Ich zwinkere ihm zu und er beugt sich vor und küsst mich.

»Kein Wunder, dass du so durcheinander bist«, sagt er. »Aber gut, dass wir das geklärt haben. Lass uns doch am Samstag etwas Nettes zusammen unternehmen. Wir könnten ins Kino.«

»Eine schöne Idee. Aber im Moment ist mir eher danach, das Internet nach Stellen zu durchsuchen.«

»Ach, das Wochenende ist lang genug. Wir gucken heute Abend, was im Kino läuft, ja?«

Ich habe keine Lust, Zeit mit ihm zu verbringen, doch ich kann am Samstag ja einfach eine leichte Migräne vortäuschen, woraufhin er sich sicherlich mit Tom verabreden wird. Daher lächle ich. »Na gut. Aber jetzt muss ich wirklich los.«

Er gibt mir einen letzten Kuss. »Bis heute Abend.«

Als ich halb aus der Tür bin, fügt er an: »Lass dich nicht unterkriegen.«

Ich zwinkere ihm zu. »Werd ich nicht.«

Der Arbeitstag verläuft grässlich. Ich habe niemandem von der ausbleibenden Vertragsverlängerung berichtet, doch der Flurfunk hat es natürlich längst verbreitet. Gespräche verstummen, wenn ich mich nähere. Mitleidsvolle Blicke streifen mich.

Stina versucht, sich vergnügt zu geben, doch ihr Grinsen ist maskenhaft und ihr Lachen mindestens zwei Nuancen zu hoch.

Während ich am Spülbecken stehe und die gebrauchten Gläser und Röhrchen vom Vormittag wasche, denke ich an menschliche Embryonen und an die Vererbbarkeit von Migräne. Ich habe das Wissen und auch das Labor … zumindest noch für drei Monate. Theoretisch könnte ich mir auch im heimischen Keller ein Labor einrichten. Das Tolle an unseren heutigen Genscheren ist, dass sie nicht nur exakt schneiden, sondern auch relativ kostengünstig und simpel in der Handhabung sind. Damals, als die Genschere gerade erst auf den Markt gekommen ist, wurden im Internet sogar Genetic Design Kits für zu Hause angeboten. Aus Sorge vor einer unkontrollierten Verbreitung der Versuchstiere aus heimischen Laboren, wurde das Genetic Editing jedoch schon bald reglementiert. Selbst Wissenschaftler können die Konsequenzen ihres Handelns unmöglich in Gänze erfassen. Wie könnte es also ein einfacher Hundezüchter oder ein gelangweilter Rentner, der sich mit Genetic-Editing die Zeit vertreiben wollte?

Das Verbot würde mich natürlich nicht abhalten, schließlich wäre das Eingreifen in die menschliche DNA ohnehin eine Straftat. Ich wüsste jedoch nicht, wie ich mein Kellerlabor vor Sören geheim halten könnte. Nein, es ist einfacher die verbliebenen Wochen in dem Labor von Rinderzucht Nord auszunutzen.

An Spermien zu gelangen wäre kein Problem. Ich müsste Sören lediglich überzeugen, ein Kondom überzuziehen.

Der Knackpunkt meines theoretischen Plans sind die Eizellen. An diese zu gelangen ist alles andere als trivial. Ich bräuchte Hilfe, bräuchte jemanden, der sie mir entnimmt.

Ich denke an Beatrice und ihren Mann. Robert besitzt eine Kinderwunschpraxis, in der er Frauen tagtäglich Eizellen entnimmt.

Ich spüle einen Becherkolben aus, während ich im Kopf diese Idee mit vorsichtigen Schritten umkreise.

Für den Rest des Tages kann ich kaum an etwas anderes denken. Ich besitze das Wissen, meinem zukünftigen Kind ein migränefreies Leben zu ermöglichen. Robert wäre der Schlüssel für mein Problem mit den Eizellen.

Immer, wenn ich mich dabei erwische, wie ich über diese abstruse Idee nachgrübele, muss ich lächelnd den Kopf schütteln. Nein, das alles ist viel zu bizarr, um es tatsächlich in die Tat umzusetzen.

Trotzdem hat sich dieser Gedanke festgefressen und ich werde ihn einfach nicht mehr los. Nach Feierabend schiebe ich mich nach Kiel zurück und stehe wenig später in der heimischen Küche, halte einen Kaffeebecher in der Hand und starre aus dem Fenster zum Nachbarhaus. Inzwischen ist es draußen dunkel und das Wohnzimmer nebenan ist hell erleuchtet. Die Vorhänge sind offen. Ich sehe Beatrice, die im Schneidersitz auf dem Sofa hockt. Sie trägt eine Jogginghose und blickt konzentriert in ein Buch, während sie sich mit einem Kugelschreiber unablässig gegen die Lippen tippt. Auf dem Couchtisch liegen ein Collegeblock und zwei weitere Bücher. Die leere Einfahrt verrät mir, dass Robert nicht zu Hause ist. Vielleicht ist er noch in seiner Praxis und arbeitet an irgendwelchem Papierkram, den er heute unbedingt fertigstellen muss.

Mein Handy piept. Eine Nachricht von Sören. Er erkundigt sich, ob er etwas zu Essen mitbringen soll. Ich stimme zu, woraufhin er einen salutierenden Emoji zurückschickt.

Beatrice hat sich nicht gerührt. Nachdenklich schiebe ich den fast leeren Kaffeebecher hin und her.

Ich habe vorhin recherchiert. Um eine Frau auf eine künstliche Befruchtung vorzubereiten, beginnt man zunächst mit einer Hormonbehandlung, die das Ziel hat, gleich mehrere Eizellen reifen zu lassen. Das Ganze dauert drei bis vier Wochen, dann können die Eizellen entnommen werden.

Dies geschieht mit einer feinen Nadel entweder durch die Vagina oder mithilfe einer Bauchspiegelung. Danach erfolgt die künstliche Befruchtung. Zunächst werden Spermien und Eizellen in einer Petrischale zusammengeführt, um sie anschließend im Brutschrank reifen zu lassen. Nach zwei bis sechs Tagen werden die Embryonen in eine Gebärmutter übertragen. Hierbei wird ein dünner, biegsamer Schlauch in die Vagina der Frau eingeführt, durch welchen die kleinen Wunder in den Körper rutschen. Keine große Sache. Aber allein kann ich dies nicht durchführen, ich brauche die Hilfe eines Arztes.

Ich brauche die Hilfe von Robert.

Aber wie bringe ich ihn dazu? An sein Mitgefühl zu appellieren, erscheint mir wenig aussichtsreich. Er beginge nicht nur eine Straftat, sondern würde sich auch in die Beziehung ihm fremder Leute hineinziehen lassen. Ich an seiner Stelle würde nicht einwilligen.

Was dann? Erpressung käme infrage, doch mit was? Ich kenne unsere Nachbarn nicht gut genug, wüsste nicht, wo ich ansetzen sollte.

Eine dritte Möglichkeit wäre, ihn zu täuschen. Mir muss bloß eine Geschichte einfallen, mit der ich ihn dazu bringe, mir die Hormontherapie zu verabreichen und die Eizellen zu entnehmen. Aber selbst wenn es mir gelänge, bliebe die Frage offen, wie ich anschließend an die Embryonen käme. Roberts Praxis ist mit Sicherheit gegen Einbruch geschützt.

Das Geräusch der sich öffnenden Haustür holt mich aus meinen Gedanken.

»Hallo, Schatz«, ruft Sören. Raschelnd hängt er seine Jacke auf, dann kommt er mit einer Tüte in der Hand in die Küche.

»Du warst aber schnell«, sage ich lächelnd, doch ein Blick auf die Uhr zeigt mir, dass dies nicht stimmt. Ich war bloß so in Gedanken versunken, dass ich das Verrinnen der Zeit nicht bemerkt habe.

Er zuckt mit den Schultern. »Kam gut durch.«

Er hat zwei Döner mitgebracht. Wir essen im Wohnzimmer, während auf dem Fernseher eine Sitcom läuft. Sören gibt sich gut gelaunt, bemüht sich um aufmunternde Worte. Gegen neun Uhr wimmle ich ihn ab und erkläre, dass ich nach Stellenangeboten suchen will. Sören versucht zwar, mich zum Bleiben zu überreden, doch ich schüttle den Kopf und erhebe mich. Daraufhin zuckt er mit den Schultern und schaltet die Playstation ein.

Ich mache es mir am Küchentisch bequem und beginne die Jobbörsen im Internet nach passenden Anzeigen zu durchsuchen. Das Ergebnis ist ernüchternd. Wenn ich bereit wäre, bundesweit einen Job anzunehmen, fänden sich einige Angebote. In meiner Region ist jedoch nicht eine einzige Stelle offen. Frustriert greife ich nach dem Cognac und mein Blick schweift zum Nachbarhaus.

BEATRICE

Samstag, 15.01.

Heute ist Samstag. Seit vier Tagen ist Robert in Frankfurt und ich frage mich unentwegt, was er gerade macht. Im Morgenmantel sitze ich am Frühstückstisch, schaufle lustlos eine kleine Schale Haferflocken in mich hinein, wische durch die Bilder in meinem Smartphone und überlege, ob ich ihm jetzt eines schicken sollte, oder lieber später.

Männer laufen weg, wenn eine Frau zu sehr klammert, höre ich Mama sagen und sehe ihren lehrerhaft erhobenen Zeigefinger vor mir. *Das ist wie mit dem Salz in der Suppe. Ein bisschen davon ist wichtig, sonst schmeckt das Essen nicht. Aber wenn du zu viel verwendest, wird es ungenießbar.*

Meine Mutter hatte eine sehr genaue Vorstellung davon, wie das Spiel zwischen Mann und Frau stattzufinden hat. Leider hatte sie ausreichend Studienobjekte. Ein Mann nach dem anderen trat in ihr Leben, nur um sie kurz darauf wieder zu verlassen. Damals war ich zu jung, erst viel später habe ich verstanden, was für eine arme und kranke Frau meine Mama gewesen ist. Inzwischen weiß ich, dass ihre Vorstellungen falsch waren. Sie hat eine Beziehung als enges Gefüge aus Regeln und Kausalitäten gesehen. Tut man dies, passiert das. Ich bin überzeugt, dass es komplizierter und gleichzeitig viel einfacher ist. Eine Beziehung funktioniert dann, wenn sich beide Partner auf Augenhöhe begegnen, sich respektieren und aufeinander eingehen, so dass letztendlich jener einzigartige Tanz entsteht, den nur langjährige Paare wirklich beherrschen.

Ich weiß das alles und dennoch werde ich Mamas Stimme einfach nicht los. Es scheint, als würde sie mir selbst aus dem Grab noch Ratschläge ins Ohr wispern. Ich vermisse sie, gleichzeitig wünsche ich mir, sie würde mich endlich in Ruhe lassen.

Jemand klingelt an der Haustür und ich fahre zusammen. Mein erster Gedanke ist, dass es Robert sein muss. Doch nein, er hätte mir Bescheid gegeben. Zudem bräuchte er nicht zu klingeln, er besitzt einen Schlüssel. Ich stehe auf, ziehe den Gürtel des Morgenrocks enger und gehe zur Tür.

Es ist tatsächlich nicht Robert, natürlich nicht. Stattdessen steht die Nachbarin vor mir. Sie hat nicht einmal Schminke aufgelegt. Vor sich hält sie einen roten Plastikkorb voller tropfnasser Wäsche.

Sie lächelt schief und deutet mit einem Kopfnicken auf den gefüllten Wäschekorb. »Unsere Waschmaschine ist gerade kaputt gegangen. Und da habe ich gehofft, dass ich unsere Wäsche kurz in eurer Maschine schleudern könnte. Zehn Minuten, dann bin ich wieder weg.«

Mir ist nicht nach Gesellschaft, doch mir fällt auf die Schnelle keine plausible Ausrede ein, um sie abzuwimmeln. »Na klar, komm ruhig rein.«

»Vielen, vielen Dank!« Ächzend trägt sie den Korb über die Türschwelle. Ich geleite sie in unser Badezimmer, wo sowohl Waschmaschine als auch Trockner stehen. Sie belädt die Maschine, stellt sie an und richtet sich wieder auf.

»Puh, da habe ich ja Glück gehabt. Hatte es schon bei den Nachbarn drüben probiert, doch die scheinen nicht da zu sein. Dachte zuerst, ihr seid auch nicht zu Hause – euer Auto ist gar nicht da.«

Ich lächle höflich. »Robert ist für ein paar Tage unterwegs. Geschäftlich.«

Mein eigenes Auto lasse ich unerwähnt. Aus reiner Gewohnheit steht es noch immer in der Parkbucht am Ende der Straße, anstatt in der seit Tagen freien Auffahrt.

»Ah, sturmfreie Bude also.« Sie zwinkert mir zu.

»Kann man so sagen.«

Ein paar Sekunden lang stehen wir voreinander und ein unangenehmes Schweigen senkt sich auf uns herab. Um es zu verscheuchen, frage ich: »Kaffee?«

»Ja, gerne.«

In der Küche stelle ich zwei Tassen unter den Kaffeevollautomaten und tippe meinen und Paulas Wunsch in das Display ein. Die Maschine nimmt ihre Arbeit auf und höllischer Lärm erfüllt die Küche und macht jede Unterhaltung unmöglich. Mein Blick wandert zur Uhr. Ich weiß nicht, was ich mit Paula anfangen soll, und möchte sie schnellstmöglich vor die Tür setzen. Sie ist so anders als ich. Natürlich hat sie ihre besten Jahre längst hinter sich gelassen, dennoch könnte sie noch immer einiges aus sich machen. Es macht mich schier wahnsinnig, dieses ungenutzte Potenzial zu sehen. Sie könnte so viel mehr sein.

Endlich erstirbt der Lärm des Automaten und herrlich duftender Kaffee plätschert in den ersten Becher.

»Milch, Zucker?«, frage ich.

»Ja, gerne.«

Ich bereite unsere Getränke zu und reiche Paula ihren Becher mit einem bemühten Lächeln. Sie verzieht ihren Mund zu einem hilflosen Grinsen. Anscheinend wissen wir beide nicht, was wir sagen sollen. Das unangenehme Schweigen ist fast körperlich spürbar.

»Danke.« Sie ergreift den Becher mit beiden Händen, als ob sie sich daran wärmen wolle, und trinkt einen Schluck.

»Was macht dein Mann denn eigentlich?«, fragt Paula.

Ich lache auf. »Ihr Norddeutschen habt es wirklich nicht so mit Smalltalk, was?«

Sie zuckt mit den Schultern. »Ich komme nur auf deinen Mann, weil du eben erzählt hast, dass er auf Dienstreise ist.«

»Ach so. Ja, als Arzt muss er sich ab und an fortbilden«, erkläre ich wie beiläufig, obgleich mein Brustkorb vor Stolz fast platzt.

»Oho! Da hat jemand eine gute Partie erwischt. Wo findet man denn einen solchen George Clooney?«

Ich runzle die Stirn. »Wer?«

Meine Nachbarin errötet. »Na, George Clooney, er … Ach, du bist wohl zu jung, um ihn noch in seiner Glanzzeit erlebt zu haben. Früher lagen ihm alle Frauen zu Füßen. Ist aber auch nicht so wichtig. Erzähl mir lieber, wo du diesen Beau gefunden hast.«

Ich streiche mir die Haare zurück, kann jedoch nicht verhehlen, dass ich tatsächlich gern von Robert erzähle. »Man muss schon ein wenig Glück haben. Wir standen in der Kunsthalle vor demselben Bild. Es war *Die tanzenden Kinder* von Emil Nolde. Ich mag dieses Gemälde, es versprüht so viel Lebensfreude. Und als wir so nebeneinanderstanden und ich zufällig zur Seite blickte, sah ich sein spöttisches Grinsen und fragte ihn, ob ihm Nolde nicht gefiele. Daraufhin erzählte Robert mir, dass Nolde ein überzeugter Anhänger des Nationalismus gewesen sei, die Braunhemden jedoch nicht viel von Noldes Werken hielten und sie sogar als entartete Kunst bezeichneten.

Das fand Robert schon immer witzig. Wir kamen ins Gespräch, schlenderten schließlich gemeinsam durch die Kunsthalle, setzten uns im Anschluss für einen Kaffee zusammen und diskutierten weiter über den Maler.«

»Klingt ja wie ein Hollywoodfilm«, erwidert Paula, woraufhin ich kichere und spüre, wie sich meine Wangen röten.

»War es auch irgendwie. Ich sah ihn und dachte: wow!«

Prompt kommen die Erinnerungen an jenen magischen Moment zurück, der mein Leben verändert hat. Natürlich sind mir seine Augen als Erstes aufgefallen. So durchdringend und klar, dass ich eine Gänsehaut bekam, als sie sich auf mich richteten. Dem ersten Kaffee folgte schon bald ein zweites Treffen. Erst da erfuhr ich, dass Robert eine Familie hatte. Ich schreckte zurück. Mama ist so oft betrogen worden, dass ich mir geschworen habe, niemals etwas mit einem verheirateten Mann anzufangen. Robert erklärte jedoch, dass die Scheidung bereits beschlossene Sache sei, und so ließ ich meine Gegenwehr fallen. Erst zögernd, doch seinem Charme konnte ich nicht lange widerstehen. Schon bald lag ich in seinen Armen, blickte in diese hypnotisierenden Augen und wusste, dass ich nirgendwo anders sein wollte. Robert kann einen auf eine Art ansehen, bei der du glaubst, der wichtigste Mensch auf Erden zu sein. Es kam mir vor, als würde er wirklich *mich* sehen. Nicht nur die Hülle, sondern mein wahres Ich. Dass ich mich in ihn verliebte, war so sicher wie das Amen in der Kirche. Mit Robert an meiner Seite änderte sich mein Leben. Es war nicht nur sein Geld, sondern vor allem seine Wertschätzung.

Ich schüttle die Bilder ab und richte meine Aufmerksamkeit wieder auf Paula. »Und was macht dein Gatte beruflich?«

Eigentlich interessiert es mich nicht wirklich, doch es wäre unhöflich, nicht nachzufragen.

Paula winkt ab. »Er ist Programmierer. Bei Weitem nicht so glamourös wie dein Doktor Ross.«

»Doktor Ross?«, frage ich, da ich mit diesem Namen nichts anfangen kann.

Paula lacht auf. »So hieß die Figur von George Clooney in *Emergency Room.*«

»Habe ich nie gesehen.«

»Ach, natürlich nicht, du bist viel zu jung dafür.« Ihr Blick huscht zur Uhr. Sie wirkt nervös. Unentwegt zupft sie am Kragen ihres Pullovers.

Ich zucke mit den Schultern. »Ich war mehr ein Fan von *Grey's Anatomy.*«

Ruckartig wendet sich Paula mir zu. Ihre Augen funkeln euphorisch. »Wirklich? Die Serie habe ich gerade erst angefangen.«

»Und?«

»Hach, ich kann gar nicht mehr aufhören!«

Ich lache auf. »So erging es mir früher auch. Es war schrecklich, andauernd auf die neue Staffel zu warten. Ich muss gestehen, ich beneide dich: Du kannst die ganze Serie ohne Unterbrechung durchgucken.«

»Oh, das tue ich. Gestern Nacht bin ich erst um zwei ins Bett gekommen, weil ich unbedingt noch die Folge zu Ende gucken wollte. Aber als dann der Abspann lief, war ich nicht schnell genug, und als die nächste Folge begann …«

Unser Gespräch kommt in Fluss. Plötzlich ist es ganz einfach. Ein Wort ergibt das nächste, schon bald lachen und kichern wir.

Das Piepen meines Handys unterbricht uns. Ich blicke auf das Display und als ich Roberts Namen lese, macht mein Herz vor Freude einen Satz. Endlich hat er geschrieben. Ich kann Robert ja verstehen: Sicherlich hat er dort unten ziemlich viel Stress und entsprechend keine Zeit, mir auf jede meiner Nachrichten zu antworten. Dann wird mir Paulas Gegenwart wieder bewusst. Ihr gegenüber würde ich niemals zugeben, dass ich meine Tage damit verbringe, auf die Textnachrichten meines Gatten zu warten.

»Das ist Robert.« Ich grinse schief. »Er schreibt mir pausenlos, fast schon lästig. Ich bringe es jedoch nicht übers Herz, es ihm zu sagen. Irgendwie ist es ja zuckersüß, dass er mich so vermisst.«

Ich rufe die Nachricht auf. »Ich dich auch«, steht dort. Obwohl es unhöflich ist, tippe ich rasch eine Antwort, in der ich beschreibe, was ich alles mit ihm anstellen werde, wenn er wieder in Kiel ist.

Als ich das Gerät beiseitelege, betrachtet Paula mein Handy mit einem seltsamen Blick. Auf Gesicht und Hals haben sich nervöse Flecken ausgebreitet.

»Weißt du was?«, sagt sie. »Ich komme heute Abend vorbei, bringe Sekt mit und wir schauen uns gemeinsam ein paar Folgen *Grey's Anatomy* an.«

Ich weiß nicht, was ich darauf erwidern soll. Dieses kurze Gespräch war zwar ganz nett, doch den Abend möchte ich lieber allein mit meinen Lehrbüchern verbringen. Prompt schießt ihr erhobener Zeigefinger vor. »Oh nein, keine Widerrede! Du und ich und Mister Dempsey.«

Ich zwinge mich zu einem Lächeln und suche fieberhaft nach einem Ausweg. Auch Paula wirkt, als fühle sie sich mit dieser Situation nicht sonderlich wohl. Die roten Flecken breiten sich immer weiter aus.

»Heute um neunzehn Uhr«, ruft sie. »Abgemacht?«

»Ähm … ja«, stottere ich.

»Wunderbar, dann hole ich meine Wäsche und wir sehen uns später. Das wird toll!«

PAULA

Samstag, 15.01.

»Wollten wir nicht heute etwas gemeinsam machen?« Sören sieht mich missbilligend an.

Ich lehne mich vor, küsse ihn auf die Wange, schlüpfe aber dennoch in meine Jacke. »Sorry, das habe ich ganz vergessen. Wir holen das nach, ja? Ich möchte Beatrice ungern versetzen, du weißt ja, wie empfindlich das mit neuen Freundschaften ist.«

»Was willst du überhaupt bei der?«

»Hat sich irgendwie ergeben und ich dachte, das wäre ganz nett.« Hastig schlüpfe ich in die Schuhe und greife nach den zwei Sektflaschen.

»Ich weiß nicht«, brummt er. »Freundschaften mit Nachbarn können ganz schön in die Hose gehen. Und hältst du das mit dem Alkohol wirklich für eine gute Idee?«

Ich zwinkere ihm zu. »Nun lass mir doch den Spaß, du alter Griesgram.«

Er wirft die Arme in die Höhe und wendet sich ab. Ich husche nach draußen und eile zum Nachbarhaus, während ich es noch immer nicht fassen kann, was ich gerade tue. Ich setze meinen abstrusen Plan tatsächlich in die Wirklichkeit um! Allein bei dem Gedanken beginnen meine Knie zu zittern und doch spüre ich tief in mir, dass ich das Richtige mache. Ich würde es mein Leben lang bereuen, wenn ich es nicht zumindest versuchen würde.

Bei jedem Schritt schlägt die Handtasche gegen meinen Oberschenkel und ich denke an das Fläschchen, das sich in der kleinen Seitentasche befindet: ein süßlich schmeckendes Abführmittel für Kinder. Laut Beipackzettel soll die Wirkung innerhalb von zwei bis zehn Stunden eintreten. Hoffentlich gehört Beatrice zu den Menschen mit einem empfindlichen Verdauungsapparat, denn wenn das Mittel nicht wirkt, scheitert der zweite Teil meines Plans.

Das Blut rauscht in meinen Ohren, als ich die zwei Stufen zur Eingangstür von Beatrice und Robert hinaufsteige und die Klingel drücke. Nervös trete ich von einem Bein auf das andere, dann öffnet sich die Tür. Auf den ersten Blick erkenne ich, dass sie vorhat, mich abzuwimmeln.

»Hey«, sagt sie mit verkniffenem Gesicht. »Schön, dass du da bist.«

Sie steht ein wenig gekrümmt, lächelt schwach und presst die Hände auf ihren Bauch.

»Hallo, meine Hübsche!«, rufe ich begeistert und umarme sie. Die Geste wird halbherzig erwidert. Beatrice bleibt so im Türrahmen stehen, dass sie mir den Weg ins Haus versperrt.

»Wollen wir?« Ich grinse sie an. »Habe mich schon den ganzen Tag auf unser Treffen gefreut.«

»Eigentlich gerne, aber irgendwie geht es mir nicht so gut.«

Ich spiele die Besorgte. »Oje, was hast du denn?«

»Ach, der Magen.«

»Dann ist eine spannende Serie und nette Gesellschaft die beste Ablenkung.«

»Ja, vielleicht. Aber ich will dich nicht anstecken. Wirklich zu schade.«

»Mach dir keine Sorgen, ich bin unverwüstlich«, behaupte ich und trete so nahe an sie heran, dass ich in ihren persönlichen Raum eindringe. Instinktiv weicht sie zurück und ich schlüpfe an ihr vorbei ins Haus.

»Dort ist das Wohnzimmer, oder?«, frage ich und gebe mich fröhlich, obgleich ich vor Scham im Boden versinken will. Ihre Ablehnung ist so deutlich zu spüren, dass ich kaum atmen kann. Für mich ist es schon zu viel, wenn ich solch unangenehme Situationen in Filmen verfolge. Meist halte ich mir die Hände vor das Gesicht, als ob ich einen Horrorfilm sehen würde. Aber jetzt kann ich mich nicht verstecken. Es ist sogar noch schlimmer: Ich bin die Protagonistin.

Beatrice folgt mir, hat die Arme um ihren Oberkörper geschlungen und scheint mit sich zu ringen, ob sie sich in den ungewollten Fernsehabend fügen oder mich doch noch rausschmeißen soll.

Ich ignoriere ihre ablehnende Haltung und hole eine der Flaschen mit Fruchtsekt heraus.

»Setz dich«, sage ich und hoffe, dass mein Lächeln nicht zu sehr wie die Grimasse eines Ungeheuers wirkt. Ich öffne eine der Flaschen und stelle sie auf den Couchtisch. »Wo habt ihr Gläser?«

Sie zögert einen Moment, dann seufzt sie ergeben. »Küche. Erster Oberschrank.«

Ich folge ihrer Anweisung, und erst als ich mich auf den Zehenspitzen stehend nach den Gläsern strecke, fällt mir auf, dass es klug gewesen wäre, die Sektflasche mitzunehmen, anstatt sie im Wohnzimmer zu lassen. Ich hätte uns hier einschenken und Beatrice die erste Gabe des Medikaments in den Sekt rühren können. Ich verfluche mich stumm und kehre mit den beiden Gläsern in der Hand zu meiner Nachbarin zurück.

Wenige Minuten später sitzen wir auf dem Sofa, starren auf die Gesichter von Meredith Grey und Derek Shepherd, unterhalten uns über Nichtigkeiten und trinken den Fruchtsekt, wobei ich all meine Willenskraft aufbringen muss, um bei diesem widerwärtigen Zuckergesöff nicht das Gesicht zu verziehen. Beatrice scheint es zu schmecken, ihre vorgetäuschten Beschwerden sind vergessen.

»Wir sollten Nummern austauschen.« Ich hole mein Smartphone hervor.

Sie sieht mich überrascht an, scheint nach einer Ausrede zu suchen, doch ich beachte sie nicht, sondern öffne das Adressverzeichnis.

»Gibst du mir deine?«, frage ich. Natürlich lehnt sie nicht ab, dafür ist sie viel zu höflich. Sie nennt mir ihre Telefonnummer.

»Ich schicke dir eine Nachricht«, sage ich. »Dann hast du auch meine.«

Ihr Handy piept. Sie nimmt es zur Hand und ich starre auf ihre Finger, als sie ihre PIN eingibt. Acht, fünf, zwei, drei.

Sie tippt kurz auf dem Display herum, dann schaltet sie es aus und legt das Gerät auf den Couchtisch zurück.

Während wir weiter das Geschehen auf dem Fernseher verfolgen, halte ich mich nervös an meinem Sektglas fest. Als die erste Folge vorbei ist und ich aufstehe, um auf Toilette zu gehen, merke ich, dass ich viel zu viel getrunken habe. Mein ganzer Körper kribbelt. Im Badezimmer stelle ich mich vor den Spiegel und hätte mir am liebsten kaltes Wasser ins Gesicht geklatscht, aber ich will die Schminke nicht verwischen. Also beschränke ich mich auf mehrmaliges tiefes Ein- und Ausatmen.

Schließlich wage ich mich zurück ins Wohnzimmer. Als ich über die Türschwelle trete, steht Beatrice auf und eilt davon. Mein Puls beschleunigt sich. Kaum schlägt die Badezimmertür hinter ihr zu, nestle ich das Fläschchen mit dem Abführmittel heraus. Ihr Glas ist halb leer, also schenke ich uns mit zittrigen Händen nach, bevor ich das Fläschchen aufschraube. Im Beipackzettel wird für Erwachsene eine Dosis von sieben bis fünfzehn Milliliter genannt. Ich mache mir nicht die Mühe abzumessen, sondern halte die Flasche einfach über ihr Glas. Meine Hand bebt. Will ich das hier wirklich tun? Noch könnte ich die Flasche in meiner Tasche verstauen. Noch könnte ich …

Nein! Ich gebe mir einen Ruck. Ein Tropfen zähflüssigen Sirups fällt ins Glas. Mir gefriert das Blut in den Adern, als sich der bernsteinfarbene Tropfen keineswegs auflöst, wie ich es erwartet habe. Stattdessen sinkt er zu Boden. Im selben Moment geht im Bad die Spülung.

Da ich nichts Besseres zur Hand habe, stecke ich den Finger in ihr Glas und rühre hastig herum, während ich auf die Geräusche aus dem Badezimmer lausche. Wasser rauscht, Beatrice scheint sich die Hände zu waschen, gleich wird sich der Schlüssel im Schloss drehen und dann habe ich nur noch ein paar Sekunden, bevor sie im Wohnzimmer steht. Mein Puls klopft in einem derartigen Stakkato, dass ich Angst habe, in Ohnmacht zu fallen, während die letzten karamellfarbenen Schlieren im Glas herumwirbeln.

Die Badezimmertür öffnet sich. Schritte erklingen im Flur. Kurz bevor Beatrice das Wohnzimmer betritt, reiße ich meinen Finger aus ihrem Glas. Ohne nachzudenken, stecke ich ihn in den Mund, um die Flüssigkeit abzulecken. Dann denke ich an das Medikament, das an meiner Haut haftet, und mein Herz setzt für einen Schlag aus. Ich versuche, mich mit dem Gedanken zu beruhigen, dass dieses bisschen vermutlich keinen Effekt auf meinen Körper haben wird.

Beatrice lässt sich auf das Sofa fallen. Der Sekt in ihrem Glas dreht sich noch im Kreis, doch sie sieht es nicht, sondern blickt stattdessen mich mit gerunzelter Stirn an.

»Was ist los?«, fragt sie.

Plötzlich bemerke ich, wie heiß mein Gesicht ist. Automatisch lege ich beide Hände an meine Wangen. Die Haut darunter scheint zu glühen.

»Also, da war … ähm …« Ich hole tief Luft, versuche verzweifelt, einen klaren Gedanken zu fassen. »Ich hatte einen Streit mit Sören.«

Beatrice hebt eine Augenbraue und ich verfluche mich für meine undurchdachte und abstruse Ausrede. Beatrice war keine zwei Minuten im Badezimmer.

»Heute Nachmittag«, füge ich hinzu. »Aber er hat mir gerade eine Nachricht geschickt und das hat mich wieder so aufgeregt.«

»Was hat er denn getan?« Beatrice lehnt sich vor und ich sehe die Neugier in ihren Augen aufblitzen.

Ich verziehe das Gesicht zu einem humorlosen Grinsen. »Ach, eigentlich eine Kleinigkeit. Er stellt das schmutzige Geschirr nie in die Spülmaschine, sondern immer oben drauf, obwohl in der Maschine noch Platz ist. Am Ende bin ich diejenige, die alles wegräumt, und das wurmt mich. Natürlich, es ist nur eine Lappalie. Aber seit wir uns kennen, bitte ich ihn, seine Teller und Becher reinzustellen.« Ich zucke mit den Schultern. »Ich weiß, es ist albern.«

Beatrice winkt ab. »Keineswegs. Ich glaube, jedes Paar hat einen solchen Dorn, der sich immer wieder in die Beziehung bohrt.«

Nun lehne auch ich mich vor. »Was ist denn *euer* Dorn?«

Sie beißt sich auf die Unterlippe, scheint zu überlegen, ob sie mir antworten will. Dann gibt sie ein schnaufendes Lachen von sich.

»Er ist zu ordentlich.«

Sie macht eine Kunstpause und wartet eine Reaktion meinerseits ab. Obgleich ich derartige Spiele lästig finde, mache ich mit. »Zu ordentlich? Das hört man selten.«

»Aber es kann einen wirklich wahnsinnig machen. Wehe, ich wage es, ein Zopfgummi am Waschbecken liegen zu lassen.«

Ihre Hand nähert sich dem Couchtisch und ihrem Glas. Unwillkürlich halte ich die Luft an, doch sie sieht nicht einmal hin.

Beatrice fährt fort: »Schon kommt er angerannt und beginnt einen Vortrag darüber, dass er in einem solchen Chaos nicht leben kann.«

Gedankenverloren schwenkt sie ihr Glas. Ich ergreife mein eigenes und halte es in ihre Richtung, um anzustoßen.

»Auf unsere idiotischen Männer«, sage ich, »die wir trotz allem lieben.«

Beatrice lächelt. Mit einem *Pling* berühren sich die Gläser. Ich setze meines an die Lippen und bin so nervös, dass mir ein Tropfen über das Kinn rinnt. Beatrice hebt ihres ebenfalls und … trinkt! Und zwar richtig, sie nippt nicht bloß daran, sondern stürzt das gesamte Glas in einem Zug herunter. Ich verschlucke mich fast vor Erleichterung.

Wir verfolgen die Serie weiter und als Beatrice eine halbe Stunde später erneut auf Toilette geht, wiederhole ich das Spiel.

Insgesamt kippe ich ihr viermal etwas in den Sekt, bevor sie während der fünften Folge anfängt, angespannt hin und her zu rutschen. Plötzlich springt sie auf.

»Entschuldige, ich muss ... Guck du ruhig weiter.«

Sie flitzt ins Badezimmer und ich verspüre sogar ein wenig Mitleid. Dennoch greife ich sofort nach ihrem Handy, das auf dem Couchtisch liegt. Einen Moment lang überkommt mich Panik, als meine Finger über dem Bildschirm schweben, ich mich aber partout nicht an ihre PIN erinnern kann. Ich schließe die Augen, atme tief durch und versuche, mir das Bild ihres über dem Display schwebenden Zeigefingers in Erinnerung zu rufen. Und da ist es wieder! Ich sehe vor mir, wie ihr Finger mit drei schnellen Tippsern von unten nach oben gleitet und dann einen Sprung nach rechts macht: acht, fünf, zwei, drei.

Das Handy entsperrt sich. Ich bin vorbereitet, weiß genau, welche App ich will. Eine Überwachungssoftware, die eigentlich für Eltern konzipiert wurde. Ich habe sie schon auf meinem Smartphone installiert, nun lade ich sie auf das Gerät von Beatrice. Im Badezimmer knallt ein Furz. Ich griene.

Wenig später bittet mich meine Nachbarin, den Abend zu beenden, sie sei müde, und dieses Mal komme ich ihrer Aufforderung nach. Im Hauseingang versichern wir uns, wie schön wir beide unser Treffen fanden. Dann wird sie erneut hektisch. Hastig schiebt sie mich nach draußen und schlägt die Tür zu.

Zufrieden schlendere ich ihre Auffahrt hinab, lege den Kopf in den Nacken und bewundere den sternenklaren Winterhimmel.

Als ich am nächsten Morgen die Augen aufschlage, fühle ich mich wie ein zerknülltes Taschentuch. Mein Nacken knirscht bei jeder Bewegung des Kopfes. Kein Wunder: Ich bin später als sonst ins Bett gegangen, habe gezuckerten Alkohol getrunken und stand den ganzen Tag unter Spannung. Dass ich heute zu lange geschlafen habe, trägt seinen Anteil zu der beginnenden Migräne bei. Eine Krankheit wie diese verlangt es, dass man sich an einen immer gleichen Tagesrhythmus hält: Zur selben Zeit aufstehen, zur selben Zeit mittagessen, zur selben Zeit ins Bett gehen.

Zunächst dusche ich lange und sehr heiß, damit sich meine Nackenmuskulatur lösen kann. Anschließend mache ich mir einen extrastarken Kaffee in der Hoffnung, dass das Koffein mir hilft. Es hat jedoch keinen Zweck. Schon fünfzehn Minuten später öffne ich den Medizinschrank und greife nach dem Naratriptan. Zum Glück habe ich gestern meinen Vorrat aufgestockt. Ich werde nervös, wenn sich nicht wenigstens zwei Tabletten im Haus befinden.

Die heutige Migräne erreicht zumindest nur eine Vier auf der Schmerzskala. Da außerdem Sonntag ist, muss ich mir wegen der Arbeit keine Gedanken machen. Nun ja, das bräuchte ich nach der Kündigung ohnehin nicht.

Ich lege mich aufs Sofa, schalte den Fernseher ein und rufe meinen Lieblingsstreamingdienst auf. Obwohl *ich Grey's Anatomy* zunächst lächerlich fand, hat die Serie mich in den Bann gezogen.

So verstreicht der Vormittag. Gegen halb zwölf tappt auch Sören die Treppe hinab, wünscht mir verschlafen einen guten Morgen, beobachtet das Geschehen auf dem Fernseher und kommentiert den winzigen Handlungsausschnitt mit abfälligen Bemerkungen über die Qualität damaliger Produktionen.

»Wieso schaust du dir so einen Mist überhaupt an?«, fragt er.

»Migräne.«

»Oh. Na ja, du bist gestern ja auch echt spät ins Bett gegangen. Das solltest du mittlerweile besser wissen.«

Ich brumme eine wortlose Zustimmung, da ich keine Lust auf eine Diskussion habe. Er fügt an, dass ich besser auf mich aufpassen sollte, anschließend geht er in die Küche. Ich höre ihn mit der Kaffeemaschine hantieren und Brot schneiden.

Am Nachmittag fühle ich mich wieder lebendig und als ich den Fernseher freigebe, ist Sören sofort zur Stelle und greift nach dem Controller für die Spielkonsole. Ich hole meinen Laptop und setze mich so in die Küche, dass man weder von der Tür noch vom Fenster aus auf den Monitor sehen kann. Dann logge ich mich bei der Spionagesoftware ein, welche ich gestern auf Beatrice' Handy installiert habe. Zunächst verschaffe ich mir einen groben Überblick, schaue mir ihre Kontaktliste an und mit wem sie am meisten telefoniert. Natürlich steht Robert an erster Stelle.

Von Neugier gepackt öffne ich ihr Chatprogramm und studiere jene Nachrichten, die sie und ihr Ehemann austauschen. Gestern hat sie behauptet, dass Robert ihr andauernd schreiben würde. Was ich nun zu Gesicht bekomme, spricht jedoch eine ganz andere Sprache. Ich schnaufe amüsiert. Merkt das Mädchen nicht, wie verzweifelt sie klingt? Und dann diese Bilder … Holla! Was die Geschäftsreise angeht, scheint die gute Beatrice ebenfalls geflunkert zu haben. Ihr Mann ist bei seiner Ex und ihren gemeinsamen Kindern. Anscheinend hatte seine Tochter einen Unfall, aber Robert versichert in einer seiner Nachrichten, dass sie wieder zu Hause sei. Daraufhin erkundigt sich Beatrice, ob er bald nach Kiel zurückkäme. Sie musste lange auf eine Antwort warten, erst vier Stunden später schrieb Robert, dass es noch dauern könne, er müsse einige Sachen regeln.

Ich lehne mich auf dem Stuhl zurück, betrachte den Chatverlauf und zupfe nachdenklich an meiner Unterlippe. Zwar habe ich selbst keine Erfahrungen auf diesem Gebiet, doch von Bekannten und Arbeitskollegen höre ich immer wieder, dass der Kontakt zur Ex ein sensibles Thema sei. Wenn die Beziehung noch frisch ist, wird eine Freundschaft zur Ex zähneknirschend geduldet, da die neue Flamme Angst hat, dass ihr Partner sie als nervig empfinden und abschieben könnte. Sobald die Beziehung jedoch gefestigt und die neue Frau im Herzen des Mannes verankert ist, wird das unausweichliche Ultimatum ausgesprochen: Entweder du brichst den Kontakt ab, oder ich bin weg. Verzwickt wird es, wenn Kinder im Spiel sind. In einem solchen Fall steht die neue Freundin immer auf verlorenem Posten und muss den Umgang hinnehmen.

Das Fatale hierbei ist, dass die ersten Monate der Beziehung von unterdrücktem Misstrauen und stummer Eifersucht geprägt sind, die man auch später niemals vollständig ablegen kann.

Für den Rest des Tages gärt diese Erkenntnis in meinem Hinterkopf. Ich bewege sie hin und her, betrachte sie von allen Seiten und als ich am Abend ins Bett falle, hat sich der Umriss eines Planes herauskristallisiert. Hier und da kann ich zwar einige Vorbereitungen treffen, doch um mein Vorhaben tatsächlich umzusetzen, muss Robert nach Kiel zurückkehren.

BEATRICE

Mittwoch, 19.01.

Heute ist Mittwoch. Seit mehr als einer Woche ist Robert in Frankfurt. Das Haus kommt mir entseelt vor, so ganz ohne ihn. Eigentlich müsste ich dringend für die bevorstehenden Prüfungen lernen, doch ich kann mich nicht konzentrieren, schweife mit den Gedanken ab, brauche unbedingt einen Kaffee, räume schnell die Spülmaschine aus, bringe die frisch gewaschene Wäsche ins Schlafzimmer, nur um mit dem Wäschekorb in den Armen blicklos aus dem Fenster zu starren.

Am Abend kommt Paula erneut vorbei. In meinem aktuellen Zustand mutiert diese Bekanntschaft von einem Ärgernis zu einer willkommenen Ablenkung. Gemeinsam schauen wir weitere Folgen unserer Lieblingsserie.

Ich muss feststellen, dass Paula doch nicht so übel ist, wie ich zunächst angenommen habe. Ich betrachte sie verstohlen von der Seite. Ihr Lidschatten ist zu dunkel, das Contouring falsch gesetzt und die Augenbrauen sind schlicht außer Kontrolle. Ich kann nicht anders: Immer wieder kehrt mein Blick zu diesem Schminkunfall zurück.

»Was?« Paula legt den Kopf schräg. »Du schaust mich schon den ganzen Abend an, als würde ein Papagei auf meiner Schulter sitzen.«

Meine Wangen werden heiß. Ich hebe die Hand und wische mir mit dem Finger demonstrativ unter dem linken Auge entlang. »Du hast da etwas.«

Paula ahmt die Geste nach, verschlimmert damit jedoch alles. »Besser?« Sie sieht mich an und lacht auf. »Aus deinem Gesichtsausdruck schließe ich: nicht wirklich.«

Ich lächle schief, woraufhin sie mir zuzwinkert, aufsteht und ins Badezimmer geht. Als sie wiederkommt, ist die Mascara unter ihrem Auge weg, die Haut dafür rot.

»Ich bin nicht besonders geübt darin, mich zu schminken«, gesteht sie in einem beiläufigen Ton. Wäre ich weniger höflich, hätte ich gesagt: »Ja, das sieht man.« Stattdessen lächle ich bloß.

Mir selbst wäre es peinlich, in dieser elementaren Fähigkeit Defizite aufzuweisen. Andererseits geht Paula sogar ungeschminkt zur Arbeit. Für sie scheint ihr Äußeres keine große Rolle zu spielen, weshalb sich auch Robert und ich schon des Öfteren über sie lustig gemacht haben. Jetzt, da sie neben mir auf dem Sofa sitzt, schäme ich mich für meine gehässigen Worte und verspüre sogar einen Anflug von Neid. Es muss nett sein, derart entspannt an einem Spiegel vorbeigehen zu können.

»Ich könnte dir ein paar Tipps geben«, biete ich an.

Paulas Gesicht erstrahlt. »Das wäre toll!«

Innerhalb der nächsten dreißig Minuten tritt Meredith in den Hintergrund. Stattdessen rede ich über Tagescremes und ihre verschiedenen Wirkstoffe, erkundige mich nach ihrer Gesichtshaut, nicke und gebe Ratschläge, welche Pflegeprodukte sie verwenden sollte. Anschließend deute ich an, dass sie sich beim Ton ihres Make-ups etwas vergriffen hat, was sie ebenfalls gelassen aufnimmt.

Dann, ohne dass ich das Gespräch bewusst in diese Richtung gelenkt habe, reden wir plötzlich von unseren Ehemännern. Erst sind es nur vorsichtige, allgemein gehaltene Geschichten über ihre Macken, wobei unsere Berichte immer wieder von prustenden Lachanfällen und Gekicher unterbrochen werden.

»Wann kommt er eigentlich zurück?«, fragt Paula unvermittelt.

Irritiert blinzle ich. »Wer?«

Sie lacht. »Dein sich auf Dienstreise befindlicher Göttergatte. Wer sonst?«

»Ach ... weiß ich jetzt auch nicht so genau. Steht im Kalender.«

Robert hat noch kein Datum für seine Rückkehr genannt. Was er wohl in diesem Moment macht? Wieder kommt mir Jasmins achtzehnter Geburtstag in den Sinn und wie ich zusammen mit der ehemaligen Familie am Tisch gesessen habe. Ich kann mir nicht vorstellen, dass er sich erneut auf Beate einlassen wird, die Frau ist aufgegangen wie ein Hefeteig. Robert würde sie nicht einmal mit der Kneifzange anfassen. Er ist wegen Jasmin in Frankfurt. Dennoch brenne ich vor Eifersucht. Ich bin neidisch auf all die Jahre, die Robert und Beate verbinden. Als ihr erstes Mädchen geboren wurde, haben meine Milchzähne noch gewackelt. Ich will die wichtigste Person in Roberts Leben sein und kann den Gedanken nicht ertragen, dass ich mich bisher höchstens zum Status einer Anekdote hochgearbeitet habe, während Beate ganze Kapitel seiner Lebensgeschichte für sich beansprucht.

All das wird sich ändern, wenn ich meinem Gatten ein Baby schenke. Besser noch: einen Sohn.

Vor zwei Wochen hätte ich nichts lieber getan. Mittlerweile haben sich jedoch Zweifel in mein Herz geschlichen. Die Hauptlast der Erziehungsarbeit würde auf meinen Schultern lasten. Welchen Wert hat mein bisheriges Leben und vor allem meine Bildung, wenn ich nun alles hinwerfe, um Hausfrau und Mutter zu werden? Ich habe hart gekämpft, um die Chance auf dieses Studium zu erhalten und in einem Jahr würde ich es mit einem Masterabschluss beenden. Robert drängt jedoch seit unserer Verlobung auf ein Kind, wie kann ich ihn erneut zwölf Monate hinhalten? Alles wäre so viel einfacher, wenn mir ein wenig Zeit bliebe oder ich zumindest mehr Unterstützung von meinem Mann erwarten könnte.

Eine Hand legt sich auf meinen Unterarm und ich schrecke zusammen.

»Alles in Ordnung?« Paula mustert mich.

»Entschuldige. War gerade in Gedanken.«

»Irgendwas scheint bei euch doch im Argen zu sein.« Ihre Augen verengen sich zu Schlitzen. »Kann es sein, dass Robert …«

Irritiert schaue ich sie an. »Was meinst du damit?«

Paula wirkt verlegen, beißt sich auf die Unterlippe. »Na ja, ich frage mich, ob Robert … Immerhin ist er ein attraktiver Mann. Er kommt bestimmt gut bei den Frauen an.«

Ich lache auf, vielleicht ein wenig zu schrill. »Fragst du mich gerade, ob mein Mann eine Affäre hat?«

Paula grinst schief und zuckt mit den Schultern.

Ich schüttle energisch den Kopf. »Nein, nein! Mein Robert macht so etwas nicht.«

»Entschuldige, selbst wenn, ginge mich das nichts an.« Sie wendet sich wieder dem Fernseher zu.

Irgendwann kommt unser Gespräch wieder in Gange, aber wir haben uns auf weniger brisante Themen verlagert. Ich frage Paula, was sie beruflich macht, und plötzlich erstrahlt meine Nachbarin, als würde in ihrer Brust eine Sonne aufgehen. Sie richtet sich in ihrer sitzenden Position auf und beginnt von ihrem Labor und ihren Aufgaben zu berichten. Sie erzählt von Genen, Vererbung, Designerrindern, geht vollends in einer Welt auf, die mir nicht nur vollkommen fremd, sondern auch ein wenig unheimlich ist. Dennoch unterbreche ich Paula nicht, die mit einer solchen Leidenschaft spricht, dass ich sie nicht wiedererkenne. Ein seltsames Gefühl breitet sich in mir aus. Zunächst kann ich es nicht zuordnen, erst nach einigen Minuten wird mir bewusst, dass es Neid ist. Prompt wird der Neid durch Schwermut abgelöst, als ich an mein eigenes Studium und an meine auf Eis gelegte Zukunft denke.

Als sich Paula kurz nach elf verabschiedet, liegt ein bleiernes Gewicht in meinem Bauch. Selbst als ich am nächsten Morgen im Auto sitze und durch den morgendlichen Verkehr navigiere, geht mir das wilde Funkeln in ihrem Blick nicht mehr aus dem Sinn. Wenig später beginnt die erste Vorlesung des Tages. Wie immer ist der kleine, stufenförmig abfallende Hörsaal überfüllt, jeder der veralteten Sitze ist belegt. Die Stimme von Professorin Lantzbach hallt durch den Raum und wird begleitet vom Kratzen emsig mitschreibender Stifte. Nur mein Kugelschreiber schwebt reglos über dem karierten Papier des Collegeblocks. Lohnt sich das Mitschreiben für mich überhaupt noch?

Erst als die Zeiger der Uhr von Viertel nach acht auf halb neun gewandert sind, senkt sich mein Stift.

Auch den Freitag verbringe ich in einem seltsam abwesenden Zustand, gehetzt von dem Wissen, dass eine Entscheidung von mir erwartet wird. Abends kommt Paula vorbei, doch selbst *Grey's Anatomy* kann mich nicht ablenken. Irgendwann erkundigt sich meine Nachbarin, was los sei.

Mit zaghafter Stimme frage ich: »Du hast ein Kind, oder?«

Sie nickt und sieht mich auffordernd an.

»Na ja …« Ich blicke auf meine im Schoß liegenden Hände hinab, deren Finger ineinander verschränkt sind. »Wie hast du das gemacht, mit Kind und Arbeit und so …«

Paula lacht auf. »Einfach war es nicht und ich frage mich noch immer, wie wir diesen Drahtseilakt gewuppt haben, ohne vor Entkräftung zusammenzubrechen oder verrückt zu werden. Wir waren damals beide noch Studenten und zum Glück entsprechend flexibel. Im schlimmsten Fall musste halt eine Vorlesung ausfallen.« Ihr Blick kehrt sich ins Leere und ein schnaufendes Lachen erklingt. »Ich habe Finja sogar zu einigen Lehrveranstaltung mitnehmen müssen. Meist hat das ganz gut funktioniert. An anderen Tagen …« Sie hebt die flache Hand und machte eine kippelnde Geste. »Besonders spaßig wurde es, als sie krabbeln und laufen konnte. Klar, manche Dozenten waren genervt, viele jedoch sehr freundlich. Schwierig war es, wenn eine meiner Übungen im Labor stattfand. Da durfte Finja natürlich nicht mit. Dann musste ich sie bei Sören lassen, womit sie überhaupt nicht einverstanden war. Ihr bitterliches Weinen habe ich noch heute im Ohr, doch es ging nun einmal nicht anders. Ich liebe mein Kind, sie ist das Beste, was mir in meinem Leben passiert ist. Aber ich liebe auch meine Arbeit …«

Sie verstummt und ich schaue auf. Ihr Blick ist ernst, die Lippen aufeinandergepresst. Sie scheint von düsteren Gedanken heimgesucht zu werden. Dann richtet sie sich mit einem Ruck auf. »Wieso fragst du? Heckt ihr etwas in dieser Richtung aus?«

Ich zucke vage mit den Schultern.

»Natürlich plant ihr.« Paula knufft gegen meinen Oberarm. »Kinder sind großartig, glaub mir. Erst wenn du ein Baby in den Armen hältst, weißt du, was wahre Liebe ist.«

Eine Frage liegt mir auf der Zunge, doch ich überlege noch, wie ich sie formulieren soll. Nervös kaue ich auf der Unterlippe, schließlich bricht es einfach aus mir heraus:

»Ist dir dein Kind wichtiger als dein Job?«

Paula hebt eine Augenbraue, schweigt sehr lange. Die Stille dehnt sich aus, dann sagt sie schließlich: »Ohne Finja hätte mein Leben keinen Sinn. Aber ohne meine Arbeit als Genetikingenieurin … Ich weiß, es klingt ziemlich kitschig, aber ohne meine Arbeit hätte ich keine Erfüllung. In meiner Brust schlagen gewissermaßen zwei Herzen.« Sie grinst, doch irgendwie habe ich den Eindruck, als würden ihr gleich die Tränen kommen.

»Was studierst du eigentlich?«, fragt Paula plötzlich und ihre Augen verengen sich. »Nein, warte. Ich versuche, es zu erraten. Du … du siehst nach einer Geisteswissenschaftlerin aus.«

Ich nicke bestätigend und Paula betrachtet mich eingehend.

»Kunstgeschichte!«, verkündet sie schließlich und ich lache auf.

»Sieht man mir das wirklich an?«

»Und ob! Ist schon witzig, wie sehr die meisten Studenten dem Klischee entsprechen. Zum Beispiel die beunruhigend hohe Wachsjackendichte bei den Agrarwirtschaftlern. Oder die Juristen und ihre Pullunder. Du siehst wie die Inkarnation einer Kunstgeschichtsstudentin aus. Schick, aber gleichzeitig verspielt.«

Ich spüre, wie meine Wangen warm werden und sich mein Mund zu einem Lächeln verzieht. Es gefällt mir, dass man mir meinen Studiengang ansieht. Für jemanden wie mich war es nicht einfach, an einen Studienplatz zu gelangen. Erst über den sogenannten zweiten Bildungsweg bin ich an die Uni gekommen. Dies bedeutete, dass ich mich allabendlich nach der Arbeit über die Lehrbücher beugte, um mein Abitur mithilfe einer Abendschule nachzuholen. Umso stolzer war ich, als ich am ersten Tag meines Studiums den Campus betrat, die Baskenmütze keck vorgeschoben und mit meinem neuen, kanarienvogelgelben Trenchcoat alle Blicke auf mich ziehend. Ich wünschte, meine Mutter hätte diesen Moment miterleben können. Ich stelle mir vor, dass selbst sie anerkennend genickt hätte.

Nachdem Paula gegangen ist, gehe ich ins Bett. Neben mir liegen eine kalte Bettdecke und ein unberührtes Kissen. Ich starre in die Dunkelheit und vermisse meinen Mann. Gleichzeitig denke ich an die Bücher, die sich unten auf dem Küchentisch stapeln, den ich in Roberts Abwesenheit kurzerhand zum Arbeitsplatz umfunktioniert habe und auf dem ich meine Sachen auch über Nacht liegen lasse.

Ich spüre, wie in der Dunkelheit ein Lächeln über mein Gesicht huscht. Er mag es nicht, wenn ich meinen Kram nicht wegräume. Sechs Tage lang habe ich mich trotz seiner Abwesenheit an diese Regel gehalten. Ich bewundere Robert für seine Selbstdisziplin, seinen Ordnungssinn, und wünsche mir, dass diese Fähigkeiten auf mich abfärben mögen. Am Sonntag habe ich beim Lernen jedoch die Zeit vergessen und plötzlich stand Paula vor der Tür. Nachdem wir uns drei Folgen später voneinander verabschiedet haben, vergaß ich die in der dunklen Küche liegenden Unterlagen, und als ich am nächsten Abend die Hände ausstreckte, um meine Bücher wegzuräumen, hielt ich inne. Von einem unerwartet rebellischen Akt heimgesucht ließ ich sie liegen und räumte sie auch am folgenden Abend nicht weg, wobei ich mir wie ein Teenager vorkam, der eine Woche sturmfrei hat.

Eigentlich möchte ich das Studium beenden und danach ein oder zwei Jahre arbeiten, um Berufserfahrung zu sammeln. Robert würde nicken und behaupten, dass er meine Entscheidung akzeptiert, doch seine Enttäuschung wäre für mich unübersehbar. Ich befürchte, dass ich unsere Ehe riskieren würde, wenn ich tatsächlich diesen Weg ginge. Erneut kommt mir Paula in den Sinn. Die ungeschminkte Paula mit ihrer ansteckenden Begeisterung. Ich stelle mir vor, wie ich eines Tages mit dem gleichen Glanz in den Augen über meine Arbeit spreche. Mit diesem Bild im Kopf schlafe ich schließlich ein.

Am nächsten Morgen stehe ich unter der Dusche, als mein Handy meldet, dass eine neue Nachricht eingegangen ist. Sofort springe ich heraus, ignoriere das auf den Boden tropfende Wasser und den Schaum in meinen Haaren und greife nach dem Gerät. Es ist Robert.

Die Mitteilung ist kurz, dennoch macht mein Herz einen freudigen Sprung.

»Komme morgen nach Hause.«

Erleichtert atme ich auf und ein Gewicht fällt von meinen Schultern, von dem ich bisher nicht einmal wusste, dass es auf mir lastete. Für einen Moment tritt das Ringen zwischen Studium und Beziehung in den Hintergrund. Ich freue mich darauf, meinen Gatten schon bald wieder in die Arme schließen zu können.

Vielleicht sollte ich mir nachher neue Unterwäsche kaufen. Ich stelle mir vor, dass ich meinen Morgenmantel anhabe, wenn er die Tür öffnet. Der Gürtel wird nicht ganz geschlossen sein, sodass ein wenig von der feinen Spitze hervorblitzt, die ich darunter trage. Ich grinse bei der Vorstellung. Nach so langer Zeit der Enthaltsamkeit wird Robert dieser Anblick verrückt machen. Bestimmt würde er selbst dann über mich herfallen, wenn ich die ausgebeulte Jogginghose anziehe, in der unsere Nachbarin den Müll rausbringt.

Ich beende meine Dusche und ziehe mich an. Auf dem Weg zum Auto kontrolliere ich die Post. Ein dicker Umschlag steckt drin. Er ist an Robert adressiert. Ich gehe wieder ins Haus, um ihn auf die Kommode im Flur zu legen, da fällt mein Blick auf den Absender: Romantikhotel Fuchsbau.

Unschlüssig halte ich den Umschlag in der Hand und überlege, ob wir schon einmal in diesem Hotel waren. Aber nein, da klingelt nichts. Dann geht mir ein Licht auf: Vielleicht plant Robert ja, mich dorthin zu entführen. Vielleicht am Valentinstag.

Grinsend lege ich den Brief auf die Kommode und verlasse das Haus, um für meinen romantischen Gatten eine verführerische Überraschung zu besorgen.

PAULA

Samstag, 22.01.

Ich stehe am Fenster und beobachte, wie Beatrice die Haustür hinter sich zuzieht und die Straße hinab zu ihrem Auto eilt.

Auch dieser Baustein meines Planes wurde platziert. Nun folgt der nächste. Das Handy liegt in meiner Hand, doch ich zögere. Bisher habe ich nichts Verwerfliches getan, bloß ein wenig Zeit mit der hohlen Birne von Nachbarin verbracht und unter Roberts Namen Prospekte für ein Hotel angefordert. Nun gut, Phase Eins – der Teil mit dem Abführmittel – ist nicht nett gewesen, aber in einem Monat wird Beatrice sich kaum noch daran erinnern. Die folgenden Schritte meines Vorhabens werden jedoch ganz andere Wellen schlagen und der Gedanke an die möglichen Folgen lässt mich innehalten. Wenn alles ans Licht käme, wenn Sören von dem geplanten Editing erführe … er würde mich zweifelsohne verlassen. Zwar hat er nichts dagegen, dass ich Rinder designe, doch, wie die EU, zieht auch er beim Menschen eine Grenze. Unsere Ehe ist zwar nur noch ein Hauch dessen, was sie einst gewesen ist, dennoch will ich sie nicht aufgeben. Zum einen aus rein pragmatischen Gründen: Sich als Paar um ein Baby zu kümmern ist deutlich einfacher, als wenn ich alleinerziehend wäre. Außerdem … ich weiß nicht weshalb, aber mein Herz zieht sich bei der Vorstellung zusammen, dass er mich verlassen könnte.

Mein Mund ist trocken vor Nervosität. Ich müsste den geplanten Anruf jetzt tätigen, aber ich habe Angst vor den Konsequenzen.

Während ich unentschlossen aus dem Fenster blicke, fällt mir eine Gestalt auf dem Fußweg auf, die mit einem dicken Rucksack auf dem Rücken zielstrebig in die Richtung unseres Hauses geht. Erst, als sie schon fast heran ist, erkenne ich, dass es sich bei dieser Person um meine Tochter handelt. Stimmt ja! Sie wollte dieses Wochenende endlich wieder nach Hause kommen. Vor Freude stoße ich ein heiseres Lachen aus, eile in den Flur und reiße die Haustür auf.

»Finni!« Ich presse meine verblüfft dreinblickende Tochter an mich. Sie lacht und erwidert die Umarmung.

»Mama, du erdrückst mich!«

»Ich habe dich bloß so schrecklich vermisst, dass ich dich gar nicht mehr loslassen kann.«

»Ist in Ordnung, aber lass mich erst meine Jacke ausziehen.«

»Ungern.«

Wenige Minuten später sitzen wir im Wohnzimmer, jede einen Kaffee in der Hand, und ich frage sie über alles aus, was sie in den letzten zwei Wochen gemacht hat. Finja lacht und berichtet mit vor Aufregung geröteten Wangen von Luca. Ich muss lächeln. Meine Kleine ist wirklich schwer verknallt. Als wir in der Küche stehen und mit der Vorbereitung des Abendessens beginnen, kommt Sören nach Hause. Er setzt sich an den Küchentisch, um uns Gesellschaft zu leisten, und ich fühle wieder jene familiäre Verbundenheit, die vor einigen Jahren noch alltäglich war.

Ich bin stolz auf meine Kleine. Aus dem schelmischen Kind ist eine junge Erwachsene geworden, die voller Zuversicht in die Zukunft blickt. Wir sprechen über ihre Studienwahl. Sie kann sich nicht entscheiden, ob sie auf Lehramt setzen oder lieber Informatik studieren soll. Sören ist selbstverständlich von Letzterem begeistert und redet ihr gut zu, woraufhin ich Partei für das Lehramtsstudium ergreife.

Bei all dem Stolz auf mein Kind und der Freude darüber, dass sie so ein selbstständiges Leben führt, kann ich nicht vergessen, dass ich sie schon bald noch seltener zu Gesicht bekommen werde. Falls es sie in eine andere Stadt verschlägt, sehe ich sie vielleicht nur alle zwei oder drei Monate.

Das Gefühl des Verlustes verstärkt sich, als wir wenig später mit einem Sektglas in der Hand vor dem Fernseher sitzen und sie mir unvermittelt gesteht, dass sie und Luca übers Heiraten nachdenken.

»Natürlich noch nicht jetzt sofort«, ergänzt sie und hebt beschwichtigend die Hände. »In ein paar Jahren vielleicht. Du und Papa, ihr habt ja auch früh geheiratet, oder?«

»Ja, das haben wir«, erwidere ich und verstumme, obgleich ich noch mehr dazu sagen könnte. Sören steht in diesem Moment unter der Dusche und ist damit außer Hörweite. Aber sollte man seiner Tochter wirklich erzählen, dass man die Ehe mit ihrem Vater bereut? Sören und ich waren damals erst ein halbes Jahr zusammen, als sich Finja entschloss, in unser Leben zu treten. Anstatt sofort an eine Hochzeit zu denken, hätte ich Sören auf seine Lebensziele abklopfen sollen und wenn er in Bezug auf seinen unterentwickelten Kinderwunsch ehrlich gewesen wäre … Ich weiß nicht, wie unser heutiges Leben dann aussehen würde.

Aber die Zukunftspläne von Finja und Luca sind noch nicht konkret genug, um mit skeptisch gerunzelter Stirn darüber zu sprechen. Daher lasse ich meiner Tochter ihre Luftschlösser und das selige Lächeln, das ihre Wangen rötet.

Ich tätschle ihr Knie. »Du musst mir eines versprechen: Ich darf mitkommen, wenn du dir dein Brautkleid aussuchst.«

»Natürlich, Mama«, ruft meine wunderschöne Tochter und lacht auf. So ein schöner und heller Klang. Ich liebe ihr Lachen.

Ich lächle ebenfalls, doch ein Gedanke verhindert, dass ich wirkliche Freude empfinden kann. Finja scheint meine Bedrückung nicht zu entgehen, denn sie schaut mich mit schräg gelegtem Kopf an.

Ich streichle ihr über die Haare. »Unfassbar, wie schnell die Zeit vergeht. Eben noch warst du ein Baby, nun willst du schon unter die Haube.«

Finja schnauft und knufft mir gegen die Schulter. »Da ist ja jemand sentimental.«

»Das Vorrecht einer Mutter. Da müssen die Kinder nun einmal durch.«

Gegen Abend hat sich der breite Strom unseres Redeflusses auf einen plätschernden Bach abgeschwächt. Die Wörter sind aufgebraucht und anstatt übers Leben und die Welt zu sprechen, verfolgen wir eine skandinavische Krimiserie, die Finja bei Netflix herausgesucht hat.

Die Serie ist dramatisch, doch als eine adrette Schwarzhaarige ins Bild stolziert und den ermittelnden Beamten erklärt, dass sie vollkommen falsch lägen, driften meine Gedanken zum Nachbarhaus. Letzte Woche habe ich unzählige Stunden investiert, um meinen Plan vorzubereiten. Eigentlich hätte ich längst den nächsten Schritt in die Wege leiten müssen. Stattdessen sitze ich einfach nur auf dem Sofa und starre den Fernseher an. Während ich an dem alkoholfreien Bier in meiner Hand nippe, wachsen die Zweifel an meinem Vorhaben.

Ich kaue auf der Unterlippe, blicke aus dem Augenwinkel zu Finja, die gespannt der Serie folgt.

»Hast du eigentlich noch oft Migräne?«, frage ich.

Sie wendet sich mir zu. »Wie kommst du denn jetzt darauf?«

»Nur so.«

Ein Seufzen erklingt und sie schaut wieder zum Fernseher. Nach einer Minute des Schweigens, als ich gar nicht mehr mit einer Antwort rechne, sagt sie: »Ich habe angefangen, dieses neue prophylaktische Mittel auszuprobieren. Da sind alle möglichen Nährstoffe drin, wie B12 und Magnesium und so. Vielleicht hilft es ja.«

Ich nicke. »Bei mir hat es leider nichts gebracht, aber ich hoffe, dass du mehr Erfolg hast.«

Sie zuckt mit den Schultern, schweigt.

»Haderst du manchmal damit?«, frage ich.

»Hadern?« Sie lacht auf. »Mama, du benutzt schon wieder so herrlich altmodische Wörter, dass ich mir wie in einem Kostümschinken vorkomme.«

»Es trifft nun einmal ganz genau das, was ich ausdrücken will«, entgegne ich, wobei ich meine Erheiterung nicht verbergen kann. Sie hat ja recht.

Finja verdreht die Augen und lässt sich wieder in das Polster fallen. »Wie du meinst. Und um deine Frage zu beantworten: Natürlich ist es scheiße, aber was soll ich denn machen? Ich kann versuchen, es loszuwerden, doch letztendlich habe ich akzeptiert, dass ich bis ans Ende meiner Tage damit leben werde.«

»Und wenn …« Ich halte inne und suche nach den passenden Worten. »Wie würdest du dich fühlen, wenn du wüsstest, dass es ein Verfahren gäbe, mit dem man die Migräne aus deinem genetischen Code hätte entfernen können, als du noch ein Embryo warst?«

»Ah.« Finja nickt verstehend. »Genetic Editing. Das hat Herr Fischer erst vor Kurzem in Ethik mit uns durchgenommen.«

»Und welche Aspekte habt ihr besprochen?«

Sie verschränkt die Arme hinter dem Kopf und seufzt. »Das Übliche halt. Wie es funktioniert und natürlich das Für und Wider.«

»Das wäre?« Ich bin wirklich interessiert zu erfahren, was die Schule zu dieser Materie lehrt, doch für Finja scheint dies ein lästiges Thema zu sein. Erneut verdreht sie die Augen. »Das Heilen von tödlichen Erbkrankheiten ist natürlich wünschenswert, aber wo zieht man die Grenze? Ist Migräne ein Leiden, das es auszumerzen gilt?«

»Auf jeden Fall!«

Sie verschränkt die Arme vor der Brust. »Sollte man verhindern, dass schiefe Ohren weitergegeben werden oder übermäßiger Haarwuchs?«

»Viele sind bloß aus Prinzip dagegen. Einfach, weil es ihrem Gefühl widerspricht.«

Finja legt den Kopf schräg und sieht mich mit einer derart ungewohnten Intensität an, dass ich unruhig werde.

Schließlich sagt sie: »Du hättest dafür gesorgt, dass deine Migräne nicht vererbt wird.«

»Natürlich.« Ich mustere meine Tochter, suche in ihrem Gesicht nach einem Hinweis darauf, wie sie dieses Bekenntnis aufnimmt.

»Hm.« Sie lächelt schief. »Weißt du, Mama, ich bin Mitglied bei Pandora.«

Ich reiße die Augen auf. »Das ist ein Scherz, oder?«

»Keineswegs. Ich bin felsenfest davon überzeugt, dass wir diese Technologie nicht einsetzen sollten.« Nach kurzem Zögern fügt sie an: »Auf gar keinen Fall beim Menschen, doch auch beim Tier nicht.«

»Oh.« Mehr fällt mir nicht ein. Ich halte mich an meiner Flasche fest und starre auf den flimmernden Bildschirm vor uns. Zwei Autos rasen durch die Nacht, offensichtlich eine Verfolgungsjagd.

Schließlich frage ich: »Und was denkst du über die Ausrottung von Malaria in Burkina Faso? Das ist allein dem Genetic Editing zu verdanken. Es rettet tausenden von Menschen das Leben. Ach was, wenn man alle zukünftigen Opfer mit einbezieht, sind es Millionen.«

»Sicher, es rettet Menschenleben.« Finjas Stimme ist gedämpft und ich merke, dass sie diese Unterhaltung eigentlich nicht führen will. »Aber wir kennen doch noch nicht einmal den Preis. In der DNA herumzuspielen kann schlimme Folgen haben, von denen wir im Moment nicht mal etwas ahnen. Weißt du, früher hat man Tiere in fremde Ökosysteme eingebracht, um diese zu bereichern. In den meisten Fällen hat das jedoch zur Ausrottung heimischer Arten geführt.«

Ich schnaufe verächtlich. »Das ist wohl kaum mit der Editierung -«

Finja fällt mir ins Wort: »Doch, es ist vergleichbar! Denn in beiden Fällen doktert der Mensch in Systemen herum, die er nicht begreift. Bei den Mücken ist es sogar erneut ein Eingriff ins Ökosystem. Eine ganze Art wurde verändert. Egal welche Folgen das haben wird, sie sind nicht mehr rückgängig zu machen.«

»Das sind Pandoras Lieblingsparolen, oder?« Meine Stimme ist giftiger als beabsichtigt.

»Klar, denn sie haben ja recht. Zwar haben wir die DNA des Menschen im Jahr 2003 vollständig entschlüsselt, doch wirklich verstehen tun wir den genetischen Code bis heute nicht.«

»Das ist Blödsinn! Wir verstehen sehr wohl, was wir da machen!«

Finja seufzt und reibt sich den Nacken. »Nun, wir werden in ein paar Jahrzehnten sehen, in was für Wesen du und deine Kollegen unsere Rinder designt habt. Und um auf deine eigentliche Frage zurückzukommen: Ich bin froh, dass es zur Zeit meiner Zeugung diese Technologie nicht gab. Lieber lebe ich mit Migräne als mit dem Wissen, dass jemand in meiner DNA herumgepfuscht hat. Darüber hinaus: Vermutlich würde ich nicht einmal leben. Um die DNA eines Embryos zu editieren, muss dieser im Labor gezeugt werden. Aber ich war ungeplant. Die Frage, die sich mir stellt, ist also: Hättest du mich abgetrieben?«

»Niemals!«, rufe ich aus.

Finja lächelt und nickt zufrieden. »Dann erübrigt sich unsere Diskussion, oder? Ich wäre so oder so mit Migräne geboren worden.«

Gegen Mitternacht liege ich im Bett und lausche auf die gedämpften Stimmen von Sören und Finja, die noch im Wohnzimmer sitzen. Nach den übermäßig vielen Migräneattacken der letzten Woche achte ich vermehrt darauf, rechtzeitig ins Bett zu gehen, damit ich nicht erneut heimgesucht werde. Normalerweise habe ich keine Probleme, in den Schlaf zu finden. Heute jedoch starre ich mit offenen Augen ins dunkle

Zimmer. Durch den Spalt zwischen den Gardinen fällt das Licht der Straßenlaterne und malt einen hellen Strich an Wand und Decke. Das Gespräch mit Finja nagt an mir, obgleich wir wenig später zu einem unverfänglicheren Thema gefunden haben. Ich kann nicht verstehen, weshalb sich meine eigene Tochter diesen Spinnern angeschlossen hat. Oft genug habe ich ihr meine Arbeit erklärt und betont, wie sehr wir die altertümlichen Zuchtmethoden damit verbessern. Genom-Editierung wird die Welt verändern und das zum Besseren.

Doch ihr Einwand, dass diese Technologie in ihrem Fall nicht relevant gewesen wäre, stimmt mich nachdenklich. Wie hätte ich damals entschieden? Sörens Ablehnung und seine Forderung nach einer Abtreibung wären vor diesem Hintergrund auf einen nahrhafteren Boden gefallen.

Ich schiebe diesen beunruhigenden Gedanken beiseite. Finja ist noch jung. Wenn sie irgendwann selbst plant, Mutter zu werden, wird sie bestimmt anders denken. Ich kann bloß hoffen, dass die Gesetzgebung sich bis dahin zu unseren Gunsten verändert hat und Genetic Editing frei verfügbar ist oder Migräne zumindest auf der Liste für Präimplantationsdiagnostik aufgeführt wird.

Aber was mache ich bis dahin? Mein Kinderwunsch frisst mich auf. Gleichzeitig überkommt mich Unbehagen, wenn ich an den Plan denke, mit dem ich Robert einwickeln will. Die vergangene Woche kommt mir wie ein schlechter Film vor. Bin das wirklich ich gewesen, die eine derart abstruse Intrige geschmiedet hat? Und werde ich sie weiterführen?

Wenn die Öffentlichkeit von meinem Tun erführe, könnte mein Kind niemals in Ruhe leben. Als Ende der Siebziger die erste künstliche Befruchtung gelang, ging ein Aufschrei um die Welt. Louise Brown ist das erste Retortenbaby. Als ihre

Mutter, Lesley Brown, ins Krankenhaus ging, um ihre Tochter zu gebären, ließ sie sich unter falschem Namen aufnehmen. Dennoch fand die Presse Lesley und Louise. »Frankensteinbaby« nannten sie das arme Kind. Die katholische Kirche betitelte das Mädchen als »Werk des Teufels«. Wie schrecklich muss es für die Eltern gewesen sein, dass ihr perfektes, kleines Wunder derart beschimpft wurde? Und wie würden die Medien reagieren, wenn herauskäme, dass ich an meinem Kind »herumgepfuscht« habe? Ich selbst käme ohne Frage ins Gefängnis. Zurzeit erhält man für ein solches Vergehen eine Freiheitsstrafe von fünf Jahren. Im ersten Moment mag dieser Zeitraum kurz erscheinen, doch Kinder werden unfassbar schnell groß. Ehe man sich's versieht, ist aus dem brabbelnden Baby ein Schulkind geworden. Allein die Vorstellung, dass man mich von meinem Baby trennen könnte, treibt mir die Tränen in die Augen.

Am nächsten Morgen erwache ich vor dem Weckerklingeln und fühle mich so frisch und ausgeruht wie seit Langem nicht mehr. Keine Spur von Migräne. Heute ist ein guter Tag. Es ist natürlich Unsinn, aber ich habe den Eindruck, zu spüren, wie im Jugendzimmer hinter der Wand ein Herz schlägt.

Ich richte mich auf, wobei die Bettdecke leise raschelt. Neben mir liegt Sören. Er hat die Augen geschlossen und atmet ruhig. Einem plötzlichen Impuls folgend lehne ich mich zu ihm rüber, küsse seinen Hals und schmiege mich an den bettwarmen Körper.

»Guten Morgen, Schatz«, flüstere ich und küsse erneut die nackte Haut. Ein Grummeln erklingt, doch als er sich mir zuwendet, ziert ein Lächeln sein Gesicht. Plötzlich ist es wie früher, als Finja klein und wir zwei jung und verliebt waren. Er lehnt sich vor, unsere Lippen finden sich, Hände streicheln über vertraute Körper.

Zwei Stunden später gehe ich frisch geduscht in die Küche, um Frühstück zuzubereiten. Mir ist nach Orangensaft, nach Croissants und nach Rührei mit Bacon. Gut gelaunt werfe ich mir meine Jacke über und mache einen Spaziergang zum Bäcker. Als ich zurückkehre, klappern Teller und mir wallt der Geruch von frisch aufgebrühtem Kaffee entgegen. Mit der Brötchentüte in der Hand gehe ich in die Küche, wo Sören mich mit einem langen Kuss begrüßt. Ich versinke in seiner Umarmung und fühle mich so glücklich und geborgen, wie seit langem nicht mehr. Er löst sich von mir und schaut lächelnd auf mich herab. Mir wird ganz warm. Es kommt mir vor, als würden wir uns das erste Mal seit Jahren wirklich ansehen.

Ich streichle ihm über die stoppelige Wange, stelle mich auf die Zehenspitzen und küsse ihn erneut.

»Lass mich noch das Rührei machen, dann können wir essen«, sagt er.

»Du kannst Gedanken lesen.« Ich lege die knisternde Brötchentüte auf der Arbeitsfläche ab. »Hat Finja sich schon bewegt?«

»Noch kein Laut.« Wieder küsst er mich, seine Hände liegen warm auf meiner Taille.

»Mal schauen, ob ich unsere Tochter aus dem Bett bekomme.«

Sören grunzt amüsiert. »Wenn sie heute Nacht nicht von einem Alien ausgetauscht wurde, würde ich mir keine Hoffnung machen.«

»Wann haben wir das letzte Mal zu dritt gefrühstückt, wie eine richtige Familie? Diese Chance lasse ich mir nicht entgehen.« Ich hüpfe beschwingt die Treppe hinauf und klopfe mit den Knöcheln sacht gegen das Holz ihrer Tür. Mit schräg gelegtem Kopf lausche ich und glaube das Rascheln von Bettzeug zu vernehmen. Ich klopfe erneut.

»Ja?«, ertönt es verschlafen aus dem Zimmer.

»Frühstück ist fertig«, rufe ich. »Es wundert mich, dass der Geruch von gebratenem Speck nicht schon nach oben gezogen ist.«

Durch die Tür dringt nur ein: »Nein.«

»Nein?« Ich drücke die Klinke herab und blicke in einen dunklen Raum. Die Rollläden sind heruntergelassen und ich erkenne nur vage Schemen. Ein ungutes Gefühl überkommt mich. »Finja, ist alles in Ordnung?«

»Migräne.«

Dieses einzelne Wort knallt in den Frieden des Morgens wie ein Lastwagen in ein Gewächshaus.

»Oh, Schatz, schlimm?«

»Acht von zehn«, kommt tonlos zurück.

»Okay.« Am liebsten hätte ich angefügt, dass sie mich rufen soll, wenn sie etwas braucht, aber ich weiß es besser. Wenn die Migräne ihre Krallen ins Fleisch geschlagen hat, braucht man nur eines: Ruhe. Leise schließe ich die Tür. Noch schlimmer, als selbst eine Migräneattacke zu erleiden, ist, mit anzusehen, wie dein wichtigster Mensch mit diesen Qualen gemartert wird. Hätte ich die Möglichkeit, dann würde ich ohne Zögern ihre Schmerzen auf mich nehmen.

Ich kann jedoch nichts machen, stehe nur da und habe die Hände zu bebenden Fäusten geballt. Die Hilflosigkeit treibt mir Tränen in die Augen.

Nein, wenn ich noch ein weiteres Kind in diese Welt setze, dann ist es meine Pflicht als Mutter, dafür zu sorgen, dass dieses unschuldige Wesen so wenig Leid wie möglich erfährt.

Wenn ich dies nicht gewährleisten kann, muss ich auf ein Baby verzichten. Alles andere wäre egoistisch.

Ist Robert schon zu Hause? Seit dem gestrigen Vormittag habe ich Beatrice' Nachrichten nicht mehr überprüft und ich verfluche mich für meine Nachlässigkeit.

Hastig steige ich die Treppe hinab und gehe ins Wohnzimmer. Vom Küchentisch aus ruft Sören: »Na, sie schläft noch tief und fest, richtig?«

Seine Frage umschwirrt mich wie eine lästige Stechmücke.

»Nein, Migräne«, gebe ich kurz angebunden zurück.

»Scheiße«, brummt er in einem Tonfall, als hätte Finja ihm den Morgen verdorben. Er hatte sich doch ein heimeliges Familienfrühstück vorgestellt und nun weigert sich die Dame, daran teilzunehmen. Unmut wallt in mir auf. Vermutlich tue ich Sören damit unrecht, aber das ist mir gerade herzlich egal. Ich setze mich auf das Sofa, nehme den Laptop auf den Schoß und klappe ihn auf. Meine Finger fliegen über die Tastatur und ich rufe die Seite der Spionage-App auf.

»Was machst du da?« Sörens Worte hallen bestimmt bis in das Zimmer unserer Tochter und zerteilen ihren Kopf wie die Schläge einer Axt. Ich schleuderte wütende Blicke in Richtung Küche.

»Nur schnell etwas nachschauen«, gebe ich gedämpft zurück.

»Dein Kaffee wird kalt.«

»Bin gleich da.«

Wie erwartet sind zwischen Beatrice und ihrem Mann einige Nachrichten hin und her gegangen. Ich erfahre, dass er heute schon gegen vierzehn Uhr ankommen wird. *Scheiße!*

»Paula!«

»Gleich!«

Ich höre ihn seufzen.

Es ist jetzt Viertel vor neun, eigentlich noch genug Zeit, bis Robert eintrifft, aber die Frau, die ich engagiert habe, wollte einen Tag vorher informiert werden. Dieses Zeitfenster habe ich verpasst, doch das ist kein Weltuntergang, die kleine Show kann auch stattfinden, wenn Robert morgen von der Arbeit nach Hause kommt. Trotzdem ärgere ich mich über meine Nachlässigkeit. Diese Verzögerung ist unnötig.

Ich lösche den Internetverlauf, schließe den Browser und stelle den Computer beiseite.

»Kommst du jetzt?«, fragt er.

»Ja doch!« Anstatt in die Küche zu gehen, schnappe ich mein Handy und steige die Treppe hinauf. Er ruft mir irgendwas nach, aber ich ignoriere ihn, sperre mich ins Bad und schalte das Gerät ein. Auf dem Badewannenrand sitzend tippe ich auf `Wählen`. Es tutet einige Male, dann wird mein Anruf entgegengenommen. »Hallo, hier ist Rilana«, säuselt eine verführerische Stimme.

»Hier ist Stina«, erwidere ich. »Es ist so weit, allerdings früher als gedacht. Ich brauche dich schon heute um vierzehn Uhr.«

Ein paar Sekunden lang herrscht Stille. Dann erwidert meine Gesprächspartnerin kühl: »Das haben wir anders abgesprochen.«

»Ja, ich weiß. Doch es ist nicht so gelaufen, wie ich es geplant hatte. Geht es noch heute?«

Sie seufzt. »Ja, ich kann es einrichten.«

»Fantastisch.«

»Aber ich erwarte einen Zuschlag.«

»Wie viel?«

»Fünfzig extra.«

Ich stoße ein humorloses Lachen aus. »Das ist ganz schön happig.«

»Musst ja nicht darauf eingehen.«

»Schon gut, schon gut. Weitere fünfzig sind in Ordnung.«

»Du musst das Geld aber vorher überweisen.«

Ich verdrehe die Augen, versuche jedoch weiterhin, freundlich zu bleiben. »Klar, kein Problem. Mache ich gleich.«

»Wenn das Geld nicht da ist …«

»Ja, habe es verstanden.«

»Gut.« Rilana legt auf.

Ich packe das Handy in die Hosentasche und gehe wieder runter. Aus dem Wohnzimmer dringen monotone Funkdurchsagen und das Rauschen eines Flugzeuges. Sören ist wieder mit dem Polster verschmolzen, sieht mich nicht einmal an, als ich mich in den Türrahmen stelle. Ich betrachte seinen lichten Hinterkopf, der über die Kante des Sessels lugt, und plötzlich bedaure ich mein abweisendes Verhalten von eben. Mir kommt es vor, als hätte ich heute Morgen etwas Wunderschönes wiedergefunden, nun jedoch erneut verloren.

Ich könnte zu ihm gehen, könnte mich auf seinen Schoß setzen und sein Gesicht in meine Hände nehmen. Bestimmt würde er lächelnd den Controller beiseitelegen.

Doch ich bewege mich nicht, betrachte ihn bloß einen Moment lang, dann wende ich mich von ihm ab. Der Küchentisch ist noch gedeckt, bis auf Sörens Teller und Becher. Er hat beides auf die Arbeitsfläche über der Spülmaschine gestellt, obwohl diese hundertprozentig nahezu leer ist. Mich überkommt der Drang, ins Wohnzimmer zu marschieren und meinen faulen Ehemann aufzufordern, den Teller gefälligst ordentlich wegzupacken, ich sei schließlich nicht seine Putzfrau. Stattdessen trete ich an die Spülmaschine und räume sein Geschirr mit einem resignierten Seufzen selbst ein.

BEATRICE

Sonntag, 23.01.

Die Zeit schleicht dahin. Immer wenn ich mich zur Uhr wende, hat sich der Minutenzeiger kaum bewegt. Da sich meine Konzentration im Urlaub befindet, stehen die Lehrbücher im Regal. Stattdessen widme ich mich meinem Beautyprogramm, doch selbst damit bekomme ich nur wenige Stunden rum.

Um vierzehn Uhr ist Robert, entgegen seiner Ankündigung, noch immer nicht zu Hause und ich tigere nervös im Wohnzimmer auf und ab. Jedes Mal, wenn ich das Brummen eines Wagens vernehme, springe ich mit klopfendem Herzen zum Fenster, nur um anschließend mit einem enttäuschten Seufzer meine Wanderung wieder aufzunehmen.

Ich trage meinen seidenen Morgenmantel, darunter ein aufregendes Teil aus Schnüren und transparentem Netzstoff. Robert wird sofort einen Steifen bekommen, wenn er mich darin sieht. Einziger Wermutstropfen ist, dass die Designer dieses dramatischen Stücks zwar sehr viel Wert auf die Optik gelegt, den Komfort jedoch vernachlässigt haben. Die Schnüre rutschen bei jeder Bewegung, andauernd ziehe ich sie zwischen meinen Pobacken heraus.

Als ich ein weiteres Mal aus dem Fenster spähe, fällt mir eine Frau auf, die an der gegenüberliegenden Straßenseite auf jemanden zu warten scheint. Eine angenehme, wenn auch etwas zu üppig geschminkte Erscheinung. Den Schal hat sie eng um den Hals geschlungen, unter einer Wollmütze lugen blonde Strähnen hervor. Die Hände sind tief in den Taschen vergraben. Sie hat sich in die offene Garage des alten Peterson von gegenüber gestellt, vermutlich um dem Wind zu entkommen, der an den kahlen Hecken rüttelt und vertrocknete Blätter die Straße hinab scheucht.

Sie holt einen Gegenstand aus der Tasche. Ein Smartphone. Sie tippt, hält es sich ans Ohr, spricht mit jemandem. Dann verstummt sie, späht um die Ecke der Garage, sagt erneut etwas und steckt das Handy weg. Im nächsten Moment vernehme ich das Brummen eines sich nähernden Autos. Ich schaue in die Richtung des Geräusches und mein Herz macht einen freudigen Sprung, als ich Roberts Mercedes entdecke. Er rollt auf unser Haus zu und biegt in die Einfahrt ein. Ich sehe ihn hinter dem Steuer sitzen, unsere Blicke begegnen sich und ich winke grinsend, halte dann jedoch inne, weil ich mir vorkomme wie ein Schulmädchen. Er lacht, winkt zurück.

Eine Bewegung zieht meine Aufmerksamkeit auf sich. Die Frau hat sich aus ihrer Deckung gelöst, überquert schnellen Schrittes die Straße und hält auf Robert zu, der soeben aussteigt. Sie spricht ihn an. Von meiner Position aus kann ich kein Wort verstehen, höre nur das Zuschlagen der Autotür. Sie reden, wobei mir die eindeutige Körpersprache der Frau nicht entgeht: das Zwirbeln einer Haarsträhne, der leicht schräg gelegte Kopf, das dümmliche Grinsen, welches sich in ihrem Gesicht festgefressen hat.

Robert wendet sich halb um, betrachtet mich kurz, sieht dann erneut die Frau an und schüttelt den Kopf. Die Fremde zuckt bedauernd mit den Schultern, lächelt jedoch weiterhin, als wolle sie meinem Mann etwas verkaufen. Eifersucht packt mich und ich bin kurz davor, gegen das Fenster zu hämmern, um Roberts Aufmerksamkeit wieder auf mich zu lenken. In diesem Moment wendet sich die Blonde ab und winkt zum Abschied. Robert erwidert die Geste, während die Fremde die Einfahrt hinabstolziert und auf dem Fußweg nach rechts abbiegt. Ich presse meine Wange gegen das kalte Glas und sehe ihr hinterher, beobachte, wie sie in ein Auto steigt, das fünfzig Meter entfernt parkt. Gerade als sie den Motor anlässt, kommt Robert ins Wohnzimmer.

»Hallo, Darling«, sagt er und umarmt mich von hinten, während das silberne Auto davonrollt.

Man sollte einen Mann stets mit einem Lächeln, nie mit einem bösen Blick begrüßen, höre ich Mama flüstern.

Automatisch schlucke ich die drängenden Fragen hinunter, drehe mich zu ihm um, schlinge meine Arme um seinen Hals und küsse ihn innig. Im selben Moment hasse ich mich, weil ich ein weiteres Mal den körperlosen Worten dieser traurigen Frau gehorcht habe, die mich geboren hat. Bevor ich mich jedoch von Robert lösen kann, drückt er mich so fest an sich, dass mir fast die Luft wegbleibt. Den ganzen Tag habe ich seine Rückkehr herbeigesehnt, doch nun frage ich mich unaufhörlich, wer zum Teufel diese Frau war.

»Hach, das war eine lange Woche«, murmelt er.

»So schlimm?« Ich blicke ihn bedauernd an, während ich gleichzeitig innerlich vor Freude die Fäuste in die Luft recke.

Mein Gatte winkt ab. »Ich berichte dir später von allem. Erst einmal will ich zu Hause ankommen.«

Er küsst mich auf den Scheitel. »Wie war es bei dir? Scheinst ein paar entspannte Tage gehabt zu haben, du siehst so gemütlich aus.« Er zupft an meinem Morgenmantel. In diesem Moment fährt ein Auto an unserem Haus vorbei und hupt. Ich wende den Kopf und erhasche gerade noch die Ahnung eines silbernen Fahrzeugs. Jetzt halte ich es nicht mehr aus.

»Wer war das?«, frage ich und muss mich zurückhalten, um mich nicht wie eine Furie auf Robert zu stürzen.

Er runzelt die Stirn. »Wer?«

»Die Frau!«

»Ach so. Die hat lediglich nach dem Weg gefragt.« Er löst den Knoten meines Morgenmantels. Der Stoff schwingt beiseite. Seine Augen weiten sich und er grinst wie ein Kind, das soeben eine Truhe voller Süßigkeiten gefunden hat. »Holla! Was haben wir denn hier?«

Ich hatte mir in den vorangegangenen Stunden tausend Mal vorgestellt, wie Robert auf mein neues Outfit reagieren wird, doch nun bin ich nicht in der Lage, seine Reaktion auszukosten.

»Wer fragt denn heute noch nach dem Weg? Es gibt Smartphones.«

»Sie meinte, der Akku ist leer«, murmelt Robert.

»Ich habe gesehen, wie sie telefoniert hat.«

»Dann muss er sich beim Telefonieren geleert haben«, erwidert er, wobei er mir nicht ins Gesicht schaut, sondern nur Augen für meinen Körper hat.

»Die Frau hat die ganze Zeit vor dem Haus herumgelungert und nur auf dich gewartet!« Mit einem Ruck ziehe ich den Mantel zu, verknote den Gürtel.

Er hebt die Hände in einer abwehrenden Geste. »Sie hat mich lediglich nach dem Weg gefragt und mehr nicht.«

»Du lügst!« Ich denke an all jene Männer, die meiner Mama erst etwas vorgespielt und sie dann weinend zurückgelassen haben.

Zwischen Roberts Augenbrauen erscheint eine steile Falte. »Darling, du solltest dich wirklich beruhigen!« Seine Hände legen sich um meine Oberarme, ich versuche, von ihm abzurücken, doch sein Griff verstärkt sich.

»Lass mich los!«

»Darling, was soll das denn? Ich habe mich auf zu Hause gefreut, weil ich dachte, dass hier keine sinnlosen Dramen ablaufen werden. Und nun das?«

Ich höre die Stimme meiner Mama: *Eine Frau sollte wissen, wann sie zu schweigen hat. Von dieser Fähigkeit hängt das Wohl einer jeden Beziehung ab.*

»Was wollte die Tusse?« Ich winde mich, versuche, seinem Griff zu entkommen, doch er ist zu stark. In meinen Augenwinkeln sammeln sich Tränen. »Lass los!«

»Erst, wenn du dich beruhigt hast! Komm, jetzt atmen wir beide einmal durch und anschließend reden wir wie zwei vernünftige Menschen miteinander, in Ordnung?«

Ich will mich nicht beruhigen, ich will, dass er mich loslässt, doch sein Griff ist unerbittlich. Also presse ich die Lippen aufeinander und atme durch die Nase ein, während mein Herz wie wild gegen die Rippen hämmert.

»So ist es brav«, sagt Robert und endlich löst sich sein Schraubstockgriff. Ich wette, dass er rote Abdrücke auf meinen Oberarmen hinterlassen hat, doch ich schaue nicht nach, blicke zu meinem Gatten auf. Er nimmt mein Gesicht sanft zwischen die Hände und platziert einen Kuss auf meine Stirn. »Sie hat wirklich nur nach dem Weg gefragt«, flüstert er, zuckt dann mit den Schultern und lächelt schief. »Na gut, sie hat versucht, mit mir zu flirten, wollte meine Nummer. Aber ich habe sie höflich abgewiesen und sie ihres Weges geschickt.« Er sieht mich an. »Ist jetzt alles wieder in Ordnung?«

»Ja«, sage ich, obwohl gar nichts in Ordnung ist. Ich glaube ihm kein Wort. Aber Robert scheint meine emotionslose Versicherung zu genügen. Lächelnd öffnet er den Gürtel meines Morgenmantels und schiebt den Stoff beiseite. Beinahe lautlos fällt er zu Boden.

PAULA

Sonntag, 23.01.

Erst am Nachmittag kommt Finja aus ihrem Zimmer. Sie sieht angeschlagen aus, unter ihren Augen prangen dunkle Ringe und die Schultern hängen kraftlos herab. Doch sie lächelt schwach.

»Hunger?«, frage ich. Sie nickt, woraufhin ich ihr unser Mittagessen aufwärme und einen Kaffee danebenstelle. Während Finja die restliche Pasta verschlingt, nehme auch ich mir eine Tasse und setze mich zu ihr an den Tisch. Zunächst plaudern wir über Belanglosigkeiten, irgendwelche Bücher, die wir gerade gelesen haben oder noch lesen wollen, Filme, das Wetter, gemeinsame Bekanntschaften. Erst als sie das Besteck auf den leeren Teller legt und diesen von sich schiebt, spreche ich jenes Thema an, das mich eigentlich beschäftigt. »Von der künstlichen Befruchtung hat man vor dreißig Jahren auch nicht viel gehalten.«

Trotz ihrer offensichtlichen Mattheit versteht Finja sofort, worauf ich hinauswill. Sie rollt mit den Augen. »Das ist etwas ganz anderes als Genetic Editing.«

Ich drehe den Kaffeebecher in der Hand und schüttle den Kopf. »Es ist beides ein derart immenser Eingriff, dass Menschen instinktiv davor zurückschrecken. Damals, als die Elektrizität noch ganz neu war, bezeichneten viele diese neue

Technologie als Teufelswerk. Heute ist sie aus unserem Alltag nicht mehr wegzudenken. In den Achtzigern war die künstliche Befruchtung ein Teufelswerk. Heute wird sie als Variante der natürlichen Empfängnis angesehen.«

Finja lässt den Kopf in den Nacken fallen. »Mama, ich habe wirklich keine Lust, darüber zu diskutieren. Ich bin müde, will mich auf dem Sofa zusammenrollen und irgendeinen Blödsinn gucken.«

»Blödsinn ist genau der richtige Begriff, wenn man von einem Verein wie Pandora spricht. Das sind engstirnige Fanatiker, die keine Ahnung von dem haben, was wir tatsächlich tun.«

Finja schnauft. »Das ist natürlich euer Lieblingsargument: Nur weil man kein Genetiker ist, hat man auch keine Ahnung. Aber dass man sich informieren und Gedanken machen kann, zählt nicht, oder?«

»Ich wäre glücklich, wenn die von Pandora sich informieren würden. Stattdessen brüllen sie hirnlose Parolen, bei denen ich mir nur gegen die Stirn schlagen kann. Klar, vor einem Jahrzehnt war der Eingriff in die DNA mit einem gewissen Risiko behaftet. Unsere Werkzeuge waren noch nicht akkurat genug und oft kam es zu unerwünschten Nebeneffekten, weil an falschen Stellen in der DNA ebenfalls geschnitten wurde. Aber diese Zeiten sind vorbei! Unsere Genscheren sind heute so exakt, wie wir es uns nur wünschen können. Wir schneiden genau dort, wo wir eine Veränderung vornehmen wollen, und nirgendwo anders.«

»Das stimmt doch gar nicht. Viele Studien beweisen, dass es noch immer Off-Target-Effekte gibt.«

Ich seufze. »Aber nicht mehr wie früher, nicht mehr an willkürlichen Stellen des Genoms. Wir können berechnen, wo sie auftreten könnten und die editierten Genome dahingehend untersuchen.«

Meine Tochter verschränkt die Arme vor der Brust und schiebt das Kinn vor. »Und was ist mit den Folgen für die Gesellschaft?«

»Was für Folgen sollen das sein? Eine geringere Wahrscheinlichkeit für Krebs? Immunität gegen AIDS? Keine Migräne mehr?«

Finja gibt sich unbeeindruckt. »Kinder, die nach den Wünschen ihrer Eltern designt wurden. Kinder mit Enhancements, übermenschlichen Verbesserungen.«

Ich wische ihren Kommentar mit einer unwilligen Geste beiseite. »Das will doch niemand! Wir sprechen von der Ausrottung von Erbkrankheiten.«

»Damit wird es nicht aufhören«, widerspricht Finja. »Wenn erst alle Erbkrankheiten aus dem Erbgut der Menschheit entfernt wurden, wird man einfach weitermachen. Dann wird man sich fragen, wieso wir Kurzsichtigkeit zulassen sollten. Haarausfall? Warum sollten wir Menschen nicht intelligenter machen. Was spricht dagegen, das Immunsystem zu verstärken?«

Ich gebe einen genervten Laut von mir. »Du redest wie diese konservativen Sturköpfe, als man beschloss, die gleichgeschlechtliche Ehe zu ermöglichen. Was kommt als Nächstes, haben sie gefragt: Ehe mit Ziegen?«

»Ich finde solche Überlegungen alles andere als absurd. Im Gegenteil. Wenn wir diesen Weg weiter beschreiten, landen wir eher früher als später bei Designerbabys.«

»Du siehst doch, wie schwerfällig die EU ist, wenn es bloß um die Frage geht, ob wir tödliche Erbkrankheiten ausrotten sollen. Du glaubst nicht wirklich, dass sie gleich Tür und Tor öffnen werden.«

»Keine Ahnung.« Finja verschränkt die Arme vor der Brust. »Was ist mit Amerika? China? Im Moment ist Genetic Editing beim Menschen zwar auch dort nicht erlaubt, doch wie lange noch? Aber selbst wenn die Gesetzgebung auf der ganzen Welt Verbesserungen des Menschen verbietet, bekommen wir dennoch ein Problem. Wer Geld besitzt, der wird sich die Enhancements dennoch beschaffen.«

Ich will etwas erwidern, doch sie hebt abwehrend die Hand und spricht weiter: »Und das macht alles nur noch schlimmer. Die Menschheit wird sich in zwei Gesellschaften aufteilen: die Verbesserten und die Normalen. Der Unterschied liegt dann nicht mehr nur in ihrem Reichtum, sondern ist genetisch determiniert. Wortwörtlich.«

»Das ist doch alles Schwarzmalerei. Ich kann einfach nicht begreifen, wie du auf diese Spinner hereinfällst. Genauso gut könnte uns das Genetic Engineering in eine schönere Zukunft führen, in der die Menschen nicht mehr leiden müssen. Was hätte die Menschheit vollbringen können, wenn sie sich nicht mit all diesen unnötigen Schmerzen herumplagen müsste? Nimm dein eigenes Leben als Beispiel. Wie oft hast du in einem abgedunkelten Zimmer gelegen, während deine Freunde feiern gegangen sind? Wie oft habe ich dich von Klassenfahrten abholen müssen, weil dich die Migräne heimgesucht hat? Und ich selbst? Ich hätte Wissenschaftlerin, Institutsleiterin sein können. Nicht ich bestimme über mein Leben, sondern meine Migräne. Nun haben sie mir sogar den Job gekündigt, weil ich mich so oft krankmelden musste.«

Finjas Augen weiten sich. »Das wusste ich ja gar nicht.«

Mit einem unwilligen Schnauben winke ich ab. Obwohl mich die ausgebliebene Vertragsverlängerung bis in meine Träume verfolgt, will ich jetzt nicht darauf eingehen.

»Oder nimm Stephen Hawking«, rufe ich. »Ein Genie! Wie viel mehr hätte er erreichen können, wenn nicht seine Krankheit gewesen wäre?«

»Ach, Mama.« Seufzend massiert sich meine Tochter die Schläfen. »Drehst du deswegen so durch? Weil du arbeitslos bist?«

Ich hämmere mit der geballten Faust auf den Tisch und Finja schreckt zusammen, verzieht das Gesicht und hält sich den Kopf. »Bitte nicht so laut.«

»Entschuldige.« Aus eigener Erfahrung weiß ich nur zu gut, wie empfindlich man nach einer solchen Attacke noch sein kann. »Und nein, die Kündigung hat keinen Einfluss auf meine Meinung. Ich bin überzeugt, dass Genetic Editing unser aller Leben verbessern wird, und sich davor zu sperren wäre genauso dumm, wie sich der Elektrizität zu verschließen.«

»Das ist doch nicht vergleichbar.« Finja erhebt sich. »In einem Fall geht es darum, eine Technologie zu benutzen, um Licht zu machen. Die mit Genetic Editing hervorgerufenen Veränderungen werden wir dagegen an sämtliche Nachkommen weitergeben.«

»Auch die Elektrizität begleitet uns seit Generationen«, werfe ich ein, woraufhin sie die Augen verdreht.

»Na, von mir aus. Ich will jetzt nicht mehr reden. Ich bin müde und das Sofa ruft nach mir.«

Am liebsten hätte ich meine Tochter am Arm gepackt, um sie aufzuhalten, doch das wäre nicht fair gewesen. So lasse ich sie ins Wohnzimmer schlurfen und bleibe brodelnd vor Wut am Küchentisch sitzen.

Den restlichen Tag über meiden wir das Thema und als meine Tochter mit Reisetasche und Jacke in der Tür steht, überkommt mich das Gefühl, etwas sehr Wichtiges nicht beendet zu haben.

»Mach es gut«, sage ich, während sie die Haustür öffnet und die drei Stufen hinabsteigt. Sören und ich stellen uns in die offene Tür und sehen unserer erwachsenen Tochter nach, winken ihr zu, als sie sich am Ende der Einfahrt ein letztes Mal umdreht. Dann geht sie schnellen Schrittes die Straße hinab Richtung Bushaltestelle.

»Komm, es wird kalt«, brummt Sören, doch ich beachte ihn nicht. Mit einem Seufzen wendet er sich ab, geht ins Wohnzimmer. Erst als die Gestalt meiner Tochter an der Kreuzung nach rechts abbiegt, schließe ich widerwillig die Haustür.

Im Flur stehend horche ich in das Haus, das mit einem Male wieder so leer und abweisend wirkt wie vor Finjas Besuch. Traurig schaue ich die ins dunkle Obergeschoss führende Treppe hinauf. Die Sehnsucht nach einem Baby umschnürt meine Brust und lässt mich fast ersticken. Ein bitterer Geschmack liegt auf meiner Zunge, den ich einfach nicht loswerde.

Die folgenden drei Tage warte ich darauf, dass sich eine Gelegenheit ergibt, die nächste Phase meines Planes einzuläuten. Hierfür muss Robert allein sein, doch da er morgens früh zur Arbeit fährt und Beatrice längst daheim ist, wenn er abends nach Hause kommt, verstreichen die Tage ungenutzt. Erst am Mittwoch entsteht ein Zeitfenster, als Beatrice im Anschluss an ihre Vorlesungen im Fitnessstudio schwitzen will.

Ich starre durch das Küchenfenster. Die Dämmerung hat eingesetzt und im ersten Stock des Nachbarhauses brennt

Licht. Neben mir auf der Arbeitsfläche liegt meine Spiegelreflexkamera. Ich bin angespannt, bereit, jederzeit nach ihr zu greifen. Die aus dem Wohnzimmer dringenden monotonen Funkdurchsagen von Sörens Flugsimulator steigern meine Nervosität, auch wenn ich weiß, dass meist Stunden vergehen, bevor Sören sich von der Playstation lösen kann. Für den Fall, dass er mich doch mit der Kamera in der Hand überrascht, habe ich mir vorsichtshalber eine Ausrede einfallen lassen: Ich werde ihm von einem auffälligen Vogel berichten, den ich vor einigen Tagen im Garten gesehen habe und den ich auf Stinas Drängen hin unbedingt fotografieren sollte, da es sich um einen Bienenfresser handeln könnte. Daraufhin habe ich angeblich ein paar Körner auf dem Rasen ausgestreut und hoffe nun, ihn mit der Kamera zu erwischen. Wie ich Sören kenne, wird er mir nach den ersten Sätzen ohnehin nicht mehr zuhören.

Mein Blick huscht ein weiteres Mal zur Uhr. Es ist halb fünf. Rilana müsste jeden Moment eintreffen. Mit angehaltenem Atem beobachte ich die Straße.

Endlich! Ein silberner Golf biegt ein, rollt auf uns zu und hält vor dem Haus von Robert und Beatrice. Mein Puls klopft im Stakkato, als die Fahrertür aufgeht und eine elegant gekleidete, blonde Frau aussteigt und zur Haustür der Nachbarn stöckelt. Meine Finger sind schweißnass, als ich nach der Kamera greife.

»Was machst du da?«

Mein Herz setzt aus, ich wirble herum. Sören steht hinter mir.

»Also da«, krächze ich, »da war ein Vogel und …«

Mir wird klar, dass meine Ausrede nicht mehr zieht. Verdammt, ich habe nur einen Versuch und keine Zeit mehr.

Mein Blick zuckt zum Nachbarhaus. Die Außenbeleuchtung neben der Haustür geht an. Rilana streckt den Arm aus und drückt auf die Klingel.

»Nicht jetzt!«, zische ich.

Sören tritt neben mich. »Wer ist das?«

»Warte!«

Die Haustür öffnet sich und meine Kamera beginnt zu klicken. Auf Rilanas Gesicht breitet sich ein Grinsen aus, als sie ihren Mantel aufknöpft. Nackte Haut kommt zum Vorschein. Sören stößt ein abgehacktes Lachen aus.

Rilana streckt die Arme aus und zieht einen perplex dreinblickenden Robert an sich. Ich muss auflachen, als ich seine geweiteten Augen sehe.

Sie stellt sich auf die Zehenspitzen, schlingt ihre Arme um Robert und küsst ihn leidenschaftlich. Meine Kamera klickt unaufhörlich, ein Beweisfoto nach dem anderen entsteht.

Klick. Klick. Klick.

Dann hat Robert seine Überraschung offenbar überwunden und stößt Rilana von sich. Mit wütendem Gesichtsausdruck streckt er den Arm aus und zeigt auf die Straße. Die Geste ist eindeutig: Sie soll verschwinden. Lächelnd schließt Rilana ihren Mantel und kommt der Aufforderung nach. Sie geht zu ihrem Auto, steigt ein und fährt los. Robert sieht ihr fassungslos nach und wischt sich mit dem Handrücken über den Mund. Dann zuckt sein Blick zu den Nachbarhäusern, als ob er überprüfen wolle, ob es Zeugen für diesen Vorfall gibt. Hastig lasse ich mich zu Boden fallen und Sören tut es mir gleich. Ich kann nicht anders, ich stoße ein Kichern aus und auch mein Mann lacht auf.

»Was war denn das?«, fragt er und grinst wie ein Schuljunge, der durch das Schlüsselloch der Mädchenumkleide gespäht hat. Mit einem Schlag verschwindet meine gute Laune. Panik erfasst mich bei dem Gedanken, dass mein Plan schon jetzt gescheitert ist. Sören wird mit meinem Vorhaben niemals einverstanden sein. Aber was soll ich ihm bloß erzählen?

Ich zwinge mich zu einem trockenen Lachen. »Ist das nicht offensichtlich?«, frage ich. »Die Frau im Mantel, das war nicht unsere Nachbarin.«

Sören kichert. »Und du bist nun Detektivin?« Mit einem Kopfnicken deutet er auf die Kamera in meinen Händen.

Mein Gesicht beginnt zu glühen. »Gewissermaßen. Ich … du weißt ja, dass ich in der letzten Woche viel Zeit mit Beatrice verbracht habe. Und … na ja … sie hat mir erzählt, dass sie den Verdacht hat, ihr Mann würde sie betrügen. Ich versprach ihr, die Augen offen zu halten.«

»Frauen haben für so etwas ein Gespür«, murmelt er und richtet sich halb auf, um über die Arbeitsfläche hinweg durch das Fenster zu spähen. »Er ist im Haus.«

Trotzdem lässt Sören sich wieder neben mir auf den Boden sinken und ich werde von einem déjà-vu-ähnlichen Gefühl der Vertrautheit überrascht. Früher, als Studenten, haben wir oft auf dem Boden sitzend unsere Mahlzeiten zu uns genommen. Wir hatten nur wenig Geld und daher konnten wir uns nur eine kleine Wohnung leisten, in der es keinen Platz für einen Esstisch gab. Meist haben wir uns mit den Tellern auf das Sofa gesetzt, doch ab und an ließen wir uns einfach auf dem Küchenboden nieder.

»Woher wusstest du, dass sie kommt?«, fragt Sören. »Das war ja ein perfektes Timing.«

»Ja … das war es wirklich.« Fieberhaft suche ich nach einer Erklärung. »Ich … wir … wir haben gehofft, dass es heute passieren wird. Weil sie jeden Mittwoch zum Sport geht. Es war ein Schuss ins Blaue, aber wir hatten Glück.«

Gespannt beobachte ich Sören, versuche, anhand seines Gesichtsausdrucks herauszufinden, wie überzeugend meine löchrige Erklärung ist.

Er streckt die Hand nach der Kamera aus. »Zeig mal her.«

Ich reiche ihm den Apparat. Er geht die Fotos durch, lacht auf. »Man sieht, dass ihr kalt ist.« Er betrachtet das Bild sehr lange, dann schüttelt er den Kopf. »Ich frage mich bloß: Warum? Beatrice ist doch eine echt heiße Schnecke, weshalb macht er das?«

Ich zucke mit den Schultern. »Manche Kerle brauchen den Adrenalinkick.«

Sören schnauft und gibt mir die Kamera zurück. »Dann ist er entweder dumm oder Beatrice eine Niete im Bett. Nun ja, so oder so sieht es jetzt schlecht für ihn aus. Einen solchen Vertrauensbruch kann man nicht verzeihen.«

Sören lehnt sich mit dem Rücken gegen den Küchenschrank. Sein Blick geht ins Leere und ich frage mich, woran er denkt.

Schließlich murmelt er: »Wer seine Partnerschaft derart mit den Füßen tritt, der verdient nichts anderes als die Scheidung. Ich hoffe, sie nimmt ihn ordentlich aus.«

Mein Brustkorb zieht sich zusammen. Ist das eine Warnung? Besorgt betrachte ich Sören, der mich prompt angrinst.

»Was ist?«, fragte er. »Du guckst so seltsam.«

Ich zucke zusammen.

»Ach, es tut mir einfach leid für Beatrice«, sage ich schnell. »Es wäre besser gewesen, wenn sie sich geirrt hätte.«

Sören winkt ab und richtet sich wieder auf, um über die Arbeitsfläche hinweg durch das Fenster zu spähen. »Aber wieso hat er sein Bumsstück weggeschickt?«

Ich zucke mit den Schultern. »Er ahnt vielleicht, dass Beatrice etwas wittert.«

Sören lässt sich wieder sinken. Seine Stirn legt sich in Falten. »Mir ist nicht wohl dabei, dass du dich in diese Geschichte einmischst. Das reibt dich auf und dann hast du erneut Migräne.«

Ich verdrehe die Augen. »Ja, vielleicht. Aber wenn ich mir alles verbiete, was eine Attacke auslösen könnte, kann ich mich gleich ins Grab legen.«

Ein trauriges Lächeln huscht über sein Gesicht und er legt eine Hand an meine Wange. Sein Ausdruck und vor allem die Geste wecken nostalgische Gefühle, die mich umhüllen wie eine vergessen geglaubte Kuscheldecke.

»Da magst du recht haben«, sagt er. »Aber pass auf dich auf, ja?«

»Klar.« Einem plötzlichen Impuls folgend, lehne ich mich vor und küsse ihn.

BEATRICE

Mittwoch, 26.01.

Als ich nach dem Sport das Haus betrete, merke ich sofort, dass mit Robert etwas nicht stimmt. Er bereitet das Abendessen zu und normalerweise sind seine Abläufe perfekt koordiniert. Eine wahre Kochsymphonie. Heute ist er jedoch fahrig, lässt die Nudeln überkochen, den Salzstreuer fallen und zu allem Überfluss brennen ihm auch noch die Zwiebeln an. Ich frage ihn, was los sei, doch er winkt ab und behauptet, alles wäre in Ordnung. Dass dem nicht so ist, sehe ich natürlich, dennoch schweige ich und lasse ihm die Illusion seiner Lüge.

Männer halten sich für wahre Meister im Verbergen von Gefühlen, flüstert mir Mama zu. *In Wahrheit sind sie jedoch wahnsinnig schlechte Schauspieler.*

Diese Behauptung habe ich im Laufe meiner bisherigen Beziehungen tausendfach bestätigt gesehen. Und dann vertreten die Herren der Schöpfung die Ansicht, wir Frauen könnten uns nicht kontrollieren. Lächerlich.

Nach dem Essen setzen wir uns ins Wohnzimmer. Stumm schmiege ich mich an Robert und verfolge auf dem Fernseher eine Politikdiskussion zum Klimawandel, die er eingeschaltet hat. Dumpf brütet er vor sich hin und seine Gedanken erfüllen den Raum wie giftiger Qualm. Ich beobachte ihn aus dem

Augenwinkel, sehe, wie er auf der Innenseite seiner Wange herumkaut.

Plötzlich springt er auf und strebt in die Küche. Ich schaue ihm verblüfft nach und höre, wie er im Müll herumwühlt.

Fluchend kehrt er zurück. »Hast du noch die Broschüre von dem Romantikhotel?«

Ich sehe ihn perplex an. »Die müsste in deinem Arbeitszimmer im Regal liegen.«

Wortlos wendet er sich ab, verschwindet schnellen Schrittes in besagtem Raum. Nach kurzem Abwägen folge ich ihm. Er steht vor der Aktenablage, durchwühlt die Papiere. Dann stößt er einen triumphalen Laut aus und hält das Gesuchte in der Hand. Er dreht und wendet die Broschüre, wirft sie schließlich mit einem frustrierten Grunzen auf den Stapel zurück.

»Wo ist der Umschlag?«

»Ich weiß nicht. Im Müll?«

Er schiebt sich an mir vorbei, eilt zur Garderobe, schlüpft in seine Schuhe und ist im nächsten Moment draußen.

Man soll einen Mann niemals unnötig provozieren, raunt mir Mama zu.

Von Unruhe erfüllt starre ich die Haustür an. Als sie sich kurz darauf erneut öffnet und mein Mann zusammen mit einem Schwall kalter Luft ins Haus stürmt, halte ich es nicht mehr aus.

»Robert, was ist los?«

»Nichts!«

»Verdammt! Ich bin weder blind noch blöd! Sag mir einfach, was dich beschäftigt. Ist es wegen der Frau?«

Er stößt einen genervten Laut aus und fährt sich durch die sonst so akkurat frisierten Haare.

»Ich … ich weiß auch nicht. Irgendwas …« Er gibt ein abgehacktes Lachen von sich, das fast schon hysterisch klingt. »Ich glaube, da will sich jemand einen wirklich üblen Scherz mit mir erlauben.«

Er eilt an mir vorbei, zurück ins Arbeitszimmer, wo er mitten im Raum stehen bleibt und sich ziellos um die Achse dreht.

Männer wollen ihre Probleme immer allein lösen. Lass sie, ansonsten gibt es bloß Streit, flüstert Mama.

Mit einem schweren Seufzen lässt er sich in seinen Arbeitssessel fallen.

»Die Unterlagen hier …« Er wedelt mit dem Umschlag, den er von draußen reingeholt hat. »Die habe ich niemals angefordert. Und dann noch diese Frau … Die war heute wieder hier.« Erneut lacht er auf. »Kaum warst du weg, stand sie vor der Tür, hat ihren Mantel geöffnet und mir ihre Titten präsentiert.«

»Bitte?« Ich starre ihn entgeistert an.

Männer sind instinktgeleitet wie Tiere, höre ich Mama zischen. Wenn ein hübsches Paar Beine an ihnen vorbeistolziert, können sie nicht anders, als hinterherzugaffen.

»Ja, du hast richtig gehört. Wie in so einem schlechten Film. Macht den Mantel auf und wackelt mit den Dingern.«

Ich kann nicht glauben, was er mir da erzählt, starre ihn mit offenem Mund an. Er fährt sich über die Augen und schleudert den Umschlag von sich. »Ich habe wirklich keine Ahnung, was das soll.«

Meine Gedanken drehen sich im Kreis. Ich höre Mamas Stimme, die vor lauter Aufregung über die eigenen Worte stolpert.

Unschlüssig kaue ich auf der Unterlippe, versuche Mama zu ignorieren, lasse mir die von ihm geschilderten Geschehnisse durch den Kopf gehen. Ich bin hin- und her gerissen. Einerseits will ich mit geballten Fäusten auf meinen Mann losgehen, auf ihn einprügeln, ihn der Lüge und des Verrats bezichtigen. Allein der Gedanke, dass er auf die Brüste einer fremden Frau gestarrt hat, lässt mich vor Eifersucht brodeln.

Robert streckt eine Hand nach mir aus, doch ich weiche zurück.

»Darling, ich habe mit all dem nichts zu tun. Ich würde dich niemals betrügen.«

Das haben die Männer auch immer zu meiner Mama gesagt und dann haben sie es doch getan. Einer nach dem anderen hat sie ausgenutzt. Ich habe geschworen, dass mir so etwas nie passieren wird. Nie! Niemals würde ich einem solchen Kerl eine zweite Chance geben.

»Darling, ich lüge nicht. Ich hätte dir doch gar nichts von der Frau heute Nachmittag erzählen müssen!«

Seine Worte bringen eine sehnsüchtige Hoffnung in mir zum Klingen und Robert nutzt den Moment, um mit einem raschen Schritt an mich heranzutreten. Seine Hände umfassen meine Handgelenke.

»Darling, ich hintergehe dich nicht. Wirklich.«

Meine Gedanken wirbeln. Ich liebe diesen Mann und wünsche mir nichts sehnlicher, als ihm zu glauben, aber ich will Mamas Fehler nicht wiederholen. Mein Kinn sackt auf die Brust und ich halte den Atem an, lausche in mich hinein, suche meinen Puls, und als ich seinen Schlag spüre, lasse ich die Luft entweichen.

Ich weiß nicht weshalb, aber ich muss an Paula denken. Paula, meine schlampig aussehende Nachbarin, die Schwierigkeiten beim Auftragen eines Mascaras hat. Paula, die mehr als nur zehn Kilo zu viel auf den Hüften hat, die in

Kleidung zur Arbeit geht, in der ich nicht einmal allein vor dem Fernseher sitzen würde. Paula, deren Augen leuchten, wenn sie von ihrem Labor spricht. Paula, deren Welt sich um ganz andere Themen dreht als meine eigene …

Mit einem Mal komme ich mir kindisch vor.

Robert hätte mir tatsächlich nichts von der Frau erzählen müssen. Natürlich ist mir seine Unruhe nicht entgangen, aber er hätte ein Problem mit der Praxis vorschieben können und ich hätte seine Geschichte nicht angezweifelt.

Ich beschließe, ihm zu glauben. Und wenn er die Wahrheit sagt, dann gibt es nur eine plausible Erklärung für das Verhalten dieser Frau.

»Du hast eine Stalkerin«, verkünde ich und hebe den Blick.

Mein Gatte runzelt die Stirn und schüttelt leicht den Kopf. »Das klingt nach einem noch schlechteren Film.«

»Hast du eine andere Erklärung?«

»Ich weiß nicht. Versuchen Stalker nicht im Hintergrund zu bleiben und heimlich zu beobachten?«

»Nein, nicht unbedingt. Kommt sie dir denn bekannt vor? Vielleicht war sie eine Patientin.«

»Nein, ich glaube nicht … wobei ich mich selbstverständlich nicht an alle Gesichter erinnern kann. Aber das ist doch nicht wichtig.«

»Natürlich ist es das! Momentan können wir nur Anzeige gegen Unbekannt stellen.«

Robert kräuselt die Nase. »Ich möchte die Polizei nicht einschalten. Die lachen sich kaputt, wenn ich ihnen erzähle, dass ich eine Frau anzeigen will, weil sie mich barbusig geküsst hat.«

»Wer weiß, was als Nächstes kommt«, entgegne ich, dann halte ich inne und starre ihn an. »Geküsst? Davon hast du bisher nichts erzählt.«

Robert verdreht die Augen und hebt besänftigend die Hände. »Darling, sie hat mich mit ihren Lippen überfallen. Als mir klar wurde, was da passiert, habe ich sie sofort von mir gestoßen.«

Ich presse die Lippen aufeinander und suche in seinem Gesicht nach Hinweisen für eine Lüge. Trotz meiner Entscheidung gelingt es mir nicht, ihm vollends zu vertrauen. Mir ist klar, dass dies ein Echo meiner Kindheit ist.

Robert erwidert meinen Blick jedoch offen und ehrlich.

»Wir sollten etwas unternehmen«, sage ich. »Nachher ist sie gefährlich und da ich ihre Konkurrentin bin, könnte sie mich angreifen.«

»Inwiefern würde eine Anzeige gegen Unbekannt helfen?«, brummt Robert. »Die Polizei wird kaum Personenschutz für dich stellen.«

»Aber dann ist es schon mal aktenkundig. Wenn sie wirklich etwas Schlimmes macht, müssen wir uns bei der Polizei nicht erst den Mund fusslig reden.«

»Nein, lass uns erst mal abwarten. Wenn sie noch einmal auftaucht -«

»Das wird sie!«

Robert verdreht die Augen und ich sehe ihm an, dass er bereut, mir von der Frau erzählt zu haben.

Hör auf, ihn zu reizen, flüstert mir Mama ins Ohr. Ich ignoriere sie. »Mit solchen Sachen ist nicht zu spaßen. Ich hatte eine Freundin, deren Stalker hat sie terrorisiert! Sie musste ans andere Ende von Deutschland ziehen und einen neuen Namen annehmen, bevor sie endlich Ruhe hatte.«

Robert verzieht das Gesicht und sieht mich missbilligend an. Vermutlich denkt er, dass ich übertreibe.

Wenn du ihn provozierst und er zuschlagen sollte, dann ist das deine Schuld, raunt Mama.

Ich muss schlucken, spreche aber weiter: »Du darfst die Sache nicht auf die leichte Schulter nehmen. Wir müssen handeln, und zwar jetzt. Ich will, dass du morgen Anzeige erstattest.«

Mein Gatte presst die Lippen aufeinander und verschränkt die Arme vor der Brust.

Seufzend füge ich an: »Du kannst den Beamten ja erklären, dass deine überängstliche Frau dich dazu zwingt.«

Er lacht auf. »Dann bin ich zwar keine Dramaqueen, dafür aber ein Pantoffelheld. Nein, ich werde nichts dergleichen tun.«

Er streichelt mit beiden Händen über meine Schultern.

»Jetzt schau nicht so grimmig, Darling. Ich verspreche dir: Sobald die barbusige Dame sich erneut blicken lässt, werde ich etwas unternehmen. Und nun lass uns ein Gläschen Wein trinken und uns wieder lieb haben, hm?«

PAULA

Samstag, 29.01.

Es vergehen mehrere Tage, bis Robert wieder allein zu Hause ist. Erst am Samstag bietet sich mir die Gelegenheit, ihn unter vier Augen aufzusuchen und damit Schritt Nummer sechs meines Vorhabens einzuleiten. Beatrice plant einen ausgedehnten Beauty-Nachmittag und hat sich einen Termin bei ihrer Kosmetikerin geholt. Eigentlich hatte ich zugesagt mitzukommen, nun schicke ich ihr eine Nachricht, in der ich behaupte, Migräne zu haben. Beatrice bekundet ihr Beileid und wünscht mir gute Besserung. Eine Stunde später verlässt sie das Haus und ich nehme den Laptop auf den Schoß und verschicke über eine neu angelegte E-Mail-Adresse eines jener Fotos von Robert und Rilana. Ich habe ein besonders aussagekräftiges gewählt, auf dem sich die blonde Prostituierte an Beatrice' Mann klammert und ihre roten Lippen auf seine presst.

Kaum ist die E-Mail unterwegs, schicke ich über einen anonymisierenden Service im Internet eine SMS an Robert: »Schau mal in dein Postfach, Süßer.«

Ich warte eine weitere Stunde ab, dann schnappe ich mir meinen Mantel und rufe nach oben, dass ich zu Beatrice gehen wolle. Über das Rauschen der Dusche höre ich Sörens Antwort.

Als ich mich dem Nachbarhaus nähere, zittern mir die Knie. Alles in mir schreit danach umzukehren, doch ich zwinge mich, einen Fuß vor den anderen zu setzen. Schließlich stehe ich vor der Haustür und strecke den Zeigefinger aus, drücke auf den runden Klingelknopf aus Messing. Im Haus ertönt eine fröhliche Melodie. Schritte nähern sich. Die Tür wird geöffnet. Robert steht vor mir.

Ich ringe mir ein Lächeln ab und sage jene Worte auf, die ich den Vormittag über vor dem Spiegel geprobt habe.

»Hat dir das Foto gefallen?«

Roberts rechte Augenbraue wandert in die Höhe und das Zittern in meinen Knien erfasst den ganzen Körper. Dabei bin ich vorbereitet, selbst wenn er mir jetzt die Tür vor der Nase zuschlagen würde, wäre mein Spiel noch lange nicht vorbei. Rilana wartet schon auf den nächsten Anruf. Doch, genau wie beim Abführmittel, liegen auch hier Welten zwischen der Theorie und der tatsächlichen Durchführung.

»Du bist nicht bloß eine Stalkerin«, sagt Robert.

Seine Feststellung irritiert mich. Ich weiß nicht, was ich sagen soll, und greife daher nach dem nächsten im Drehbuch stehenden Satz: »Da, wo dieses Bild herkommt, gibt es noch viel mehr. Ich finde sie sehr erotisch. Allerdings bin ich mir nicht sicher, was Beatrice davon halten wird.«

Er schürzt die Lippen und gibt einen amüsierten Laut von sich. »Oder die Polizei?«

Mein Herzschlag stolpert. Auf Roberts Gesicht breitet sich ein Grinsen aus. »Bisher ist es zwar nur eine Anzeige gegen Unbekannt, doch nun hast du mir ja einen Namen geliefert.«

Ich beginne am ganzen Körper zu schwitzen. Eine Einmischung durch die Polizei hatte ich als eine vollkommen abwegige Reaktion eingestuft. Plötzlich ist auch der letzte Rest meiner ohnehin kaum vorhandenen Selbstsicherheit dahin. Panik überrollt mich.

»Ich gehe besser«, hauche ich und wirble auf dem Absatz herum.

»Halt!« Roberts befehlende Stimme lässt mich mitten im Schritt innehalten. Die angespannte Atmosphäre nimmt mir den Atem. Oh Gott, die Polizei wurde längst eingeschaltet. Wird man mich festnehmen? Allein bei der Vorstellung versinke ich vor Scham im Boden.

»Was ist das für ein krankes Spiel?«, knurrt er.

Die Situation wird unerträglich. Ich halte es nicht mehr aus und renne los.

»Stopp!« Seine Stimme ist so laut, dass man sie noch am Ende der Straße hören muss. Ich laufe weiter, erreiche den Fußweg. Hoffentlich hat Sören diese Szene nicht mitbekommen, aber eigentlich ist es egal, denn spätestens, wenn ein Wagen mit Blaulicht vor unserer Tür hält, wird alles auffliegen.

Plötzlich höre ich Schritte hinter mir. Schwere Schritte. Ich wende mich um, sehe, wie Robert mit grimmig entschlossener Miene auf mich zuhält, schon ist er heran und packt meinen Arm.

»Du bleibst hier!«, zischt er.

Ich könnte versuchen, mich loszureißen, ich könnte schreien, um Hilfe rufen, aber das würde Aufmerksamkeit auf uns lenken, die Leute würden Fragen stellen. Mein Kopf ruckt zu unserem Haus, doch zu meiner Erleichterung sehe ich in keinem der Fenster Sörens Gesicht.

Robert zerrt mich in sein Haus, knallt die Tür zu, bugsiert mich ins Wohnzimmer.

»Hinsetzen!« Er stößt mich auf das Sofa, wo Beatrice und ich an unseren gemeinsamen Abenden *Grey's Anatomy* geguckt haben.

»Bitte keine Polizei.« Ich ziehe die Schultern hoch, mache mich so klein, wie es nur geht. »Es kommt nie wieder vor, ich werde euch in Ruhe lassen.«

Er zieht den gepolsterten Hocker heran und setzt sich darauf, wobei er sich mit den Ellenbogen auf den Knien abstützt.

»Was ist das nur für ein krankes Hirn?« Er tippt mit dem Zeigefinger gegen meine Stirn. »Wieso macht jemand so etwas? Geilt dich das auf? Oder … nein! Du wolltest mich erpressen! Das alles zielte darauf ab, vorzuspielen, dass ich eine Affäre hätte, und wenn ich deinen Befehlen nicht Folge leiste, dann wirst du Beatrice die Bilder zeigen!« Mit den flachen Händen klatscht er sich auf die Oberschenkel. »Perfide! Und? Wie soll es von hier aus weitergehen?«

Dass meine Scharade derart offensichtlich ist, macht es noch peinlicher. Vor einer halben Stunde hielt ich mich für ein kriminelles Genie, glaubte Robert in der Hand zu haben.

Ich mache mich noch kleiner. »Bitte, kann ich nicht einfach gehen?«

»Vergiss es! Du erklärst mir jetzt, was das alles soll!« Seine geballte Faust knallt auf den Couchtisch und ich zucke zurück, bin kurz davor, in Tränen auszubrechen. Ich reiße mich jedoch zusammen, atme bebend ein. Heulen wird mir nicht helfen, heil aus dieser Sache herauszukommen. Aber welche Geschichte soll ich Robert präsentieren?

Erneut knallt seine Faust auf das Holz. »Verdammte Scheiße, jetzt rede endlich!«

»Ja, ich wollte dich erpressen!« Ich erkenne die piepsende Stimme kaum als meine eigene.

»Weshalb?«, fragt Robert.

In meinem Kopf arbeitet es. Ich muss ihn dazu bringen, die Polizei aus dem Spiel zu lassen. Ich muss an sein Mitleid appellieren.

Um Zeit zu gewinnen, presse ich ein Schluchzen heraus und wische mir eine Träne aus dem Augenwinkel. Schließlich sage ich: »Weil du mir helfen sollst, schwanger zu werden.«

Vorsichtig hebe ich den Blick. Robert starrt mich verständnislos an.

»Dafür gibt es Kliniken.« Er schüttelt ratlos den Kopf wie ein Mensch, der einfach nicht begreifen kann, was hier gerade vorgeht. Ich kann es ihm nicht verdenken.

»Ja, ich weiß«, flüstere ich. »Aber … da kann ich nicht hingehen.«

»Wieso nicht?«

»Weil … weil mein Mann es nicht will.«

Auf mein Geständnis folgen Sekunden des Schweigens, dann sagt er: »So eine bist du also.«

Ich ziehe die Nase hoch und streiche eine Haarsträhne zurück. »Sören … er meinte, wenn es nicht auf natürlichem Weg klappt, dann sei es uns nicht vorbestimmt, ein weiteres Kind zu bekommen. Er hat es mittlerweile aufgegeben, wir versuchen es ja auch schon so lange.«

Schluchzend schlage ich die Hände vor das Gesicht. Dabei spähe ich durch die Finger. Robert sitzt reglos da, seine Miene ist undeutbar.

Ich atme bebend ein. »Er spricht es nicht laut aus, behauptet anderen Menschen gegenüber sogar, dass es etwas Gutes sei. Aber in Wahrheit hält er eine künstliche Befruchtung für Teufelswerk. Er meint, dass er ein so entstandenes Kind niemals als sein eigenes ansehen könnte. Aber das ist nicht richtig!« Ich nehme die Hände herunter und schaue Robert direkt in die Augen. Seine Züge werden weicher und der Anblick gibt mir den Mut, meine Lüge auszubauen. »Es frisst mich auf, jede Nacht träume ich von einem zweiten Kind, die Familie fühlt sich noch nicht vollständig an. Ich spüre, dass eine weitere Seele darauf wartet, geboren zu werden. Ich weiß es einfach! Aber ich kann Sören nicht überzeugen und da … da dachte ich …«

»Dass ich helfen könnte«, beendet Robert meinen Satz, woraufhin ich schwach nicke.

»Genau. Ich hintergehe meinen Mann ja gar nicht, zumindest nicht wirklich. Er will ja auch ein weiteres Kind, ach, was rede ich: Damals haben wir von einer Großfamilie geträumt. Drei mindestens, lieber sogar vier oder fünf. Deshalb haben wir uns ja auch so früh entschieden, Finja zu bekommen, doch dann …« Ich blicke in die Ferne und verziehe das Gesicht, als ob ich mich an ein schmerzvolles Erlebnis erinnern würde. Robert lehnt sich vor und mustert mich ernst, jedoch nicht unfreundlich.

»Finjas Geschwisterchen hatte eine Fehlbildung. Wir … wir haben es in der zwanzigsten Woche …« Wieder schluchze ich und es gelingt mir sogar, eine Träne herauszudrücken. »Man sagte uns, dass eine Abtreibung weitere Schwangerschaften gefährden könnte, und ich war mir nicht einmal sicher, ob wir das Leben mit einem behinderten Kind nicht doch hinbekommen würden. Aber Sören meinte … Hach, ich bereue, was wir damals getan haben. Nicht nur, weil ich seither nicht schwanger werden konnte, sondern … ich habe es getötet! Es war mein Kind! Ich hätte es beschützen müssen, stattdessen …«

Mit einem Ruck stehe ich auf. »Es tut mir leid. Was ich getan habe, war dumm und nicht rechtens.« Ich stoße ein freudloses

Lachen aus. »Keine Ahnung, was da in mich gefahren ist. Bitte verzeih mir. Ich gehe jetzt einfach und du wirst nie wieder von mir hören. Versprochen!«

Ich wende mich um und will schnellen Schrittes dieses Wohnzimmer, das Haus, am liebsten die Stadt, das Land verlassen. Ich darf jedoch nicht aufgeben. Im Durchgang zum Flur bleibe ich stehen, wende mich um. Seine Augen sind leicht verengt. Er scheint nachzudenken.

»Hast du Kinder?«, frage ich leise. Natürlich kenne ich die Antwort. Beatrice hatte es letzte Woche erwähnt und aus ihrem Tonfall schloss ich schon damals, dass Kinder ein emotionsgeladenes Thema in dieser Beziehung sind.

Robert sieht mich lange an, gibt keinen Ton von sich. Erst nach einer gefühlten Ewigkeit nickt er langsam.

Er öffnet sich mir! Das halte ich für ein gutes Zeichen. Ich lehne mich an den Türrahmen.

»Wie viele?«, frage ich.

»Drei.«

»Drei sogar? Dann musst du ein glücklicher Mann sein.«

Sein Mund verzieht sich zu einem freudlosen Lächeln.

Meine nächsten Worte wähle ich mit Bedacht. »Warum habe ich sie noch nie in eurem Garten spielen gesehen?«

Seine Schultern sacken herab und plötzlich sitzt nicht mehr der jüngere Bruder von George Clooney vor mir, sondern ein tieftrauriger Vater.

»Hat Beatrice das nicht längst erzählt?«, fragt er.

Betreten schaue ich zu Boden. »Doch.«

Schweigen erfüllt das Wohnzimmer. Schließlich frage ich mit belegter Stimme: »Wünschst du dir noch mehr Kinder?«

Er lacht auf. »Ziemlich persönlich für jemanden, der mich eben noch mit einer fingierten Affäre erpressen wollte.«

Mein erster Impuls ist, die Flucht zu ergreifen, doch meine Finger klammern sich an den Türrahmen, halten mich zurück.

»Bitte entschuldige.« Ich räuspere mich. »Ich wollte dir nicht zu nahe treten. Es ist nur … Ich glaube, du fühlst das Gleiche wie ich. Ein unerfüllter Kinderwunsch frisst einen von innen auf, lässt alles andere unwichtig erscheinen.«

Er reibt sich den Nacken, während ich Hoffnung schöpfe. Mein ursprünglicher Plan ist zwar gescheitert, doch hier entwickelt sich eine Alternative. Ich muss noch mehr Gemeinsamkeiten benennen, muss eine Verbindung zwischen uns schaffen.

»Viele verstehen das nicht«, flüstere ich. »Manche klopfen einem mitfühlend auf die Schulter und sagen, dass ich immerhin ein Kind habe, viele Paare können gar keine bekommen. Damit haben sie zwar recht, dennoch bringen Worte die Stimme in meinem Inneren nicht zum Schweigen.«

Er lacht freudlos auf. Ich spreche weiter: »Andere behaupten, dass ich zu alt bin. Mit fast vierzig Jahren sei ich einem Baby nicht mehr gewachsen. Es wäre nicht richtig, wenn die Eltern bei der Einschulung ihres Kindes schon graue Haare hätten.«

Gedankenverloren streicht sich Robert über den Kopf.

»Das Schlimmste ist, dass Sören und ich uns diesen Wunsch eigentlich erfüllen könnten, wenn nicht seine widersinnige Abneigung gegen die künstliche Befruchtung wäre.«

Ich lasse Robert nicht aus den Augen und tatsächlich scheint er auf meine Worte zu reagieren. Ein fast unmerkliches Aufeinanderpressen der Kiefer verrät mir, dass ich etwas in ihm zum Schwingen gebracht habe. Ich bin so nervös, dass mein Magen sich zusammenkrampft und ich kurz davor bin, mich zu übergeben. Trotzdem rede ich weiter. Dies hier ist meine einzige Chance.

»Und daher dachte ich mir, dass -«

Plötzlich hebt er den Kopf und sieht mich mit einem mitleidigen Lächeln an. »Du versuchst gerade, mich zu überreden, dir dennoch zu helfen.«

Es ist keine Frage, sondern eine Feststellung. Doch sein Tonfall ist ruhig, es schwingen keine Aggressionen darin mit. Allerdings ist da etwas in seinem Blick, das mich vorsichtig werden lässt.

»Ja«, gebe ich zu und muss schlucken.

Er lacht spöttisch auf. »Ich würde eine Straftat begehen.«

»Weshalb sollte es verboten sein?«, frage ich unschuldig. »Niemand erleidet einen Schaden. Im Gegenteil: Sören wäre überglücklich, wenn ich ihn mit einem positiven Schwangerschaftstest überraschen könnte.«

Robert sieht mich mit gerunzelter Stirn an. »Dein Sören muss ja wirklich eine ausgeprägte Aversion gegenüber einer künstlichen Befruchtung hegen, wenn es dir leichter erscheint, eine Erpressung zu versuchen oder mich zu einer Straftat zu überreden, anstatt die Meinung deines Mannes zu ändern.«

»Er ist sehr religiös«, rutscht es mir heraus, da dies die einzig sinnvolle Erklärung zu sein scheint. Im nächsten Moment verfluche ich mich dafür. Sören ist Atheist, was er jedem lang und breit darlegt, der den Fehler macht, ihn danach zu fragen. Nun ist es jedoch raus, ich kann die Worte nicht mehr zurücknehmen.

»Solche Menschen können schwierig sein.« Robert verdreht die Augen. »Andauernd fragt man mich, was mit den Embryonen passiert, die nicht in eine Gebärmutter eingesetzt werden. Wenn ich dann erzähle, dass sie in der Forschung Verwendung finden, starrt man mich an, als sei ich der leibhaftige Teufel. Vor zwei Monaten hat ein Paar die schon begonnene Behandlung abgebrochen, weil sie den Gedanken nicht ertragen konnten, dass ihre ungeborenen Babys niemals leben können.«

Ich gebe einen abfälligen Laut von mir. »Das ist absurd. In diesem Stadium bestehen Embryonen aus acht oder sechzehn Zellen. Es sind Potenziale, aber noch keine lebenden Wesen.«

Ich schniefe, wische mir erneut über die Augen. »Es ist ja nicht so, dass ich nicht schon tausend Mal versucht hätte, ihn umzustimmen. Ich habe sogar die Bibel gelesen, um nach Zitaten zu suchen, die für meine Sache sprechen.«

»Und?«

»Hätte ich etwas Überzeugendes gefunden, stände ich wohl nicht in deinem Wohnzimmer«, erwidere ich mit einem schiefen Grinsen und feuchten Augen. Ich wusste nicht einmal, dass ich auf Ansage weinen kann, allerdings greife ich in diesem Fall auch auf einen realen Schmerz zurück: Ich will ein Kind! Es muss mir einfach gelingen, Robert zu überzeugen.

Er reibt sich wieder den Nacken. Die Tatsache, dass er mich bis jetzt nicht vor die Tür komplimentiert hat, werte ich als positives Zeichen. Mit bebenden Knien gehe ich auf ihn zu, lasse mich auf der Couch nieder. Ich lege die Hände aneinander und blicke ihm in die Augen. »Bitte hilf mir.«

Wie auf Bestellung rinnt eine Träne meine Wange hinab. »Bitte! Niemand wird es erfahren.«

Er sieht mich sehr lange an. Ich schrumpfe unter seinem Blick und frage mich, was hinter dieser Stirn vorgehen mag.

»Wieso verlässt du deinen Mann nicht?«, fragt er.

Ich senke den Blick. »Es mag seltsam klingen, aber trotz allem liebe ich ihn. Ich kann mir ein Leben ohne ihn nicht vorstellen.«

»Tja«, sagt Robert. Sonst nichts. Die blassblauen Augen starren mich an, ich werde mit jeder Sekunde nervöser.

»Ich könnte eine Samenspende mitbringen«, sage ich.

Er runzelt die Stirn. »Damit würdest du deinen Mann hintergehen, ihm ein Kuckuckskind -«

»Nein, nein. Sie wäre von Sören. Ich komme tagsüber in deine Praxis und erkläre, dass ich eine Samenspende mitgebracht hätte.«

Er lacht auf. »Samenspenden sind aufbereitet, ich müsste dich augenblicklich vor die Tür setzen, wenn du einfach -«

»Es muss doch niemand zu Gesicht bekommen«, beharre ich. »Für dich kommt es bloß darauf an, was in den Akten steht.«

»Du bist verheiratet. Wenn du eine Samenspende in Anspruch nehmen willst, braucht meine Praxis eine notariell beglaubigte Zustimmungserklärung deines Mannes.«

Ich presse die Lippen aufeinander, fahnde verzweifelt nach weiteren Argumenten. Mir fällt nichts mehr ein.

»Bitte hilf mir«, wispere ich.

Robert schnauft amüsiert. »Ja, ich helfe dir.«

Verblüfft starre ich ihn an, glaube im ersten Moment, mich verhört zu haben. Er steht auf, ich erhebe mich automatisch. Mit einer Hand an meinen Rücken geleitet er mich zur Haustür. »Komm Montag nach Feierabend in meine Praxis. Wir regeln das schon.«

»Einfach so?«

Er lacht auf. »Ich habe meine Praxis eröffnet, um Frauen wie dir zu helfen.«

Ich kann diese Wendung kaum fassen. Ein seltsam, hicksender Laut kommt über meine Lippen und ich bedecke meinen Mund mit der Hand. Vor Glück ist mir ganz schwindelig. Und doch ist da eine kleine Stimme in meinem Kopf, die mir zuruft, dass es zu schnell geht. Zu einfach. Als ich zu Robert aufblicke, hat er die Lippen zu einem wölfischen Grinsen verzogen. Ich bekomme eine Gänsehaut.

SÖREN

Samstag, 29.01.

Forrest Gump hatte unrecht. Das Leben ist keine Pralinenschachtel, denn selbst wenn man eine Praline mit Eierlikör oder, noch schlimmer, mit einem klaren Schnaps erwischt, ist trotzdem Schokolade drum.

Nein, das Leben ist keine Schachtel voller Pralinen. Das Leben ist eine Kartoffelsuppe. An den meisten Tagen erwischt man eine Kartoffel. Das ist okay. Ich mag Kartoffeln. Ihr Geschmack ist unaufdringlich und sie besitzen eine relativ weiche Konsistenz. Es gibt keine nervigen Fasern oder knorpeligen Stellen.

An anderen Tagen hat man jedoch Pech und erwischt eine gewürfelte Sellerieknolle. Man verzieht das Gesicht, schluckt das Gemüse schnell herunter und taucht den Löffel erneut in die Suppe. An richtig guten Tagen jedoch, da hebt sich der Löffel aus der undurchsichtigen Brühe und da liegt weder Kartoffel noch Sellerie drauf. Oh nein! Stattdessen ruht auf dem Löffel ein Stückchen Wurst.

Leider, leider hatte ich in den letzten Jahren zunehmend den Eindruck, dass ich keine Kartoffel-, sondern eine Sellerieknollensuppe vor mir stehen habe. Das liegt zum größten Teil an meiner Ehe. Zwar hatte ich nie große Träume, wollte bloß einen geruhsamen Alltag führen, in dem die Menschen in meiner Umgebung an den meisten Tagen ein zufriedenes Lächeln auf den Lippen tragen. Aber selbst das war mir nicht vergönnt. Trotzdem habe ich mich irgendwie damit arrangiert und das Beste daraus gemacht, wie man so schön sagt. Letztendlich sollte ich mich nicht beklagen. Es gibt Menschen, denen geht es viel, viel schlechter als mir.

Trotzdem ist es traurig, dass mein Alltag vor allem von Resignation beherrscht wird. Wie oft habe ich mit hängenden Schultern vor Paula gestanden und gedacht: *Ach, vergiss es, es ist, wie es ist.*

Unsere Beziehung ist wie ein Stamm, der von innen her vergammelt. Früher habe ich noch versucht, diese Fäulnis zu bekämpfen, doch immer wenn ich Paula gegenüber erwähnte, dass wir mehr gemeinsame Zeit als Paar verbringen sollten, verstand sie dies als Kritik an ihrer Person und ging zum Angriff über. Sie warf mir vor, ich würde nie mein Geschirr wegräumen, meine Wäsche überall herumliegen lassen, die Handtücher nicht richtig falten oder mich zu wenig um Finja kümmern.

Meine Versuche, wieder auf das eigentliche und in meinen Augen wichtigere Thema zurückzukommen, wurden gnadenlos abgeschmettert. Es war geradezu absurd, wie schnell wir von den eigentlichen Themen abkamen und uns in Nichtigkeiten hineinsteigerten.

Übrigens: Wenn ich die langen Haare im Waschbecken erwähnte, erhielt ich als Antwort bloß ein Schulterzucken. »Was soll ich denn machen? Sie mir abrasieren?«

Seit Finja auf der Welt ist, sind wir jeden Tag ein bisschen weiter voneinander weggedriftet. Ich habe mich lange Zeit bemüht, an ihr festzuhalten, aber man braucht zwei, um eine Beziehung zu retten.

Ich will doch gar nicht viel. Nur ab und an ein nettes Wort oder ein wenig Aufmerksamkeit. Dass sie Interesse an meinem Leben hat. Ich wünsche mir gemeinsame Abende, an denen wir einfach nur auf dem Sofa sitzen und über die Welt reden.

»Dafür habe ich gerade keine Zeit«, war stets ihre Antwort, bevor sie sich umwandte und wieder einmal ihre Arbeit oder Baby-Finja wichtiger waren als ich.

Ich war schon damals das fünfte Rad am Wagen. Gerade noch gut genug, um Geld heranzuschleppen und den Müll hinauszutragen. Irgendwann habe ich einfach aufgegeben. Und so sind unsere Gespräche nach und nach verstummt und das Einzige, worüber wir uns noch unterhalten können, sind Einkaufszettel und Finja.

Wieso bin ich noch immer hier? Eine gute Frage. Keine Ahnung, warum ich nicht schon längst einen Scheidungsanwalt angerufen habe. Vermutlich Bequemlichkeit. Ich habe ein Haus, ein gemütliches Bett und ab und zu sogar Sex, auch wenn mir nicht entgeht, das Paula nur halbherzig bei der Sache ist.

Ich bin ein Idiot, ich weiß.

Allerdings hat sich in letzter Zeit etwas verändert. Die Atmosphäre im Haus ist anders. Paula ist anders. Das macht mir Hoffnung. Es gibt plötzlich wieder Lichtblicke, wie jener in der Küche, als wir kichernd auf dem Boden saßen und es plötzlich so war wie früher. Oder jener Sonntagmorgen, als Finja uns besucht und Paula mich mit verlangenden Küssen geweckt hatte. Das war schön. Leider kommen solche Momente viel zu selten. Trotzdem scheinen sie auszureichen, um mich hier zu halten.

Das Haustürschloss knackt. Ich höre, wie Paula hereinkommt, ihren Mantel weghängt und die Schuhe ins Regal stellt.

»Hallo Schatz«, ruft sie.

»Hi«, erwidere ich, ohne meinen Blick vom Bildschirm abzuwenden, der das Innere einer Boeing 737 zeigt.

Sie geht in die Küche. Ich höre Geschirr klappern und nach einigen Minuten nehme ich erstaunt wahr, dass sie vor sich hin summt. Eine schnelle, aber irgendwie melancholische Melodie, die mir bekannt vorkommt, ohne dass ich sagen könnte, woher. Während ich auf den Fernseher starre und auf den Tasten des Controllers herumdrücke, lausche ich. Ab und an springt ein Wort in mein Gedächtnis, schließlich ganze Sätze und Zeilen. Paula hatte das Lied damals immer gesungen, wenn die kleine Finja nicht schlafen konnte. Mit dem Baby auf dem Arm ist sie damals in der nachtstillen Wohnung auf und ab geschritten, einzig beleuchtet von dem durch das Fenster eindringende Licht der Straßenlaternen. Ihre Stimme schwang leise und zerbrechlich durch die Räume, einzig bestimmt für das Baby in ihren Armen.

Ich zögere, schließlich lege ich den Controller beiseite. Vielleicht ist dieser Moment ja auch wieder so ein Lichtblick.

Paulas Summen verstummt, als ich die Küche betrete. Sie steht vor dem offenen Kühlschrank. Mit fragendem Blick wendet sie sich mir zu. Ihr Gesicht ist leicht gerötet. Sie strahlt. »Möchtest du auch etwas essen?«

»Nein danke, habe ich gerade«, sage ich und muss lächeln. »Dachte, du kommst wie immer später nach Hause. Scheint ein toller Besuch gewesen zu sein. Warum bist du schon zurück?«

»Bea wollte noch einmal los. He, warum siehst du mich so seltsam an?«

»Ach … es macht mich einfach glücklich, dich so fröhlich zu sehen.«

Sie wirft mir einen amüsierten Blick zu, als hätte ich etwas Albernes gesagt, und holt die Schale mit den Resten des gestrigen Abendessens heraus.

»Was habt ihr zwei Hübschen denn gemacht?«, frage ich und lasse mich auf einem der Stühle nieder.

Paula zuckt mit den Schultern. »Nichts Besonderes.«

Mehr hat sie anscheinend nicht zu erzählen. Sie füllt sich Kartoffeln und Gemüse auf einen Teller und stellt diesen in die Mikrowelle, während ich nach Worten suche, um das Gespräch am Laufen zu halten. Ich war noch nie sonderlich gut darin.

Ich kratze mich am Kopf. »Scheinst dich ja echt gut mit Beatrice zu verstehen.«

»Ja, ist ganz nett.« Über ihre Züge huscht ein seltsames, schmales Lächeln, dessen Bedeutung ich nicht einmal erraten kann. Gedanklich scheint sie meilenweit von mir entfernt zu sein.

»Wie sieht es denn mit der Jobsuche aus?«, frage ich.

Ihre Gesichtszüge gefrieren für einen Moment, dann zuckt sie mit den Schultern, als ginge sie dieses Thema nichts an.

»Habe ein paar Bewerbungen losgeschickt«, murmelt sie, während sie in der Besteckschublade kramt. Neben ihr brummt die Mikrowelle.

»Das wird schon«, sage ich und füge nach kurzem Zögern an: »Mit deiner neuen Energie wirst du jeden Personaler vom Hocker hauen.«

Sie dreht sich zu mir um, in ihrem Gesicht zugleich ein Lächeln und ein Stirnrunzeln.

Ich zucke mit den Schultern. »Du wirkst viel … ach, ich weiß auch nicht. Viel schwungvoller? Ein bisschen so wie früher im Studium.«

Ein schmerzliches Lächeln hebt ihre Mundwinkel. »Du meinst, als ich noch Hoffnungen und Träume hatte?«

»Na ja. Ja, irgendwie schon. Momentan erinnerst du mich an die Paula von damals. Als hättest du wieder ein Ziel. Ich hätte es nicht erwartet, aber anscheinend war die Kündigung das Beste, was dir passieren konnte.«

Sie lacht trocken auf. »Na, ich weiß nicht.«

»Du kannst dein Leben neu ausrichten. Ich habe den Eindruck, dass dich der Alltagstrott unglücklich gemacht hat.«

Uns, füge ich in Gedanken hinzu.

Die Mikrowelle piept. Paula holt ihr Essen heraus und stellt die dampfenden Kartoffeln auf den Küchentisch. Hungrig stößt sie die Gabel hinein.

»Kann sein.« Sie schaut ins Leere, scheint über etwas nachzudenken.

»He, Erde an Paula.« Das habe ich früher immer zu ihr gesagt, wenn sie sich mal wieder in ihren Gedanken verloren hat. Tatsächlich kehrt ihr Blick zu mir zurück. Sie sieht mich erstaunt an, dann schüttelt sie schmunzelnd den Kopf.

»Du bist albern«, sagt sie.

»Absolut! Was hast du morgen vor?«

Sie hebt eine Augenbraue. »Weshalb?«

»Nun guck nicht so skeptisch. Ich würde bloß gern mal wieder etwas mit meiner Frau zusammen machen. Das letzte Mal hat uns zwar deine Verabredung mit Beatrice einen Strich durch die Rechnung gemacht, aber vielleicht haben wir dieses Mal Glück.«

Sie lächelt schief und zuckt mit den Schultern. Ich kenne ihre Antwort, bevor sie überhaupt den Mund aufmacht. Und da ist sie wieder: die Resignation.

»Weiß noch nicht«, sagt sie. »Mal sehen.«

PAULA

Sonntag, 30.01

Die Migräne am folgenden Tag begrüße ich wie einen ungeliebten Verwandten, dessen Besuch schon vor Monaten angekündigt wurde. Ich verbringe den Sonntagvormittag im abgedunkelten Schlafzimmer und denke, trotz hämmernden Schädels, an Roberts Versprechen, mir zu helfen. Morgen soll ich in seine Praxis kommen. Ein Lächeln huscht über mein Gesicht.

Am Montag bin ich kaum in der Lage, mich auf meine Arbeit zu konzentrieren. Wenn ich früher solche Tage hatte, schleppte ich ein schlechtes Gewissen mit mir herum, weil ich das Gefühl hatte zu versagen. Heute bleibt es aus. Den Stolz darüber, dass ich die mir übertragenen Aufgaben stets mit vollem Einsatz erfüllt habe, ist mir abhandengekommen. Meine Leistung wird ohnehin nicht geschätzt. Zudem wird meine Aufmerksamkeit an anderer Stelle gebraucht. Mein Plan rollt unaufhaltsam an und weitere Fragen breiten sich vor mir aus: Wie soll es mir gelingen, die Embryonen aus Roberts Praxis zu schmuggeln und anschließend zurückzubringen? Und vor allem: Was führt Robert selbst im Schilde? Ich glaube nicht, dass er mir aus reinem Altruismus hilft. Er will etwas von mir.

Trotz der noch offenen Punkte blicke ich positiv in die Zukunft, als ich um siebzehn Uhr nach Kiel zurückfahre.

Scheinwerfer zerteilen die Dunkelheit, meine Scheibenwischer arbeiten auf Hochtouren. Kaum habe ich den Stadtrand erreicht und die Autobahn verlassen, kommt der Verkehr fast zum Erliegen. Im zweiten Gang, manchmal sogar im ersten, schleiche ich voran, während hinter einem Vorhang aus Regenschlieren die Lichter von Rot auf Grün und dann wieder auf Rot wechseln.

Sören habe ich gesagt, ich wolle mit Stina ins Kino gehen. Um eventuellen Fragen seinerseits zu begegnen, habe ich mir in der Mittagspause Rezensionen zu jenem Film angesehen, den wir angeblich gucken werden. Ich rechne jedoch nicht damit, dass ich sie benötige, trotzdem fühlt es sich gut an, bestmöglich vorbereitet zu sein.

Als ich Roberts Praxis erreiche, hat der stockende Verkehr meine Fahrt um eine halbe Stunde verlängert. Dennoch muss ich bis zu unserer Verabredung weitere sechzig Minuten überbrücken. Ich setze mich in ein nahes Café, bestelle mir einen Cappuccino und beobachte, wie der Sekundenzeiger der großen Uhr hinter der Theke seine Runden dreht. Ich umschließe den warmen Becher mit beiden Händen und denke mir verschiedenste Strategien aus, wie ich möglichen Forderungen vonseiten Roberts begegnen könnte. Weshalb hilft er mir? Welchen Nutzen zieht er für sich oder was könnte er als Gegenleistung von mir erwarten? Mir fällt nur eines ein: Meine Fähigkeiten als Genetikingeneurin.

Ich rufe die Seite der App auf, mit der ich weiterhin das Handy von Beatrice überwache. Vielleicht erhalte ich so einen Hinweis auf Roberts Motivation. Sie und ihr Mann haben sich heute ein paar Nachrichten geschickt, bei denen es sich zumeist um belanglose Liebesbekundungen und mehr oder weniger offensichtliche Absichtserklärungen für den heutigen Abend handelt. Herrje, die beiden dürfen nicht vergessen, ihre Vorhänge zu schließen.

Eine Nachricht lässt mich stutzig werden: Beatrice erkundigt sich, ob Robert sich nicht doch an die Polizei wenden wolle. Er antwortet, dass er sich darum kümmern wird, wenn die Stalkerin sich erneut zeigen sollte.

Allein bei der Nennung von Polizei macht mein Puls einen Satz. Ich lese die Nachricht ein weiteres Mal, dann lache ich auf. Robert hat noch gar keine Anzeige erstattet. Es war ein Bluff, um mich einzuschüchtern. Tragischerweise ist ihm dies hervorragend gelungen. Ich bin viel zu naiv!

Prasselnd treibt eine Böe den Regen gegen das Panoramafenster des Cafés und lässt mich aufblicken. Autos schieben sich voran, im Licht der Scheinwerfer glitzern die herabstürzenden Tropfen. Die Fenster des Gebäudes auf der anderen Straßenseite sind erleuchtet. Roberts Praxis befindet sich im vierten Stock. Vermutlich aktualisiert er gerade irgendwelche Dokumentationen und wartet darauf, dass seine Angestellten in den Feierabend gehen. Einerseits macht mich die Warterei wahnsinnig, andererseits schnürt sich mir die Kehle zusammen, sobald ich an das Bevorstehende denke.

Gegen neunzehn Uhr ist es so weit. Eine Nachricht erscheint auf meinem Smartphone. »Okay.«

Ich packe das Handy in meinen Rucksack, bezahle den Cappuccino und haste über die Straße, während der Wind an dem Regenschirm zerrt und das Wasser unter meinen Füßen spritzt. Im Fahrstuhl beobachte ich mit klopfendem Herzen, wie sich die Zahlen in dem kleinen Display verändern. Endlich erreiche ich das vierte Stockwerk, die Türen gleiten auf und ich trete ins Treppenhaus. Linker Hand befindet sich die Tür zur Praxis. Wie abgesprochen gehe ich einfach rein. Vor mir erstreckt sich ein Flur. An den Wänden hängen Bilder mit lachenden Babys, winzigen Füßen und kleinen Händen. Die Pinnwand hinter dem leeren Empfang quillt über mit Dankeskarten und Fotos von Säuglingen.

Ich bleibe stehen und betrachte die Karten. Obwohl ich meinen Plan seit Wochen verfolge, obwohl ich den ganzen Tag über an nichts anderes denken konnte, treffen mich die Danksagungen und Bilder wie ein Nackenschlag. Mein sehnlichster Wunsch wird Wirklichkeit. Bisher war alles nur graue Theorie, doch nun …

Schritte nähern sich. Ich schließe die Augen, atme tief ein und schiebe die kontraproduktiven Emotionen beiseite. Dennoch beben meine Lippen, als ich mich zu Robert umwende, darauf gefasst, in ein abweisendes Gesicht zu sehen.

»Da bist du ja.« In seiner Stimme klingt ein seltsamer Unterton mit. Einen Moment lang stehen wir im peinlichen Schweigen voreinander. Dann fährt ein Ruck durch mein Gegenüber und mit einer einladenden Geste deutet er den Flur herab. »Komm, im Behandlungszimmer können wir alles besprechen.«

Ich folge ihm in einen übersichtlichen, aber einnehmenden Raum, der von einem Schreibtisch, einer Liege und natürlich einem gynäkologischen Stuhl beherrscht wird. Robert ist freundlich, professionell und es fühlt sich an wie ein normales Arzt-Patienten-Gespräch. Routiniert erläutert er die unterschiedlichen Behandlungswege, welche mir zur Verfügung stehen. Er erklärt, dass eine Hormontherapie unerlässlich sei. Normalerweise reifen während eines Zyklus nur eine oder höchstens zwei Eizellen in jedem Eierstock heran. Mithilfe der Hormone könnten bis zu einem Dutzend Eizellen wachsen, die anschließend für die künstliche Befruchtung entnommen werden. Die ganze Zeit warte ich auf das *Aber,* auf die Bedingung, die unweigerlich kommen wird. Doch er erwähnt nichts dergleichen und ich wage nicht nachzufragen.

Nach einer kurzen Ultraschalluntersuchung, bei der Robert ebenfalls jeden seiner Handgriffe kommentiert, entscheiden wir uns für das sogenannte Antagonisten-Protokoll. Hierbei wird die Hormonbehandlung in Form täglicher Spritzen zeitgleich mit meiner Periode begonnen.

»Viele Frauen überlassen die Gabe der Injektionen ihrem Partner.« Robert sieht mich prüfend an, doch ich winke ab.

»Das kriege ich hin.«

Er nickt. »Außerdem musst du zwischendurch bei mir vorbeischauen, damit ich überprüfen kann, wie deine Eierstöcke auf die Hormone reagieren. Und natürlich bekommst du noch ein weiteres Medikament, mit dem wir einen vorzeitigen Eisprung verhindern.«

Er reicht mir eine Schachtel, die ich mit hochgezogenen Augenbrauen entgegennehme. »Nasenspray?«

Ein Grinsen überzieht sein Gesicht. »Jawohl, Nasenspray.«

Nachdem er mir die Vorzüge dieser Art von Medikamentenverabreichung erläutert hat, kommen wir an das Ende unseres Gesprächs und noch immer keine Forderung seinerseits. Sollte ich mich in ihm getäuscht haben? Er sitzt aufrecht in seinem Stuhl, hat die Hände auf die Tischplatte platziert und wirkt, als ob er jeden Moment aufstehen würde. Rasch frage ich: »Könntest du mir deine Praxis einmal zeigen?«

Robert sieht mich mit schräg gelegtem Kopf an. Meine Bitte hat ihn offenbar überrascht.

Ich lache nervös. »Bloß Neugierde. Wann habe ich schon die Möglichkeit, mal hinter den Vorhang zu linsen?«

Er zuckt mit den Schultern. »Wieso nicht?« Dann schleicht sich ein Lächeln auf sein Gesicht und als er mich herumführt, ist nicht zu überhören, wie stolz er auf seine Praxis ist.

»Alle haben mich für verrückt erklärt, als ich etwas Eigenes auf die Füße stellen wollte«, erzählt er, während wir den Flur hinabgehen. »Es hieß, ich sei zu jung. Damals hatte ich gerade erst fünf Jahre als Assistenzarzt gearbeitet. Man riet mir, ich solle mir die Praxis mit einem anderen Arzt teilen. Zudem war die Finanzierung nicht einfach. Die Einrichtung war mindestens dreißig Jahre alt. Alles musste raus.«

Wir gehen von einem Raum zum nächsten und Robert kommt immer mehr in Fahrt, sodass sich meine Rolle auf zustimmendes Gemurmel oder anerkennendes Nicken beschränkt. Die Worte rauschen an mir vorbei, ich höre nur mit halbem Ohr hin.

»Und hier ist das Labor«, sagt er und tippt einen Code in ein Zahlenfeld neben der Tür. Ich recke den Hals, habe jedoch keine Möglichkeit, die Zahlenfolge zu erhaschen. Ein Summen erklingt, er drückt die Türklinke herab und wir betreten einen Raum, der mich an meinen Arbeitsplatz erinnert. Nun werde ich wieder wach, lasse den Blick über die vertraut wirkenden Apparaturen schweifen.

Mit raumgreifenden Gesten erläutert Robert die Abläufe einer künstlichen Befruchtung. Ich gebe mich interessiert und als in seinem Wortschwall endlich eine Pause entsteht, erkundige ich mich: »Ist das der Brutschrank?«

Ich deute auf den unscheinbaren Schrank im hinteren Teil des Labors, der für Uneingeweihte einem Kühlschrank ähnelt.

Robert blinzelt, offenbar habe ich ihn mit meiner Frage aus dem Konzept gerissen. »Ja, genau. Wir bringen Eizellen und Sperma in einer Petrischale zusammen, legen sie in den Brutschrank und lassen der Natur ihren Lauf.«

Seine unglückliche Formulierung entlockt mir ein schnaufendes Lachen. Wenn man es der Natur überließe, würden viele Paare kinderlos bleiben.

»Am nächsten Morgen überprüfen wir, bei wie vielen Eizellen eine Befruchtung gelungen ist«, fährt Robert fort. »Zwei bis fünf Tage später wird der Transfer in die Gebärmutter vorgenommen.«

Ich nicke abwesend, während ich auf den Brutschrank starre. Zwei bis fünf Tage, in denen es mir gelingen muss, meine Babys aus diesem Kasten zu holen, sie in mein Labor zu transportieren, um dort das schadhafte Erbgut zu reparieren, bevor ich sie wieder heimlich zurückbringe und mir einsetzen lasse. Robert spricht schon weiter und berichtet von den Anforderungen an einen Brutschrank. Ich muss ihm nicht einmal zuhören, kenne mich mindestens ebenso gut mit einem solchen Gerät aus wie er.

»Und wie schützt du deine Praxis?«, frage ich.

»Hm?« Er sieht mich amüsiert an. »Weshalb? Willst du einbrechen?«

Ich setze ein spöttisches Grinsen auf. »Klar, ich schleiche mich heimlich rein, leere den Brutschrank und verkaufe die Embryonen dann auf dem Schwarzmarkt.«

Er verzieht das Gesicht. »Darüber solltest du keine Witze machen.«

Ich reiße die Augen auf. »Das gibt es echt?«

Er nickt betrübt. »Ja, leider. Deshalb musste ich ziemlich viele Sicherheitsauflagen erfüllen, um die Embryonen in meiner Praxis lagern zu dürfen. Bewegungsmelder, Kameras und wehe man vertippt sich dreimal beim Eingeben des Codes. Schon plärrt der Alarm los. Ist bisher einige Male passiert.«

»Jemand hat versucht einzubrechen?«

»Nein. Eine Mitarbeiterin hatte ihn falsch eingegeben und ein anderes Mal hatte ein Paar seinen Fünfjährigen dabei, der in einem unbeobachteten Moment auf dem Schloss herumtippte. Und, na ja … einmal habe ich vergessen, dass ich den Code erneuert habe, und gab den alten ein.«

»Und was passiert, wenn der Alarm losgeht?«, frage ich.

Robert zuckt mit den Schultern. »Das Übliche: Der Sicherheitsdienst wird automatisch alarmiert und ruft mich an. Im Zweifelsfall wird die Polizei eingeschaltet.«

»Hm.« Nachdenklich reibe ich mir das Kinn. Die Embryonen zu entwenden wird schwieriger, als ich angenommen habe.

Ich muss Roberts Monolog zehn weitere Minuten ertragen, bis wir endlich gemeinsam seine Praxis verlassen und mit dem Fahrstuhl ins Erdgeschoss fahren. Dort verabschieden wir uns voneinander und er zwinkert mir sogar zu. Trotzdem bleibt dieses ungute Gefühl, dass irgendwann ein *Aber* folgen wird.

BEATRICE

Sonntag, 31.01.

Robert ist nicht einmal halb ins Haus getreten, als ich ihm um den Hals falle. Er lacht, dann bemerkt er meine abgespreizten Finger und runzelt die Stirn.

»Frisch lackiert«, erkläre ich.

»Hübsche Farbe«, sagt er in einem Tonfall, den er stets anschlägt, wenn ihn ein Thema nicht interessiert. Ich nehme es ihm nicht übel, das Lackieren diente ohnehin weniger der Verschönerung als vielmehr der Ablenkung. Ich war den ganzen Tag kaum in der Lage, mich auf die Lehrbücher zu konzentrieren. Diese blonde Frau, die Stalkerin, geht mir nicht aus dem Sinn. Tausendmal habe ich zwischen den geschlossenen Vorhängen nach draußen gespäht und die Straße abgesucht. Wer ist diese Frau? Wo ist sie jetzt? Was plant sie als Nächstes? Das Gefühl, beobachtet zu werden, verschafft mir eine permanente Gänsehaut.

»Ich habe nachgedacht«, sage ich, während Robert seinen Mantel abstreift und an die Garderobe hängt. »Wir brauchen Kameras.«

»Kameras?« Er sieht mich zweifelnd an.

Ich nicke eifrig. »Für draußen. Mit Bewegungsmelder und so.«

»Weshalb?«

»Na, wegen der Stalkerin.«

Robert verzieht das Gesicht. »Ja, da können wir gleich drüber sprechen. Mein Magen knurrt. Haben wir etwas da?«

»Ich habe nichts vorbereitet, aber wenn du willst, stelle ich mich gerne an den Herd«, biete ich an, doch Robert winkt ab, geht in die Küche und holt ein Fertiggericht aus dem Tiefkühlschrank.

»Ich habe vorhin nach Kameras gegoogelt«, fahre ich fort.

Robert seufzt. »Meinst du wirklich, wir brauchen Kameras?«

Ich zucke unbestimmt mit den Schultern. »Ich würde besser schlafen.«

Mit einem Ruck reißt er die Tüte auf, schüttet den Inhalt in eine Pfanne und stellt diese auf den Gasherd. »Ich weiß ja nicht, ob das wirklich notwendig ist. Lass uns abwarten, ob diese Frau noch einmal auftaucht. Vielleicht ist die Sache ja schon überstanden.«

»Weshalb sollte sie das sein? Das ist kein schüchternes Mädchen, das dich aus der Ferne vergöttert. Die hat stundenlang in der Kälte gestanden, um dir aufzulauern, und das nur für einen kurzen Wortwechsel. Glaub mir, solche Frauen geben nicht einfach so auf. Die werden wir garantiert wiedersehen und wer weiß, was sie als Nächstes im Sinn hat. Vielleicht plant sie, bei uns einzubrechen, um sich mit deiner Zahnbürste die Muschi zu reiben.«

Robert sieht mich konsterniert an. Sein Gehirn scheint einen Moment zu benötigen, um dieses Bild zu verarbeiten.

Ich lache freudlos auf. »Du weißt nicht, was in einem kranken Kopf vor sich geht.«

Kopfschüttelnd wendet er sich wieder der Fertigstellung seines Abendessens zu. »Ich kann mir einfach nicht vorstellen, dass jemand in unser Haus einbrechen wird.«

»Wie kannst du dir da sicher sein?«

»Ach, ich glaube einfach nicht, dass sie so weit geht. Okay, sie hat mich abgepasst, um ein paar Worte mit mir zu wechseln. Das ist schon ein bisschen beunruhigend, aber noch kein Einbruch.«

»Das nicht, doch woher wusste sie, wann du nach Hause kommst? Je länger ich darüber nachdenke, desto beängstigender finde ich es.«

Robert zuckt mit den Schultern. »Vielleicht stand sie schon gestern dort oder vorgestern.« Er nimmt einen Pfannenwender und mischt das mittlerweile brutzelnde Gemüse durch.

Ich schlinge die Arme um meinen Oberkörper, als würde ich frösteln. »Diese Überlegung macht es nicht besser.«

»Vielleicht war es bloß Zufall.«

»Das glaubst du doch selbst nicht!«

Er seufzt. »Ich denke, wir sollten trotzdem abwarten, ob sie sich erneut zeigt, bevor wir unnötig Geld ausgeben.«

»Und wenn sie etwas Schlimmes vorhat?«

»Was denn beispielsweise?«

»Vielleicht plant sie, mir Rattengift in die Haferflocken zu schütten. Immerhin bin ich in ihren Augen eine Rivalin.«

Robert wirft mir einen zweifelnd-amüsierten Blick zu. »Nun übertreibst du.«

Ich verschränke die Arme vor der Brust und schiebe das Kinn vor, woraufhin mein Gatte genervt den Kopf schüttelt.

Ganz egal, was er sagt, du allein bist für die Stimmung im Raum verantwortlich, raunt Mama. Reize ihn nicht.

»Die Sache macht mir Angst.« Ich halte ihm anklagend meine frisch lackierten Fingernägel entgegen. »Sieh dir das an!«

Irritiert schaut er auf meine Hände, scheint offenbar nicht zu begreifen, worauf ich hinauswill. »Hübsche Farbe.«

Ich schnaube frustriert. »Siehst du denn nicht, wie oft ich übergemalt habe? Meine Finger zittern, weil ich ununterbrochen an diese Frau denken muss.«

Er rollt mit den Augen, wendet sich von mir ab und kippt den Inhalt der Pfanne auf einen Teller.

»Bitte, Robert. Für mich.«

»Schon gut! Wenn du dich besser fühlst, dann lassen wir Kameras installieren.«

Erleichterung durchflutet mich. »Danke.«

Er brummt etwas Unverständliches und geht mit dem Teller in der Hand ins Wohnzimmer, wo er den Fernseher einschaltet. Ich folge ihm, wobei ich den Eindruck habe, auf Zehenspitzen gehen zu müssen. Ich will ihn nicht nerven, aber wenn ich nicht nachhake, lässt er es am Ende schleifen.

»Ich habe vorhin schon etwas rausgesucht.« Ich lasse mich neben ihm auf der Couch nieder. »Wenn du magst, kann ich es dir zeigen.«

»Nicht jetzt«, brummt er, ohne seinen Blick vom Fernseher abzuwenden. »Morgen.«

Ich kaue auf der Unterlippe. Mir wäre es lieber, wenn er sich noch heute darum kümmert. Im Geist formuliere ich Sätze, mit denen ich mein Anliegen am geschicktesten ausdrücken kann, da stößt Robert ein verächtliches Schnaufen aus. Sein Blick ist auf den Bildschirm gerichtet, wo die Sequenz soeben von einer ernst dreinblickenden Nachrichtensprecherin zu der Aufnahme eines Krankenhauses wechselt. Eine Stimme erklärt: »Zweihunderttausend Menschen haben sich gestern in Washington zusammengefunden, um gegen die Präimplantationsdiagnostik, kurz PID, zu demonstrieren.«

Auf dem Bildschirm erscheint eine Frau und schreit aufgebracht in die Kamera. Eine Sprecherin übersetzt: »Nein, wir wollen die PID nicht abschaffen, keineswegs. Wir sind nur dagegen, dass dafür Geld verlangt wird. Es teilt die Bevölkerung, es teilt unser Land!«

Die Szene wechselt, der Blick der Kamera schwebt über die Köpfe tausender Demonstranten hinweg. Schilder werden in die Höhe gereckt, Trillerpfeifen gellen.

Robert schnauft erneut und ich weiß, dass der Moment vorbei ist, in dem ich ihn um etwas bitten kann. Die nächsten zehn Minuten wird er herumpöbeln und mir erklären, dass die Welt von Idioten bevölkert ist. Ich stoße ein kaum hörbares Seufzen aus, da deutet er schon anklagend in Richtung Fernseher.

»Nur weil die es sich nicht leisten können, soll man es ganz abschaffen? Diese faulen Säcke bekommen ihren Arsch nicht von der Couch, wollen aber trotzdem durchgefüttert werden.«

»Manche denken wirklich, dass sie -«, beginne ich, doch Robert spricht weiter, ohne mich zu beachten.

»Die hätten ihr Geld investieren müssen, anstatt es für Alkohol und Zigaretten auszugeben. Meine Güte, schau dir diese Frau an, wie fett kann man bitte sein?« Er lacht trocken auf. »In Deutschland würde die Krankenkasse ihre Diabetesmedikamente finanzieren. Weißt du, die Amerikaner sind gar nicht so dumm, letztendlich ist das nur eine natürliche Selektion.«

Er sieht mich mit hochgezogenen Augenbrauen an und wartet offenbar, dass ich eine entsprechende Frage stelle, doch als ich den Mund öffne, redet er einfach weiter: »Wer zu dämlich oder zu faul ist, sich einen richtigen Job zu besorgen, der wird halt aussortiert, stirbt an Verfettung, Herzinfarkt,

Diabetes mellitus oder weiß der Teufel. Solchen Leuten sollte man von vornherein den Zugang zur künstlichen Befruchtung verwehren. Es würde die Menschheit von all dem unnötigen genetischen Ballast befreien. Übrig bleiben die Klugen und die Fleißigen.« Er nickt zufrieden, als sei diese Entwicklung sein Verdienst. »Bei uns in der EU wird das von der Krankenkasse bezahlt. In Amerika muss man das selbst finanzieren. Und diese Leute da«, mit einem Nicken deutet er auf den Fernseher, »wenn ihnen der Nachwuchs wichtig wäre, würden sie auch das nötige Geld auftreiben. Tun sie aber nicht, stattdessen geben diese faulen Säcke anderen die Schuld.«

Es kommt nicht oft vor, dass ich Robert widerspreche, aber in diesem Fall erscheint mir seine Analyse zu oberflächlich. »Na ja, viele Jobs werden schlecht bezahlt und -«.

Robert lacht spöttisch auf, legt einen Arm um meine Schultern und drückt mir einen Kuss auf die Schläfe. »Dann hätten sie sich halt eine Arbeit suchen müssen, bei der man angemessen verdient.«

»Aber wir brauchen doch auch die Jobs, für die es kaum Geld gibt. Friseure und Krankenpfleger beispielsweise.«

Robert schüttelt bedauernd den Kopf. »So sind nun einmal die Spielregeln. Ich kann nichts dafür, ich habe sie nicht gemacht.«

»Fair ist das nicht.«

»Was ist schon fair? Findet der Vogel es fair, von einer Katze gefressen zu werden, die nur deshalb gehalten wird, weil die Besitzerin abends vorm Fernseher gern ihren Stubentiger streichelt?«

Sein überheblicher Tonfall kratzt an meinem Selbstwertgefühl. Mama hat als Kassiererin gearbeitet und nie viel Geld besessen. Trotzdem hat sie mich geliebt. Auf ihre Art. Ich möchte jedoch nicht mit Robert darüber diskutieren.

Stattdessen frage ich: »Sucht man eigentlich nur nach Krankheiten oder auch nach anderen Sachen?«

Er legt den Kopf schräg und schaut mich fragend an. »Nach was beispielsweise?«

»Augenfarbe oder so.« Ich streiche durch seine Haare, die inzwischen zwar grau sind, jedoch diesen schönen, silbernen Ton haben. Auf alten Fotos sieht man sein volles, schwarzes Haar. Meine richtige Haarfarbe ist ein grässliches Straßenköterblond, weshalb ich sie seit dem zwölften Lebensjahr regelmäßig färben muss.

»Nein, das ist verboten.« Er schüttelt den Kopf. »Machbar wäre es, doch die EU ist dagegen. Amerika und China auch. Zumindest offiziell.«

»Könnte man auch das Geschlecht bestimmen?«, frage ich.

Robert kratzt sich hinterm Ohr. »In der Theorie kein Problem, es wäre ganz einfach zu bestimmen. Ein Mädchen hat neben den üblichen vierundvierzig Chromosomen zwei sogenannte X-Chromosome, ein Mann besitzt als Geschlechtschromosomen hingegen XY. Um das zu bestimmen, bräuchte ich nicht einmal eine teure Laborausrüstung. Allerdings ist es nicht erlaubt, dies bei einer PID zu erfassen. Man darf lediglich selektieren, wenn eine tödliche Krankheit vorliegt.«

»Hm.« Ich denke über seine Worte nach. »Vielleicht ist das ja auch besser so. Irgendwie nimmt man der Zeugung damit ihre ... Magie.«

Robert grunzt amüsiert und scheucht mein Argument mit einer wedelnden Handbewegung beiseite. »Was ist Magie im Vergleich zu der Gewissheit, dass du ein gesundes Kind haben wirst? Wenn es nach mir ginge, würden wir sogar einen Schritt weiter gehen: Mit der PID sind wir nicht nur in der Lage, die Menschheit von allen Erbkrankheiten zu heilen, sondern könnten die zukünftigen Generationen auch schöner, sportlicher und intelligenter machen.«

Ich zögere, weiß nicht, was ich darauf erwidern soll. Seine Worte klingen plausibel und mit einem Mal erscheint mir der Wunsch nach jener Magie wie ein egoistischer Akt. Doch etwas in meinem Bauch zieht sich bei dieser Zukunftsvorstellung zusammen.

»Weißt du, es hätte noch einen weiteren Vorteil.« Er zwinkert mir verschwörerisch zu. »Man könnte auf den ersten Blick erkennen, wessen Eltern klug genug waren, Geld zu verdienen.«

Er verzieht theatralisch das Gesicht und deutet auf einen leeren Punkt vor uns. »Guck mal, wie hässlich das Mädchen ist. Deren Eltern sind so arm, die hatten nicht mal Geld für eine PID.«

Er lacht über seinen eigenen Witz, doch ich finde ihn geschmacklos. Erneut denke ich an Paula, die bei der Verteilung der Schönheit am Ende der Warteschlange gestanden haben muss. Aber ist sie deswegen ein schlechter Mensch und hätte sie es verdient, wegen ihres Aussehens nicht geboren zu werden? Sind Schönheit und Intelligenz wirklich alles?

Robert redet weiter: »Und diese Entwicklung ist längst Realität. Schon heute sind die Kinder reicher Eltern um zehn bis fünfzehn Prozent gesünder als die Sprösslinge armer Menschen.« Er tätschelt mir das Knie. »Ein Glück, dass du einen wohlhabenden Arzt geheiratet hast. Unsere Kinder könnten unter keinem besseren Stern geboren werden.«

Zufrieden seufzend lehnt er sich zurück und verschränkt die Arme hinter dem Kopf. Ich sehe, dass es hinter seiner

Stirn arbeitet. Schließlich sagt er: »Noch eindeutiger wird es, wenn die Editierung des Genoms auch für Menschen zugelassen wird. Aber ob das so gut ist …« Er schüttelt den Kopf. »Menschen neigen zu Fehlern. Stell dir vor, wir geben unseren Embryo zum Editing und der Genetikingenieur hat am Vorabend seine Frau mit einem anderen Kerl erwischt, was ihm verständlicherweise ununterbrochen durch den Kopf geht. Ein einziger Fehler könnte schlimme Folgen haben. Statt einem hochintelligenten Kind hat man plötzlich einen Mongo oder so.«

PAULA

Dienstag, 01.02.

Die Hormonspritzen, die Robert mir mitgegeben hat, lagern in einer Handtasche in meinem Auto. Ich plane, mir das Medikament während der Mittagspausen zu verabreichen. Sören darf keinesfalls von den Injektionen erfahren. Im Notfall könnte ich ihm gegenüber zwar behaupten, dass dies ein neues Medikament gegen Migräne sei, doch das wäre eine weitere Lüge, die ich aufrechterhalten muss. Schon jetzt umgeben mich viel zu viele erfundene Geschichten und ich habe Angst, dass ein Fehltritt alles zum Einsturz bringen könnte. Zudem würde Sören viele Fragen stellen. Wegen meiner Migräne war er stets sehr besorgt und hat mich damals sogar dann noch zum Arzt getrieben, als ich selbst längst aufgegeben hatte. Nein, Sören könnte ein zu großes Interesse haben. Es ist leichter, wenn ich die Spritzen vor ihm verberge.

Neugierige Arbeitskollegen kann ich hingegen mit dahingeworfenen Krankheiten ruhig stellen. Diabetes beispielsweise. Keiner von denen hat ausreichend Interesse, um Nachforschungen anzustellen.

Nächste Woche sollte meine Menstruation einsetzen und ich kann mit der Medikamentengabe beginnen. Noch nie habe ich die Periode derart herbeigesehnt wie jetzt. Nun gut, vielleicht vor achtzehn Jahren, als ich mit Finja ungeplant schwanger war und noch hoffte, dass bloß der Stress des Studiums für eine Verzögerung meiner Tage verantwortlich sei.

»Du lächelst so.« Ein Ellenbogen stupst mich in die Seite und ich blicke in Stinas schiefes Grinsen. Sie weiß noch immer nicht, wie sie nach der Kündigung mit mir umgehen soll, und übertreibt mit ihrem Kumpelgetue.

Ich zwinkere ihr zu. »Sören und ich haben unseren Sommerurlaub geplant.«

»Oho! Wo soll es denn hingehen?«

»Wir sind hart am Verhandeln. Das Einzige, wo wir uns einig sind, ist die Tatsache, dass wir in einem Flugzeug sitzen werden. Wo dieses jedoch hinsteuert, ist bisher offen. Ich wäre für Island, während es Sören nach Südamerika zieht.«

Meine Arbeitskollegin reißt die Augen auf. »Wow! Ich bin froh, wenn ich genug für Mallorca zusammensparen kann, wobei selbst dieser Standardurlaub ein fast unerschwinglicher Luxus für mich ist. Letztes Jahr, als ich noch an der Uni war, hatte ich so wenig Geld, dass jede Zugfahrt zu meinen Eltern eine finanzielle Katastrophe mit sich zog.«

Ich tätschle ihre Schulter. »Deine Zeit für exotische Reisen wird noch kommen. Du bist jung und hier bei Rinderzucht Nord wirst du in den nächsten Jahren sicherlich gut verdienen.«

Bei meinen letzten Worten zuckt Stina zusammen.

Ich seufze. »Jetzt mach dir nicht so einen Kopf wegen der Entlassung.«

Prompt stottert sie sich etwas zurecht, zieht rasch das Tablet heran und meint, dass Uwe uns einen neuen Auftrag gegeben hätte.

Als ich die Daten überfliege, stoße ich einen Pfiff aus. Normalerweise befassen wir uns mit der Milchleistung von Kühen und den damit einhergehenden Merkmalen wie Melkbarkeit, Fruchtbarkeit, Langlebigkeit oder die Kompatibilität mit Melkrobotern. Die aktuelle Bestellung fordert jedoch einen Bullen mit verfeinerter Fleischmarmorierung. Dies soll den Geschmack des Fleisches verbessern. Diesen Auftrag hat uns Uwe zweifelsohne bewusst zugespielt. Vermutlich hat er ein schlechtes Gewissen. Beschweren werde ich mich jedenfalls nicht. Solch eine Herausforderung erhalten wir viel zu selten.

Motiviert machen wir uns an die Arbeit. Zunächst wählen wir aus unserem Katalog passende Elterntiere aus, deren Gene das Fundament für das neuste Design stellen sollen. Anschließend besorgen wir das benötigte Genmaterial aus unserem Gefrierlager und machen uns daran, Eizellen und Sperma zusammenzuführen. Morgen werden wir das Editing vornehmen und übermorgen die Ergebnisse sichten. Der Tag rauscht nur so an uns vorbei.

Entsprechend guter Stimmung bin ich, als ich den Schlüssel ins Haustürschloss stecke. Ich öffne die Tür und vernehme Stimmen, die ich im ersten Moment der Spielkonsole zuordne. Ich stelle meine Schuhe weg, schlüpfe aus dem Mantel und erkenne in diesem Moment, dass im Wohnzimmer echte Menschen sitzen und ich diese sogar kenne. Mein Blut gefriert in den Adern. Das sind Sören und … Robert!

Reglos verharrend, noch immer mit dem Mantel in der Hand, lausche ich dem Wortwechsel der beiden Männer. Sie klingen entspannt, wie zwei Bekannte, die sich über ein alltägliches Thema unterhalten. Bevor ich genügend Wörter erhaschen kann, um den Inhalt des Gesprächs zu erfassen, ruft Sören: »Paula?«

»Hi«, sage ich mit belegter Stimme und räuspere mich.

»Komm her, wir haben Besuch.« Er klingt leutselig. Würde er so mit mir sprechen, wenn Robert ihm alles erzählt hätte? Nein, bestimmt nicht! Er stände mit bebenden Fäusten vor mir und würde brüllend das Ende unserer Ehe verkünden.

»Bin gleich da.« Mein Pulsschlag klopft bis in die Fingerspitzen, als ich unsicheren Schrittes das Wohnzimmer betrete.

Sören sitzt in seinem Sessel, Robert auf dem Sofa. Die blassblauen Augen sind auf mich gerichtet.

»Oh! Robert, was machst du denn hier?« Meine Stimme ist zu hoch, das Lächeln auf meinem Gesicht fühlt sich an wie eine Grimasse.

Seine Lippen teilen sich zu einem Grinsen. »Ich dachte mir, wenn ihr Frauen euch so hervorragend versteht, vielleicht auch wir Männer.«

»Ah … Ach so. Gute Idee«, bringe ich hervor.

Ich schaue zu Sören. Jetzt, wo ich ihn genauer betrachte, wirkt sein Lächeln gezwungen, dennoch halte ich es für unwahrscheinlich, dass er von der Vereinbarung weiß, die Robert und ich getroffen haben. Das sollte mich beruhigen, stattdessen brennt mir die Frage unter den Fingernägeln, was zum Teufel unser Nachbar hier will. Dass es sich um einen Freundschaftsbesuch handelt, glaube ich keine Sekunde.

»Wir haben gerade über die Arbeit gesprochen«, sagt Robert und starrt mich weiterhin derart eindringlich an, als wolle er mir eine telepathische Drohung übermitteln.

Ich stehe reglos da, gefangen im Blick unseres Nachbarn und dem Wunsch, einfach in Ohnmacht zu fallen.

Sören knibbelt an der Bierflasche. »Wusstest du, dass vor der Einführung der künstlichen Befruchtung nur drei Prozent aller Geburten Zwillinge waren?« Mit seinem Geplapper will er vermutlich nur die angespannte Stille füllen. »Heute sind es zehn Prozent.«

»Oh«, sage ich und verstumme wieder, woraufhin das lastende Schweigen zurückkehrt.

Einige Sekunden verstreichen, dann springt Sören auf. »Ich hole dir ein Bier. Du auch noch eines, Robert?«

»Nein danke, meine holde Gattin wartet sicherlich schon mit dem Essen auf mich.« Er greift nach der vor ihm stehenden Flasche und leert sie mit einem Zug. Obwohl Sören weiß, dass ich Bier nicht so mag, eilt er in die Küche. Die Kühlschranktür öffnet sich, Flaschen klirren. Robert erhebt sich, rückt seine Hose zurecht und kommt auf mich zu. So leise, dass der im anderen Raum stehende Sören ihn unmöglich hören kann, raunt unser Nachbar: »Morgen in meiner Praxis. Halb sieben.«

Dann geht er an mir vorbei, wechselt im Flur ein paar Worte mit Sören. Schließlich fällt die Haustür hinter ihm zu und als ob dieses Geräusch einen Fluch gelöst hätte, beginnen meine Beine so zu zittern, dass ich kaum noch stehen kann. Ich lasse mich auf die Sofakante sinken, möglichst weit von dem Polster entfernt, auf dem Robert gesessen hat. Sören kehrt ins Wohnzimmer zurück, in der Hand eine Bierflasche. Statt sie mir zu geben, nimmt er selbst einen großen Schluck.

»Ich glaube, er weiß es.« Mit einem Schnaufen lässt sich Sören in seinen Sessel plumpsen.

»Er weiß es?«, echoe ich, unfähig, einen klaren Gedanken zu fassen.

»Von den Fotos.« Mit einem Knall stellt er die Flasche auf dem Tisch ab. »Ist das nicht offensichtlich? Er war hier, weil er uns gesehen hat!« Anklagend deutet er auf den Platz, wo Robert eben noch saß, während ich noch immer nicht begreife, wovon mein Ehemann spricht.

»Ja, natürlich«, bringe ich hervor. »Weshalb sonst.«

Sören fährt sich durch die lichten Haare, wie er es stets macht, wenn er unruhig ist.

»Und was jetzt?«

Ich blicke auf meine Knie. »Weiß ich auch nicht.«

»Hast du ihr die Bilder schon gegeben?«

Ich seufze, um ein paar Sekunden zu gewinnen, und suche verzweifelt in meinem Gedächtnis nach der richtigen Geschichte. Als ich merke, dass mein Schweigen schon zu lange anhält, sage ich: »Nein, habe ich noch nicht.«

»Gut!« Er stößt einen erleichterten Laut aus, hält inne und ich sehe, wie es hinter seiner Stirn arbeitet. »Wieso nicht? Es ist doch mindestens eine Woche her.«

Langsam kommt die Erinnerung zurück. Sören und ich, wie wir kichernd auf dem Küchenboden hockten, um uns vor Robert zu verstecken, während meine Hände die Kamera halten, auf deren Speicherkarte sich die Bilder von Robert und Rilana befinden.

»Ich habe mich nicht getraut«, sage ich. »Ich meine … diese Beweise, damit werde ich ihre Ehe zerstören.«

Sören wedelt mit der Hand. »Nicht du zerstörst die Ehe, sondern Robert. Wobei ich noch immer nicht weiß, weshalb er bei solch einer Ehefrau überhaupt eine andere braucht.«

»Manche Männer sind halt so.«

»Hast du sie belogen?«, fragt er.

»Wen?«

»Na, Beatrice! Sie wusste doch, dass du auf der Lauer lagst.«

»Wir haben uns seither nicht gesehen.«

Er runzelt die Stirn. »Doch, das habt ihr! Vorgestern erst.«

»Ja … aber nicht unter vier Augen«, erkläre ich hektisch.

»Aha …« Zweifelnd sieht Sören mich an, was ich ihm nicht verdenken kann. Schwer vorstellbar, dass sich Beatrice in Geduld übt, wenn es um die Frage geht, ob ihr Mann sie betrügt oder nicht. Daher erkläre ich rasch: »Ich sagte ihr, dass nichts geschehen sei. Ich werde es ihr erzählen, wenn wir unter uns sind.«

Sören sieht mich einige Sekunden lang an, dann sagt er: »Vielleicht solltest du ihr nicht von den Fotos erzählen. Ich meine … das eben war eine Warnung.«

»Warnung?« Ich lache auf, halte jedoch inne, als mir aufgeht, dass dies die beste Erklärung ist, die ich ihm geben kann. »Du hast recht«, murmle ich.

»Aber ich verstehe nicht, was er uns damit sagen will.« Sören nimmt erneut einen großen Schluck. »Schon klar, er will nicht, dass wir seiner Frau etwas erzählen. Aber was wird geschehen, wenn wir es dennoch tun?«

»Das muss er dir mitgeteilt haben«, sage ich, woraufhin er entschieden den Kopf schüttelt.

»Nein, er hat gar nichts dazu gesagt. Wir haben über seine Arbeit und über Kinder geredet.« Er lacht trocken auf. „Und über Religion.“

Die eben noch empfundene Erleichterung verpufft. Robert weiß es! Er hat herausgefunden, dass mein Mann nicht religiös ist. Gott steh mir bei!

Versonnen kratzt er sich am Kinn. »Und irgendwie sind wir dann auf das Thema Genom-Editierung gekommen.«

Ich kann vor Entsetzen kaum atmen. »Hast du ihm von

meiner Arbeit erzählt?« Die Frage rutscht mir raus, bevor ich darüber nachdenken kann.

»Ja …« Er runzelt die Stirn. »Dafür hat er sich tatsächlich sehr interessiert.«

PAULA

Mittwoch, 02.02.

Patt.

Der Laut eines einzelnen Schrittes hallt durch das Treppenhaus. Unter Aufbietung aller Willenskraft hebe ich das Bein und setze den Fuß auf der nächsten Stufe auf.

Patt.

Heben. Absetzen. Heben. Absetzen. Meine Beine scheinen Tonnen zu wiegen.

Er weiß es. Er weiß es!

Unaufhörlich hallt der Satz durch meine Gedanken und ich will mich in der Ecke zusammenrollen und vor Verzweiflung schluchzen.

Ich weiß nicht, was mich gleich in der Praxis erwartet, doch ich bin mir sicher, dass es meine Welt aus den Fugen heben wird. Ich habe nicht vergessen, wie Robert mich gestern angesehen hat. So voller Verachtung. Er hat mich durchschaut, daran besteht kein Zweifel. Offen ist hingegen, warum er sich überhaupt die Mühe macht, mich in seine Praxis zu bestellen.

Ein winziger Funke Hoffnung keimt in meiner Brust und ist der einzige Grund, weshalb ich erneut den Fuß hebe und ihn auf der nächsten Stufe absetze.

Patt.

Wie soll ich vorgehen, wenn ich erst vor ihm stehe? Lügen? Nein, er würde mich sofort durchschauen, er weiß zu viel. Aber sich an die Wahrheit zu halten, bedeutet ja nicht, dass ich ihm wirklich alles erzählen muss. Es könnte ausreichen, wenn ich ihm von der kaputten Ehe und dem unerfüllten Kinderwunsch berichte, die Sache mit der geplanten Editierung sollte ich für mich behalten … aber kann ich das überhaupt noch? Laut Sörens Aussage hat sich Robert im besonderen Maße für meine Arbeit interessiert. Mit Pech ist er schlau genug, um eins und eins zusammenzuzählen.

Patt.

Ich habe den vierten Stock erreicht, stehe vor der Tür zu seiner Praxis. Mein Arm hebt sich, die Hand umfasst die Klinke, drückt sie herunter.

Der Empfang ist leer, ebenso der Flur. Auf Zehenspitzen nähere ich mich seinem Büro. Die Tür ist offen und da sitzt er. Er hat den Schreibtischstuhl zum Fenster gedreht, sodass ich auf den blauen Stoff des Rückenpolsters blicke. Er muss mich gehört haben, dennoch schenkt er mir keinerlei Beachtung, starrt einfach weiter auf das verregnete Kiel hinaus. Unsicher trete ich von einem Bein aufs andere, schließlich husche ich zum Besucherstuhl und lasse mich darauf nieder. Wieder warte ich ab, doch er reagiert weiterhin nicht.

»Es tut mir leid«, presse ich hervor.

Eine Entschuldigung scheint in dieser Lage die beste Taktik zu sein, um ein solches Gespräch zu beginnen, vor allem wenn sie der Wahrheit entspricht. Robert zu belügen war nötig, doch Freude hat es mir nicht bereitet. Zudem waren es zu viele Geschichten. Mittlerweile komme ich mir vor wie eine Spinne, die sich in ihrem eigenen Netz verheddert hat.

Noch immer bewegt er sich nicht. Die Stille dehnt sich aus und prickelt auf der Haut. Ich erkenne seine Strategie: Mit diesem Schweigen will er mir Geständnisse entlocken. Schon jetzt habe ich das Bedürfnis, die Leere mit Worten zu füllen. Und wieso auch nicht? Wenn ich mich schwach gebe, hält er es vielleicht nicht für notwendig, tiefer zu bohren.

»Sören ist nicht religiös, wie du sicherlich inzwischen weißt. Er … Nach Finja wollte er keine weiteren Kinder, hat es mir aber nie gesagt und ich war dumm genug, um es nicht zu erkennen. Andauernd kam er mit diesem *Später, Schatz, später.*«

Ich hole zitternd Luft. Meinen Schmerz in Worte zu kleiden, ist intensiver, als ich erwartet habe. Meine Hände umklammern die Armlehne des Stuhles. Ich zwinge mich, weiterzusprechen.

»Ich bin fast vierzig, bald ist mein Körper nicht mehr in der Lage, Kinder zu bekommen. Aber es fehlt etwas in meinem Leben. Da ist eine Leere in mir, die darauf wartet, gefüllt zu werden. Verstehst du, was ich meine?«

Ich starre auf seinen Hinterkopf. Noch immer regt er sich nicht.

»Es war falsch, dich da mit hineinzuziehen, doch ich bin verzweifelt, weine mich in den Schlaf, denke ununterbrochen an das Kind, das darauf wartet, geboren zu werden. Ich kann gar nicht -«

»Weshalb so umständlich?«

Roberts Unterbrechung lässt mich zusammenzucken. Seine Stimme ist ruhig, ohne jeden Vorwurf. Fast neugierig.

»So … umständlich?«, frage ich vorsichtig.

Endlich dreht sich der Stuhl. Der Blick seiner blassblauen Augen bleibt an mir haften. »Wieso hast du nicht einfach die

Pille weggelassen oder Löcher ins Kondom gestochen? Wieso bist du zu mir gekommen?«

»Weil … Ich versuche es ja schon so lange. Seit drei Jahren werfe ich die Pille täglich in die Toilette. Ich schätze, ich bin inzwischen zu alt, um …«

Ich atme abgehakt ein und verberge das Gesicht in den Händen. »Wenn ich doch nur früher damit begonnen hätte! Aber ich nahm an, mir bliebe noch Zeit, und ich dachte, Sören würde seine Meinung eines Tages ändern, und ich war -«

»Unsinn!«

Die Wut in seiner Stimme lässt mich zusammenzucken.

»Du lügst schon wieder!«

»Nein! Nein, das tue ich nicht«, sprudelt es aus meinem Mund, bevor ich auch nur eine Sekunde darüber nachdenken kann.

»Du wirst mir jetzt alles erzählen.« Robert lehnt sich vor. »Sobald ich dich erneut bei einer Lüge ertappe, werden wir uns nie wiedersehen. Ich lasse mich nicht für dumm verkaufen, schon gar nicht von einer wie dir!«

Von einer wie mir?

Ich verstehe nicht, was er damit meint, doch auf diesen Nebensatz kommt es im Moment nicht an. Ich blicke auf meine Knie, scharre mit den Füßen, fahnde nach einer Ausrede, einer Erklärung, einem Rettungsring.

Seine geballte Faust donnert auf den Tisch. »Jetzt!«

Ich schnappe nach Luft und hebe instinktiv in einer besänftigenden Geste die Hände.

»Schon gut, ich weiß bloß nicht, wo ich anfangen soll. Es ist alles fürchterlich …« Ich suche nach Worten und ende schließlich mit: »… verworren.«

Er steht so ruckartig auf, dass sein Stuhl einige Zentimeter nach hinten rollt. »Nein, lass es einfach. Ich wollte dir eine Chance geben, weil wir Nachbarn sind und weil Beatrice dich mag, doch ich habe genug!« Mit ausgestrecktem Arm deutet er auf die Tür seines Büros.

Panik überspült meine Gedanken. »Nein, warte! Ich will -«

Er packt meinen Arm, zieht mich auf die Beine. »Raus!«

Ich stemme mich dagegen, doch er zerrt mich weiter, hinaus auf den Flur. Er gibt mir einen Stoß, ich stolpere vorwärts und schlage der Länge nach auf dem grauen Teppichboden auf.

»Ich will doch nur ein Baby!« In meiner Panik fällt mir nichts Besseres ein. Tränen lassen seine Gestalt zu einer Silhouette verschwimmen.

»Das habe ich gemerkt!« Roberts Hände sind zu Fäusten geballt. Jede Faser seines Körpers strahlt Aggressivität aus.

»Ich will doch nur ein Baby«, wiederhole ich, dieses Mal leiser.

Er kommt auf mich zu und ich sehe keinen anderen Ausweg. Alles auf eine Karte.

»Ein Kind ohne Migräne!« Ich reiße den Arm hoch, um meinen Kopf zu schützen.

Der erwartete Schlag bleibt aus. Sekunden verstreichen, in denen nichts geschieht.

Ich wage den Arm herunterzunehmen, wische mir die Tränen aus den Augen und blicke zu ihm auf.

Robert schüttelt den Kopf. »Also doch! Du willst die DNA …« Ein trockenes Lachen erklingt. »Scheiße, du hast tatsächlich vor, in der DNA deines Kindes herumzupfuschen?«

»Nicht pfuschen!« Ich fühle mich in meiner Berufsehre gekränkt. »Als Genetikingenieurin weiß ich, was ich da tue.«

Er schüttelt fassungslos den Kopf. »Das kann doch nicht dein Ernst sein! Ist dir klar, was dabei alles schiefgehen kann? Du könntest das Leben deines Kindes zerstören. Das ist nichts, woran man einfach so nach Lust und Laune rumdoktern sollte. Das ist eine hochkomplizierte Angelegenheit. So etwas solltest du richtigen Wissenschaftlern überlassen.«

Ich rapple mich auf, meine Wangen glühen vor Hitze. »Ich bin eine richtige Wissenschaftlerin!«

»Du designst Kühe, verdammt noch mal! Kühe! Das sind bloß Nutztiere. Scheiße, es ist dein Kind!«

»Gerade deshalb solltest du mich -«

»Ich würde mein Kind niemals von einem Kuhdoktor behandeln lassen!« Robert gibt ein abgehaktes Lachen von sich und schüttelt den Kopf. »Du solltest gehen.«

»Nein, das werde ich nicht, ich will -«

»Raus!«

»Nein.«

»Paula, was du da vorhast, ist krank!«

»Krank?« Ich muss auflachen. »Hattest du jemals Migräne? Kannst du dir vorstellen, was das für Qualen sind? Ich will meinem Kind nichts Böses, im Gegenteil: Ich werde es vor Leid bewahren.«

»Geh.« Robert deutet auf die Eingangstür. »Lass dich hier nie wieder blicken und komm auch nicht mehr zu uns rüber. Du wirst den Kontakt zu Beatrice abbrechen.«

»Nein, ich werde nicht gehen, ich -« Mit einem Schritt ist er bei mir, schiebt mich vor sich her den Flur hinab. Ich schreie, versuche mich loszureißen, doch ich bin nicht stark genug. Unerbittlich nähert sich der Ausgang. Robert drückt die Klinke herab, stößt mich in den Hausflur. Unter meinem

Fuß verschwindet der Boden, mit einem Aufschrei greife ich nach dem Treppengeländer, kann einen Sturz im letzten Moment verhindern.

»Wenn du uns jemals wieder auch nur ansiehst, werde ich deinem Mann alles verraten«, knurrt er.

Mit einem Knall fällt die Tür ins Schloss.

BEATRICE

Mittwoch, 02.02.

Ich lasse das Buch sinken und reibe mir müde die Augen. Ein Blick auf den Couchtisch zeigt, dass ich vier Blätter des Collegeblocks mit Notizen gefüllt habe. Nicht schlecht. Allerdings ist die näher rückende Abgabe auch ein verdammt eindringlicher Motivator. Bis Montag muss ich auf fünfzehn Seiten die Porträts der Dogen Giovanni Mocenigo und Leonardo Loredan miteinander vergleichen. Durch die Sache mit der Stalkerin habe ich die Hausarbeiten viel zu lange aufgeschoben.

Die Wohnzimmervorhänge sind nach wie vor zugezogen, dennoch helfen sie wenig gegen das Gefühl, auf dem Präsentierteller zu sitzen. Die Überwachungskameras hat Robert zwar geordert, sie werden jedoch erst nächste Woche installiert.

Ich schließe einen Moment die Augen, sammle mich und versuche, mich wieder auf das Geschriebene zu konzentrieren. Nachdem ich jedoch die letzten vier Stunden gearbeitet habe, ist jegliche Konzentration aufgebraucht. Nach zehn Minuten klappe ich das Buch zu und beschließe, dass ich einen Kaffee brauche. Ich stehe auf, doch anstatt in die Küche zu gehen, tragen mich meine Beine zum Wohnzimmerfenster. Ich spähe zwischen den Vorhängen hinaus, suche die Straße nach einem blonden Haarschopf ab. Nichts.

Das ewige Warten und das Nicht-Wissen machen mich wahnsinnig. Die Abwesenheit der Stalkerin erscheint mir wie die Ruhe vor dem Sturm.

Eine Bewegung zieht meine Aufmerksamkeit auf sich. Es ist jedoch nicht die Stalkerin, sondern Paulas Mann. Erstaunt nehme ich seine grimmige Miene wahr. Mit weit ausgreifenden Schritten strebt er unserer Eingangstür entgegen. Er verschwindet aus meinem Sichtfeld, im nächsten Moment klingelt es.

Mit einem unguten Gefühl im Bauch gehe ich in den Flur und öffne die Haustür. »Ja?«

Sören hat den Rücken durchgestreckt und das Kinn vorgeschoben. »Paula hat dich belogen. Dein Mann hat eine Affäre.«

Ich blinzle und benötige mehrere Sekunden, bevor ich seine Worte verarbeitet habe. Mir entfährt ein ersticktes Lachen.

Männer können nicht anders, flüstert Mama. Sind instinktgeleitet wie Tiere, schauen jedem Paar Beine nach, das an ihnen vorübergeht. Dagegen kann man nichts machen, so ist nun einmal die Natur.

»Ich war dabei«, sagt Sören. »Ich habe gesehen, wie er sie geküsst hat. Paula hat sogar Fotos geschossen.«

»Was redest du denn da?«

Sören spricht weiter: »Sie hat sich bisher nicht getraut, es dir zu sagen. Aber gestern kam dein Mann rüber und hat gedroht, damit wir uns nicht einmischen. Ganz ehrlich: Das ist zu viel! Euer Scheiß geht uns nichts an, haltet uns heraus!«

Ein eisernes Korsett legt sich um meinen Brustkorb, doch anstatt auszuflippen, werde ich ganz ruhig.

»Macht das unter euch aus.« Sören wendet sich um und stampft die Ausfahrt hinunter, ohne mich eines weiteren Blickes zu würdigen. Ich starre ihm nach und als er verschwunden ist, schließe ich die Haustür. Ein Gefühl von Endgültigkeit hat von mir Besitz ergriffen. Natürlich bin ich wütend und verletzt, doch vor allem übermannt mich Resignation. Ich komme mir vor wie ein Patient, dem der Arzt soeben bestätigt hat, dass es sich bei dem Knubbel, den man schon wochenlang vor dem heimischen Badezimmerspiegel betastet hat, tatsächlich um Krebs handelt.

Wie durch einen Nebel schleiche ich ins Wohnzimmer zurück und lasse mich auf das Sofa sinken.

Ein Mann ist nun einmal ein Mann, flüstert Mama.

Dann holt mich ein Gedanke ein: Die Stalkerin! Sören muss von der Stalkerin gesprochen haben.

Ein Lachen entringt sich meiner Kehle und ich schüttle den Kopf. Ja, so muss es gewesen sein. Paula und ihr Mann haben gesehen, wie die Stalkerin an der Tür geklingelt und Robert ihre Möpse präsentiert hat. Dass sie daraus auf eine Affäre schließen, ist nicht verwunderlich.

Ich springe auf, eile zur Haustür und nehme mir nicht einmal die Zeit, meine Jacke zu schließen, bevor ich nach draußen und zum Nachbarhaus renne. Dieses Gerücht muss im Keim erstickt werden, wer weiß, wie schnell es sich ansonsten in der Nachbarschaft verbreitet. Ich will nicht, dass mich die Leute in der Straße als ein Opfer sehen, als *die arme Frau, die von ihrem Mann betrogen wird.* Mama war so eine Frau, doch ich bin es nicht. Ich habe meinen Ehemann sorgsam ausgewählt.

Ich hechte die Stufen zur Haustür hinauf, presse den Zeigefinger auf den Klingelknopf und nehme ihn erst wieder weg, als sich die Tür öffnet. Sören sieht mich mit gerunzelter Stirn an.

»Ich sagte doch, dass ihr uns -«, beginnt er.

»Du irrst dich! Robert hat mich nie betrogen. Diese Frau, sie war blond, oder?«

Irritiert sieht mich Paulas Mann an, nickt schließlich.

»Die Frau ist eine Stalkerin, die uns seit einiger Zeit verfolgt. Wir haben inzwischen Überwachungskameras bestellt, falls sie sich erneut auf unser Grundstück wagt.«

»Stalkerin?« Erst weiten sich Sörens Augen, dann verengen sie sich zu Schlitzen.

»Ich bin mir sicher, dass sie in der Nachbarschaft keinen Aufruhr veranstalten wird«, versuche ich, seine offensichtlichen Bedenken zu zerstreuen. »Du sagtest, Paula hätte Fotos gemacht?«

Er nickt stumm.

»Könntest du sie mir überlassen?«, bitte ich. »Mit ihnen hätten wir endlich etwas Konkretes in der Hand, das wäre mehr als nur eine Anzeige gegen Unbekannt.«

»Klar ...« Sören spricht seltsam gedehnt und sieht mich auf eine Weise an, die mich nervös von einem Fuß auf den anderen treten lässt. Ich will gar nicht wissen, was er von uns denkt. Jetzt bin ich zwar nicht die arme, betrogene Frau, dafür jedoch die Nachbarin mit dem Stalker. Auch nicht viel besser.

»Wir haben keine Ahnung, wer diese Stalkerin ist«, beginne ich nervös zu plappern. »Vielleicht eine Patientin, bei der die Behandlung nicht angeschlagen hat. Frauen mit unerfülltem Kinderwunsch sind oft ziemlich neben der Spur.«

»Ja ...« Er sieht mich nun noch seltsamer an.

Mehrere Sekunden stehen wir stumm voreinander, während der Wind in der Hecke zwischen unseren Grundstücken raschelt.

Schließlich frage ich: »Fotos?«

Ein Ruck geht durch Sören. »Klar. Komm rein.«

Wir gehen ins Wohnzimmer, wo er nach einer klobig aussehenden Kamera im Regal greift, ihr die Speicherkarte entnimmt, dann jedoch mitten in der Bewegung verharrt. Ich stehe hinter ihm und fühle mich deplatziert. Sören verhält sich seltsam und ich weiß nicht, wie ich darauf reagieren soll.

»Hat sie die Fotos damit gemacht?«, frage ich in die unangenehme Stille hinein.

»Ja, hat sie.« Sören führt endlich seine Bewegung zu Ende. Er stellt die Kamera zurück, schiebt die Speicherkarte in den auf dem Couchtisch stehenden Laptop und zaubert einen USB-Stick hervor. Wenig später hat er die Daten kopiert und reicht mir den Stick. Sein Blick ruht auf mir, er scheint etwas sagen zu wollen, doch dann presst er bloß die Lippen aufeinander. Hastig bedanke ich mich und habe es eilig, in mein eigenes Haus zurückzukehren.

Als Robert nicht einmal dreißig Minuten später nach Hause kommt, sitze ich an meinem Laptop und klicke mich durch die Fotos.

»Hallo, Darling.«

»Bin hier.«

Ich höre, wie er raschelnd die Jacke auszieht und die Schuhe abstellt.

»Ich brauche dringend einen Kaffee«, meint er. »Du auch?«

»Gerne.«

Seine Schritte steuern in die Küche, wenig später röhrt der Vollautomat und überdeckt alle anderen Geräusche im

Haus. Frischer Kaffeeduft erfüllt die Luft. Schließlich kommt Robert mit einem Becher in der Hand ins Wohnzimmer.

»Du sollst doch nicht so viel arbeiten«, bemerkt er mit missbilligendem Blick und lässt sich neben mir auf das Sofa fallen. Er lehnt sich zurück, schließt die Augen, in der Hand noch immer der dampfende Becher.

»Anstrengender Tag?«, frage ich.

Er nickt stumm, lächelt mich müde an und streicht mir über den Bauch. Ich bekomme eine Gänsehaut, kann jedoch nicht sagen, ob es eine von der guten oder von der schlechten Sorte ist.

»Wolltest du nicht auch einen Kaffee für mich machen?«, frage ich.

Er sieht sich suchend um, lacht und schüttelt den Kopf. »Entschuldige, habe ich vergessen. Warte, ich hole dir eben einen.«

Er nimmt seine Hand von meinem Bauch und macht Anstalten aufzustehen.

»Nicht so wichtig«, sage ich rasch. »Warte, ich will dir etwas zeigen.«

Ich drehe den Rechner so, dass er den Bildschirm sehen kann. Schlagartig fällt jegliche Müdigkeit von ihm ab.

»Woher hast du das?«, fragt er in scharfem Tonfall.

»Beruhige dich. Die habe ich von Sören.« Ich klicke mit der linken Maustaste und eine weitere Aufnahme von meinem Gatten und der Stalkerin erscheint.

»Aber wie …« Es ist das erste Mal, dass ich Robert fassungslos erlebe.

»Paula hat die Fotos gemacht«, erkläre ich.

»Und woher … wie bist du an die Bilder gekommen?«

Ich berichte von Sörens Erscheinen an unserer Haustür und dass ich diesem daraufhin erklärt habe, um wen es sich bei der blonden Frau handelt. Während ich spreche, verfinstert sich Roberts Miene zusehends.

Seufzend füge ich an: »Mir ist klar, dass du es nicht gerne siehst, wenn ich das mit der Stalkerin erzähle. Aber das war mir lieber, als dass die Nachbarn denken, du würdest mich betrügen.«

Er presst die Lippen aufeinander. Mit einem Kopfnicken deutet er auf den Laptop. »Und was hast du damit vor?«

Eigentlich hatte ich geplant, die Fotos an die Polizei weiterzureichen, doch Roberts Gebaren macht mir deutlich, dass mein Vorschlag auf Granit treffen wird.

Trotzdem sage ich: »Mit diesen Bildern wird eine Anzeige sicherlich -«

»Nein.« Er springt auf. »Diese Bilder bekommt niemand zu Gesicht. Hörst du? Niemand!«

Wütend marschiert er in die Küche, während ich ihm fassungslos nachschaue.

Männer hassen es, wenn man quengelt, flüstert Mama. Normalerweise würde ich an diesem Punkt automatisch aufgeben und die Gesetze meiner Mama beherzigen, doch ein innerer Drang treibt mich dazu, aufzuspringen und Robert zu folgen.

»Warum -«, beginne ich. Der Kaffeeautomat stößt sein Röhren aus und macht ein Gespräch unmöglich, solange ich nicht bereit bin, gegen den Lärm der Maschine anzubrüllen. Während die Bohnen gemahlen werden, bewegen wir nicht einmal den kleinen Finger, und es kommt mir vor, als habe jemand auf eine Taste gedrückt, um den Film zu pausieren. Erst als der Kaffee in den bereitgestellten Becher plätschert, kehrt das Leben in Robert zurück. Er senkt den Kopf und reibt sich den Nacken.

»Warum wehrst du dich so vehement?«, nehme ich den begonnenen Satz wieder auf. Er öffnet den Kühlschrank und greift nach der Milchpackung in der Tür.

»Weil es übertrieben wäre.« Er kippt einen Schluck Milch in den Kaffee und reicht mir den Becher. »Seit einer Woche haben wir nichts von ihr gehört.«

»Du bist leichtsinnig! Niemand weiß, was in den Köpfen solcher Menschen vorgeht. Stell dir nur vor, wie sie reagiert, wenn ich tatsächlich schwanger bin. Das wird sie niemals zulassen können!«

Er wedelt meine Worte mit der Hand davon.

Ich beuge mich vor. »Stell dir vor, was sie deinem Sohn antun könnte. Wie sie an einem heißen Sommertag über den Zaun steigt, durch die offene Terrassentür ins Haus schleicht und sich über das Bettchen beugt. Wir müssen die Sache ernst nehmen!«

Robert zuckt zusammen, blinzelt mehrmals. Dann stellt er kopfschüttelnd die Milch in den Kühlschrank zurück. »Was ist nur heute mit dir los? So renitent kenne ich dich gar nicht. Ist etwas in der Uni vorgefallen?«

»Nein, war alles wie immer«, erwidere ich und verschweige, dass ich heute zu Hause geblieben bin. Meine Hände umklammern den warmen Kaffeebecher. »Aber dann bekam ich diese Fotos und frage mich nun, weshalb mein Gatte reagiert, als seien sie giftig.«

Robert verdreht die Augen. »Wir hatten darüber gesprochen.«

»Ja, aber da hatten wir nichts weiter in der Hand außer unseren Augenzeugenberichten. Doch mit diesen Fotos …«

»Verdammt! Wir hatten gesagt, dass wir nichts unternehmen, solange die Stalkerin nicht erneut auftaucht. Und? Hat sie sich inzwischen gezeigt? Nein! Und damit ist die Diskussion beendet.«

Ich sehe ein, dass meine Konfrontation die falsche Strategie war und ich die Fronten zwischen uns nur weiter verhärtet habe. Also wechsle ich die Taktik und senke den Blick. »Entschuldige. Ich will dich nicht nerven. Ich mache mir bloß Sorgen.«

»Brauchst du nicht. Bald haben wir Kameras und ein Alarmsystem.« Er tätschelt mir den Kopf, als sei ich ein Kind. »Alles wird gut.« Dann nimmt er mir den Kaffee aus der Hand, trinkt einen großen Schluck und reicht ihn mir zurück. Ein Lächeln schleicht sich auf sein Gesicht. »Aber wenn du dich wirklich entschuldigen willst … Ich gehe jetzt duschen und würde mich sehr darüber freuen, dich danach nackt auf dem Sofa vorzufinden.«

Er platziert einen Kuss auf meinen Scheitel und geht nach oben. Ich blicke ihm verärgert nach.

PAULA

Freitag, 04.02.

Schiefergraue Wolken hasten über den Himmel, als versuchen sie, vor etwas zu flüchten. Ich steige aus dem Auto und prompt fährt mir der Wind mit eisigen Fingern in den Nacken. Ich ziehe den Schal enger um den Hals und gehe die Brunswiker Straße hinab Richtung Schlossgarten. Die Straße fällt leicht ab, ich sehe den Schlosspark, dahinter das schwarze Wasser der Förde, in der sich die Lichter des Osteekais spiegeln. Es kommt mir vor, als nähere ich mich meiner eigenen Hinrichtung. Die in der Jackentasche vergrabene Hand umklammert das Handy. Vor ungefähr vierundzwanzig Stunden erhielt ich eine Nachricht, die mich seither zwischen Panik und Hoffnung pendeln lässt.

Noch bevor ich gestern aufwachte, spürte ich den Schmerz. Seine Tentakel drangen tief in meine Traumwelt, verzerrten die Bilder und Gefühle zu einem schwarz-roten Kaleidoskop. Ich war weder wirklich wach, noch schlief ich, doch mir war bewusst, dass etwas falsch war. Ich kämpfte mich aus dem Morast empor und mit jedem Schritt bohrten sich Splitter glühender Pein in mein Gehirn. Es war die Verkörperung des Geräusches, wenn lange Fingernägel über eine Schiefertafel kratzen. Der Schmerz schien überall zu sein, von den Zehen- bis in die Fingerspitzen, konzentrierte sich jedoch auf den wummernden Schädel. Tränen sammelten sich in meinen Augen. Es tat so weh!

Das Rollo verdeckte unser Schlafzimmerfenster zum größten Teil, nur an den Seiten drangen Lichtdolche in den Raum. Die Helligkeit stach in meine Augen. Wie eine Betrunkene kam ich auf die Beine und wankte ins Badezimmer.

Medizinschrank. Mittleres Fach. Ganz links. Noch während meine Hand versuchte, zwischen den Pappschachteln die richtige zu finden, überkam mich die Übelkeit mit der Gewalt eines heranrasenden Güterzuges. Ich hatte kaum genug Zeit, den Klodeckel hochzureißen. Und da war er wieder: der Teufelskreis. Kotzen, Schmerz, Kotzen, Schmerz …

Der Vormittag und der größte Teil des Nachmittags zogen konturlos an mir vorüber. Ich schlief ein, wachte auf, winselte und dämmerte wieder weg. Als das quälende Hämmern in meinem Schädel schließlich verebbte, herrschte draußen Dunkelheit. Mein Körper prickelte vor Schwäche, ich hatte kaum genügend Kraft, den Arm zu heben, um die Schlafmaske vom Gesicht zu streifen, geschweige denn aufzustehen und ins Bad zu schlurfen. Ich hatte jedoch keine Wahl, meine Blase gab roten Alarm. Also raffte ich mich auf, torkelte in die Nasszelle und ließ mich auf die kalte Klobrille sinken. In meinen Ohren schrillte der Tinnitus, wie immer nach einer besonders schlimmen Attacke.

Nachdem ich mich erleichtert hatte, schlurfte ich ins Erdgeschoss. Es war dunkel und still. Sören war nicht da. Auf dem Küchentresen fand ich einen Zettel. »Bin mit Tom beim Handball. Liebe dich.«

Tiefkühlschrank, Pizza, Backofen, Sofa, Fernseher. Blicklos starrte ich auf den Bildschirm und bekam nichts mit, wäre nicht einmal in der Lage gewesen, zu sagen, welche Sendung ich schaute. Es waren nicht allein die Nachwehen der Migräne, die mich in einen Zombie verwandelten. Auch das Wissen um die Unabänderlichkeit meiner Niederlage ließ jeden Lebenswillen ersterben. Ohne Robert konnte ich mein Vorhaben nicht umsetzen. Ohne Robert war alles verloren. Der heutige Tag hatte mir erneut vor Augen geführt, dass ich es nicht verantworten konnte, diese Pein an ein weiteres Kind zu vererben. In solchen Momenten hätte ich sogar Reproduktionsprogramme befürwortet, die Menschen wie mir das Weitergeben der Gene völlig untersagen. Es wäre ein Segen, wenn die Menschheit den Fluch der Migräne innerhalb weniger Generationen ablegen könnte.

Eine Melodie trällerte im Flur und obwohl ich das Gerät seit Jahren besitze, erkannte ich die Musik erst nach einer gefühlten Ewigkeit als meinen Klingelton. Kurz überlegte ich aufzustehen, verwarf den Gedanken jedoch. Das konnten nur Sören oder Beatrice sein und ich wollte mit niemandem sprechen.

Das Handy klingelte erneut und wenige Minuten später ein weiteres Mal. Als ich schließlich ohnehin wegen der Pizza aufstehen und in die Küche gehen musste, nahm ich das Handy zur Hand. Vor Schreck hätte ich es beinahe fallen gelassen. Robert!

ROBERT

Freitag, 04.02.

Schritte nähern sich auf dem Sandweg des Schlossparks. Ich wende nicht einmal den Blick, weiß genau, wer dort kommt. Eine Böe streicht über mich hinweg und der Februarwind trägt Befürchtungen an einen späten Wintereinbruch mit sich. Ich zwinge mich, entspannt zu bleiben, und lehne mich auf der Bank des Pavillons zurück. Die Kälte nehme ich zwar wahr und akzeptiere ihre Existenz, jedoch ohne mich von ihr beeinflussen zu lassen. Statt den Mantel enger um mich zu schlagen, setze ich die Bierflasche an die Lippen und trinke einen Schluck.

Die Stufen des Pavillons erbeben, als Paula schnaufend hinaufsteigt. Sie verharrt neben mir. Ihre Unentschlossenheit umhüllt sie wie ein Herbstnebel und ich spüre, wie die Verachtung an meinen Mundwinkeln zupft. Ganz egal, wie intelligent ein Mensch sein mag, ohne das richtige Maß Selbstvertrauen wird er nicht weit kommen. Eine Lektion, die ich schon im Kindergarten gelernt habe, die manchen Menschen aber offenbar bis an ihr Sterbebett versagt bleibt.

Ich sage nichts, lasse sie einfach weiter in ihrer Unsicherheit gären. Sie wird mir nicht weglaufen.

Endlich setzt sich Paula. Keiner von uns sagt ein Wort und die Stille wird erfüllt vom Rauschen der am Park vorbeifahrenden Autos. Unruhig rutscht sie neben mir hin und her.

Gut so. Derart nervös, wie sie mittlerweile sein dürfte, wird sie mir aus der Hand fressen. Natürlich war ich stinksauer, als ich herausbekommen habe, dass sich diese Kuh erdreistet hat, mich anzulügen. Letztendlich kam es meinem Vorhaben jedoch entgegen.

Ich beachte sie nicht, betrachte weiter den in der Dunkelheit glitzernden Anlegekai für Kreuzfahrtschiffe, in denen sich die geistlosen Idioten wie Schweine einpferchen und über die Meere kutschieren lassen.

Paula scheint gewillt, das Schweigen anhalten zu lassen, und da mir zunehmend die Geduld ausgeht, bin dieses Mal ich derjenige, der als Erstes das Wort ergreift.

»Ich denke, wir könnten doch zu einer Einigung kommen.«

Aus dem Augenwinkel sehe ich, wie Paula den Kopf wendet und mich anstarrt. Hoffnung flackert in ihrem Blick. Es ist zum Heulen, wie manipulierbar manche Menschen sind. Sie wirken geradezu erleichtert, wenn man sie an der Nase packt und ihnen den richtigen Weg weist.

»Und wie -«, fängt Paula mit belegter Stimme an, unterbricht sich jedoch sofort. Sie räuspert sich, dann fährt sie fort: »Wie soll diese Einigung aussehen?«

»Ich werde genau das tun, was du dir wünschst: Ich werde dir Eizellen entnehmen, sie befruchten und dann wieder einsetzen. Was du in der Zwischenzeit mit ihnen machst, ist dein Ding. Im Gegenzug …«

Ich halte inne, lasse den Rest des Satzes in der Luft schwingen. Normalerweise halten es meine Gesprächspartner nicht lange aus und haken nach. Doch Paula sagt nichts, scheint nicht gewillt, auf dieses Spielchen einzugehen.

Leicht verärgert setze ich meinen Satz fort: »Im Gegenzug wirst du mir bei der Auswahl von Beatrice' Embryonen helfen. Bei der Auswahl!« Ich hebe einen Zeigefinger. »Ich will nicht, dass du auf irgendeine Weise in die DNA eingreifst. Ich will eine PID. Mehr nicht.«

Paula nickt, hat jedoch die Stirn in Falten gelegt. »Und nach was soll selektiert werden?«

Ich zögere, lecke mir unwillkürlich über die Lippen und verfluche mich sogleich für diese offen zur Schau gestellte Schwäche.

»Nach dem Geschlecht. Und nach dem Aussehen.«

Wieder nickt Paula. Dieses Mal langsam und verstehend, als ob sie genau wüsste, was in meinem Kopf vor sich geht.

»Beatrice erwähnte, dass du drei Töchter hast«, sagt sie. »Viele Männer wünschen sich einen Sohn. Sören war genauso. Er ist geradezu vor Angst erstarrt, als wir erfuhren, dass es ein Mädchen wird.« In ihren Augen blitzt es auf. Vermutlich denkt sie gerade, sie hätte mich durchschaut. Ärgerlicherweise trifft das sogar zu.

Ich verschränke die Arme vor der Brust. »Natürlich wünscht sich ein Mann einen Sohn.«

Es ist beschämend, sich vor einer Person wie Paula derart zu entblößen. Aber wenn ich die Gelegenheit verstreichen lasse, werde ich mich auf die Natur verlassen müssen. Das habe ich schon dreimal getan und jedes Mal hat sie mir den Mittelfinger gezeigt. Und zwar in doppelter Hinsicht. Mit der Tatsache, dass ich drei Töchter und keinen Sohn habe, konnte ich mich irgendwann arrangieren. Statt einen Fußball durch den Garten zu kicken, habe ich Haare geflochten, und obwohl ich es niemals zugeben würde, habe ich es genossen. Zudem habe ich drei wirklich hübsche Töchter und auch wenn Beate ihr eigenes Aussehen vernachlässigt, sorgt sie doch stets dafür, dass die Mädchen gut gekleidet sind.

Was sich jedoch schon früh abzeichnete und mit fortschreitendem Alter immer offensichtlicher wird: Alle drei kommen nach ihrer Mutter.

Jedes Mal, wenn ich sie sehe, ist es wie ein Schlag ins Gesicht. Ich bin Vater geworden, um meine DNA und meine Werte weiterzugeben. Aus biologischer Sicht besteht jedes Mädchen zur Hälfte aus meinen Genen, jedoch kommen diese offensichtlich nicht zur Ausprägung.

Sie sehen genauso aus wie ihre Mutter! Keine Ahnung, wie oft ich diesen verzückten Ausruf gehört habe. Viel zu oft.

Es sind auch meine Kinder, habe ich innerlich geschrien, mir jedoch nie die Blöße gegeben, meinen Schmerz nach außen zu tragen. Ich habe geschwiegen, während ich zusehen musste, wie alle drei Mädchen mit jedem Tag mehr und mehr zum Abbild ihrer Mutter wurden. Als Jasmin vierzehn war, habe ich bei allen dreien heimlich einen Vaterschaftstest vornehmen lassen. Die Ergebnisse bezeugten zwar, dass sie von mir abstammen, dieses Wissen änderte jedoch nichts daran, dass es sich nicht so anfühlt. Die Mädchen gehörten schon immer zu Beate. Selbst als wir noch zusammenlebten, war ich wortwörtlich das fünfte Rad am Wagen. Das fing schon an, als Jasmin noch ein Baby war.

»Du machst das falsch. Komm, lass mich«, waren jene Worte, die ich damals täglich von Beate zu hören bekam. Natürlich wurde Jasmin zum Mamakind. Meine Tochter wollte sich nicht einmal von mir ins Bett bringen lassen und wenn ich bei ihrem Gezeter die Geduld verlor, war sofort Beate zur Stelle, die ihre Arme schützend um das Kind legte und mir böse Blicke zuwarf.

Ja, Beate hat mir Kinder geschenkt. Aber sie hat sie mir auch wieder genommen. Eines nach dem anderen schlug sich auf ihre Seite, bis sie alle zusammen kichernd auf dem Sofa hockten und sofort verstummten, sobald ich den Raum betrat.

»Ich kann die EU verstehen«, sagt Paula und unterbricht meine Gedanken. »Wenn man zulassen würde, dass sich die Leute das Geschlecht ihrer Babys aussuchen, käme es zu unliebsamen Verschiebungen, wie es schon damals während der Ein-Kind-Politik in China passiert ist. Da ein Paar seine Hoffnungen auf ein einziges Kind setzen musste und die Gesellschaft äußerst patriarchisch geprägt war, wurden Jungen bevorzugt. Wenn ein Mädchen geboren wurde, war die Wahrscheinlichkeit groß, dass es den Tag nicht überlebte.«

Sie hält inne, wartet offenbar ab, ob ich etwas hinzufügen will.

Ich schweige jedoch beharrlich, also fährt sie fort:

»Heute erlaubt China zwar wieder mehr Kinder, aber aus Sorge, erneut einen Jungs-Überhang zu generieren, wird bei einer künstlichen Befruchtung das Geschlecht des Babys vom Staat vorgegeben, damit das Verhältnis bei fünfzig-fünfzig bleibt. Anderseits … du hast ja schon drei Mädchen. Wer würde sich in deiner Situation nicht auch einen Jungen wünschen?«

»Hast du ein Wunschgeschlecht?«, unterbreche ich sie, da mich ihr Vortrag langweilt. Dieses Thema habe ich schon vor zehn Jahren zur Genüge durchgekaut.

Sie schüttelt den Kopf und blickt zu Boden. »Hauptsache keine Migräne.«

Wir sitzen schweigend nebeneinander und beobachten die Vorgänge am Ostseekai. Hinter der großen Glasfront des Terminals brennen Lichter. Eine Handvoll Gestalten bewegen sich. Vermutlich Mitarbeiter oder die Putzkolonne. Beatrice hatte mal den Wunsch geäußert, eine Kreuzfahrt zu machen. Ich habe ihr natürlich sofort erklärt, dass eine dumme Idee ist, sich tagelang mit tausend anderen Idioten einpferchen zu lassen. Sie hat meinem Vortrag schweigend gelauscht und schließlich lächelnd genickt, wie sie es immer tut. Ich liebe es, wenn sie so zu mir aufschaut, mich für mein Wissen und meine Intelligenz bewundert.

Trotzdem werde ich ihr nichts von meiner Vereinbarung mit Paula erzählen. In diesem Fall würde sie vermutlich nicht zustimmend nicken, sondern eine unnötige Diskussion heraufbeschwören. In letzter Zeit war sie furchtbar trotzig. Ich sehe ihr Aufbegehren als letzte Nachwehen der Pubertät. Beatrice ist eine kluge und vor allem hübsche Frau, dennoch darf man nicht vergessen, dass es ihr noch an Lebenserfahrung fehlt. Sie ist jung, weshalb sich mein schlechtes Gewissen in Grenzen hält. Natürlich wünscht sich Beatrice ein Mädchen, was ich ihr auch nicht verdenken kann. Indem ich die PID durchziehe, ordne ich ihren Wunsch dem meinen unter. Meinetwegen können wir beim zweiten Kind entweder die Natur entscheiden lassen oder sie bekommt halt ihre Tochter. Nur dieses Mal, dieses eine Mal bin ich dran.

Der eisige Wind zerrt an der Kleidung und erweckt den Wunsch, sich nach drinnen zurückzuziehen, was jedoch nicht geht, solange dieses Gespräch nicht beendet ist. Ich will nicht, dass es Augenzeugen für unsere Zusammenkunft gibt.

»Kannst du bei dir in der Praxis eine PID vornehmen?«, fragt Paula.

»Nein, bisher habe ich die PID immer von einem Partnerlabor vornehmen lassen.«

Ich wende mich ihr zu. Worte rumoren in meiner Brust und wollen herausbrechen. Sie ist bloß ein kleines Licht, das in irgendeinem Rinderlabor arbeitet. Nun plötzlich von der Kuh zum Menschen zu springen und in der DNA der eigenen Kinder herumzupfuschen, halte ich für unverantwortlich. Ich traue ihr nicht zu, die nötige Kompetenz zu besitzen. Ihr schwammiger Körper zeugt überdeutlich von fehlender Selbstkontrolle und Disziplin.

Ich behalte meine Meinung jedoch für mich. Es sind ihre Kinder, meinetwegen kann sie ihnen zwei Köpfe und drei Rattenschwänze verpassen. Mit meinem Wunsch nach einem Jungen, der dieses Mal *mir* aus dem Gesicht geschnitten ist, bin ich jedoch auf sie angewiesen. Das wurmt mich, ist aber nicht zu ändern.

»Wir beide können uns gegenseitig helfen«, sage ich und halte ihr meine Hand hin. Sie zögert, scheint abzuwägen, ergreift sie schließlich. Ihre Haut ist kalt, der Händedruck überraschend fest.

»Wir machen weiter wie besprochen«, sage ich. »Nächste Woche beginnst du mit der Hormonbehandlung. Und sobald ich Beatrice die Eizellen entnehme, verhilfst du mir zu einem Sohn.«

BEATRICE

Freitag, 04.02.

Um halb neun stelle ich das Abendessen auf den Tisch und mein nach Rasierschaum riechender Gatte schlurft in die Küche. Er wirkt gerädert, lächelt jedoch und legt seine Arme um mich. Wir küssen uns. Als er mich schließlich freigibt, gleite ich auf meinen Stuhl und deute mit einer einladenden Geste auf den mir gegenüberliegenden Platz. Zwischen uns stehen zwei dampfende Teller mit der von mir zubereiteten Lasagne. Ich greife nach der Gabel und beginne zu essen. Normalerweise würde Robert zu einem Monolog ansetzen und sich entweder über seine Arbeit, die Politik oder die Gesellschaft auslassen. Heute sagt er jedoch kein Wort.

Die Stille ist ungewohnt. Ich höre das Ticken der Küchenuhr, das Schaben des Bestecks auf den Tellern, seine Kaugeräusche. Ich fühle mich an meine Kindheit erinnert, an die vielen Male, in denen wir zu dritt am Küchentisch gesessen haben und ich oft nicht einmal wusste, was zwischen Mama und ihrem aktuellen Kerl vorgefallen war. Dennoch hatte diese unerträgliche Spannung auch auf mir gelastet. Das Schweigen, die Blicke, Mamas hängende Schultern. Meist war das Radio an, was die drückende Stille jedoch eher zu betonen als zu vertreiben schien. Trotzdem wünschte ich, auch jetzt würde eines spielen. Dann könnte ich der Musik lauschen anstatt dem Kratzen des Bestecks und diesem elenden Schmatzen. Hat er immer schon so laut gegessen? Es ist mir zuvor nie aufgefallen, aber er hat es sich vermutlich nicht erst heute angeeignet. Ich beobachte die mahlenden Kiefer, den beim Schlucken hüpfenden Adamsapfel und wie sich seine feuchten Lippen teilen, als er die Gabel ein weiteres Mal zum Mund führt. Plötzlich begegnen sich unsere Blicke. Automatisch weiche ich aus, starre auf meinen Teller und verfluche meine Schwäche. Mama hat den Männern auch nie ins Gesicht schauen können, wenn etwas in der Luft hing.

»Darling, was ist denn heute mit dir los?« Roberts Stimme ist ruhig, mitfühlend. Er schiebt eine Hand über den Tisch und ergreift meine. »Wieso gehst du eigentlich immer noch zu deinen Vorlesungen?«, fragt er. »Wir hatten doch abgesprochen, dass du dein Studium pausieren wirst.«

Ich hebe den Blick. Widerstreitende Gefühle kämpfen in meinem Kopf um die Vorherrschaft.

Mamas Stimme überschlägt sich: *Du darfst ihn nicht verärgern!*

Robert runzelt die Stirn. Ich hole tief Luft und weiß, dass ich direkt auf einen Orkan zusteuere.

»Ich werde mein Studium beenden«, verkünde ich. Meine Stimme sollte stark und selbstbewusst klingen, doch stattdessen wird sie zu einem zittrigen Flüstern und geht am Ende sogar noch hoch, sodass der Satz eher wie eine Frage klingt.

Du dummes Kind, kreischt Mama. *Du setzt alles aufs Spiel. Schau ihn dir an: dieses Aussehen und sein Geld. Eine so gute Partie findest du kein zweites Mal.*

Robert legt den Kopf schräg, sieht mich mit einem mitleidigen Lächeln an. »Darling, das Thema haben wir doch längst durchgekaut. Wenn das Baby erst einmal da ist, wirst du -«

»Die Schwangerschaft muss warten.« Wieder ist meine Stimme kaum mehr als ein Flüstern.

Hör auf, ihn wütend zu machen!

Ich habe keine Kraft, seinem Blick standzuhalten, und sehe auf meine Finger herab, die sich an die Tischplatte klammern.

»Wir haben doch darüber gesprochen.« Robert redet langsam und klingt wie Mama, wenn ich etwas nicht sofort begriffen habe. »Wir haben gemeinsam entschieden, dass es am besten wäre, wenn du dein Studium zunächst pausierst.«

»*Wir* haben gar nichts entschieden«, flüstere ich. »*Du* hast es entschieden.«

»Ich bin mir ziemlich sicher, dass wir zu zweit an diesem Tisch saßen.«

»Dann habe ich mich halt umentschieden.«

Robert schlägt mit der flachen Hand auf die Tischplatte. »Ihr Frauen! Wieso müsst ihr andauernd eure Meinung ändern? Wir haben das Thema doch ausführlich besprochen und dann gemeinsam entschieden. Warum kommst du einen Monat später erneut damit an? Du hättest deine Zweifel doch gleich äußern können.«

»Weil … weil ich erst darüber nachdenken musste.« Ich merke selbst, wie defensiv und weinerlich ich klinge. Zornig wische ich mir eine Träne weg, die in meinem Augenwinkel brennt.

Reiß dich zusammen, fährt mich Mama an. *Männer hassen heulende Frauen.*

»Herrgott, warum musst du denn jetzt flennen?«

Nun rollen sie tatsächlich herab. Erst eine Träne, dann eine zweite. Sie brennen heiß auf meiner Haut. Ich kann sie nicht aufhalten, vergrabe das Gesicht in den Händen.

»Ach, Darling.« Robert ist neben mir, greift nach meinen Handgelenken und zieht sie sanft herunter. Ich sehe ihn durch einen Tränenschleier an. Er hat die Lippen aufeinandergepresst und schüttelt sachte den Kopf. »Hör erst mal auf zu heulen, ja? Lass uns wie Erwachsene darüber sprechen.«

Ich nicke, versuche, mit dem Ärmel die Tränen fortzuwischen, doch es kommen immer neue, ich kann nichts dagegen tun.

»Mensch, Beatrice, reiß dich zusammen!« Roberts flache Hand knallt erneut auf den Tisch, lässt Teller und Besteck klappern. »Mit deinem Geheule willst du mich bloß manipulieren.«

Er hebt mahnend den Zeigefinger. »Ich bin jetzt im Wohnzimmer und warte da. Du kannst nachkommen, wenn du dich beruhigt hast.«

Und dann geht er aus der Küche, lässt mich schniefend und verheult auf meinem Stuhl zurück wie ein unartiges Kind.

Na, das hast du aber gut gemacht, zischt Mama.

Wie betäubt stehe ich auf, suche in der Kramschublade nach einer Packung Taschentücher, reiße eines heraus und putze mir lautstark die Nase. Ich lehne mich an die Küchentheke, schluchze und zittere. Aus dem Wohnzimmer dringen die Geräusche des Fernsehers. Von meiner Position aus kann ich Robert nicht sehen, doch ich spüre seine Präsenz. Ein stummer Vorwurf hinter der Wand. Es macht mich nervös. Ich balle die Hände zu Fäusten, versuche meine Atmung zu verlangsamen, um so die sturmgepeitschten Emotionen unter Kontrolle zu bekommen. Meine Wangen glühen fieberheiß.

Als ich mich einigermaßen beruhigt habe, gehe ich auf wackeligen Beinen ins Wohnzimmer. Robert sieht auf, lächelt und klopft neben sich auf das Sofa. Ich erwidere sein Lächeln und setze mich mit zittrigen Knien zu ihm.

Er nickt mir auffordernd zu. »Dann nenn mir jetzt deine Argumente.«

Um das Beben meiner Lippen zu unterdrücken, beiße ich darauf und atme tief ein.

»Ich will mein Studium beenden.«

»Weshalb?«

Seine Frage bringt mich aus dem Konzept, vergeblich suche ich nach einer schlüssigen Antwort. »Na ... weil ich es eben will.«

»Und wieso kannst du es nicht etwas später beenden?«, fragt er freundlich und legt einen Arm um meine Schultern. »Zwei oder drei Jahre Pause sind nicht schlimm.«

»Doch! Wenn ich pausiere, bin ich über dreißig, wenn ich meinen Master endlich habe. Dann stellt mich doch niemand mehr ein.«

Robert seufzt. »Darling, willst du wirklich eine dieser Karrierefrauen sein, denen ihr Job wichtiger ist als die Familie?«

»Aber -«

»Dieser Mythos der Vereinbarkeit von Kind und Karriere ist mit das Schlimmste, was unserer Gesellschaft widerfahren ist.« Betrübt schüttelt Robert den Kopf. »Über Beate kann man sagen, was man will, aber sie war immer für unsere Kinder da.«

Er wendet sich mir zu, sieht mich lange und eindringlich an. »Darling, ich weiß, das ist nicht leicht und es tut mir wirklich leid, dass dich unsere Gesellschaft vor diese Wahl stellt. Aber du musst entscheiden, was dir wichtiger ist.«

Wie gelähmt sitze ich da. Mein Herz hämmert gegen die Rippen, als wolle es aus der Brust brechen. Ich öffne den Mund, bringe jedoch keinen Ton hervor.

Er lächelt, der Arm um meine Schultern schüttelt mich sacht. »Wo liegen deine Prioritäten? Wie soll deine Zukunft aussehen?«

Bei der Vorstellung, mein Studium auf Eis zu legen, brennen Tränen in meinen Augenwinkeln. Aber noch schlimmer ist der Gedanke, mein restliches Leben ohne Robert zu verbringen.

So einen Mann wie ihn wirst du nie wieder finden, zischt Mama. Kind, sei nicht dumm.

»Komm, Darling, nicht noch mal weinen. Sag einfach, für was du dich entscheidest.«

PAULA

Montag, 06.03.

Vier Wochen später

»Hervorragend.« Robert betrachtet den Bildschirm, auf dem ein schwarz-weißes Fleckengemälde meinen Uterus darstellen soll. »Deine Gebärmutterschleimhaut sieht prächtig aus! Die schreit geradezu danach, dass sich ein Baby in ihr einnistet.«

Ich lache pflichtbewusst, doch eigentlich bin ich viel zu angespannt, um ihm zuzuhören. Ich kann es einfach nicht fassen. Ein Monat ist vergangen, seit Robert und ich im Schlossgarten unsere Vereinbarung getroffen haben. Zwar habe ich mir täglich Hormone injiziert, dennoch erscheint mir alles surreal. Ich starre auf den Monitor und betrachte die Ultraschallaufnahme jener Potenziale, aus denen bald menschliche Wesen entstehen könnten.

Ich weiß nicht wohin mit meiner Anspannung und klammere mich an die Lehnen des Stuhles, die Lippen zu einem nervösen Grinsen verzogen.

»Deine Blutwerte sehen auch prima aus. Ich würde sagen, wir können mit der Einleitung des Eisprungs beginnen. Übermorgen entnehmen wir dann die Eizellen.« Robert strahlt mich an, als würde er selbst Vater werden.

Als ich nach Hause komme, ist der wirkliche zukünftige Vater meines Kindes mit seinem Sessel verschmolzen. Hektisch drückt er auf dem Controller herum. Auf dem Fernseher ist das Innere eines Cockpits zu sehen.

»Hallo, Schatz.« Ich lehne mich an den Türrahmen.

Er brummt etwas, das ich mit viel Fantasie als eine Begrüßung interpretiere. Ich schaue ihm noch einen Moment zu, dann gehe ich in die Küche, wo ich den Flaschenöffner aus der Schublade hole, mich kurz umsehe und ihn auf dem Kühlschrank platziere.

Vorbereitungsschritt Nummer eins.

Den Rucksack stelle ich neben den Esstisch. Schritt Nummer zwei. Danach gehe ich ins Wohnzimmer zurück. Wieder bleibe ich im Türrahmen stehen und betrachte den Mann, mit dem ich seit fast zwei Jahrzehnten das Bett teile und der mit seiner Unehrlichkeit mein Leben zerstört hat. Ich sollte ihn hassen, doch vor allem empfinde ich Wehmut. Ich kann mich noch daran erinnern, wie es sich anfühlte, ihn zu lieben. Früher kam er nachts immer angerutscht, um zu kuscheln. Erst fand seine Hand ihren Weg unter meine Decke, dann ein Arm, schließlich der halbe Körper, woraufhin ich ihn genervt zurückstieß. Er wachte dabei nicht einmal auf und wenn ich ihm morgens von der erneuten Kuschelattacke erzählte, lachte er und schwor, dass er sich an nichts erinnern könne. Wenn ich jetzt nachts aufwache und auf die andere Seite des Bettes blicke, sehe ich nur seinen Hinterkopf.

Als ich damals festgestellt habe, dass ich schwanger war, reagierte Sören zunächst mit Schrecken, dann mit Ablehnung. Aber nachdem klar war, dass ich dieses Kind unter keinen Umständen abtreiben würde, akzeptierte er nicht nur seine Vaterschaft, sondern begann sogar, sich auf das Baby zu freuen. Als mein Bauch schließlich so rund war, dass ich Mühe hatte, am Schreibtisch sitzend an die Tastatur zu gelangen, war Sören mit Feuereifer dabei, einen Namen auszuwählen. Ich schob die Entscheidung jedoch auf, wollte bis nach der Geburt warten und das Kind zuerst kennenlernen. Aber dann schlug er Finja vor und obwohl ich weiterhin behauptete, keinen Entschluss gefasst zu haben, begann ich, unser Ungeborenes in Gedanken Finja zu nennen.

Als ich schließlich erschöpft aber glücklich im Krankenhausbett lag und der frisch geborene Säugling an meiner Brust nuckelte, sah ich zu Sören auf und fragte: »Und? Wie soll unsere Finja jetzt heißen?«

Ich muss lächeln, als ich an jene Zeit und an den damals noch so jungen Sören denke. Leider existiert der Mann von früher nicht mehr. Der in dem Sessel ist ein anderer.

Ich löse mich vom Türrahmen, baue mich vor ihm auf, sodass ich den Blick auf den Fernseher versperre. Seine Augenbrauen ziehen sich verärgert zusammen und er öffnet den Mund, um etwas zu sagen, doch aus dem Protest wird ein Laut der Überraschung, als ich auf seinen Schoß steige, meine Hände auf seine stoppeligen Wangen lege und den Mund mit einem hungrigen Kuss verschließe. Im ersten Moment erstarrt er, dann erwidert er den Kuss und packt meine Taille.

Als ich mich schließlich mit klopfendem Puls von ihm löse, ist sein Blick ein einziges Fragezeichen. Aber er lächelt so glücklich, als hielte er unerwartet einen vermissten Gegenstand in der Hand, von dem er nicht einmal gehofft hatte, ihn jemals wiederzufinden.

Ich erwidere sein Lächeln, lehne mich vor und hauche ihm ins Ohr: »Ich vermisse dich.«

Seine Arme schlingen sich so fest um mich, dass mir fast die Luft wegbleibt. Ich kichere und bedecke seinen Hals mit Küssen. Ein weiteres Mal übernehmen unsere Körper die eingespielten Routinen. Finger gleiten über vertraute Haut, Lippen begegnen sich, der Atem wird schneller.

Doch etwas ist anders. Zwar bewegen sich meine Hände auch dieses Mal ohne mein Zutun, aber mein Geist driftet nicht davon. All meine Aufmerksamkeit richtet sich auf Sören, auf meinen Mann. Ja, wir haben uns über all die Jahre hinweg voneinander entfernt und wir beide haben uns so sehr verändert, dass ich uns kaum wiedererkenne, aber in diesem Moment sind wir uns wieder nahe.

»Ich vermisse dich.«

Drei Wörter, deren Kraft massives Gestein hinwegfegt, als wären es Sandkörner.

Ich bin so sehr in unserem altbewährten und plötzlich doch so neuen Tanz versunken, dass ich fast meine eigentliche Mission vergesse. Erst als Sörens Gewicht auf mir liegt, sein heißer Atem über meine Wange streicht und er kurz davor ist, in mich einzudringen, drücke ich ihn erschrocken von mir weg. Bestürzt sieht er mich an. Mit einem entschuldigenden Lächeln frage ich: »Haben wir Kondome da?«

Die Zeiger der Uhr stehen auf halb neun, als ich das nächste Mal aufblicke.

Gemeinsam kuscheln wir uns unter die Decke. Das Sofa ist eigentlich zu klein, um zwei nebeneinanderliegenden Menschen Platz zu bieten, doch kichernd und drängelnd schaffen wir es irgendwie. So liegen wir da, ineinander verschlungen wie verliebte Teenager.

»Was ist denn heute mir dir los?«, brummt Sören.

Ich streichle seinen Arm, der quer über meinem Oberkörper liegt.

»Es überkam mich einfach.« Ich bin noch immer trunken von Hitze und Ekstase. Auf dem Fernseher verkündet ein roter Schriftzug auf schwarzem Grund: Game over. Der Controller ruht unbeachtet auf dem Boden.

»Hm«, brummt Sören und ich höre seiner Stimme an, dass er lächelt. »Kann dich ruhig öfter so überkommen.«

Er schweigt, doch ich habe den Eindruck, dass dort noch mehr ist. Etwas scheint im Raum zu schweben. Eine zerbrechliche Hoffnung, so fein und grazil, dass selbst ein zu intensiver Gedanke sie zerstören könnte.

»Wie läuft es eigentlich mit der Jobsuche?«, fragt Sören unvermittelt.

Im ersten Moment bin ich wütend, weil er diesen schönen Augenblick mit einer solch banalen Frage zerstört. Dann denke ich mir, dass es vielleicht besser ist, ins Alltägliche überzugehen und dem, was eben zwischen uns passiert ist, Raum zum Wachsen zu geben.

»Konnte bisher drei Bewerbungen verschicken. Gibt leider kaum offene Stellen in der Region.«

»War auch was in der Forschung dabei?«, fragt er.

Ich zögere mit der Antwort. Schließlich gebe ich zu: »Eine. Aber die wäre unten in Bayern.«

»Hm.« Er schweigt und scheint darüber nachzudenken. Schließlich sagt er: »Wenn das wirklich dein Traumjob ist, bekommen wir das schon irgendwie hin.«

Ich sage nichts darauf, sondern drücke nur seine Hand. Ich habe mich ohne viel Hoffnung beworben und rechne ohnehin damit, dass ich demnächst ein Beschäftigungsverbot erhalten werde. Ein Lächeln streift mein Gesicht.

Ich verspüre keine große Lust, mich über meine Arbeitssituation zu unterhalten. Daher frage ich: »Wie läuft es bei dir?«

»Das Übliche.«

»Was macht Tom so?«

»Ist gerade im Urlaub. Malediven.«

»Die ganze Familie?«

Er gibt ein Grunzen von sich. »Er ist seit drei Monaten geschieden.«

»Oh! Das wusste ich ja gar nicht.«

»Joa, kann man nichts machen.« Sören bewegt sich und schiebt mich dabei fast von der Sofakante. Ächzend steigt er über mich hinweg und mein Blick fällt auf das Kondom, das an seinem Penis baumelt wie eine nasse Plastiktüte. Prompt ist jede Schläfrigkeit verschwunden. Ich habe eine Mission.

Barfuß tapst Sören in die Küche und ich höre, wie er die Schranktür unter der Spüle öffnet. Angespannt liege ich auf dem Sofa und horche. Die Tür schlägt zu und ich hoffe, dass er nach oben ins Bad geht, um zu duschen oder dergleichen. Stattdessen kommt er ins Wohnzimmer zurück und zwängt sich wieder zwischen mich und die Sofalehne. Die eben so hoffnungsvolle Vertrautheit ist verpufft, ich kann nur noch an das Kondom und seinen Inhalt denken.

Ein Arm legt sich um mich, ich spüre Sörens warme Haut an meiner Rückseite. Er seufzt zufrieden. »Das haben wir lange nicht mehr gemacht. Einfach so zu liegen.«

Im Körper eines Weibchens, egal ob Frau oder Kuh, können Spermien bis zu fünf Tage überleben. An der Luft ist ihre Lebensdauer jedoch sehr kurz. Ich habe keine Zeit zu verlieren, aber ich darf nicht riskieren, Sörens Misstrauen zu wecken.

Mein Mann küsst schläfrig meinen Nacken. Ich zähle die Sekunden und als eine Minute rum ist, rapple ich mich auf.

»Möchtest du auch einen Cognac oder lieber Bier?«, frage ich.

Er sieht erstaunt zu mir auf. Ich lache und tätschle seinen nackten Oberarm. »Ich sehe schon: Bier.«

Beschwingt eile ich in die Küche, wo mein Rucksack bereitsteht. Der Sex war zwar geplant, doch ich freue mich, dass wir dabei eine so wunderbare Zweisamkeit erlebt haben wie seit Langem nicht mehr. Der Zeugungsakt eines neuen Menschen sollte einem verzückten Rausch gleichen. Das hat rein gar nichts mit Biologie zu tun, sondern begründet sich allein auf mein leicht verklärtes, romantisches Weltbild. Ich finde es traurig, wenn die für eine künstliche Befruchtung benötigten Spermien in der Abstellkammer einer Klinik aus dem Penis geschüttelt werden, während sein Besitzer auf irgendein Tittenmagazin starrt, getrieben von dem Wissen, dass er nun liefern muss. Sörens Ejakulat hingegen entstammt einem Moment der Zuneigung und Lust. Einen besseren Start können seine kleinen Freunde gar nicht haben. Jetzt liegt es an mir, ob sie auch die nächsten Minuten überleben.

Ich öffne den Kühlschrank, hole eine Flasche Bier heraus, ziehe unsere Besteckschublade auf und krame so laut darin, dass Sören es im Wohnzimmer hören kann.

»Weißt du, wo der Flaschenöffner ist?«, rufe ich.

»Müsste in der Schublade sein.«

»Hm. Seltsam. Moment, ich suche ihn. Bleib du ruhig liegen. Mein Hengst hat sich eine Pause verdient.«

Ich flitze zum Rucksack und zerre den Thermobecher heraus, den ich heute Morgen im Labor präpariert habe. Mit vor Aufregung bebenden Händen schraube ich den Deckel ab. Die durchsichtige Flüssigkeit schwappt hin und her, als ich den Becher auf die Fliesen stelle. Vorsichtshalber überprüfe ich mit dem Finger die Temperatur. Etwas zu kalt, aber vorerst müsste es reichen, ist ohnehin vorübergehend. Die langfristige Konservierung von Sperma gelingt nur in einem Bad aus flüssigem Stickstoff bei minus hundertsechsundneunzig Grad Celsius.

Ich öffne die Schranktür, hinter der unsere Mülleimer stehen. Ausgerechnet heute hat Sören ihn geleert, sodass ich tief in den knisternden Plastiksack langen muss. Einen Moment überkommt mich Panik, als ich nur eine leere Dose und hartes Zellophan ertaste. Dann stoßen meine Finger auf etwas Weiches, Nasses. Das Kondom! Ich ziehe es heraus, überprüfe mit einem kurzen Blick, ob es auch wirklich Ejakulat enthält, nicke zufrieden. Mit einer Plastikspritze fülle ich das Kondom mit ein wenig der Nährflüssigkeit, werfe die Spritze in den Müll und kippe den Inhalt des Präservativs vorsichtig in den Thermobecher. Achtlos lege ich das Kondom auf den Boden, verstaue die kostbare Fracht in meinen Rucksack und ziehe den Reißverschluss zu.

»Was machst du da?«

Ich wirble herum, starre Sören an, der nackt im Türrahmen steht und mich ansieht. Sein Blick fällt auf das Kondom neben meinem Knie und seine Augen weiten sich.

»Also, ich … ich habe etwas im Müll gesucht.« Ich gebe ein abgehaktes Lachen von mir und schleudere das Präservativ mit spitzen Fingern in den Mülleimer.

Als ich zu ihm aufschaue, begegne ich einem fassungslosen Blick und habe instinktiv das Bedürfnis, meinen nackten Körper zu bedecken.

»Das Portemonnaie quoll wieder über vor lauter Kassenbons«, erkläre ich rasch. »Habe sie alle weggeworfen, da ist mir plötzlich eingefallen, dass ich den einen noch brauche, weil ich das schwarze Shirt morgen umtauschen will. Es kneift ein wenig in den Achseln.«

»Aha.« Meinem Mann ist deutlich anzusehen, dass er die Erklärung nicht überzeugend findet. Mit einem Knall schlage ich die Tür des Küchenschranks zu, springe auf und verkünde: »Ich gehe dann mal duschen.«

Ich greife meinen Rucksack und poltere die Treppe hinauf. Sein Blick brennt in meinen Rücken.

Erst vierzig Minuten später traue ich mich wieder aus dem Badezimmer. Am oberen Treppenabsatz bleibe ich stehen und lausche. Ich höre das tiefe Brummen eines Flugzeugmotors. Ich sehe Sören vor mir, wie er sich eingesunken in seinen Sessel fläzt, in der Hand den Controller und die Augen starr auf den Fernseher gerichtet. Diese Vorstellung beruhigt mich.

Ich steige die Treppe hinab, werfe einen Blick ins Wohnzimmer, wo ich Sören in der erwarteten Haltung vorfinde. Er sieht nicht einmal auf, als ich in die Küche gehe. Nun kommt der nächste Teil meines Plans. Die Lösung im Thermobecher verlängert zwar die Haltbarkeit der Spermien, jedoch nur für wenige Stunden. Ich muss sie ins Labor bringen.

Eigentlich ist das geplante Schauspiel nicht schlecht, doch ich weiß, dass Sören mir nicht glauben wird. Nicht nach dem, was er eben gesehen hat. Aber mir bleibt keine Wahl.

Mein Blick fällt auf den Küchenschrank unter der Spüle. Von einem unbestimmten Gedanken getrieben, spähe ich in den Mülleimer. Ich sehe sofort, dass das Kondom weg ist.

Prompt werden meine Wangen heiß und ich frage mich, was Sören wohl denkt.

Am liebsten möchte ich alles abblasen und mich beschämt ins Bett verkriechen, aber es ist fraglich, ob ich ihn in den nächsten Tagen erneut zum Sex überreden kann. Die Zeit drängt, übermorgen wird Robert die Eizellen entnehmen. Zwar könnte ich sie einfrieren, doch in drei Wochen habe ich keinen Zugang mehr zum Labor. Ich muss es heute durchziehen.

Also straffe ich die Schultern und gehe den nächsten Akt dieser peinlichen Komödie an.

Ich beginne im Flur zu wühlen, danach in der Küche, schließlich betrete ich mit klopfendem Puls das Wohnzimmer und suche auch dort alles ab.

»So eine Scheiße!«, zische ich.

Das Geschehen auf dem Fernseher pausiert. »Was ist?«

»Ich kann mein Notebook nicht finden. Verdammt, ich glaube, ich habe es bei der Arbeit vergessen.« Ich wage es nicht, in Sörens Richtung zu blicken.

»Brauchst du es denn heute Abend noch?«, fragt er, wobei mir sein argwöhnischer Unterton nicht entgeht.

»Nein, aber morgen hätte ich es schon gern daheim.« Mit in die Hüften gestemmten Fäusten drehe ich mich um. Ein skeptischer Blick trifft mich. Ich lache auf. »Ich rate mal: Du weißt nicht mehr, dass ich morgen zu Hause bleibe, oder?«

Jedes einzelne Wort ist eine Lüge, doch da ich seine Vergesslichkeit schon oft angeprangert habe, hätte mein Vorwurf glaubhaft geklungen … wenn nicht die Sache mit dem Kondom gewesen wäre.

Ich mache eine wegwerfende Handbewegung. »Egal, ich fahre noch mal los.«

»Jetzt?« Sörens Stimme trieft vor Misstrauen.

»Ich will nicht riskieren, Uwe morgen früh in die Arme zu laufen. Unsere Beziehung ist etwas … angespannt.« Schon bin ich im Flur, schlüpfe in die Schuhe und werfe mir den Rucksack auf den Rücken. »Bis später.«

Ich renne fast den Fußweg entlang, habe Angst, dass Sören plötzlich hinter mir auftaucht und verlangt, den Inhalt meines Rucksacks zu inspizieren. Erst als ich das Auto erreiche und den Motor anlasse, kann ich aufatmen.

Fast lautlos rollt das Fahrzeug die Straße hinab und mit jedem zurückgelegten Meter steigt mein Triumph, bis ich ihn mit einem Schrei herauslasse und die Faust in die Luft recke. Auf dem Beifahrersitz liegt der Rucksack und in ihm jene kostbare Fracht, die unser Leben schon bald für immer verändern wird. Ich denke an das Baby, das in einem Jahr glucksend in meinen Armen liegen wird, wie es damals Finja getan hat. So klein und doch so perfekt. Selbst Sören war von unserem Wunder fasziniert. Er hat sich am Anfang kaum getraut, seine Tochter anzufassen. Zögernd streckte er die Hand aus und strich über die winzigen Finger, die das Baby in meinen Armen zu Fäusten geballt hatte. Ein Lachen erklang und plötzlich war er so ergriffen, dass seine Augen feucht glänzten. In all den Jahren habe ich ihn nie weinen gesehen. Nur in diesem einen Moment, in dem er zum ersten Mal Finja berührte, kamen ihm vor Rührung die Tränen.

Plötzlich ist mein Hals wie ausgetrocknet und ich habe Mühe zu schlucken. Sören ist nicht dumm. Wenn ich ihm in ein oder zwei Monaten verkünden werde, dass ich schwanger bin … er wird sich an den heutigen Tag erinnern. Wird er auch sein zweites Kind so liebevoll begrüßen wie unsere

Tochter? Nein, ganz bestimmt nicht. Er wird wissen, dass dieses Kind kein Produkt des Zufalls, sondern des Verrats ist. Ich habe ihn hintergangen. Es würde jedoch noch schlimmer werden, wenn er von dem Editing erführe. Sören ist strikt gegen eine Veränderung im Genom des Menschen. Ich weiß nicht, ob er mich aufgrund des untergeschobenen Kindes verlassen oder doch bei uns bleiben wird. Sollte er jedoch erfahren, dass ich den genetischen Code des Kindes manipuliert habe, wird Sören mir definitiv den Rücken kehren.

Ich denke an den Moment zarter Hoffnung, der uns umgeben hat, als wir gemeinsam auf dem Sofa lagen. Eine kleine Seifenblase, die uns einhüllte und eine bessere Zukunft versprach. Mit meiner Tat habe ich sie zum Platzen gebracht.

BEATRICE

Montag, 06.03.

»Darling?«

Eine Hand schüttelt meine Schulter. Sanft, aber unerbittlich. Murrend drehe ich mich weg.

»Darling, aufwachen.« Ich spüre Roberts Lippen auf meiner Wange. »Das Essen ist fertig.«

Ich schlage die Augen auf, wende mich ihm zu und blinzle verwirrt. Hinter ihm sehe ich das Fenster. Draußen ist es dunkel.

»Seit wann bist du hier?«, frage ich, dann erfasst mich ein kieferknackendes Gähnen.

»Schon eine ganze Weile.« Er kniet vor dem Sofa, auf dem ich liege, und lächelt warm.

Mühsam richte ich mich auf. Meine Gliedmaßen sind zittrig und kraftlos, meine Gedanken bewegen sich wie durch Sirup. Am liebsten möchte ich wieder zurücksinken und weiterschlafen. Nach Orientierung suchend blicke ich mich um. Auf dem Couchtisch liegt ein Lehrbuch, daneben mein Collegeblock mit der vorwurfsvoll leeren Seite. Die Erinnerungen kehren zurück. Gegen Mittag kam ich von der Uni nach Hause, habe geduscht und wollte mich anschließend mit der Ikonografie befassen. Aber als ich auf dem Sofa saß, war ich so müde, dass die Buchstaben vor meinen Augen tanzten. Daher beschloss ich, ein kurzes Schläfchen zu machen.

»Wie spät ist es?«, frage ich.

»Neun.«

Ich gebe einen Laut von mir, den man mit viel gutem Willen als ein Lachen interpretieren könnte. Erneut habe ich den halben Tag verschlafen.

Roberts Hand streicht mitfühlend über meinen Rücken. »Diese Müdigkeit kommt von den neuen Medikamenten.« Er lächelt aufmunternd. »Keine Sorge, bald ist die Hormontherapie vorbei und dann geht es dir sicherlich wieder besser.«

»Danach beginnt die Kotzerei.«

Roberts Lächeln verschwindet und ein missbilligender Ausdruck zieht seine Mundwinkel nach unten. »Du solltest nicht die ganze Zeit so negativ denken.«

»Mama meinte immer, sie hätte neun Monate lang gekotzt«, erwidere ich stur. »War zwar grässlich, aber dafür hat sie kaum zugenommen.«

»Deshalb solltest du jetzt umso mehr essen.«

Mir entgeht nicht, wie sehr Robert sich zusammenreißen muss, um mich nicht anzublaffen.

Ich lasse mich wieder auf das Sofakissen sinken. »Habe keinen Hunger.«

Das ist eine Lüge. In Wirklichkeit verknotet sich mein Magen bei dem Gedanken an eine Mahlzeit. Wann habe ich heute das letzte Mal etwas gegessen? Ich bin mir nicht sicher, glaube aber, auf dem Nachhauseweg an einem Apfel geknabbert zu haben.

»Du bist zu dünn. Das ist nicht die beste Voraussetzung, um schwanger zu werden.« Roberts Blick fällt auf mein Lehrbuch. »Und du solltest dich wirklich schonen. Ich verstehe ohnehin nicht, warum du immer noch zur Uni gehst, wir haben schließlich -«

»Aber bis dahin spricht doch nichts dagegen, dass ich weiterhin studiere, oder?«

Ein Seufzen erklingt. Mit einer müden Geste streicht Robert sich die Stirn glatt. »Du musst dich schonen. Die Hormonbehandlung setzt dir ziemlich zu. Dass du auch noch jeden Tag zur Uni fährst … Lass es ruhen, Darling. Mach es dir auf dem Sofa gemütlich und schau dir irgendeine deiner Serien an.«

»Ja, vielleicht.« Allein bei der Vorstellung, den Tag mit Nichtstun zu verbringen, werden meine Arme und Beine noch schwerer. Ich denke an Paula, die ihre Erfüllung in der Arbeit findet. In den letzten Wochen habe ich andauernd versucht, sie zu erreichen. Ich hatte das Bedürfnis, mit ihr über meine Zukunft zu sprechen. Auf jede Anfrage nach einem weiteren gemeinsamen Abend erhielt ich jedoch nur einsilbige Antworten oder fadenscheinige Ausreden. Irgendwann habe ich es aufgegeben.

»Na gut.« Robert erhebt sich, greift nach meinen auf dem Couchtisch liegenden Unisachen. Mit dem Buch und dem Block in der Hand richtet er sich auf, sieht sich suchend um und verlässt schließlich das Wohnzimmer. Ich höre ihn die Treppe hinaufsteigen, schaue jedoch nicht auf. Mein Blick ist auf den nun leeren Couchtisch gerichtet und aus irgendeinem Grund brennt sich dieses Bild in meine Netzhaut und meine Seele. Ich spüre, wie meine Wangen sich erwärmen, und stelle irritiert fest, dass ich mich schäme. Ich sitze einfach nur da und lasse zu, dass mein Ehemann mein Leben davonträgt.

Er kommt wieder nach unten, geht in die Küche. Geschirr klappert. Dann kehrt er ins Wohnzimmer zurück und stellt zwei Teller mit dampfenden Kartoffeln, gebratener Hähnchenbrust und gekochtem Gemüse vor mir ab. Prompt knurrt mein

Magen und Robert grinst mich an. »Da hat jemand wohl doch Hunger. Komm, greif zu.«

Ich setze mich auf, nehme die Gabel und beginne zu essen, pikse jede Erbse, jedes Stück Mais und jede Karottenscheibe einzeln auf, führe sie zum Mund, beiße einmal drauf und schlucke sie hinunter. Robert verschlingt seine Mahlzeit wie ein halb Verhungerter. Er hat zu reden begonnen, doch ich höre nicht zu. Stattdessen versuche ich, mir meine Zukunft vorzustellen. Ich sehe mich in einem rapsgelben, schwingenden Rock, an der Hand ein schwarzhaariges Mädchen, um dessen Knie ein ebenfalls rapsgelber Stoff wippt. Sie schaut zu mir auf, lacht und ich blicke voller Liebe und Stolz auf dieses vollkommene, kleine Wesen hinab.

Unwillkürlich muss ich lächeln, was Robert anscheinend als Reaktion auf seine Erzählung auffasst.

»Ja, ist wirklich kaum zu glauben, was?«, fragt er und grinst. Ich lächle unbestimmt und er setzt den Monolog fort.

Mir gefällt die Vorstellung von mir als Mutter mit diesem süßen Mädchen neben mir. Ich würde sie niemals mit all jenen Gesetzen traktieren, die ohne Unterlass aus dem Mund meiner Mama geflossen sind.

Wenn du dich nicht benimmst, dann bekommst du nie einen Mann ab. Mit so aufgeschrammten Knien will dich eh kein Mann. Männer sind halt so. Siehst du die hässliche Schnepfe dort hinten? So wie die aussieht, wird sie einsam sterben.

Nein, ich werde ihr erklären, dass sie sich für keinen Mann verbiegen muss, dass ihr Glück nicht von einem Mann abhängt, dass sie -

»Darling? Alles in Ordnung?«

Ich wische mir über die Augenwinkel. »Sind nur die Medikamente. Die machen mich ganz verrückt.«

Er tätschelt mir das Knie. »Bald ist es vorbei. Du bist wirklich tapfer.«

Ich nicke stumm, denke an die Vorstellung von mir und meiner Tochter und stelle plötzlich fest, dass Robert gar nicht in diesem Bild vorkommt.

SÖREN

Montag, 06.03.

Der Alarm plärrt, sämtliche Lämpchen im Cockpit blinken rot. Hektisch drücke ich auf dem Controller herum, kann die Situation jedoch nicht mehr retten. Die Lichter am Rande des Rollfelds rasen an mir vorbei, das Terminal vor mir wird immer größer. Bevor ich hineincrashe, schalte ich die Konsole aus und werfe den Controller frustriert auf das Sofa.

Stille.

Ich schaue auf die kleine Uhr im Bücherregal. Es ist schon fast eins und Paula ist noch immer nicht zu Hause.

Mir geht einfach nicht ihr entsetzter Blick aus dem Kopf, als ich sie vor den Mülleimern sitzend erwischt habe, neben ihr das benutzte Kondom auf den Küchenfliesen.

Ich schüttle den Kopf, um das Bild loszuwerden, doch es krallt sich in mein Bewusstsein. Ich mache mir etwas vor, wenn ich behaupte, dass ich nicht wüsste, was sie da treibt. Es gibt nur einen Grund, ein Kondom aus dem Müll zu fischen.

Mit einem frustrierten Laut springe ich auf. Meine Fäuste sind geballt, mein Körper bebt vor Wut. Ich fühle mich betrogen. Benutzt. Ich hatte wirklich geglaubt, dass wir unserer Beziehung noch eine neue Chance geben könnten, doch das hier … Es fühlt sich an wie ein Verrat. Ich stoße einen Schrei aus, marschiere mit geballten Fäusten ziellos durch den Raum.

Wäre sie fremdgegangen, hätte ich mich nicht schlechter fühlen können. Wieso bin ich Trottel immer noch hier? Wieso habe ich Paula nicht schon vor Jahren verlassen? Diese Frau schert sich offensichtlich einen Dreck um mich, benutzt mich bloß, will mir ein Kind unterschieben.

Ich lasse die letzten Wochen Revue passieren. Ihre neue Energie, die überraschende Zuwendung und die gute Stimmung zwischen uns … War das alles eine Lüge? Ein Schauspiel, um mich einzuwickeln, damit sie sich das von mir holen kann, was sie braucht? Und ich Depp dachte, die berufliche Neuausrichtung sei der Auslöser gewesen. Ich habe sie unterstützt, wäre sogar bereit gewesen für sie umzuziehen, hätte meinen Job und meine Freundschaften für sie zurückgelassen.

Frustriert trete ich gegen meinen Sessel. Immer und immer wieder. Als ich schließlich all meine Wut an dem Polster ausgelassen habe, falle ich auf das Sofa und bedecke mein Gesicht mit den Händen.

Etwas zupft an meinem Bewusstsein. Der Eindruck, dass ich etwas übersehen habe. Ich gebe dem nach, verfolge den Gedanken, stoße schließlich auf eine Frage.

Warum das Kondom?

Wenn sie mir ein Kind unterschieben will, hätte sie das auch einfacher haben können. Weshalb also so umständlich? Wieso ist sie jetzt noch einmal losgefahren?

Ich ertappe mich dabei, wie ich auf meiner Unterlippe herumkaue, kann jedoch nicht damit aufhören.

Irgendwas geht hier vor und ich werde herausfinden, was.

PAULA

Montag, 06.03.

Mein Traum wird Realität und alles erscheint mir wie in Watte gepackt. Das Labor ist menschenleer und so ruhig, dass ich das Brummen des Brutschranks hören kann.

Normalerweise wird das Sperma von einer anderen Abteilung aufgearbeitet, aber mithilfe einer Anleitung ist es für mich kein Problem. Und doch zittern meine Hände. Vor Freude? Vor Nervosität? Vermutlich beides.

Um halb zwölf versenke ich das Röhrchen mit dem Sperma in einem der mit flüssigem Stickstoff gefüllten Tanks, in denen der Samen verschiedenster Zuchtbullen aufbewahrt wird. Ich gehe davon aus, dass eine Probe mehr nicht auffallen wird, vor allem, da ich sie mit unserem üblichen Code versehen habe. Niemand geht hier hinein, um eine Inventur zu machen. Wer den Raum mit den sechs hüfthohen Behältern betritt, der sucht das Sperma eines ganz bestimmten Bullen und ignoriert die übrigen Etiketten.

Kurz darauf verlasse ich unter den wachsamen Augen der Überwachungskameras das Laborgebäude und gehe zu meinem Wagen. Am Tor blickt mich der Wachmann aus seinem Pförtnerhäuschen heraus grimmig an und ich zwinge mich zu einem Lächeln und hebe die Hand, um ihm zuzuwinken.

Ich habe Spuren hinterlassen. Das ist schlecht, lässt sich jedoch nicht vermeiden. Wie bei allem, kommt es hier nur auf eine glaubhafte Begründung an. Ein nächtlicher Aufenthalt im Labor ist zwar nicht die Norm, kommt jedoch ab und an vor. Daher rechne ich nicht damit, dass sich jemand diese Daten allzu genau anschauen wird.

Als ich meinen Wagen endlich in unsere Straße lenke, kann ich kaum noch die Augen offen halten. Ich schleiche ins Haus, die Treppe hinauf, falle ins Bett. Morgen werde ich mich krankmelden.

Ich schlafe, wache beim Weckerklingeln auf, sage bei der Arbeit Bescheid und sinke zurück auf mein Kissen. Ich musste nicht einmal lügen. Migräne. Kein Wunder bei dem Stress und der Aufregung des gestrigen Tages. Ich nehme eine Tablette und lege mich ins Bett. Erst zum Abend bin ich in der Lage aufzustehen. Als ich auf wackeligen Beinen nach unten gehe, steigt mir der Geruch von gebratenen Zwiebeln in die Nase. Ein Blick in die Küche zeigt, dass Sören am Herd steht und in einer Pfanne Kartoffeln wendet. Wieder einmal ist unser Haus von tausend ungesagten Worten erfüllt, die schwer auf der Brust lasten und das Atmen zu einem Kraftakt werden lassen. Ich weiß nicht, wie er darüber denkt, doch ich möchte mich in dieser gedrückten Atmosphäre nur noch in eine Ecke verkriechen und um die kürzlich erblühte und jetzt schon zertrampelte Hoffnung trauern.

Ich ziehe in Erwägung, mich im Bad einzuschließen, bis Sören die Spielkonsole einschaltet und ich unbemerkt aus dem Haus schleichen kann. Ich habe mich halb umgewendet, da höre ich seine Stimme.

»Migräne?«

Mitten im Schritt verharre ich. Prompt werden meine Handflächen feucht. »Ja«, bringe ich hervor.

»Hm.« Geschirr klappert. Ich warte einen Moment ab, bevor ich in Richtung Treppe schleiche.

»Was hast du vor?«, ruft er.

Auf der untersten Stufe verharre ich und halte mich krampfhaft am Geländer fest. »Duschen.«

»Das meinte ich nicht.«

Das Klappern verstummt, ich höre nur noch das Brutzeln der Pfanne. Schritte erklingen auf den Fliesen, dann steht Sören im Flur. Seine Stirn ist gerunzelt, die Arme vor der Brust verschränkt. Ich lächle schwach und versuche möglichst ermattet auszusehen.

»Was ist?«, frage ich. »Du guckst so seltsam.«

»Möchtest du mir vielleicht irgendetwas sagen?«

Ich lege den Kopf schräg und schaue ihn mit gespielter Ratlosigkeit an. Seine Augenbrauen ziehen sich noch mehr zusammen. Ich kann seine Irritation nachvollziehen. Meine gestrige Ausrede, als er mich mit dem Kondom erwischte, war so löchrig, dass sie eher Misstrauen erweckte, anstatt eine plausible Erklärung zu liefern.

»Wo warst du gestern?«, fragt er. »Du bist erst mitten in der Nacht nach Hause gekommen.«

Ich muss schlucken. »Ich bin ein wenig länger im Labor geblieben. Habe Stina geholfen, eine Analyse fertig zu stellen.«

Er sieht mich zweifelnd an.

»Sie hat echt Mist gebaut«, erkläre ich. »Wenn Uwe davon erfährt, könnte sie das den Job kosten.«

»Aha. Dann hast du sie also zufällig an genau dem Tag getroffen, an dem du deinen Laptop bei der Arbeit vergessen hast?« Seine Stimme trieft vor Sarkasmus.

»Nein.« Ich lasse meine Schultern herabsacken. »Ich bin natürlich wegen ihr hingefahren. Sie ist ein liebes Mädchen und ich wollte nicht, dass sie Ärger bekommt. Dir habe ich nichts verraten, weil ich wusste, dass du es nicht gutheißen wirst. Wegen der Migräne und so. Entschuldige.«

In seinen Augen liegt etwas Suchendes. Ich senke den Blick und starre auf meine Socken.

»Heute abend werde ich auch wieder hinfahren«, flüstere ich. »Stina ist noch nicht ganz fertig.«

»Mach doch, was du willst«, faucht er und kehrt in die Küche zurück.

Reglos bleibe ich stehen, denke mit Wehmut an die gestrige Zweisamkeit auf dem Sofa. Ich will ihm nacheilen, ihn in die Arme schließen, will ihn küssen und ihm sagen …

Ein Topf scheppert. Ich erwache aus meiner Starre und haste die Treppe hinauf.

Als ich unter der Dusche stehe, das Wasser auf meine Schultern herabprasselt und ich meine bisherigen Erfolge betrachte, will sich das erwartete Hochgefühl nicht einstellen, welches mich nun, in der finalen Phase, überkommen sollte. Stattdessen spüre ich das Nagen des schlechten Gewissens. Der ausbleibende Triumph verärgert mich und ich rufe mir in Erinnerung, wer denn schuld an meinem brennenden Kinderwunsch ist: Sören! Jahrelang hat er mich vertröstet. *Lass uns nächstes Jahr darüber sprechen, Schatz. Im Moment passt ein Kind einfach nicht.* Er hat mein Leben immer weiter verschoben, bis es fast zu spät ist. Es gibt keinen Grund, sich ihm gegenüber schuldig zu fühlen. Keinen!

Ich lehne mich gegen die Fliesen der Duschkabine, schließe die Augen und stelle mir vor, wie das warme Wasser mein schlechtes Gewissen von mir abspült.

Am Donnerstag arbeite ich bis Mittag, entnehme das eingefrorene Sperma und fahre zu Roberts Praxis. Dieses Mal haben wir einen Termin während der normalen Sprechzeiten ausgemacht. Die Entnahme kann er nicht alleine vornehmen. Einen gefühlten Wimpernschlag später stehe ich wieder unten auf der Straße, bin ein wenig benommen von der Narkose und dem Wissen, dass vier Stockwerke über mir in diesem Moment Embryonen entstehen, von denen einer, vielleicht zwei oder sogar drei in mir zu einem neuen Menschen heranwachsen werden. In etwa dreißig Stunden wird sich die befruchtete Eizelle das erste Mal teilen. Die nächste Teilung erfolgt nach weiteren zwanzig Stunden. Nach ungefähr vier Tagen erreichen die Keimzellen das 16-Zell-Stadium, in dem sie mit der Differenzierung beginnen. Anschließend erfolgt die Implantation.

Am nächsten Tag kehre ich um neunzehn Uhr in Roberts Praxis zurück, wo dieser schon wartet. Er hält eine unscheinbare, graue Plastikbox in der Hand, bei deren Anblick mich eine Gänsehaut überkommt. Robert sieht dies offenbar, denn er lacht auf. »Schaut, Kinderchen, da ist eure Mama.«

Ich nehme das Transportbehältnis so behutsam entgegen, als könnte der leichteste Lufthauch seinen Inhalt beschädigen.

»Und du bist dir wirklich sicher?«, fragt Robert. Ich sehe auf und begegne einem zweifelnden Blick.

»Natürlich bin ich das!«, gebe ich heftiger zurück als beabsichtigt.

Er zuckt mit den Schultern, was meinen Ärger noch mehr schürt.

»Sind deine Nachkommen«, sagt er. »Gut, wir sehen uns in ein paar Tagen. Schlüssel und Code hast du?«

Ich nicke knapp, verabschiede mich und gehe zum Auto

runter. Die Transportbox lege ich auf den Beifahrersitz, zögere kurz, dann schnalle ich sie doch an.

Auf der A215 fahre ich aus Kiel heraus und erreiche nach dreißig Minuten Rinderzucht Nord. Mein Herz klopft im Stakkato, als die Scheinwerfer über das kleine Wächterhäuschen neben dem Eingangstor gleiten und der graubärtige Wachmann mir verwundert entgegenblinzelt. Ich halte neben dem Scanner, kurble die Scheibe herunter und recke dem Gerät meinen Mitarbeiterausweis entgegen. Auf irgendeinem Rechner wird vermerkt, dass ich um Viertel vor acht durch dieses Tor fahre. Das ist schlecht, lässt sich jedoch nicht verhindern. Ich hatte überlegt, den Mitarbeiterausweis von Stina zu klauen. Das Problem ist jedoch, dass ein verlorengegangener Ausweis sofort gesperrt wird, sobald der Besitzer den Verlust meldet. Da ich in drei aufeinanderfolgenden Nächten ins Labor muss, war ein fremder Ausweis keine Option.

Das Tor öffnet sich. Der Wachmann lässt mich keine Sekunde aus den Augen. Sicherlich wundert er sich, was ich erneut zu solch später Stunde noch hier will. Ich winke ihm zu, was er zögernd erwidert.

Der Mitarbeiterplatz liegt verlassen in der Dunkelheit. Ich parke in der hinteren Ecke, damit mein Auto etwas versteckt steht. Mit der an die Brust gepressten Transportbox husche ich zur Eingangstür des Laborgebäudes, wobei ich mir der zahlreichen Überwachungskameras überaus bewusst bin. Vor einem zweiten Scanner halte ich meinen Ausweis hoch und verfluche mich dafür, nicht doch ein Kellerlabor eingerichtet zu haben. Das hätte vermutlich weniger Spuren hinterlassen. Nun ist es jedoch zu spät, ich muss es heute durchziehen.

Meine Schritte hallen viel zu laut in dem menschenleeren Flur wider. Wenn sich außer mir noch jemand in diesem

Gebäude befindet, wird er mich sicherlich hören. Die Räume liegen jedoch in Dunkelheit. Nichts regt sich.

Endlich erreiche ich mein Labor. Ich stelle das Behältnis mit den Embryonen auf der Arbeitsfläche ab und werfe mir meinen Kittel über. Dann atme ich einmal tief durch, um meinen galoppierenden Puls zu beruhigen, anschließend beginne ich mit der Arbeit.

Bei den neun Eizellen ist die Befruchtung bei vieren gelungen. Vier kleine Potenziale, jedes einzelne ein Wunder.

Alle Zygoten befinden sich noch im Einzellstadium. Der perfekte Zustand, für eine Editierung, welche heute erfolgen wird. Bis übermorgen haben sie sich so weit geteilt, dass ich jeder Zygote eine Zelle entnehmen und die sich darin befindliche DNA analysieren kann.

Ich lege die erste Zygote unter das Mikroskop und beginne mit der eigentlichen Arbeit. Vorsichtig umschließen meine Hände die Controller, mit denen ich den winzigen Roboterarm steuere, an dessen Ende sich eine haarfeine Spritze befindet. Ich beuge mich vor, stiere durch das Okular und betrachte mit klopfendem Puls jene Zelle, die schon bald zu einem echten Menschen heranreifen könnte. Sie befindet sich in einem von der Außenwelt abgeschotteten Bereich innerhalb des Mikroskops, in dem eine ideale Temperatur und die passende Begasung gewährleistet sind. Die Finger meiner rechten Hand bewegten den Joystick des Controllers und die Spritze nähert sich der Zelle.

Während ich mit der Editierung beginne, merke ich, dass ich nervöser bin als gedacht. Anscheinend ist es doch etwas anderes, in der DNA des eigenen Kindes Veränderungen vorzunehmen, als mit Rindern zu arbeiten. Jetzt, mitten in der Nacht, in dem menschenleeren Labor, klingen Pandoras

Warnungen nicht mehr wie hysterisches Gezeter, sondern wie ernst zu nehmende Bedenken. Was, wenn mir ein Fehler unterläuft? Was, wenn die Studien, auf die ich mich bei diesem Editing stütze, ungenau waren?

Ich scheuche die unnützen Gedanken beiseite und versuche, mich auf die Aufgabe zu konzentrieren. Meine Hände zittern. Bei Rindern würde im schlimmsten Fall ein lebensunfähiges Kalb geboren werden, was für Rinderzucht Nord eine Garantiezahlung erforderlich machen würde. Tragisch, aber ich arbeite schon zu lange mit Nutztieren, als dass ich echtes Mitleid empfinden könnte. Das geht allen so, die in dieser Branche tätig sind. In unseren Augen sind Kühe keine fühlenden Wesen, sondern Produktionsfaktoren, welche für die Herstellung von Fleisch und Milch benötigt werden. Eine Nachlässigkeit beim Editing bedeutet einen geringeren Gewinn.

Doch wenn ich jetzt einen Fehler machen sollte …

Meine schweißnassen Hände lassen die Griffe des Mikroskops los. Ich lehne mich zurück, schließe die Augen und atme tief durch. Ein hysterischer Lacher gellt durch das menschenleere Labor und verstummt sofort, weil die Stille den Laut noch verrückter klingen lässt.

Werde ich es mir verzeihen können, wenn ich heute Abend einen Fehler mache? Nein, keinesfalls. Ich würde es mir bis an mein Lebensende vorhalten. Niemals konnte ich verstehen, wie manche Frauen während der Schwangerschaft Alkohol zu sich nehmen können, obwohl sie wissen, dass diese eine Tat die Gesundheit ihres Kindes massiv beeinträchtigt. Wie kann eine Mutter an einer Zigarette ziehen, während das Ungeborene in ihrem Bauch gegen die Plazenta tritt? Aber auch ich habe meinem Kind Schaden zugefügt. Sie leidet nur deshalb an Migräne, weil sie diese von mir geerbt hat. Objektiv betrachtet ist es nicht meine Schuld, ich hätte nichts dagegen unternehmen können. Damals wusste ich noch nicht, welch unausweichliches Schicksal ich ihr mit meinen Genen aufgebürdet habe. Dennoch haben Schuldgefühle meine Kehle zusammengepresst, wenn ich im Türrahmen ihres Jugendzimmers stand und auf meine leidende Tochter blickte. Ich habe ihr diese Qual mitgegeben.

Und wenn mir nun beim Editing ein Fehler unterläuft, wäre es, als ob mein Kind aus dem dritten Stock stürzen würde, weil ich vergessen habe, das Fenster zu schließen.

»Nein!«, zische ich und der Laut scheint von allen Seiten widerzuhallen. Wenn ich die DNA meines Kindes repariere, dann ist dies der Versuch, mein Ungeborenes zu schützen. Auch eine Impfung könnte Nebenwirkungen hervorrufen, doch der erhoffte Nutzen übersteigt die Risiken um ein Vielfaches.

Ich kann die Hände nicht mehr in den Schoß legen. Ich verfüge über die Fähigkeiten und die Technologie, etwas zu verändern. Dies bringt mich in die einzigartige Lage, dass mir plötzlich eine Verantwortung aufgelastet wird, vor der ich nicht zurückweichen kann. Beinahe wünsche ich mir, zehn oder zwanzig Jahre früher geboren worden zu sein, sodass mir die Möglichkeit einer Editierung gar nicht zur Verfügung stünde. Alles wäre so viel einfacher, ich könnte die Verantwortung an das Schicksal übergeben.

Doch ich lebe heute, ich habe die Fähigkeit und das Labor. Meine Hände umfassen die Sticks, welche den Roboterarm steuern. Ich lehne mich vor und blicke durch das Okular des Mikroskops. Konzentriert arbeite ich weiter, dennoch kann ich dieses belastende Gefühl nicht abschütteln, das sich meiner bemächtigt hat.

Um halb fünf lege ich den Kopf in den Nacken und atme auf. Es ist vollbracht.

Ich gönne mir zehn Minuten, in denen ich mich auf den Boden sinken lasse, das Gesicht in meinen Händen berge und durchatme. Die Spannung, die meinen Körper über Stunden hinweg in Besitz genommen hat, weicht langsam von mir und ich spüre, wie sie durch eine bleierne Müdigkeit ersetzt wird. Am liebsten würde ich mich auf die kalten Fliesen legen und die Augen schließen.

Stattdessen komme ich mühsam auf die Beine, räume meinen Arbeitsplatz auf und fahre nach Kiel zurück, um die Embryonen in Roberts Praxis zu bringen. Dort werden sie reifen, bis ich sie übermorgen erneut abhole, um ihre DNA zu untersuchen.

Der Himmel im Osten wird schon hell, als ich endlich in meine Straße einbiege und mit schweren Augenlidern das Auto auf einen freien Parkplatz dirigiere.

Ich betrete unser Haus auf Zehenspitzen. Horche. Nichts ist zu hören. Behutsam lege ich meine Sachen ab, schleiche hinauf und schlüpfe in das alte T-Shirt und die ausgebeulte Jogginghose, die mir als Schlafanzug dienen. Im Durchgang zum Schlafzimmer halte ich erneut inne und lausche auf die regelmäßigen Atemzüge meines Mannes. Es kommt mir falsch vor, mich neben ihn zu legen. Aber da ich nicht auf dem Sofa schlafen und am nächsten Morgen Sörens Fragen beantworten will, schleiche ich zum Bett rüber und schlüpfe unter die Decke. Sören bewegt sich, murmelt etwas, wacht aber nicht auf. Ich schließe die Augen. Immer wieder gehe ich in Gedanken alle Handgriffe durch, versichere mir tausend Mal, dass mir kein Fehler unterlaufen ist.

PAULA

Freitag, 10.03.

Der Sekundenzeiger schleicht dahin und ich kann mich kaum konzentrieren. Hinter meiner Stirn pocht ein dumpfer Schmerz und schürt die Angst vor einer erneuten Attacke, die zunächst jedoch ausbleibt. Es fühlt sich an, als braue sich ein Gewitter zusammen, das mit jeder verstreichenden Sekunde an Größe gewinnt. Massive Wolkenberge ballen sich zusammen, verdunkeln den Himmel.

Am Freitag schleppe ich mich zur Arbeit, den Samstag verbringe ich damit, Sörens Fragen auszuweichen und seine argwöhnischen Blicke zu ignorieren. Am Abend schultere ich meinen Rucksack und erkläre, dass ich Stina erneut helfen wolle. Von Sören kommt nur ein wortloses Schnaufen. Ich flüchte aus dem Haus. Mein erster Weg führt mich in Roberts Praxis, danach fahre ich erneut nach Neumünster.

Wieder winke ich dem skeptisch dreinblickenden Wachmann zu und lenke meinen Wagen auf den Mitarbeiterparkplatz. Außer meinem steht noch ein weiteres Auto in der Dunkelheit. Nervös mache ich einen kleinen Umweg, um das Fahrzeug in Augenschein zu nehmen, kann jedoch nicht sagen, wem es gehört. Vielleicht dem Wachmann? Das Laborgebäude selbst liegt in Dunkelheit, was ich als gutes Zeichen werte.

Im Labor mache ich mich sogleich an die Arbeit. Alle vier Zygoten haben sich zweimal geteilt und befinden sich im Vierzellstadium, sodass ich jeweils eine Zelle entnehmen und die darin befindliche DNA analysieren kann. Drei Stunden später sitze ich vor dem Laptop und rufe mit angehaltenem Atem die Ergebnisse auf. Mein Blick huscht über die Angaben, dann noch einmal und noch einmal. Tränen steigen mir in die Augen, ich stoße einen Juchzer aus und recke die Fäuste in die Luft. Das Editing war erfolgreich. Ich ertappe mich dabei, wie ich über meinen Bauch streiche, als befänden sich schon jetzt kleine Potenziale darin. Ich lache auf und gönne mir ein paar Minuten, in denen ich mir vorstelle, wie es sich anfühlt, erneut ein Baby in den Armen zu halten.

Mein Herz klopft wie wild vor Freude, ich zwinge mich jedoch zur Vernunft. Nur, weil die Editierung erfolgreich war, bedeutet es noch lange nicht, dass auch die künstliche Befruchtung gelingen wird. Trotzdem ist es ein großartiger Teilerfolg.

Plötzlich hallt ein dumpfer Laut durch das Gebäude. Ich zucke zusammen. Dieses Geräusch kenne ich. Das war eine Labortür, die lautstark ins Schloss fiel.

Ich bin nicht mehr allein! Wie gelähmt sitze ich auf meinem Drehstuhl und lausche. Es bleibt jedoch still.

Was soll ich tun? Vielleicht ist es ein Wachmann, der seine nächtliche Runde dreht und nach dem Rechten schaut. Ich habe eine passende Erklärung vorbereitet, dennoch klopft mein Herz.

Minutenlang verharre ich, doch nichts regt sich und fast beginne ich zu glauben, mir das Geräusch nur eingebildet zu haben. Ich atme tief durch, dann richte ich meinen Blick wieder auf den Monitor und lasse das Programm nach den üblichen Erbkrankheiten suchen, die auch im PID-Katalog enthalten sind. Als ich die Ergebnisse studiere, durchfährt mich ein Schauer. Bei einem der Embryonen ist das einundzwanzigste Chromosom dreifach vorhanden. Down-Syndrom. Rasch sortiere ich diesen aus. Die anderen drei weisen keine der üblichen Krankheiten auf. Es handelt sich um zwei Mädchen und einen Jungen.

Meine Arbeit für die heutige Nacht ist damit jedoch nicht beendet. Ich starte ein Analyseprogramm, um mögliche Off-Target-Effekte zu berechnen. Obwohl die heutigen Verfahren zur Genom-Editierung so genau wie noch nie sind, kann es dennoch vorkommen, dass die Schere an unerwünschten Stellen im DNA-Strang schneidet, wodurch Mutationen auftreten könnten. Im Gegensatz zu früher wird jedoch nicht willkürlich geschnitten, sondern nur an Stellen im Genom, die der Zielsequenz ähneln und somit berechenbar sind.

Die ganze Zeit über lausche ich auf weitere Geräusche und rutsche unruhig auf dem Stuhl hin und her. Ich weiß, dass ich mir die zuschlagende Tür nicht eingebildet habe. Da war vorhin jemand. Vielleicht ein nachlässiger Wachmann, der nach einem kurzen Blick in den Flur das Gebäude wieder verlassen hat.

Um die Stille zu füllen, trommle ich mit den Fingern auf der Tischplatte, während ich darauf warte, dass das Programm die Ergebnisse ausspuckt. Obwohl ich so angespannt bin, dass ich kaum atmen kann, sitzt die Müdigkeit in meinen Gliedern. Außerdem bin ich hungrig. Ich habe nichts eingepackt, auf dem Flur steht jedoch ein Snackautomat.

Vorsichtig öffne ich die Tür und spähe hinaus. In der Finsternis des Flures leuchtet der untere Türspalt des Labors von schräg gegenüber umso heller. Entsetzt starre ich auf den Lichtschein. Ich kann mir nicht vorstellen, dass dort gerade ein Wachmann seine Pause genießt. Nein, das dort ist das Labor von Michael Prehn.

Ich ziehe mich in mein Labor zurück, schließe nahezu lautlos die Tür. Mein Blick huscht zum Monitor. Die Arbeit hier ist fast beendet, ich darf jetzt nicht einfach abhauen, schon gar nicht, um in der nächsten Nacht erneut herzukommen. Es gibt keine Garantie, dass ich morgen allein hier sein werde. Außerdem würde mein Name dann ein weiteres Mal zu einer ungewöhnlichen Uhrzeit von den Scannern registriert werden.

Nein, ich muss die Analyse jetzt beenden, dafür brauche ich bestimmt noch eine Stunde.

Wer ist dort drüben im Labor? Michael Prehn selbst? Mir kommt das Auto auf dem Parkplatz in den Sinn. Ist es seines?

Ich wische mir übers Gesicht und merke, dass Hände und Stirn schweißnass sind. Ich möchte die Erklärung für meine Anwesenheit nur ungern auf die Probe stellen, schon gar nicht von dem durchtriebenen Michael Prehn, der seine Nase nur allzu gern in fremde Angelegenheiten steckt.

Ich lösche alle Lampen im Labor, damit mich ihr Schein nicht verrät. Die einzige Lichtquelle ist nun der Monitor, auf dem der Analysefortschritt mithilfe eines Ladebalkens dargestellt wird.

Eine Stunde später hat das Programm seine Arbeit endlich beendet. Ich atme erleichtert auf und gehe die Ergebnisse durch. Innerhalb der untersuchten Abschnitte wurden keine Off-Target-Effekte festgestellt. Erleichterung überrollt mich. Nun steht der Implantation nichts mehr im Wege. Meine Hände zittern leicht, als ich die flache Kulturschale mit den Zygoten in die Transportbox zurückstelle.

Bevor ich das Labor verlasse, stehe ich minutenlang an der Tür und lausche. Nichts zu hören. Ist Michael überhaupt noch da, oder hat er das Gebäude mittlerweile verlassen? Von den Fenstern meines Labors aus kann ich den Parkplatz nicht einsehen. Es gibt keine Möglichkeit, seine An- oder Abwesenheit von hier aus zu überprüfen.

Ich hole tief Luft, schicke ein Stoßgebet gen Himmel, dann trete ich auf den Flur hinaus. Der Bewegungsmelder erfasst mich, Deckenleuchten flammen auf. Ein schneller Seitenblick auf den Türspalt von Michaels Labor zeigt, dass dort noch Licht brennt. Ich beschleunige meine Schritte, da öffnet sich die Tür zur Männertoilette.

Es ist tatsächlich Michael Prehn. Wir starren uns an, er sieht genauso erschrocken aus, wie ich mich fühle. Ich unterdrücke den Drang, zurückzurennen und mich in meinem Labor einzuschließen.

»'n Abend«, sagt er ernst, was angesichts seines verblüfften Gesichtsausdrucks äußerst deplatziert wirkt.

»Moin.« Ich ringe mir ein Lächeln ab und versuche, mich gelassen zu geben, so als ob ich jedes Recht der Welt hätte, zu dieser absurden Uhrzeit im Labor zu sein.

Eine gefühlte Ewigkeit stehen wir stumm voreinander.

»Was machst du hier?«, fragt Michael schließlich.

»Nun …« Ich kratze mich im Nacken, verlagere mein Gewicht vom einen auf den anderen Fuß, spiele die Verlegene. »Nichts Wichtiges, ich hatte bloß etwas vergessen.«

Michaels Augen verengen sich. Sein durchdringender Blick lässt mich innerlich schrumpfen.

»Etwas vergessen?« Seine Stimme trieft vor Skepsis.

»Ja, dumme Sache. Na ja, ich mache mich dann mal auf die Socken. Frohes Schaffen noch.« Ich gebe vor, an ihm vorbeigehen zu wollen. Ganz wie erwartet, lässt er es nicht zu. Mit einem schnellen Schritt versperrt er mir den Weg.

»Niemand kommt mitten in der Nacht her, bloß weil er etwas vergessen hat.«

»Lass mich durch!«, zische ich und versuche erneut, mich an ihm vorbeizuschieben.

»Sag mir, was du hier willst, sonst rufe ich den Wachdienst an.«

Vor Aufregung beginnt mein Gesicht zu glühen. Ich weiche seinem Blick aus. »Sagen wir es mal so«, beginne ich mit zittriger Stimme. »Fehler zu machen ist menschlich, aber es muss ja niemand davon erfahren, oder?«

Michaels Mundwinkel zucken in die Höhe. Er liebt es, auf den Missgeschicken seiner Kollegen herumzureiten.

»Was für Fehler?«, will er wissen.

Ich verdrehe die Augen, seufze und tue so, als ob ich mich geschlagen gebe. »Off-Target-Effekte. Die ganze Bestellung. Es ist ein einziges Desaster. Wir haben die Embryonen neu ansetzen müssen und sind nun mächtig im Verzug.« In einer resignierten Geste hebe ich die Arme.

Er grinst spöttisch auf mich herab. »Und dafür kommst du nachts heimlich hierher? Was können sie dir denn noch? Dich entlassen?« Sein Blick ruht auf der Transportbox, die ich noch immer an die Brust presse.

»Und was ist das?«, fragt er.

Panik steigt in mir auf. Ich spüre jeden Herzschlag bis in die Fingerspitzen. Die Box war von Anfang an der Schwachpunkt, für sie habe ich keine plausible Erklärung. Nun bleibt mir nur der Angriff nach vorne.

Mit schräg gelegtem Kopf blicke ich zu ihm auf. »Es stimmt, meine Tage hier sind gezählt. Wie sieht es jedoch mit deinen aus? Welchen Grund hast du, zu dieser unchristlichen Zeit hier herumzuschleichen?«

»Will hier jemand ablenken?«

»Gleiches könnte ich dich fragen. Gut, ich will einen Fehler verheimlichen, deshalb bin ich heute Nacht hergekommen. Das ist peinlich, aber nicht verwerflich. Welchen Grund gibt es jedoch für deine Anwesenheit?«

Er zuckt mit den Schultern. »Eilauftrag von einem großen Züchter.«

»Oh? Wie kommt es, dass ich nichts davon gehört habe?«

»Keine Ahnung. Vielleicht, weil du ohnehin bald weg bist und es dich nichts mehr angeht?«

»Und Stina hat auch nichts davon gehört?« Ich schürze die Lippen. Obwohl ich keinerlei Hinweise habe, setze ich alles auf eine Karte. Lächelnd wackle ich mit dem erhobenen Zeigefinger. »Ich befürchte fast, da flunkert mich jemand an.«

Er schnauft abfällig, doch ich habe den Eindruck, dass in seinem Blick Unruhe flackert.

Ich mache einen Schritt auf ihn zu, dringe in seinen persönlichen Raum ein, was ihn prompt zurückweichen lässt. Meine Handflächen sind schweißnass. »Du wirkst nervös.«

Seine Miene verhärtet sich, was für mich Beweis genug ist.

Ich lächle und klopfe ihm kumpelhaft auf die Schulter.

»Ach, Michael, von dir kommen bloß leere Drohungen. Du wirst niemandem von meinem kleinen Besuch hier berichten, da du ansonsten die peinliche Frage beantworten müsstest, was du selbst hier zu suchen hattest.«

Erwartungsvoll blicke ich zu ihm auf. Seine Lippen sind bloß noch zwei dünne Striche, so fest hat er sie aufeinandergepresst. Er gibt keinen Ton von sich, starrt mich nur an.

Mit vor Aufregung trockenem Mund gehe ich an ihm vorbei, steuere auf den Ausgang zu. Ich spüre, wie sich sein

Blick in meinen Rücken brennt und gebe mich selbstbewusst, wende mich nicht erneut um. Ich kann erst wieder atmen, als ich wenige Sekunden später vor dem Gebäude stehe. Hinter mir fällt die Tür zu. Ich erlaube mir keine Pause, sondern renne fast zum Auto, schlage die Tür zu, lasse den Motor an. Kurz darauf lenke ich mein Fahrzeug auf die Autobahn Richtung Kiel.

Meine Gedanken rasen. Was, wenn Michael gleich Montagfrüh zu Uwe geht und ihm von unserer Begegnung berichtet? Nein, das würde er bestimmt nicht tun, offenbar lag auch ihm viel daran, dass ich Stillschweigen bewahre. Dennoch hat sich die Angst mit messerscharfen Zähnen in meiner Brust festgebissen. Der Scanner, der Wachmann, die Kameras und jetzt auch noch Michael …

Ich schüttle den Kopf, versuche, die Angst zu vertreiben. Außer mir ist niemand auf der Autobahn unterwegs. Die Lichtkegel meiner Scheinwerfer durchschneiden die Dunkelheit. Eine Ausfahrt nach der anderen fliegt an mir vorbei. Aber erst, als ich Blumenthal passiere, kommt mir die Frage in den Sinn, was Michael tatsächlich im Labor gemacht hat. Verfolgt auch er ein privates Projekt? Was könnte das sein? Nimmt auch er gerade ein illegales Editing vor? Was für Embryonen hat er wohl vor sich liegen? Menschliche? Rinder? Mir fällt ein, wie Michael in der leutseligen Stimmung der letzten Weihnachtsfeier von der kleinen Hundezucht seiner Frau erzählt hatte. Beagle, wenn ich mich nicht täusche. Eine Rasse, die in letzter Zeit ziemlich in Mode gekommen ist. Könnte es sein, dass Michael die Nächte im Labor verbringt, um die DNA der Welpen ein wenig aufzumotzen?

Bei dieser Vorstellung bekomme ich eine Gänsehaut. Ich reibe mir über die Unterarme, um sie zu vertreiben.

PAULA

Sonntag, 12.03.

Am Sonntagmorgen ich nehme eine Tablette und verkrieche mich wieder ins Bett. Als ich Sören am Abend mitteile, dass ich morgen später nach Hause käme, weil ich Stina erneut helfen wolle, zeigt Sören ein ungewohntes Interesse.

»Was genau ist denn schief gelaufen?« Er steht an der Arbeitsfläche in der Küche, hat mir den Rücken zugewandt und schält Kartoffeln. Ich lehne am Türrahmen, habe das Gewicht nach hinten verlagert und möchte den Raum eigentlich wieder verlassen.

»Sie hat bei der Vorbereitung nicht aufgepasst, sodass alle Embryonen Off-Target-Effekte aufweisen«, spule ich die vorbereitete Geschichte ab.

»Und um das zu bereinigen, braucht ihr drei Tage?«

»Biologische Prozesse lassen sich nun einmal nicht beschleunigen. Zumindest hier nicht.«

Sören brummt wortlos und wirft eine der geschälten Kartoffeln mit einem Platschen in den bereitstehenden Topf.

»Hältst du das für klug?«, fragt er.

»Was meinst du?«

»Erneut so lange wegzubleiben.«

»Ich kann Stina nicht im Stich lassen.«.

»Du hattest in letzter Zeit ziemlich oft eine Attacke.«

Er legt den Sparschäler beiseite und stützt sich mit beiden Händen auf der Arbeitsfläche auf. Noch immer wendet er mir den Rücken zu, dennoch kann ich sehen, wie es in seinem Kopf arbeitet.

»Belastet dich vielleicht etwas?«, fragt er.

»Wie kommst du darauf?«

»Es ist doch nicht normal, dass du derart häufig mit Migräne im Bett liegst.« Endlich wendet er sich um, sieht mich prüfend an.

Ich zucke mit den Schultern. »Na ja, die Stimmung bei der Arbeit ist seltsam.«

Sörens Augenbrauen ziehen sich zusammen. »Und dennoch gehst du mit deiner Arbeitskollegin ins Kino?«

»Es ist ja nicht Stina, die sich sonderbar benimmt. Sicherlich, gleich nach der Kündigung wusste sie nicht, was sie sagen sollte, aber das hat sich inzwischen eingependelt. Brauchst du noch lange mit dem Essen? Habe echt Hunger.«

»Wer setzt dir denn zu?«, fragt Sören. »Uwe?«

Ich bin ein wenig überrascht, dass er seinen Namen kennt. Bisher hatte ich den Eindruck, dass mein Mann sofort abschaltet, wenn ich von meiner Arbeit berichte. Zumindest muss ich in diesem Fall keine Geschichten erfinden.

»Nicht direkt, dennoch ist es seltsam zwischen uns.« Ich zucke mit den Schultern. »Aber Michael Prehn aus dem Nachbarlabor, dem würde ich am liebsten den Schädel einschlagen. So ein herablassendes Arschloch!«

Sören verschränkt die Arme vor der Brust. »Das ist sicherlich belastend.«

Sein Blick ruht auf mir und ich habe den Eindruck, dass etwas Prüfendes darin liegt.

»Ist ja bald vorbei«, erwidere ich ausweichend.

In der Nacht drehe ich mich von einer Seite auf die andere. Unentwegt versichere ich mir, dass ich beim Editing keinen Fehler gemacht habe, dass ich konzentriert war, dass die Technologie sicher ist, dass wir eben nicht in einem unbekannten System herumstochern, wie Finja behauptet. Natürlich gibt es hier und da noch weiße Flecken auf der Landkarte unseres Erbgutes, ab und an entdecken Forscher weitere Funktionen in einem eigentlich gut kartierten Abschnitt, aber das sind nur stecknadelkopfgroße Punkte auf der Landkarte unseres Genoms …

Irgendwann schlafe ich trotz der nagenden Gedanken ein und das Nächste, was ich wahrnehme, ist das Klingeln von Sörens Wecker. Ich richte mich auf und horche in mich hinein. Das Schlimmste, was mir heute passieren kann, wäre eine nahende Migräne. Zu meiner Erleichterung vibriere ich jedoch vor Energie. Grinsend schwinge ich die Beine aus dem Bett und husche ins Badezimmer.

Gegen sieben schlurft Sören ins Erdgeschoss und hebt eine Augenbraue, als er mich an der Garderobe stehen sieht, wo ich gerade hektisch den Mantel überstreife. Ich war zu langsam, wollte draußen sein, bevor er runterkommt.

»Ich muss heute ein wenig früher los«, erkläre ich und schlinge den Schal um meinen Hals.

Seine Stirn legt sich in Falten, aber er sagt nichts, betrachtet mich nur mit einem sehr, sehr langen Blick, der mich nervöser macht, als jede Frage es gekonnt hätte. Ich bin mir sicher, dass er etwas ahnt.

»Bis später.« Rasch verlasse ich das Haus und meinen misstrauischen Ehemann. Auf dem Weg zum Auto hole ich mein Smartphone hervor und schicke Uwe eine Nachricht: »Werde auch heute nicht kommen, bin krank.«

Auch Stina teile ich meine heutige Abwesenheit mit, woraufhin sie mir einen traurigen Smiley zurückschickt, den ich jedoch unkommentiert lasse.

Mein Treffen mit Robert und damit das Einsetzen der Eizellen ist zwar erst für neunzehn Uhr angesetzt, doch es erscheint mir dem Anlass nicht angemessen, den Tag im Labor zu verbringen. Stattdessen fahre ich in die Innenstadt, wo ich meinen Wagen in dem Parkhaus neben dem Einkaufscenter Sophienhof abstelle. Meine Schritte lenken mich am Wasser entlang zur Kiellinie, wo mir eine frische Brise hoffentlich den Kopf freipusten wird.

Im Sommer ist die Promenade am Wasser Treffpunkt für halb Kiel. Dann flaniert Jung neben Alt, Reich neben Normalverdiener und erfreut sich am Anblick der Förde, auf der hier und da weiße Segel kreuzen. Selbst im Winter trifft man die Kiellinie niemals vollkommen menschenleer an. Vor allem dann nicht, wenn die immerwährende graue Wolkendecke für einige Stunden aufreißt und die Stadt mit blauem Firmament und strahlendem Sonnenschein verwöhnt. Prompt strömen die Leute aus ihren Wohnungen, bevölkern in Decken gehüllt die unter freiem Himmel stehenden Stühle der Cafés und trotzen den einstelligen Temperaturen mit dem typisch norddeutschen Starrsinn. Die Sonne scheint, also sitze ich draußen. Punkt.

Auch der heutige Tag wirkt auf den ersten Blick einladend. Nur vereinzelte Wattewolken ziehen vorbei und die Sonne wärmt den Rücken. Der vom Meer kommende Wind findet jedoch mit eisigen Fingern jede noch so kleine Lücke in der Kleidung und weit entfernte Wolkenmassen künden davon, dass dieses gute Wetter nur temporär ist. Die wenigen Menschen, denen ich begegne, haben die Schultern hochgezogen und die Hände in den Taschen vergraben.

Ich komme an der Gastwirtschaft vorbei, in der Finja und ich letzten Sommer oft Waffeln mit Eis genossen haben.

Als ich an meine Tochter denke, wird mein Herz noch schwerer. Mich belastet das Wissen, dass sie mein Vorhaben entschieden ablehnen würde, wenn sie davon wüsste. Seit ihrem letzten Besuch haben wir nicht mehr miteinander gesprochen. Ich weiß nicht, ob sie mich bewusst meidet oder momentan bloß so fest eingebunden ist, dass sie keine Zeit findet, sich zu melden.

Meine Hand in der Manteltasche umfasst das Handy, während ich unschlüssig auf der Unterlippe kaue. Schließlich ziehe ich es hervor, suche ihren Namen im Adressbuch heraus und drücke auf Wählen. Es tutet mehrmals langgezogen, dann wechselt die Frequenz zu einem schnelleren Rhythmus. Sie hat den Anruf abgelehnt. Mein Herz sinkt. Ich lasse das Handy in die Manteltasche gleiten und setze meinen Weg fort. Erst nach zwanzig Schritten komme ich auf den Gedanken, die Uhrzeit zu prüfen. Es ist kurz nach zehn, Finja sitzt bestimmt im Unterricht. Ich lächle über mich selbst und gehe weiter.

Eine halbe Stunde später ertönt eine Melodie und als ich mein Handy wieder hervorhole, stelle ich erfreut fest, dass es meine Tochter ist.

»Hallo, Finni!«

»Hi, Mama. Ist alles in Ordnung?« Sie klingt besorgt. Kein Wunder, wer ruft schon um diese Uhrzeit an, um zu plaudern?

»Ja, alles gut. Ich habe heute frei, mache einen Spaziergang an der Kiellinie und als ich an unserem Lieblingswaffelbäcker vorbeikam, musste ich an dich denken. Du hast gleich nicht zufällig eine Freistunde, oder?«

»Leider nicht«, erwidert sie.

»Wie geht es Luca?«, frage ich, woraufhin sie mir von seinen Prüfungen an der Uni erzählt. Ich lausche, kommentiere ab und zu und bin einfach nur froh, endlich wieder die Stimme meiner Tochter zu hören. Glücklich schlendere ich weiter, während die Möwen über mir patrouillieren und ihre Schreie sich in das Rauschen der Förde mischen.

»Was macht die Jobsuche?«, erkundigt sich Finja unvermittelt und ich muss grinsen.

»Diese Frage stellt normalerweise die Mutter der Tochter und nicht andersherum«, erwidere ich.

»Neue Zeiten, neue Regeln. Also? Wie läuft es?«

Ich seufze und berichte ihr von dem frustrierenden Stellenmarkt.

»Finni …« Ich seufze und halte inne, weiß nicht, wie ich anfangen soll. Herrgott, ich weiß nicht einmal, was genau ich Finja überhaupt mitteilen will.

»Ja?« Erneut schwingt Sorge in ihrer Stimme mit.

»Vielleicht hast du ja recht«, bringe ich hervor und muss dann auflachen, weil ich dieses Eingeständnis selbst nicht erwartet habe.

»Recht? Das höre ich natürlich gern, dennoch wäre ein wenig Kontext hilfreich.«

Ich bleibe stehen, blicke auf das blaue Wasser hinaus und nehme mir ein paar Sekunden, um mir meine Worte zurechtzulegen. »Vielleicht ist die Welt momentan tatsächlich noch nicht reif genug, um Genetic Editing beim Menschen anzuwenden.«

Ich verstumme und warte auf ihre Antwort. Finja schweigt. Natürlich tut sie das, ich muss sie mit meinen Worten vollkommen überfahren haben.

»Okay …«, sagt sie gedehnt. »Das ist … gut?«

»Versteh mich nicht falsch: Ich halte die Technologie nach wie vor für etwas Positives, mit dem wir unsere Welt zum Besseren verändern können. Dennoch … vielleicht sollten wir erst noch ein paar weitere Jahre in die Forschung investieren.«

»Aha.« Ein Schnaufen erklingt. »Nun gut, mehr Einsicht kann man von einer Genetikingenieurin wohl nicht erwarten. Trotzdem: Es ist zu wenig. Solange auf der Welt noch so viel Ungerechtigkeit herrscht, sollte die Büchse der Pandora fest verschlossen bleiben. Diese Technologie wird die Spaltung zwischen Arm und Reich nur noch weiter schüren und sie letztendlich genetisch determinieren. Es würde die Menschheit teilen. Erst, wenn wir ein gerechtes System haben, kann diese Technologie Gutes erschaffen. Doch hiervon sind wir noch weit, weit entfernt.«

Ich bin ein wenig überrascht von dem plötzlichen Wortfluss. Die wohlgewählten Formulierungen lassen erahnen, dass meine Tochter diese Diskussion nicht zum ersten Mal führt.

»Nun … mehr Einsicht kann man von einer Pandora-Anhängerin wohl nicht erwarten«, sage ich, woraufhin Finja auflacht. Der Laut wärmt mich von innen heraus. Wir sind zwar nicht auf einen Konsens gekommen, das wäre sicherlich zu viel verlangt, doch wir haben uns angenähert. Ich ertappe mich, wie meine Hand unbewusst über meinen Bauch streichelt, als ob darin schon neues Leben gedeihen würde.

»Sag mal, Mama, könntest du dir nicht einfach einen Job in einem anderen Bereich suchen?«, fragt Finja unvermittelt.

»Anderen Bereich?«

»Na ja. Einem, der nichts mit Genetic Editing zu tun hat. Immerhin sagst du ja selbst, dass es zu früh für die Menschen ist.«

»Ach, Schatz, ich bin seit zehn Jahren Genetikingenieurin.

Da findet man nicht so leicht etwas anderes.« In Gedanken füge ich an: *Und weshalb auch? Ich liebe meine Arbeit, daran hat sich nichts geändert.*

»Gerade mit dieser Erfahrung hättest du Vorteile. Du könntest bei Pandora einsteigen.«

Ich schüttle den Kopf. Allein die Vorstellung, mich diesem Verein auch nur zu nähern, ist absurd.

»Nein, Finni, das wird ganz bestimmt nicht passieren.«

»Hm. Okay.« Mit einem Mal ist jede Wärme aus ihrer Stimme verschwunden. Stille herrscht in der Leitung, während neben mir die Wellen gegen den Fuß des Kais schwappen.

»Finni, da hast du etwas falsch verstanden, als ich eben meinte -«.

»Schon gut«, unterbricht sie mich. »Die Pause ist eh rum, ich muss gleich in die Klasse.«

»In Ordnung.« Ich seufze. »War schön, mal wieder von dir zu hören. Ich habe dich lieb.«

»Ich dich auch.«

Und dann ist sie weg. Ich blicke auf das Display herab, bis es sich schwarz färbt. Seufzend stecke ich das Handy in die Manteltasche zurück und frage mich, was eben falsch gelaufen ist.

PAULA

Montag, 13.03.

Die Zeit bis zur Verabredung mit Robert zieht sich wie Kaugummi. Es kommt mir vor, als vergehen Jahre, bis ich das Gebäude betrete, den Fahrstuhl besteige und meinen Finger auf die Taste mit der Vier presse. Ich werde hinaufgetragen, die Fahrstuhltüren gleiten auseinander und ich trete vor die Tür seiner Praxis. Zögernd drücke ich die Klinke herab. Hinter der Tür steht Robert. Sein Lächeln strahlt wie eine Hundert-Watt-Glühbirne.

»Na, bereit?«, fragt er.

»Klar.« Mit zitternden Knien folge ich ihm in den Behandlungsraum. Heute sind wir allein, der Embryonentransfer ist simpel und erfordert nicht einmal eine lokale Betäubung.

Mit einer beiläufigen Geste deutet Robert auf den gynäkologischen Stuhl und ich mache mich untenherum frei.

»Die Embryonen haben sich wunderbar entwickelt«, erklärt er gut gelaunt, während er sich der Arbeitsfläche zuwendet, auf der die benötigten Materialien bereitliegen. »Drei Blastozyten, wie sie im Buche stehen.«

Schon an normalen Tagen bin ich nicht sonderlich wortgewandt, jetzt fällt mir erst recht keine Erwiderung ein, wovon Robert sich jedoch nicht aus der Ruhe bringen lässt. Locker plaudert er weiter und ich ahne, dass ich nicht die einzige Patientin bin, die in einem solchen Moment vor Nervosität verstummt ist.

Breitbeinig sitze ich auf dem Untersuchungsstuhl und Robert gleitet auf seinem Rollhocker vor mich. Er führt einen dünnen Schlauch in meine Vagina ein und redet einfach weiter, als sei dies das Normalste der Welt.

»Wie besprochen setze ich dir jetzt drei ein. Theoretisch könnten sich alle einnisten, mit Pech aber gar keiner. Hast du dir eigentlich schon Namen überlegt? Nein? Viele tragen den Gedanken an ein Kind so lange herum, dass sie längst wissen, wie der Nachwuchs heißen soll. Die meisten sprechen ihn noch nicht aus, da sie verständlicherweise Angst haben, dass die Embryonen sich nicht in der Gebärmutter einnisten, sondern abgehen. Kann ich ja verstehen. Statistisch gesehen …«

Seine Stimme ist wie ein weit entferntes Rauschen und hat keinerlei Bedeutung für mich. Ich bin so angespannt, dass ich nicht weiß, ob ich schreien, lachen oder schlicht in Tränen ausbrechen soll. Theoretisch könnte man bei einer künstlichen Befruchtung so viele Versuche starten, wie man Geld und Nerven hat. In meinem speziellen Fall ist es jedoch schwieriger. In drei Wochen endet mein Arbeitsvertrag und ich habe keinen Zugang mehr zum Labor. Sollte ich einen zweiten Versuch benötigen, müsste ich mir ein Kellerlabor einrichten und es irgendwie vor Sören verbergen.

»So. Fertig.«

Auf seinem Rollhocker sitzend kehrt Robert zur Arbeitsfläche zurück und legt den Kunststoffkatheter ab.

»Du meinst …« Ich schaue ihn unsicher an.

Er grinst mich an und nickt mit der Gestik eines Mannes, für den dieser Moment Routine gewesen ist. Alles easy, Schätzchen.

Rasch ziehe ich mich wieder an, während Robert seine Arbeitsutensilien ordnet.

»Muss ich auf etwas Bestimmtes achten?«, frage ich. »Mich die nächsten Tage schonen oder so?«

Er winkt ab. »Am besten ist es, wenn du so weitermachst wie bisher. In einem Monat sehen wir dann, ob es funktioniert hat.«

Ich nicke fahrig, schließe meinen Gürtel.

Plötzlich ändert sich seine Körperhaltung. Das Lächeln verschwindet und er lehnt sich in seiner sitzenden Position vor, stützt die Ellenbogen auf den Oberschenkeln ab. »Beatrice dürfte in zwei Wochen auch so weit sein«, sagt er.

Ich nicke erneut und versuche, mein Unbehagen zu verbergen. Robert weiß nichts von meiner Entlassung. Wenn sich die Eizellenentnahme bei Beatrice weiter verzögert, habe ich ein Problem.

Robert sieht mich jedoch derart durchdringend an, als könne er meine Gedanken lesen. Ich werde unruhig. Vielleicht hat Sören es ihm verraten?

Ich bücke mich, binde meine Schuhe zu und weiche so seinem Blick aus. Als ich mich aufrichte, ruhen die blassblauen Augen noch immer auf mir.

»Ich möchte dir einen Vorschlag unterbreiten.« Sein rechter Mundwinkel hebt sich. »Einen äußerst lukrativen Vorschlag.«

Irritiert schaue ich ihn an, während er auf eine dieser überflüssigen Erwiderungen wartet. Ich bin zu nervös für Spielchen, daher tue ich ihm den Gefallen. »Und der wäre?«

»Ich habe da ein Pärchen in der Behandlung. Nächste Woche werde ich der Frau die Eizellen entnehmen. Und dieses Paar … nun ja, sagen wir mal: Der werdende Papa wurde nicht unbedingt von der Natur beschenkt. Ein Gesicht, als sei er mit einhundert Sachen gegen eine Betonmauer gerast.« Robert lacht auf und ich verziehe meinen Mund ebenfalls zu einem Grinsen, obwohl ich seinen Witz alles andere als lustig finde.

Er fährt fort: »Ich habe dem Paar gegenüber angedeutet, dass es eine Möglichkeit zur Beeinflussung gäbe. Eine PID.«

Ich ahne, worauf er hinauswill. Es gefällt mir nicht.

»Es wäre ihnen zehntausend Euro wert«, fügt er an.

Ich schnappe nach Luft. »Zehntausend?«

Mein Gegenüber nickt zufrieden. »Wir machen halbehalbe: fünf für dich und fünf für mich.«

Im ersten Moment will ich rigoros ablehnen. Das Risiko, bei dieser Gesetzeswidrigkeit erwischt zu werden, ist zwar nicht hoch, aber es existiert. Doch diese stattliche Geldsumme, für die ich nur wenige Stunden arbeiten müsste, lässt mich innehalten.

»Klingt verlockend«, gebe ich zu. »Aber …«

Robert unterbricht mich. »Ich erwarte jetzt keine Antwort. Die Eizellen werde ich erst nächste Woche entnehmen. Du lässt dir die Sache am Wochenende durch den Kopf gehen, ja?«

Er steht auf und deutet auf die Tür.

»Selbstverständlich ist unser kleines Vorhaben nicht ganz legal«, erklärt Robert. »Aber die EU kann sich nicht ewig gegen den Zeitgeist sperren. Schon in ein paar Jahren wird eine PID Standard sein. Bis dahin können wir die Situation nutzen: Unsere Dienstleistung wird ziemlich vielen Leuten ziemlich viel wert sein. Und wenn die EU ihre Meinung endlich ändert, umso besser! Dann sind wir der Konkurrenz voraus, weil wir uns optimal vorbereitet haben.«

Er hat mich bis zur Eingangstür seiner Praxis begleitet und drückt die Klinke herab. »So eine Gelegenheit bietet sich Menschen wie uns nur selten, Paula.«

»Wir hören voneinander«, erwidere ich unbestimmt, obwohl meine Entscheidung längst gefallen ist. Bei der Vorstellung, Embryonen nach oberflächlichen Kriterien auszusortieren, zieht sich mein Magen zusammen. Ich denke an Finja und muss plötzlich feststellen, dass nun genau das eintritt, was sie prophezeit hat und von mir als übertriebene Schwarzmalerei abgestempelt wurde.

Robert nickt, wirkt jedoch gereizt. »Du würdest es bis an dein Lebensende bereuen, wenn du sie nicht ergreifst«, sagt er, dann schließt sich die Tür.

Ich gehe zum Fahrstuhl und automatisch legt sich meine Hand auf meinen Bauch. Es ist das erste Mal, seit mir die Embryonen eingesetzt wurden, dass ich mit ihnen allein bin. Kein lästiger Robert, der unentwegt redet und jeden in Hörweite mit seiner Weltanschauung plattwalzen muss.

Die Fahrstuhltüren gleiten auseinander. Mit einem Lächeln auf dem Gesicht steige ich ein und fahre ins Erdgeschoss hinab.

Der klare Himmel wurde von schweren Wolken abgelöst. Es nieselt. Die Laternen sind schon eingeschaltet und über die feuchte Straße gleiten die Scheinwerfer vorbeifahrender Autos.

Jemand tritt an mich heran. Ich wende mich der Gestalt zu. Mein Herz setzt aus, die Welt kippt. Sören.

Der erste Gedanke gilt den Embryonen in meiner Gebärmutter. Hoffentlich hat das ausströmende Adrenalin keinen schlechten Einfluss auf ihre Einnistung. Gleich darauf folgt der zweite Gedanke, mit dem mir bewusst wird, dass mich mein Mann vor der Fruchtbarkeitspraxis abfängt, in der ich ihm soeben ein Kind angehängt habe.

»Sören, wie bist du -«

Seine Kiefer sind so fest aufeinandergepresst, dass ich die Muskeln arbeiten sehen kann. Die Falte zwischen den Augenbrauen gräbt sich tief in die Haut ein.

»Also doch.«

»Sören, das … das kann ich erklären.« Ich mache eine fahrige Bewegung, die das Gebäude hinter mir einschließt. »Ich war bei Robert wegen dieser Fotos, der Affäre, ich -«.

»Es gibt keine Affäre!« Er tritt einen halben Schritt vor, ich weiche zurück.

»Keine Affäre?« Die Panik erstickt jeglichen klaren Gedanken, Worte sprudeln aus meinem Mund, setzen das Theaterstück fort. »Das ist Unsinn, wir haben es beide gesehen. Und Robert hat -«

»Hör auf mit dem Mist!«

Die wenigen Leute, die sich bei diesem Wetter auf der Straße bewegen, wenden sich nach uns um. Ich spüre, wie mir Tränen in die Augen steigen. Der Nieselregen tippt mit leichten Fingern auf meine Schultern, rinnt Sörens Gesicht herab.

Sein Blick ist kalt. Jegliche Zuneigung, die vielleicht einst in meinem Mann schlummerte, scheint verschwunden.

»Was ziehst du hier für eine verfickte Scheiße ab?«, fragt er.

»Ich weiß nicht, was -«

»Fangen wir doch mit der Stalkerin an«, zischt mein Mann. »Verdammt gutes Timing. Du hast auf sie gewartet, oder? Du standest mit ihr in Kontakt.«

»Schatz, es ist nicht so, wie -«

»Dann die Fahrten ins Labor nach Feierabend«, macht Sören unerbittlich weiter.

»Es gab gute Gründe, Stina -«

»Wirklich stutzig wurde ich nach der Sache mit dem Kondom.«

»Da hatte ich nach dem Kassenzettel für mei-«

»Dann nahm ich mir deinen Laptop vor«, flüstert Sören. »Anschließend dein Handy.«

Hitze steigt in meinem Körper auf und bringt meine Wangen zum Glühen. Die Spionagesoftware! Die Recherche im Internet! Aber ich habe doch stets den Suchverlauf gelöscht ... oder?

»Und dann die Tatsache, dass du andauernd hier vorbeikommst.« Er deutet auf das Gebäude hinter mir. Ich muss nicht erst fragen, wie er von meinem Aufenthaltsort erfahren hat. Es ist so simpel: Jedes Handy verfügt über eine Ortungsfunktion.

Meine Schultern sacken herab. Mir wird klar, dass es keinen Ausweg mehr gibt.

»Lass uns nach Hause fahren«, murmle ich, hake mich bei ihm unter und versuche, ihn vom Gebäude wegzuschieben.

Bis wir dort ankommen, ist mir hoffentlich eine plausible Erklärung für all das eingefallen. Schon jetzt arbeitet mein Gehirn auf Hochtouren, fängt an, die Stücke zu einem neuen Bild zusammenzusetzen. Es ist Robert gewesen, der den Kontakt zwischen uns hergestellt hat. Er wollte, dass ich bei seinen Patienten eine ungesetzliche PID durchführe. Er hat mich erpresst. Mit ... Ich fahnde nach einem Druckmittel, das er gegen mich verwendet haben könnte. Eine Affäre beispielsweise. Genau! Robert fand durch Zufall heraus, dass ich Sören betrüge, und hat mich damit unter Druck gesetzt, woraufhin ich meinerseits versuchte, ihm etwas anzuhängen ... aber wie bekomme ich das Kondom eingebaut?

Sören reißt sich von mir los. »Ich will *jetzt* hören, was hier gespielt wird!«

»Okay, okay!« Ich mache eine beschwichtigende Geste mit beiden Händen. »Zu Hause werde ich dir alles erklären, nur bitte …« Mein Blick geht zum Fenster im vierten Stock hinauf. »Robert wird jeden Moment herauskommen.«

Sören schnauft und ich füge im beschwörenden Tonfall an: »Wenn er dich hier sieht … Er könnte uns große Schwierigkeiten bereiten.«

Die Augenbrauen meines Mannes ziehen sich zusammen, doch ich sehe, dass es mir gelungen ist, ihn zu verunsichern. Abermals packe ich seinen Arm und zerre ihn mit mir. Weg von der Praxis, hin zu meinem Auto. Seines muss zwar auch hier irgendwo stehen, doch das können wir später noch abholen. Noch immer tappt der Regen mit federleichten Fingern auf unsere Schultern und Köpfe. Wir kommen nur wenige Schritte weit, bis er sich mir erneut entzieht und mich aus zu Schlitzen verengten Augen mustert.

»Du versuchst schon wieder irgendwelche Spielchen«, stellt er fest.

»Nein, nein! Jetzt komm!« Ich strecke den Arm nach ihm aus, halte jedoch inne, als ich seinem Blick begegne.

Einen Moment lang scheinen wir beide die Luft anzuhalten. Autos rauschen vorbei, irgendwo lacht eine Frau.

Dann sagt er mit einer Stimme, deren Nüchternheit schlimmer als jeder Schrei ist: »Du versuchst, mir ein Kind anzuhängen.«

»Sören, wie kommst du denn -«

»Hör auf!«

Ich weiche zurück, kann ihm nicht in die Augen sehen, schaue auf meine Schuhe hinab.

»Paula!«

»Ich habe mir nur das geholt, was mir in all den Jahren ohnehin zustand.«

Ein ungläubiges Lachen entfährt meinem Mann. »Was dir zusteht?«

Ich presse die Lippen aufeinander. »Du hast mich hingehalten. Jahr um Jahr. Immer nur Ausreden. Hattest nicht einmal den Mut, laut auszusprechen, dass du kein zweites Kind willst. Stattdessen falsche Versprechungen. Wenn wir die Uni beendet haben. Wenn wir ein paar Jahre Berufserfahrung haben. Wenn du endlich deine Beförderung hast. Wenn wir mit dem Ausbau des Hauses fertig sind. Wenn, wenn, wenn!« Bei jedem Wenn stampfe ich auf und lasse es sogleich wieder, weil ich selbst merke, wie kindisch ich mich gebärde. Ich hole Luft. »Hättest du nur einmal die Wahrheit gesagt und mir die Möglichkeit gelassen, mich nach einem anderen Mann -«

Seine Fäuste rucken in die Höhe und ich weiche zurück, halte die Hände schützend vor den Bauch.

»Warum bist du nicht einfach gegangen?« Seine Stimme überschlägt sich vor Wut.

Schluchzend bringe ich hervor: »Weil ich dich doch geliebt habe.«

Statt ihn zu besänftigen, lassen meine Worte ihn nur noch mehr beben. »Und weil du mich liebst, jubelst du mir ein Kind unter?«

Er kommt auf mich zu, ich stoße einen spitzen Schrei aus, torkle nach hinten gegen die Wand.

»Es hätte auch ein Unfall sein können«, keuche ich. »Eine vergessene Pille, ein beschädigtes Kondom … Ich schiebe dir gar nichts unter. Wer Sex hat, muss damit rechnen, dass dabei ein Kind entsteht.«

»Du hinterhältige Fotze!« Er packt meinen Oberarm, stößt mich gegen die Wand. »Das ist doch kein Grund, um ... um ... Scheiße!«

Mit zitternden Fäusten lässt er von mir ab. Die Situation kommt mir so absurd vor, dass ich auflache.

Er starrt mich hasserfüllt an. »Bist du es schon?«

»Was?« Ich verstehe nicht, worauf er hinauswill.

Seine Fäuste beben. »Bist du schwanger?«

Ich zögere zu antworten, aber was brächte es mir, jetzt noch zu lügen? Also presse ich hervor: »Ja.«

Ein hohles Lachen erklingt. »Du bist doch irre!«

Sein Blick wandert das Gebäude hinauf bis zu den erleuchteten Fenstern von Roberts Praxis.

Ein verzweifelter Ausdruck tritt in Sörens Gesicht. »Warum so umständlich? Warum das Kondom?«

»Ich habe es schon länger versucht, aber mit fast vierzig -«

Er lässt mich nicht ausreden, scheint, meine Worte nicht einmal zu hören. Dennoch ruht sein Blick unverwandt auf mir. »Warum warst du abends noch im Labor?«

»Das hatte ich dir doch gesagt. Stina bekäme -«

»Bitte sage mir, dass es nicht wahr ist.«

»Sören, Schatz, ich weiß wirklich nicht -«

»Was hast du getan?« Er macht einen Schritt auf mich zu, ich weiche zurück.

»Ich habe mir nur das genommen -«

»*Warum* hast du es getan?«

Ich blicke ihn stumm an. Mir wird klar, dass Leugnen nichts bringt. Er hat längst alle Puzzleteile zusammengesetzt, ist lediglich hergekommen um ... ja, um was eigentlich? Um mich mit seinem Wissen zu konfrontieren? Um es aus meinem eigenen Mund bestätigt zu bekommen?

Trotz steigt in mir auf.

»Wegen der Migräne«, zische ich. »Finja leiden zu sehen ist unerträglich und ich wollte -«

Sörens Schultern sacken herab. »Du hast tatsächlich die DNA deines Kindes verändert?«

Hastig werfe ich einen Blick auf unsere Umgebung. Zum Glück treibt der Sprühregen die Leute zur Eile an.

»Um es zu beschützen!«, fauche ich. »Auch eine Impfung birgt ein gewisses Risiko, doch jeder weiß, dass die Vorteile überwiegen.«

»Impfung?« Sören presst die gespreizten Finger gegen die Schläfen, als versuche er, etwas aus seinem Kopf herauszudrücken. »Du vergleichst das tatsächlich mit Impfen?«

»Und du führst dich auf, als sei ich Doktor Frankenstein. Ich weiß, was ich tue! Außerdem verwenden wir die Technik seit Jahren, es ist nur noch eine Frage der Zeit, bis sie zu etwas Alltäglichem wird. In einem Jahrzehnt wird man jeden für verrückt erklären, der zulässt, dass seine Kinder unnötigerweise an irgendeiner Krankheit leiden müssen. Eine Vorselektion der Embryonen wird vollkommen normal sein, kleine Eingriffe in die DNA sind dann nichts Verwerfliches mehr. Es fängt doch heute schon an!«

Anklagend deute ich das Gebäude hinauf. Sören folgt meiner Geste.

»Ja, die auch!«, bestätige ich seine unausgesprochenen Gedanken, obwohl es nicht der Wahrheit entspricht. Eine PID ist kein Editing.

Er lacht hysterisch auf. »Dass dieses überhebliche Pack bei dem Scheiß mitmacht, überrascht mich nicht. Die hat dich angestiftet, oder? Deshalb hat die Barbiepuppe dich so umgarnt!« Mit einem frustrierten Heulen schlägt er mit der flachen Hand gegen die Fassade des Gebäudes. »Scheiße! Scheiße, scheiße, scheiße!«

Seine Schlussfolgerung sollte mich nicht überraschen. Schon seit jeher hat er meine Fähigkeiten unterschätzt, hat sich für den Klügeren von uns beiden gehalten. Dennoch starre ich ihn drei Herzschläge lang ungläubig an, bis mich die Wut packt. »Glaubst du wirklich, ich sei derart leicht zu beeinflussen?«

Sören wendet sich mir zu, hebt den Zeigefinger, als ob er mich zurechtweisen wolle, hält inne. »Nein! Sag mir nicht, du hast dir diese kranke Sache selbst ausged-«

»Doch! Natürlich war *ich* das!«

Eine junge Frau im knallgelben Regenmantel wirft uns einen schrägen Blick zu, eilt aber an uns vorbei.

»Nein, das darf nicht …« Erneut schlägt Sören gegen die Fassade. Dann noch einmal und noch einmal. »Nein, du kannst doch wirklich nicht derart hirnverbrannt sein. Das war diese Barbiepuppe!«

Dass er Beatrice für intelligenter hält als mich, stachelt meine Wut nur noch mehr an.

»Diese grenzdebile Schnalle studiert nicht einmal etwas Richtiges. Wenn sie ihr Studium beendet, hat sie lediglich einen Master of *Arts*.« Ich lache spöttisch auf. »Denkst du wirklich, dass ich mich von einer Kunstwissenschaftlerin einwickeln lasse? Das Mädchen ist so beschränkt, die kann einen Embryo nicht von einem Fötus unterscheiden. Selbst wenn ich versuchen sollte, ihr Genetic Editing begreiflich zu machen, würde sie kein Wort verstehen. Diese Möchtegern-Akademikerin weiß von gar nichts!«

Sören starrt mich an. »Sie weiß nicht einmal davon?«

»Das alles war meine Idee. Hörst du? Meine! Und ich stehe dazu! Ich will meinem Kind Leid ersparen. Jede Mutter will das, jeder Vater sollte das wollen! Aber bei dir scheint ja irgendwas falsch geschaltet zu sein!«

»Ich wollte gar kein Kind!«

Ein Lachen platzt aus mir heraus. »Du bist derjenige, der mein Leben zerstört hat. Du hast mich hingehalten, warten lassen -«

»Das gibt dir noch lange nicht das Recht, Doktor Frankenstein zu spielen!« Ich sehe die geballte Hand, sehe die Entschlossenheit. Dennoch bin ich gelähmt, kann nicht glauben, dass -

Mit aller Kraft rammt er seine Faust in meinen Bauch. Ich japse, klappe zusammen, starre fassungslos auf seine Schuhe.

Eine Stimme wird laut. »He! Was machen Sie?«

Ich blicke auf, sehe Sören an, der anscheinend selbst nicht fassen kann, was er soeben getan hat. Er schnellt herum. Seine rennenden Schritte entfernen sich, verlieren sich im Regen.

»Sind Sie verletzt?« Ein Mann in grauer Regenjacke kniet neben mir, fasst mich vorsichtig am Ellenbogen. Ich halte meinen Bauch, bin zu geschockt, um reagieren zu können.

SÖREN

Montag, 13.03.

Meine Hände klammern sich ans Lenkrad, ich zittere vor Wut am ganzen Körper. Noch immer komme ich mir vor wie im falschen Film. Das alles kann unmöglich wahr sein und doch liegen die Beweise auf dem Tisch, eindeutig und unumstößlich.

Der heutige Tag ist der Schlussstrich. Einen Verrat wie diesen kann ich unmöglich verzeihen. Sobald ich zu Hause bin, werde ich meine Sachen packen und zu Tom fahren, der hat sich nach seiner Scheidung eine Zweizimmerwohnung in der Stadt gemietet und wird mir sicherlich seine Couch überlassen. In dem Bett, das ich seit Jahren mit Paula teile, werde ich jedenfalls keine einzige Nacht mehr verbringen.

Und dann?

Ich habe keine Ahnung, was ich machen soll, wenn Paula wirklich schwanger ist. Letztendlich ist es auch mein Kind, obwohl ich es nicht wollte. Ich kann so ein unschuldiges Wesen doch unmöglich bei einer Frau wie Paula lassen. Sollte ich sie anzeigen und das Kind dann zu mir nehmen?

Ich biege in unsere Straße ein, nehme die Kurve zu eng und wäre fast in ein entgegenkommendes Auto gerast. Im letzten Moment reiße ich das Lenkrad herum. Zorniges Hupen ertönt und ich schicke dem anderen Fahrer einen Fluch hinterher, obwohl eindeutig ich der Schuldige bin.

Das andere Auto entfernt sich und auch ich fahre weiter. Hass brennt in meiner Brust, daneben tiefe Scham wegen dem, was ich soeben getan habe. Mit voller Absicht habe ich einer schwangeren Frau in den Bauch geschlagen. Niemals hätte ich mir zugetraut, so etwas zu tun und vor Entsetzen wird mir ganz flau.

Hastig schiebe ich die Erinnerung beiseite, konzentriere mich wieder auf meine Wut. Paula hat sich nicht einmal bei mir entschuldigt, hat mir bloß vorgeworfen, ich hätte ihr Leben zerstört.

Nun gut, ihre Vorwürfe sind vielleicht nicht komplett aus der Luft gegriffen. Ich wusste, dass Paula gerne ein zweites Kind hätte, während ich selbst immer irgendwelche Gründe hatte, weshalb es *gerade jetzt* nicht passte. Finjas Babyzeit war alles andere als einfach und damals war ich überzeugt, ich bräuchte einfach noch Zeit, bis ich für ein weiteres Kind bereit wäre. Die Jahre verstrichen und unsere Ehe wurde zusehends zur Farce. Ich hatte andere Dinge im Kopf und irgendwie angenommen, dass sich das Thema Geschwisterkind auch für Paula erledigt hätte. Im Nachhinein betrachtet hätten wir offener darüber sprechen müssen … Wie über so vieles andere auch.

Trotzdem habe ich diesen Verrat nicht verdient. Definitiv nicht.

Unser Haus kommt in Sicht, ich presche die Auffahrt hinauf, bremse hart, reiße die Fahrertür auf und bin schon die Stufen zu unserer Haustür hoch, als ich innehalte. Mein Blick schweift zum Nachbarhaus. Ich zögere nur eine Sekunde, dann denke ich an Roberts überhebliches Grinsen. Der Typ war mir von der ersten Sekunde an unsympathisch und was er seiner Frau antut, ist ebenso unverzeihlich wie das, was Paula gemacht hat.

Im Nieselregen renne ich hinüber, presse meinen Zeigefinger auf die Klingel und lasse erst wieder los, als sich die Haustür öffnet.

BEATRICE

Montag, 13.03.

»Das … nein …« Ich schlage die Hand vor den Mund und weiche vor Sören zurück, der mit grimmigem Blick in der Eingangstür steht. Die Haare kleben in nassen Strähnen an seinem Kopf, Jacke und Hose sind vollkommen durchnässt.

»Ich fand, du solltest es wissen«, murmelt er und wendet sich zum Gehen.

Er steigt die Stufen hinab und trabt unsere Auffahrt hinunter. Die Straßenlaternen sind eingeschaltet, ihr Licht spiegelt sich auf der nassen Fahrbahn. Der Regen hat aufgehört, doch noch immer tröpfelt es von den Zweigen der Bäume und Hecken. Das Brummen eines Autos nähert sich.

»Ist das ein Scherz?«, bringe ich kraftlos hervor.

Er bleibt stehen und wendet sich zu mir um. Im fahlen Licht sehe ich sein Lächeln. »Ich wünschte, es wäre einer.«

Näherkommende Scheinwerfer streichen über den Asphalt und die Zäune der Nachbarn. Sören sieht dem Fahrzeug entgegen, dann lacht er freudlos auf, wirft mir einen letzten Blick zu, bevor er zu seinem eigenen Haus hinübergeht. Im nächsten Moment rollt der Mercedes meines Mannes auf unser Grundstück. Wie gelähmt stehe ich in der Haustür und starre das Auto an wie ein Gespenst. Den Fahrer kann ich nicht sehen, es ist zu dunkel. Erst als die aufgehende Fahrertür das Licht im Wagen aktiviert, erblicke ich Roberts Gestalt.

Mein Gatte schlägt die Tür zu und das Licht verlöscht. Neben dem Wagen stehend blickt er Sören nach.

»Was wollte der denn?«, ruft er und kommt auf mich zu, Jacke und Tasche unter den Arm geklemmt.

Ich öffne den Mund, doch kein Ton kommt heraus. Er baut sich vor mir auf.

»Darling, was wollte der Kerl hier?« Er betont jedes einzelne Wort, als wäre ich nicht ganz bei Begriff, was in diesem Moment vielleicht sogar zutrifft.

»Ich weiß nicht …«, hauche ich und schaue dorthin auf den Bürgersteig, wo Sören eben noch stand.

»Darling!« Robert schüttelt mich sacht. »Was wollte er?« Seine Stimme ist fest, nachdrücklich. Und doch schwingt Nervosität darin mit. Ich löse den Blick vom leeren Fußweg und schaue zu meinem Mann auf. Die blassblauen Augen starren mich an. Sie suchen etwas. Unwillkürlich weiche ich einen halben Schritt zurück.

»Was habt ihr getan?« Meine Stimme ist kaum mehr als ein Windhauch.

Er presst die Lippen aufeinander, schiebt mich ins Haus. Hinter uns fällt die Tür zu. Ich lasse es einfach geschehen.

»Nein … Robert, das hast du doch nicht wirklich …«

»Was hat er dir erzählt?«, zischt er. Mit einem Schnaufen wirft er Jacke und Tasche in die Ecke. »Mist.«

Mist. Er klingt wie eine müde Putzfrau, deren Eimer mit Schmutzwasser soeben über den frisch gewischten Boden ausgekippt ist. Etwas in mir zerbricht.

»Dann ist es wahr«, stelle ich fest. »Du willst tatsächlich die DNA unseres Kindes -«

»Unsinn!« Robert winkt unwillig ab. »Das würde ich niemals zulassen!«

»Aber was -«

»Darling, jetzt beruhige dich. Es ist alles halb so wild. Es geht lediglich darum, zu überprüfen, ob die Embryonen irgendwelche Erbkrankheiten in sich tragen.«

»Aber warum dann Paula? Es ist doch vollkommen legal, wenn wir -«

»Die PID-Liste der EU deckt längst nicht alle Erbkrankheiten ab. Nur die tödlichen. Ich will aber, dass unser zukünftiges Kind sich einer perfekten Gesundheit erfreut. Das willst du doch auch, oder?« Er lacht auf. »Natürlich! Was wärst du für eine Mutter, wenn du es nicht wolltest?«

»Ich -«

Er packt mich sanft bei den Schultern, dirigiert mich ins Wohnzimmer zum Sofa. Der Fernseher ist noch immer eingeschaltet, auf dem Polster liegt eine zerwühlte Wolldecke. Habe ich heute eigentlich etwas anderes gemacht als herumzuliegen?

»Ach, Darling. Vielleicht hätte ich dir tatsächlich davon erzählen sollen. Aber dir geht es nicht gut und ich wollte dich nicht damit belasten. Schließlich habe ich angenommen, dass es auch in deinem Sinne ist, wenn ich das arrangiere. Oder täusche ich mich da? Willst du etwa ein krankes Kind?«

»Nein«, hauche ich, noch vollkommen überfahren von der Situation. Meine Hände sind eiskalt und ich klemme sie zwischen die Oberschenkel. Meine Gedanken rotieren, dass alles ging so schnell, ich hatte keine Zeit, es wirklich zu begreifen. Erst nach und nach sickert die Erkenntnis in mein Bewusstsein.

Robert lässt sich neben mir nieder und zieht mich an sich. »Nun guck nicht so, Darling. Ich mache nichts Unrechtes.«

Er drückt mir sanft einen Kuss auf die Wange. Ich habe es immer geliebt, wenn er mich so im Arm hält, fühlte mich dabei sicher und geborgen. Doch mit einem Mal ist mir seine Berührung unerträglich. Ich versuche, von ihm abzurücken, doch er hält mich umso enger umschlungen, zieht mich an sich.

»Was ist mit dem Geschlecht?«, flüstere ich mit brüchiger Stimme.

»Geschlecht?« Er sieht mich mit hochgezogenen Augenbrauen an. »Darling, du glaubst doch nicht etwa … nein, ich weiß doch, dass du ein Mädchen willst. Diese Entscheidung überlassen wir ganz allein der Natur.« Er lacht und tippt mir auf die Nase.

Ein Schniefen entringt sich meiner Kehle. »Du bist ein Schwein!«

Wenn du ihn derart provozierst, dann wirst du dir mehr als nur eine Ohrfeige einfangen.

»Wie bitte?«

»Du hast mich schon verstanden.« Tränen brennen in meinen Augen. »Du bist ein elendes, narzisstisches Schwein und ich glaube dir kein Wort!«

Seine Augen verengen sich. »Das habe ich nun wirklich nicht verdient! Immerhin versorge ich dich -«

Mit einem Ruck springe ich auf. Die Bewegung kommt selbst für Robert zu überraschend, als dass er mich festhalten könnte.

»Alles willst du kontrollieren, alles!«, bringe ich stoßweise hervor.

Er lacht auf, erhebt sich und zwingt mich somit, zu ihm aufzublicken. »Wenn du das Verhindern erblicher Krankheiten als Kontrolle bezeichnest, dann bitte schön! Aber was bist du nur für eine Mutter, die ihren Egoismus über das Wohl eines Kindes stellt?«

»Du lässt Paula nicht nur nach Erkrankungen schauen, oder?« Ich schniefe. »Sie soll auch das Geschlecht feststellen.«

Robert verdreht die Augen. »Darling, ich habe dir doch gerade -«

»Ich träume von einer Tochter!« Wieder sehe ich das Mädchen vor mir. Ihr Lachen, das gelbe Kleid, das um ihre Knie schwingt. Die zarte Kinderhand, die sich an mir festhält.

Robert stößt einen genervten Laut aus.

Jetzt benimm dich endlich, zischt Mama. *Niemand kann zickige Frauen ausstehen.*

»Darling!« Ich sehe, dass Robert Mühe hat, ruhig zu bleiben. »Das Einzige, was ich will, ist ein gesundes Kind. Stell dir vor, bei Paulas Embryonen war einer dabei, der hatte Trisomie einundzwanzig. Theoretisch hätte sie ein Baby mit Down-Syndrom haben können, wenn es auf natürlichem Weg gezeugt worden wäre. Ehrlich gesagt bin ich sogar froh, dass auch wir auf künstliche Befruchtung zurückgreifen dürfen. Das gibt uns die Möglichkeit, unserem Kind die bestmöglichen Gene mit auf den Weg zu geben. Ich denke, dass wir im -«

»Ich will die Scheidung.« Meine Stimme ist so fest wie seit Wochen nicht mehr.

Dir hat doch jemand ins Gehirn geschissen! Sieh dir diesen Mann an! Eine Schlampe wie du kann froh sein, wenn er sich überhaupt nach dir umsieht.

»Darling -«

»Ich meine es ernst.«

Er schüttelt nachsichtig den Kopf, als sei ich zwar ein dummes, aber doch irgendwie auch liebenswertes Kind.

»Darling, du überdramatisierst.«

Du dämliche Tusse! Wofür hast du denn in den letzten Jahren die Beine breitgemacht? Nun wirfst du alles weg. Nur weil er Madame nicht nach ihrer werten Meinung gefragt hat? Für ein dummes Studium, mit dem du niemals Geld verdienen wirst?

Ein Schrei bahnt sich seinen Weg. »Sei still!«

Verblüfft starrt Robert mich an. Sein Mund steht offen, als habe ich ihn mitten im Wort unterbrochen. Ich gehe rückwärts. Die Lethargie, die mich seit Wochen fest im Griff hatte, fällt von mir ab. Einen Moment lang sehen wir uns an, er noch immer gelähmt vor Überraschung, ich nach Atem ringend. Endlich habe ich das ausgesprochen, was mir schon so lange auf der Seele lag, vielleicht schon seit unserem gemeinsamen Essen, bei dem er mir nicht nur die künstliche Befruchtung ans Herz gelegt hat, sondern auch beschrieb, wie meine Zukunft aussehen soll. Ich glaube, schon da begann etwas in mir zu gären, wuchs mit der Zeit heran und brauchte nur noch diesen letzten Tropfen. Das Fass lief nicht nur über, es wurde schier gesprengt.

»Darling, deine Witze waren auch schon mal besser.«

»Das ist kein Witz.« Ich stehe da, die Beine in den Boden gestemmt, und starre den Mann an, mit dem ich faltig und grau werden wollte und der mir nun ein Fremder ist.

Die Falte zwischen seinen Augenbrauen wird tiefer. Er kommt auf mich zu.

»Nein!« Ich strecke die Arme aus, um ihn von mir fernzuhalten. Er packt mich an den Handgelenken, zieht mich mit einem Ruck an sich heran.

»Nein!« Ich werfe mich hin und her, versuche, mich loszureißen.

»Nun beruhige dich doch endlich«, schnauft er, was meine Bemühungen nur noch verstärkt.

»Darling, krieg dich wieder ein. Das sind bloß die Hormone.«

»Lass mich los!«

»Erst, wenn du dich beruhigt hast.«

Schon merke ich, wie meine Bewegungen an Kraft verlieren. Nicht, weil ich keine Energie mehr im Körper hätte, sondern weil sein Befehl einem Gesetz gleichkommt.

»So ist es viel besser, Darl-«

Ich reiße mich los, versetze ihm einen Stoß gegen die Brust. Mit einem überraschten Laut taumelt er zurück und plumpst auf das Sofa. Ohne nachzudenken, wirble ich auf dem Absatz herum, stürme in den Flur, will die Treppe hinauf, um mich im Badezimmer einzuschließen, wie ich es schon früher getan habe, wenn die Männer ihre Fäuste ballten und auf Mama losgingen.

Eine Hand packt meine Haare, zieht mich mit einem brutalen Ruck zurück.

»Undankbare Hure!«

Ich schreie, meine Kopfhaut scheint in Flammen zu stehen. Er schleift mich in das Wohnzimmer. Ich kreische vor Schmerz, schlage um mich, versuche, dem Griff zu entkommen. Er lässt meine Haare los, stellt sich breitbeinig über mich. Seine Fäuste sind geballt, die Brust hebt und senkt sich im Takt seiner raschen Atemzüge.

Und ich? Ich werde ganz klein, werde wieder zum Kind, das sich die Hände gegen die Augen presst und doch die Schläge und Mamas Wimmern nicht ausblenden kann.

»Darling …« Roberts Stimme klingt mit einem Male unendlich erschöpft. Er umfasst meine Handgelenke, versucht, meine Hände von meinem Gesicht zu zerren. »Darling, sieh mich an. Bitte!«

Doch ich presse die Hände mit aller Kraft auf Stirn und Wangen, als könnte ich mich vor der Realität verstecken.

»Darling, jetzt reiß dich zusammen. Wir setzen uns aufs Sofa und reden darüber, ja?«

»Lass mich in Ruhe!«

Er seufzt schwer. »Hey, tut mir leid, dass ich eben so wütend war. Aber du bist auch nicht ganz unschuldig daran, hm?«

»Ich will die Scheidung!«

Ich weiß nicht einmal, woher ich die Kraft nehme, ihm erneut diese Worte entgegenzuschmettern.

»Ja, ja, ist gut«, brummt Robert, als sei ich ein Kleinkind, das damit droht für immer wegzulaufen.

Die Erkenntnis, dass er mich nicht ernst nimmt, lässt meine Entschlossenheit wachsen. Ich blicke zwischen gespreizten Fingern zu ihm auf, begegne einem nachsichtigen Lächeln. »Hey, da bist du ja«, sagt er.

Ich schnelle hoch, zögere keine Sekunde. Meine Faust rammt sich in seine Weichteile. Er klappt zusammen, presst die Hände auf seinen Schritt und gibt einen erstickten Laut von sich. Ich komme auf die Beine, besitze gerade noch die Geistesgegenwart, nach dem Handy zu greifen, haste die Treppe hinauf, werfe die Badezimmertür hinter mir zu und drehe den Schlüssel herum. Hektisch atmend weiche ich zurück, bis mein Rücken sich an kalte Fliesen presst. Schon höre ich seine Schritte auf den Stufen, im nächsten Moment zerrt er an der Klinke, wirft sich gegen die Tür.

»Du Miststück! Mach die Tür auf!« Fäuste hämmern auf das Holz. Ich habe Angst, trotzdem spüre ich überraschend den Willen zu kämpfen. Mama ließ sich immer wieder einschüchtern, ist trotz blauer Flecken bei den Männern geblieben. Ich werde diesen Fehler nicht machen. Mit jedem weiteren Schlag gegen die Tür fällt auch ein Stück jener Maske ab, die mein Gatte getragen hat. Er ist nicht nett und charmant. Er ist ein manipulatives Arschloch.

Meine Finger zittern, als ich den Notruf wähle und mir das Gerät ans Ohr halte.

»Polizeinotruf«, erklingt eine männliche Stimme in der Leitung. Genau diesen Moment wählt Robert, um erneut gegen die Tür zu poltern.

»Mach auf, du Schlampe!«

Ich schrecke zusammen, halte mir das freie Ohr zu und nenne ihm meine Adresse. »Kommen Sie schnell. Mein Mann, er …«

Meine Stimme versagt, ich kann es nicht aussprechen. Muss ich auch nicht, denn Roberts Schläge gegen die Tür und seine Beschimpfungen sind laut genug.

»Ich schicke jemanden«, sagt der Mann von der Notrufzentrale. »Sind Sie derzeit in Gefahr?«

»Ich habe mich im Badezimmer eingesperrt.«

»In Ordnung bleiben Sie ruhig. Hilfe ist unterwegs.«

»Bitte beeilen Sie sich«, wispere ich ins Telefon. Instinktiv senke ich meine Stimme, damit Robert nicht mitbekommt, dass ich mit der Polizei spreche. Wie ein Kind, das Angst hat, von seinen Eltern ertappt zu werden. Erbärmlich, ich weiß. Dennoch kann ich nichts dagegen tun. Bevor der Mann von der Notrufzentrale etwas erwidert, lege ich hastig auf.

Die Schläge verstummen, statt ihrer senkt sich eine surreale Stille über das Haus.

»Darling, was soll das? Mach die Tür auf.«

»Ich werde dich verlassen«, bringe ich hervor.

»Wieso? Weil einmal etwas nicht nach deinem Willen geht?«

Ich lache auf. Es ist viel zu hoch und klingt selbst in meinen Ohren hysterisch.

»Darling, das ist nicht fair. Für dich habe ich Beate und die Kinder verlassen.«

Von mir kommt ein verächtliches Schnaufen. »Du hast Beate verlassen, weil dir ihr Arsch zu fett war und du nicht genügend Loyalität besitzt, um das Versprechen, *in guten wie auch in schlechten Zeiten füreinander da zu sein*, tatsächlich ernst zu nehmen.«

»Du hast dieses Versprechen ebenfalls gegeben!«, erwidert Robert. Ich kann mir vorstellen, wie er mit geballten Fäusten vor der Tür steht und schwer atmend auf das Holz starrt, das uns trennt.

»Ja …«, flüstere ich. »Aber ich breche es nicht, weil du zu viel Pizza isst, sondern …« Ich halte inne, weiß nicht, wie ich den Satz beenden soll. Alles stürmt auf mich ein, dennoch kann ich es nicht in Worte fassen. Meine Wangen glühen, mir ist fürchterlich heiß.

»Weil was?«, höhnt er.

Ich beiße mir auf die Unterlippe, suche nach einer passenden Formulierung.

»Darling, jetzt werd endlich vernünftig und mach die Tür auf«, schnauft Robert, während mir endlich einfällt, wie ich meinen Satz beenden kann.

»Weil du mir ein Leben aufdrängst, das ich nicht führen will.«

Ich höre, wie er auflacht. »Ja, sich um Geld keine Gedanken machen zu müssen, ist wirklich eine Zumutung.«

»Ich will studieren.«

»Und wofür? In deinem Bereich verdient man doch nichts. Dein Hobby kannst du auch später noch fortführen.«

Wut steigt in mir auf, ballt sich in meiner Kehle zusammen und bricht mit einem Schrei heraus: »Es ist *mein* Leben!«

Etwas knallt gegen die Tür und lässt mich zusammenzucken.

»Es ist unser Leben!«, brüllt Robert. »Das haben wir uns vor dem Traualtar geschworen.«

Unwillkürlich muss ich an diesen Tag denken. Ich ganz in Weiß, Robert in Silber, um uns eine atemberaubende Blumendekoration. Wie verliebt ich war, wie blind.

Als ich weiterspreche, zittert meine Stimme. »Nein, es ist nicht unser Leben. Diese Ehe besteht nur aus deinem Leben. Und jetzt willst du es sogar unserem Kind aufzwingen.«

»Aufzwingen? Sag mal, hörst du dir überhaupt selber zu? Du undankbares Miststück!«

Robert wettert weiter, während ich mich mit dem Rücken an der Wand zu Boden gleiten lasse und das Gesicht in den Händen berge.

PAULA

Montag, 13.03.

Sörens Wagen steht schief in der Auffahrt, überall im Haus brennt das Licht. Hinter dem erleuchteten Fenster im ersten Stock sehe ich eine Bewegung. Ich eile zur Haustür, versuche, den Schlüssel ins Schloss zu stecken, lasse ihn prompt fallen, probiere es erneut. Endlich öffnet sie sich. Oben poltern Schritte, ich fliege die Treppe hinauf, ins Schlafzimmer.

Sören stopft den Inhalt seines Kleiderschranks in eine Reisetasche. Als ich schwer atmend im Türrahmen stehe, sieht er auf. Sein Blick ist voller Hass. Mir ist klar, was dieser Ausdruck bedeutet. Es ist vorbei. Endgültig. Obwohl ich in den letzten Monaten, wenn nicht sogar Jahren, oft bereute, dass ich mich nicht längst von ihm getrennt habe, zieht sich alles in mir zusammen. Ein allumfassendes Verlustgefühl überspült mich.

Reglos stehen wir voreinander, ein weiteres Mal ist die Luft erfüllt von ungesagten Worten. Ich erinnere mich an jenen Moment auf dem Sofa, die zarte Hoffnung, die zwischen uns keimte. Ich hatte in jenem Moment nicht gelogen. Ich habe ihn wirklich vermisst. Und nun … es tut mir so unendlich leid, was aus unserer Beziehung geworden ist.

Schließlich presse ich hervor: »Bitte, du kannst achtzehn Jahre nicht einfach so wegschmeißen.«

Ich mache einen vorsichtigen Schritt nach vorne, strecke die Hand nach ihm aus, halte jedoch inne, als sich sein Gesicht vor Abscheu verzerrt. Er packt den auf dem Nachttisch stehenden Wecker. Ich stoße einen Schrei aus, ducke mich. Knackend zerbricht das Gerät hinter mir an der Wand.

»Du bist es, die alles zerstört hat!« Mit einem Ruck wendet er sich ab, zwängt drei weitere Hemden in sein Gepäck. »Wir hätten früher miteinander reden sollen«, knurrt er und mich überrascht die Bitterkeit in seiner Stimme. »Wir haben es schon vor Jahren verbockt.« Er richtet sich auf und deutet mit ausgestrecktem Arm auf mich. »Trotzdem! Was du getan hast, ist krank!«

»Du bist es gewesen, der -«

»Ja, ja«, schnauft Sören. Er greift in den Schrank, holt eine Jeans heraus, knüllt sie in die Tasche. »Ich habe dich hingehalten. Passt dir ja ganz gut: Dann kannst du mir die Schuld für dein verpatztes Leben geben und gleichzeitig froh sein, dass du kein zweites natürlich gezeugtes Kind hast, dem du dein ach so schlimmes Leiden vererbst.«

»Nein, so ist das nicht -«

»Das Haus werden wir verkaufen. Den Erlös teilen wir uns.«

»Aber -«

Er nimmt einen Stapel T-Shirts. »Es wird sicherlich dauern, einen Käufer zu finden. Bis dahin kannst du hier wohnen. Mir egal. Hauptsache, ich muss dich nie wieder sehen.«

Seine Worte rammen sich wie ein Dolch in meine Brust. Ich schluchze auf, weiche zurück, weiß nicht, was ich erwidern soll.

Mit beiden Händen greift er in sein Sockenfach, quetscht die Hälfte davon in seine Tasche, dann ist sie voll. »Ich werde Montag einen Makler anrufen. Du wirst auch bald von meinem Anwalt hören.«

Er wirft sich die Tasche über die Schulter, kommt auf mich zu, da ich noch immer die Tür versperre.

»Sören, warte, ich -«

Er bleibt so dicht vor mir stehen, dass sich unsere Gesichter fast berühren. Seine Augen sind rot und verquollen. Hat er geweint? Wir sehen uns an. Die Zeit dehnt sich aus. Ich spüre, dass er auf etwas wartet, weiß aber nicht worauf. Nervös lecke ich mir über die Lippen und blicke in das vertraute Gesicht. Seine Kiefer sind fest aufeinandergepresst, die Augenbrauen zusammengezogen. Ich sehe Hass in seinem Blick und … Schmerz?

Plötzlich kommt wieder Bewegung in ihn. Grob schubst er mich beiseite, ich stolpere gegen die Kante der Kommode. Seine Schritte entfernen sich, ich ignoriere den Schmerz in meiner Seite, setze ihm nach, packe seinen Arm. Grimmig versucht er, mich abzuschütteln.

»Was willst du noch?«, fragt er mit belegter Stimme. »Es ist vorbei, hätte schon vor zehn Jahren vorbei sein sollen.«

Ich verstärke meinen Griff, bin nicht bereit, ihn gehen zu lassen. »Was hast du vor?«

»Das geht dich einen Scheißdreck an.«

»Du darfst niemandem davon erzählen!«, wimmere ich. »Sie würden es nicht verstehen, es mir wegnehmen …«

Meine Stimme versagt. Flehend blicke ich ihn an.

»Du bist eine kranke Frau, Paula!«, flüstert er. »Das Kind tut mir leid!«

Emotionen brodeln in mir auf wie Wasser in einem Topf. Sie blubbern, schlagen Blasen. Wut, Hilflosigkeit, Trauer. Noch immer umfassen meine Hände seinen Arm, krallen sich in den Stoff seines Pullovers.

»Du darfst es niemandem sagen!« Die Verzweiflung lässt meine Stimme brechen. »Bitte! Ich verzichte auch auf das Haus, du kannst alles haben, aber bitte nimm mir nicht mein Kind.«

Sören versucht, sich loszureißen, ich halte erbittert fest.

»Versprich es mir!«

Er lacht auf, die Reisetasche fällt zu Boden und er ballt die freie Hand. Ich lasse los, krümme mich zusammen, presse die Arme vor meinen Bauch. Sein halbherziger Schlag trifft mich an der Schulter. Mit einem erschrockenen Schrei taumle ich gegen die Wand.

»Nein! Nein, das darfst du nicht!« Ich hebe abwehrend eine Hand, als er auf mich zutritt. Der andere Arm umschlingt meinen Unterleib, versucht, die Ungeborenen in mir zu schützen.

Schwer atmend steht er vor mir. »Ich sollte es aus dir herausprügeln.«

Angst schnürt mir die Kehle zu. Ich schaue auf, begegne Sörens Blick.

»Bin schon gespannt, was Finja zu dem Ganzen sagen wird.« Er wendet sich ab und ergreift die Reisetasche. Vor ihm liegt die erste Treppenstufe, die in das Erdgeschoss hinabführt. Mein Körper handelt, bevor mein Kopf die Situation begreift. Plötzlich bin ich auf den Beinen, stehe hinter ihm. Er dreht sich zu mir um und die Zeit verlangsamt sich. Zorn, aber auch Überraschung spiegeln sich in seinem Gesicht. Dann Begreifen und Schrecken. Meine Hände stoßen nach vorn, mit aller Kraft werfe ich mich gegen den Körper, mit dem ich seit fast zwei Jahrzehnten das Bett teile. Seine Augen weiten sich. Dann kippt er. Der eigene Schwung und das zusätzliche Gewicht der Reisetasche sind zu viel, die freie

Hand streckt sich nach dem Treppengeländer, greift ins Leere. Ein Schrei, Poltern. Dann liegt er am Fuß der Treppe, die Beine noch auf den Stufen, die Tasche neben ihm.

Drei Herzschläge vergehen. Ich komme mir entrückt vor, als würde ich über meinem Kopf schweben und das Geschehen als Unbeteiligte beobachten. Dann geht ein Ruck durch die Welt und ich werde in meinen Körper zurückgezogen.

Ich kreische, schlage mir die Hände vor das Gesicht. Fassungslos starre ich auf Sören herab, sehe, wie sich eine Blutlache auf dem Holzboden ausbreitet.

»Das wollte ich nicht!«, kreische ich schrill, fliege die Stufen hinunter, falle neben dem reglosen Körper auf die Knie, strecke die Hände nach ihm aus, halte inne, will den Schaden nicht verschlimmern. Ich schluchze unkontrolliert, Tränen rinnen herab. Blut, da ist überall Blut.

»Das wollte ich nicht!«

Doch da ist die Erinnerung, wie ich hinter ihm stehe, ihn stoße. Ich bin zu entsetzt, um meine eigene Tat vollends zu begreifen, sehe bloß Sören, seine geschlossenen Augen und die fürchterlich verdrehte Haltung des Kopfes.

Fahrig durchsuche ich meine Manteltaschen, finde das Smartphone, wähle den Notruf.

BEATRICE

Montag, 13.03.

Das Blaulicht hat die Nachbarn an die Fenster gelockt. Weiße Gesichter zwischen halb geöffneten Vorhängen. Ich stehe in der offenen Haustür, habe mir gegen die Kälte meinen Mantel übergeworfen. Robert wird gerade von zwei Polizisten abgeführt. Seine wütende Stimme hallt durch die in Dunkelheit liegende Nachbarschaft.

»Alles Lügen! Du verrückte Schlampe, das wird dir noch leidtun! Ich werde dich fertigmachen! Ich werde dich in Grund und Boden - Hände weg!«

Letzteres hat er an den Polizeibeamten gerichtet, der eine Hand auf Roberts Hinterkopf gelegt hat, um ihn in den bereitstehenden Einsatzwagen zu bugsieren. Der Beamte erwidert etwas, spricht jedoch so leise, dass ich seine Worte nicht verstehen kann.

Die Tür des Wagens schlägt zu, Roberts Stimme verkommt zu einem gedämpften Gemurmel. Ich sehe, wie er hinter der Scheibe tobt. Meine Lippen verziehen sich zu einem dünnen Lächeln. Ich hebe die Hand und zeige ihm den Mittelfinger, woraufhin sich Roberts Gesicht vor Hass verzerrt. Er wirft sich gegen die Tür. Vergeblich.

Der Wagen rollt an. Robert wendet sich zu mir um, doch schon nach wenigen Sekunden ist er aus meinem Blickfeld verschwunden. Der Streifenwagen fährt die Straße hinab und mit jedem zurückgelegten Meter scheint ein Gewicht von meiner Brust zu verschwinden. Ich kann wieder richtig durchatmen, das erste Mal seit Wochen … oder sogar seit Monaten?

»Er wird für mehrere Tage aus Ihrem gemeinsamen Haus verwiesen«, erläutert die neben mir stehende Polizistin. Sie seufzt und zuckt mit den Schultern. »Sie haben die Möglichkeit, in dieser Zeit verschiedenste Beratungsangebote in Anspruch zu nehmen, um zu entscheiden, wie es weitergehen soll.«

Sie spricht weiter, doch ihre Stimme wird zu einem Hintergrundrauschen. Mein Blick schweift zum Haus von Paula und Sören. Dort kreisen ebenfalls Blaulichter. Ein Polizeiauto und ein Krankenwagen. In den letzten sechs Monaten war ein falsch geparktes Auto der größte Aufreger dieser Straße. Gegenüber tritt der alte Peterson aus der Tür und reckt den Hals. Dieser Abend wird noch wochenlang für Gesprächsstoff sorgen.

Die Polizistin berührt mich sacht an der Schulter. Ich zucke zusammen und begegne einem mitfühlenden Lächeln. »Ich möchte Sie jetzt bitten, mit mir reinzugehen, damit ich Ihre Aussage aufnehmen kann.«

Mein Herz ist schwer. Trotzdem bin ich erleichtert. Es wird vorangehen. Irgendwie.

Nebenan öffnet sich die Haustür. Zwei Sanitäter schieben eine Rolltrage hinaus, die klappernd die Stufen hinabgleitet. Auf der Trage liegt eine reglose Gestalt. Ein Schluchzen hallt durch die Nacht. Paula. Sie folgt den Sanitätern bis zum Krankenwagen und im stroboskophaften Blaulicht sehe ich, wie ihre Wangen feucht glänzen.

»Hierzu möchte ich Sie auch befragen«, sagt die Polizistin. »Als Nachbarin haben Sie bestimmt etwas mitbekommen. Zudem ist es … ungewöhnlich, dass beide Vorfälle zur gleichen Zeit stattfanden.«

»Natürlich«, murmle ich, kann den Blick jedoch nicht von dem Geschehen auf dem Nachbargrundstück abwenden.

PAULA

Montag, 13.03.

»Was ist am heutigen Abend passiert?« Der grauhaarige Polizist mit den herabhängenden Wangen beugt sich auf seinem Stuhl vor und legt die Unterarme auf dem Tisch ab. Ich zwinge mich, seinem Blick standzuhalten. Wegschauen würde mich verdächtig machen. Wie war sein Name noch mal? Er hat ihn mir genannt, kurz bevor er die Aufnahme gestartet hat, um diese Vernehmung aufzuzeichnen. Ich war jedoch so nervös, dass ich kaum zugehört habe. Das Blut rauscht in meinen Ohren. Ich sollte mich beruhigen, Stress ist schlecht für die Ungeborenen, könnte sogar die Einnistung verhindern. Wenn mir eines klar ist, dann, dass ich keine zweite Chance erhalten werde.

»Er wollte zu seinen Eltern.« Ich schniefe, muss meine Trauer nicht einmal spielen. Gott weiß, dass es mir leidtut, was Sören widerfahren ist. Trotzdem werde ich die Schuld nicht auf meine Schultern laden. »Er wollte sie überraschen«, flüstere ich. »Es ist einige Wochen her, dass er bei ihnen war.«

»Zu seinen Eltern, soso.«

Ich klammere mich an die Tischkante, ansonsten würden meine Hände immer wieder zu meinem Bauch zurückkehren, sich schützend über ihn legen. Ich habe Angst, dass dies dem Polizisten auffallen könnte.

Der Tisch ist aus Holz. Ich habe mir immer vorgestellt, solche Tische seien aus Metall, ganz wie im Fernsehen. An der Wand hängt sogar ein Bild. Eine Landschaft mit Mohnblumen und einem Bauernhaus. Noch nicht einmal einen dieser breiten Einwegspiegel haben sie hier, dafür jedoch das blicklose Auge einer Kamera. Ich fühle mich unwohl und frage mich, wer wohl gerade vor dem Monitor sitzt und mich beobachtet. Reden sie über mich?

Ich wische mir über die Augen. »Wie geht es ihm?«

»Ihr Mann ist derzeit noch in Behandlung. Sobald wir die Vernehmung beendet haben, können sie gern im Krankenhaus anrufen.«

»Vernehmung.« Ich lache freudlos auf. »Verdächtigen Sie immer die Ehefrau, wenn ein Mann die Treppe hinabstürzt?«

»Nein, nur jene, die zuvor laut Zeugenaussagen einen schlimmen Streit mit ihrem Ehemann hatten. Vor allem finden wir seltsam, dass es zur gleichen Zeit auch im Nachbarhaus fast zu einer schlimmen Tat gekommen wäre. Wie gut kennen Sie Ihre Nachbarn?«

Ich zucke mit den Schultern, überlege fieberhaft, was ich sagen soll. Ich möchte die Fernsehabende mit Beatrice ungern zugeben, weiß jedoch nicht, was diese der Polizei gerade erzählt. Was ist dort drüben vorgefallen?

Ich ertappe mich dabei, wie ich doch wieder über meinen Bauch streiche, und lege meine Hände flach auf den Tisch. Zu einer Abtreibung kann man mich sicherlich nicht zwingen, aber was ist mit der Pille danach? Unwahrscheinlich, aber sicher bin ich mir nicht.

»Man kennt sich«, gebe ich zu. Ich will mich nicht in zu viele Lügen verstricken und bei einer derart unwichtigen

Sache dem widersprechen, was Beatrice ihnen vielleicht gerade erzählt. »Beatrice, also Frau Neuweiler, und ich haben ab und zu abends zusammen was geguckt. Aber als ich gemerkt habe, dass wir doch nicht auf der gleichen Wellenlänge sind, habe ich es auslaufen lassen.«

»Aha. Und was ist mit ihrem Ehemann? Robert? Wie gut kennen Sie ihn?«

»Nicht sonderlich.«

Der Polizist nickt, macht sich eine Notiz auf dem vor ihm liegenden Block, dessen Seite schon zur Hälfte beschrieben ist. Seine Handschrift ist kaum lesbar, zudem sehe ich die Buchstaben kopfüber. Ich habe keine Ahnung, was dort steht.

»Wie lange dauert das noch?«, frage ich.

»Nur noch ein paar Minuten. Warum war Ihr Mann kurz vor seinem … Unfall bei Ihrer Nachbarin?«

Mein Herz stolpert. »Sören war bei Beatrice?« Panik rauscht durch meine Adern, doch ich versuche, mir nichts anmerken zu lassen. »Keine Ahnung, davon höre ich zum ersten Mal.«

Der Polizist sieht mich mit zu Schlitzen verengten Augen an, scheint ergründen zu wollen, ob ich die Wahrheit sage.

Plötzlich fügen sich die Puzzlestücke vor meinen Augen zusammen. Ich schnappe nach Luft, hätte beinahe die Hand vor den Mund geschlagen.

Er hat ihr von mir und Robert erzählt! Wie viel weiß sie?

Der Polizist sieht mich eingehend an. »Ihnen scheint etwas durch den Kopf zu gehen.«

»Das …« Ich muss schlucken, frage mich erneut, was Beatrice den Polizisten gerade erzählt. Wie viel hat Sören ihr verraten? Und was bedeutet das für mich? Sollte ich jetzt reinen Tisch machen und alles auspacken?

Was habe ich schon zu verlieren? Wenn Sören unserer Nachbarin alles erzählt hat und diese es nun an die Polizei weiterträgt, bin ich ohnehin am Arsch. Vielleicht weiß sie aber auch nur von der geplanten PID und nicht von dem Editing. Da ich mich nicht selbst ans Messer liefern will, darf ich nichts verraten.

Ich schaue dem Polizisten fest in die Augen. »Ich liebe Sören! Ich könnte ihm niemals etwas antun. Aber ich werde jetzt gar nichts mehr sagen, solange mein Anwalt nicht hier ist.«

BEATRICE

Montag, 20.03.

Eine Woche ist seit jenem Abend vergangen. Eine Woche, die mir vorkommt, als hätte jemand mein Leben durch einen Fleischwolf gedreht. Zahllose Vernehmungen durch die Polizei, immer die gleiche Geschichte über meinen manipulativen Ehemann, von dem ich nur noch wegwill. Gefühlt tausend Mal berichte ich von seinem Gewaltausbruch und meiner Angst vor ihm. Mehr habe ich der Polizei nicht erzählt. Aus gutem Grund.

Dann der Anwalt, die Sozialarbeiter, die Verwaltungsbeamten. Von heute auf morgen war nichts mehr wie zuvor.

Ich blicke aus dem Fenster, während das Auto die mir so bekannte Straße hinabrollt. Häuser ziehen an uns vorbei. Zwei Kinder rennen den Fußweg entlang, auf ihren Rücken hüpfen Schulranzen. Vermutlich gehen sie gerade nach Hause oder treffen sich mit Spielkameraden. So glücklich, so unbeschwert. Ganz anders als ich. Mein Herz liegt schwer in meiner Brust. Ich muss schlucken, als das Haus in Sicht kommt, das vor Kurzem noch mein Heim war. Das Zimmer im Frauenhaus erscheint dagegen wie ein dreckiges Kellerloch. Es ist jedoch alles, was ich im Moment habe.

Nur eine Zwischenstation, sage ich mir zum tausendsten Mal. Es wird schon bald vorbei sein.

»Wir sind da«, sagt Sandra, eine Mitarbeiterin des Frauenhauses. Ich nicke knapp und öffne die Beifahrertür. Natürlich klebt der alte Peterson von gegenüber am Fenster. Ich recke den Mittelfinger in seine Richtung, bevor ich mich umwende und die Stufen zur Haustür hinaufsteige. In meiner Hand klappern die Schlüssel.

Sandra folgt mir. »Hast du viel Zeug?«

Ich grinse schief. »Es werden schon einige Taschen sein.«

»Der Kofferraum ist groß genug.«

Ich schließe die Haustür auf und als ich eintrete, erwarte ich fast, dass Robert mit geballten Fäusten aus dem Wohnzimmer stürmt. Natürlich ist das Haus leer. Es war abgesprochen, dass ich heute meine Sachen hole. Dennoch habe ich auf Begleitung bestanden. Ich bekomme einfach Roberts von Hass verzerrtes Gesicht nicht mehr aus dem Sinn. Es verfolgt mich bis in meine Träume, sodass ich mehrmals in der Nacht schweißgebadet erwache.

Ich habe das Bedürfnis, wie immer meine Schuhe auszuziehen, kämpfe es jedoch nieder. Wir gehen nach oben. Ich war oft allein zu Hause, während Robert noch bei der Arbeit war, dennoch ist es nun anders. Die Atmosphäre hat sich geändert. Das Haus umfängt mich nicht mehr mit liebevollen Armen, sondern ist kalt und abweisend. Ich bin ein Fremdkörper, gehöre nicht länger hierher.

Als ich das Schlafzimmer betrete, verharre ich mitten in der Bewegung. Ein kleiner, überraschter Laut kommt über meine Lippen, irgendwas zwischen einem Lachen und einem Schluchzen.

Die Türen meines Kleiderschrankes stehen offen, der Inhalt ist auf dem Boden verteilt. Genau zu meinen Füßen liegt das gelbe Sommerkleid, das ich letztes Jahr so gern getragen habe. Ich erinnere mich noch an jenen lauen Abend, an dem Robert und ich auf der Terrasse gesessen und Cocktails geschlürft haben, wie seine Hand über mein nacktes Bein nach oben wanderte, wie jenes Funkeln in seine Augen trat.

Ich hebe das Kleid auf. Es ist zerschnitten. Stofffetzen hängen herab, lassen mich an Fred Feuerstein denken.

»Ach du Scheiße.« Sandra seufzt. »Ich nehme an, das sind deine.«

»Wessen sonst?«

Kopfschüttelnd sieht sie sich um. »Wir sollten die Polizei rufen und Anzeige erstatten.«

Ich schüttle den Kopf, wische mir über die Augenwinkel.

»Sicher?«, fragt sie. »Könnte bei der Scheidung vielleicht hilfreich sein.«

»Meinst du?«

Sie zuckt mit den Schultern. »Keine Ahnung, aber schaden kann es nicht, oder?«

Sie sieht mich mitfühlend an und ich hasse es. Nun bin ich letztendlich doch das Opfer. Ich bin die arme Frau, die von ihrem Mann geschlagen wird.

Sandra tritt einen Schritt beiseite, um zu telefonieren. Ich durchschreite vorsichtig den Raum und betrachte die sich vor mir ausbreitende Zerstörung. Robert hat ganze Arbeit geleistet. Jedes einzelne Kleidungsstück ist zerschnitten. Selbst vor meiner Unterwäsche hat er nicht haltgemacht. Äußerlich bleibe ich ruhig, will mir vor Sandra keine Blöße geben. Dabei möchte ich mich nur noch in eine Ecke verkriechen und heulen.

Ich atme tief durch und schaue, vermutlich zum letzten Mal, auf die Straße hinaus, die einst meine Heimat war. Auf die hübschen Häuser, die beschaulichen Gärten mit Schaukeln und noch abgedeckten Sandkästen. Eine schöne Gegend, um Kinder großzuziehen. Eine Gegend, von der ich mich jetzt verabschieden werde.

Ich bedaure es und gleichzeitig weiß ich, dass es die richtige Entscheidung ist. Ab jetzt werde ich wieder meinen eigenen Weg gehen. Ich freue mich schon auf den Tag, an dem man mir bei der Abschlussfeier meine Masterurkunde überreichen wird. Ich sehe mich auf der Bühne stehen, wunderschön und stolz auf meine Leistung.

Ein Auto nähert sich. Ich erkenne es, noch bevor es auf die Auffahrt der Nachbarn einbiegt. Die Fahrertür geht auf und als ich Paula sehe, ist es, als würde sich ein Schalter in meinem Kopf umlegen. Ich wirble herum, fliege die Treppe hinab und reiße die Haustür auf.

»Du!«

Mein Schrei lässt Paula herumfahren. Ihre Augen weiten sich. »Beatrice, was -«

Meine ausgestreckten Hände stoßen gegen ihre Brust. Sie gibt einen erstickten Laut von sich, stolpert über die Stufen und stürzt in das ungepflegte Blumenbeet.

»Wie kannst du noch in den Spiegel schauen?« Meine Stimme überschlägt sich.

»Beatrice, ich … es tut mir leid.«

Paula sieht schlimm aus, mindestens um zehn Jahre gealtert. Die Tränensäcke unter ihren Augen hängen schwer herab.

»Du bist ein widerwärtiger Mensch!« Ich will ihr die Haare ausreißen, ihr die Augen auskratzen, will so lange auf ihr Gesicht eintreten, bis es nur noch eine Ruine ist.

Sandra schiebt sich zwischen uns. »Beatrice, bitte! Beruhige dich!«

Sie packt mich an den Schultern, schiebt mich weg.

Ich schreie, spucke Gift und Galle. »Du mieses Stück! Das wird dir noch leidtun!«

Paula rappelt sich auf, flüchtet ins Haus und knallt die Tür zu.

Auf der Straße lässt Sandra mich endlich los. Ich ringe nach Luft, starre Paulas Haustür an, als könnte ich sie allein Kraft meiner Gedanken in Flammen aufgehen lassen.

»Beatrice!«

Mein Kopf ruckt zu Sandra herum. Mir wird bewusst, dass sie schon mehrmals meinen Namen genannt hat.

»Verdammt!«, stößt sie aus. »Was war denn das?«

Noch immer hält sie mich an den Oberarmen fest. Ich weiche zurück, löse mich aus ihrem Griff.

»Nein, das … schon gut.« Ich atme tief durch, straffe meine Schultern. »Das war nichts. Nur eine alte Rechnung.«

»Aha?« Sie sieht mich zweifelnd an. »Und das hat rein gar nichts mit dem Vorfall von letzter Woche zu tun?«

»Nein, definitiv nicht.«

Ihr durchdringender Blick weicht nicht von mir und ich werde zunehmend nervös, spüre geradezu, wie sich die Nachbarn hinter den Fenstern scharen und uns beobachten.

»Eine alte Sache«, wiederhole ich, »über die ich wirklich nicht sprechen will.«

Sandra sieht mich noch einige Sekunden durchdringend an, dann seufzt sie. »Gut, wie du meinst. Aber falls du doch etwas zurückhältst: Dir ist schon klar, dass du damit die Ermittlungen behinderst und dich strafbar machst, oder?«

»Ich halte nichts zurück«, sage ich und stoße ein Lachen aus, das selbst in meinen Ohren hysterisch klingt. Ich wirble auf dem Absatz herum und eile zu meinem ehemaligen Heim zurück.

»Komm«, rufe ich Sandra über die Schulter zu. »Mal schauen, ob Robert auch meine Lehrbücher zerschnitten hat.«

PAULA

Dienstag, 21.03.

Beklommen steige ich die Stufen hinauf. Meine Schritte hallen unangenehm laut im Treppenhaus wider. Ich war hier noch nie und irgendwie kommt es mir vor, als würde ich unerlaubt in das Refugium meiner Tochter eindringen.

Über mir öffnet sich eine Wohnungstür und als ich den letzten Absatz erreiche und nach oben schaue, sehe ich Finja in der halb geöffneten Tür stehen. Ihre Augen weiten sich, dann presst sie die Lippen aufeinander und strafft den Rücken.

»Mama, was willst du denn hier?«

»Mit dir reden. Darf ich?« Ich deute in das Innere der Wohnung.

»Ich weiß nicht, ist schließlich nicht meine Wohnung und Luca ist nicht da.«

»Ich bin deine Mutter. Er wird sicherlich nichts dagegen haben.«

Finja scheint, mit sich zu ringen.

»Bitte«, sage ich. »Ich möchte nur kurz nach dir schauen. Wir haben uns seit deiner Vernehmung nicht mehr gesehen. Das ist nicht richtig. Du bist noch ein Kind und nach all dem, was passiert ist … Ich mache mir Sorgen um dich. Komm nach Hause, ja?«

Sie verdreht die Augen, tritt schließlich beiseite und hält die Tür auf. »Lass uns drinnen weitersprechen. Aber nur kurz, okay? Ich will gleich noch los.«

»Wohin denn?«

»Zu Papa.« Sie schließt hinter mir die Tür. Schmerz huscht über ihre Züge und trifft mich mitten ins Herz. Ich bin für ihr Leid verantwortlich, für ihre Sorge um ihren Vater.

»Ach, Finni, die Ärzte hätten sich längst gemeldet, wenn er inzwischen aufgewacht wäre.«

Sie sieht mich an. In ihrem Blick liegt etwas Suchendes. Worte scheinen, im Raum zu schweben. Ungesagte Worte und allein ihre Existenz schnürt mir die Kehle zu. Plötzlich ist da ein Gebirge. Noch ist es klein, aber ich spüre, wie sich die ersten Spitzen zwischen mir und meiner Tochter in die Höhe recken.

Sie ahnt es, denke ich. Sie ahnt es, aber genau wie die Polizei hat sie keine Beweise.

»Das wird schon wieder«, murmle ich und tätschle unbeholfen ihre Schulter.

Sie rührt sich nicht, sieht mich nur mit diesem seltsam kalten Blick an. »Meinst du?«

»Ja, natürlich! Die Ärzte bekommen das schon hin.«

»Willst du das überhaupt?«

Ich zucke zusammen, starre meine Tochter fassungslos an. »Was ist das für eine Frage? Natürlich will ich das! Ich liebe deinen Vater.«

»Natürlich.« Sie nickt langsam, verschränkt jedoch die Arme vor der Brust.

BEATRICE

Freitag, 24.03.

Die Märzsonne strahlt vom Himmel herab und tut ihr Bestes, um den Winter zu vertreiben. Der Rasen vor dem Gebäude wird von unzähligen lila Tupfen gesprenkelt. An den Bäumen sprießen die jungen Blätter.

Ich löse mich vom Anblick des Fensters und atme tief durch. Meine Finger kribbeln, als ob sie eingeschlafen wären. Immer wieder balle ich meine Hände zu Fäusten und öffne sie, um dieses Gefühl loszuwerden. Vergeblich.

Ich schließe die Augen, um mich zu sammeln. Eine Hand legt sich auf meine und ich zucke zusammen.

»Alles wird gut.« Simone Schramm, meine Scheidungsanwältin, lächelt mir aufmunternd zu. »Sie müssen ihn bloß daran erinnern. Alles andere regle ich.«

Ich erwidere ihr Lächeln halbherzig, während mein Puls rast, als hätte ich einen Marathon hinter mir.

Frau Schramm lehnt sich vor. »Und Sie wollen mir wirklich nicht verraten, was Sie gegen ihn in der Hand haben?«

»Besser nicht.«

Schritte nähern sich der geschlossenen Tür, dann wird sie aufgerissen. Ein distinguierter Herr mit randloser Brille nickt uns zu. Hinter ihm erhasche ich einen Blick auf Robert und …

Mein Herz stolpert, als ich die schlanke Frau sehe, zu der Robert sich hinab beugt und sie innig küsst.

»Bin gleich wieder bei dir, Darling«, sagt er.

Sie lächelt, wirft einen kurzen Blick in den Raum und auf mich. Ein abschätziges Lächeln kräuselt ihre Lippen.

Robert betritt den Raum und erfüllt ihn sofort mit seiner Präsenz. Ein strahlendes Lächeln liegt auf seinen Zügen, als er mir gegenüber Platz nimmt. Sein Blick trieft vor Herablassung.

Es folgt eine knappe Begrüßung, dann entnimmt Roberts Anwalt seinem Aktenkoffer einen Stapel Papiere und knallt sie auf den Tisch.

Robert grinst. »Du wirst nicht einen Cent erhalten, du gierige Hexe. So ein Ehevertrag ist schon eine feine Sache, insbesondere, wenn die Braut ihn derart bereitwillig unterzeichnet hat.«

Ich spüre, wie mir die Röte ins Gesicht steigt. Inzwischen schäme ich mich für meine damalige Leichtgläubigkeit. Robert hatte mir den Vertrag vorgelegt und erklärt, dies sei nur eine unwichtige Formalie, ich solle rasch unterschreiben. Als ich stattdessen zu lesen begann, drängte er, weil er für uns einen Tisch im Kieler Kaufmann reserviert hatte. Um ihn nicht zu verärgern, habe ich unterzeichnet.

»Dieses Dokument ist uns bekannt«, sagt Frau Schramm. Sie holt mehrere Blätter aus der vor ihr liegenden roten Mappe und will sie dem gegnerischen Anwalt reichen. »Dies ist unser Gegenvorschlag.«

»Wir lehnen ab.« Roberts Anwalt lächelt süffisant und verschränkt die Arme vor der Brust.

Frau Schramm lächelt ebenfalls und legt die Blätter in die Mitte des Tisches. »Sie sollten sich das Angebot wirklich ansehen.«

Ich bin so nervös, dass ich meine schweißnassen Hände permanent an meiner Hose abwische.

Robert schürzt die Lippen und sieht nicht Frau Schramm, sondern mich an. »Wir sind nur hier, um die Formalien abzuarbeiten. Unser Ehevertrag ist hieb- und stichfest. Ich verstehe ohnehin nicht, weshalb du auf diesem Treffen bestanden hast. Oder willst du mir mit deinem Speckbauch demonstrieren, dass du vollends in Beates Fußstapfen treten willst?«

»Herr Neuweiler, meine Mandantin möchte -«, beginnt Frau Schramm, wird jedoch von Robert unterbrochen.

»Mir egal, was sie will. In fünf Minuten sind wir wieder draußen.«

Meine Anwältin legt den Kopf schräg. »Da sind wir tatsächlich einer Meinung. Viel länger dürften wir nicht brauchen.«

Siegesgewiss lächelt sie Robert an und zum ersten Mal, seit er den Raum betreten hat, scheint seine Selbstsicherheit zu schwanken. Sein Blick huscht zwischen mir und Frau Schramm hin und her. Ich genieße es.

Ich lehne mich vor und flüstere: »Du solltest dir den Vorschlag wirklich ansehen.« Mein Herz pumpt, dennoch kann ich nicht länger schweigen. Dies hier ist der Moment, in dem ich Robert endlich sein überhebliches Maul stopfen kann.

Er schnaubt. »Das werde ich ganz bestimmt nicht«.

Ich lächle bloß. Seine Augenbrauen ziehen sich zusammen, er reckt das Kinn noch ein wenig weiter vor. Dennoch wirkt er verunsichert.

»Darling«, beginne ich, »hast du da nicht etwas vergessen?«

Er presst die Lippen aufeinander. Ich lasse mir Zeit und bedenke meinen baldigen Exmann mit einem sehr langen Blick. Schließlich sage ich: »Wenn die Sache mit Paula an die Öffentlichkeit käme ... Deine Praxis wäre dahin. Dein Ruf wäre vernichtet. Mir wäre es eine Freude, deinen Untergang zu verfolgen. Ob meine Aussage wohl ausreicht, um dich ins Gefängnis zu bringen?«

Sein Anwalt wirft ihm einen fragenden Blick zu, während Frau Schramm zufrieden die Arme vor der Brust verschränkt.

»Bisher habe ich es niemandem erzählt«, sage ich. »Auch meiner Anwältin nicht, keine Sorge. Aber ob das so bleibt ... Ich schlage vor, du schaust ganz unverbindlich in mein Gegenangebot rein. Danach kannst du entscheiden, wie es weitergehen soll.«

Robert starrt mich an und kann offenbar nicht fassen, dass ich diese Karte wirklich gegen ihn ausspiele.

Ich lache auf. »Oder um es anders zu formulieren: Dieses Mal wirst du derjenige sein, der äußerst bereitwillig unterzeichnet.«

Roberts Augenbrauen ziehen sich zusammen. Die Überraschung schwindet und statt ihrer treten Hass und Verachtung in seinen Blick.

»Du hässliche, kleine Kröte!« Mit zu Schlitzen verengten Augen beugt er sich vor. »Du glaubst wirklich, du hättest gewonnen, oder? Nun, jetzt erst recht. Ich werde dich so fertigmachen, dass du dir wünschst, mir niemals begegnet zu sein.«

Ich lache auf. »Das wünsche ich mir jetzt schon.«

Seine Kiefer sind derart angespannt, dass ich mir einbilde, seine Zähne knirschen zu hören. Innerlich vor Wut brodelnd sitzt er vor mir, starrt mich hasserfüllt an und kann doch nichts gegen mich ausrichten.

Ich erhebe mich und schaue ihm direkt in die blassblauen Augen. Früher bin ich stets zurückgewichen, kaum dass ich auch nur den kleinsten Hauch von Unmut aus seiner Richtung verspürt habe. Selbst jetzt zittern mir die Knie, dennoch zwinge ich mich, seinem Blick standzuhalten. Er ist bloß ein kleines, manipulatives Arschloch.

»Plustere dich ruhig auf«, flüstere ich. »Das hast du schon immer gern getan. Und wenn du dann zur Vernunft gekommen bist: Dort liegt der Stift.«

ROBERT

Freitag, 24.03.

»Komm mit«, belle ich.

Juli zuckt zusammen. Ihre hochhackigen Schuhe klackern über das Linoleum des Flures.

»Was ist passiert?«, fragt sie.

Ich gebe ein Schnaufen von mir und beschleunige meine Schritte, sodass sie Mühe hat, mir zu folgen.

»Das wird diesem Miststück noch leidtun!«, knurre ich. Wir erreichen den Fahrstuhl und ich hämmere auf den Knopf. Im selben Moment kommen Beatrice und ihre Anwaltsschnepfe aus dem Besprechungszimmer. Sie lachen, schütteln sich die Hände, als würden sie sich gegenseitig beglückwünschen. Mein eigener Anwalt steht mit ausdrucksloser Miene daneben.

Ich brülle: »Das ist noch nicht vorbei!«

Beatrice wendet sich mir zu, grinst und hebt eine Hand, um mir zuzuwinken.

Mit einem Pling gleiten die Fahrstuhltüren auseinander. Ich recke den Mittelfinger in die Höhe und trete ein.

Während wir ins Erdgeschoss hinabfahren, sagt keiner von uns ein Wort. Juli leckt sich nervös über die Lippen. Erst als wir draußen sind, gelingt es mir, meine Gesichtszüge einigermaßen zu entspannen. Ich wende mich meiner neuen Freundin zu.

»Entschuldige, Darling. Ich bin bloß so aufgebracht, weil die Verhandlungen nicht ganz so gelaufen sind, wie ich es mir vorgestellt habe.«

Ich lächle, doch es fühlt sich wie ein Zähnefletschen an und Julis flackerndem Blick nach zu urteilen, sieht es auch so aus.

»Entschuldige.« Ich tätschle ihr die Schulter. »Gib mir ein paar Minuten, dann bin ich wieder ich selbst.«

»Was ist denn passiert?«, fragt Juli.

Das kapierst du ohnehin nicht, denke ich. »Darüber möchte ich im Moment nicht sprechen, in Ordnung?«

Wir gehen zu meinem geparkten Mercedes. Als wir uns hineinsetzen, lehnt sich Juli zu mir herüber und greift in meinen Schritt.

»Ich würde dir gern helfen, dich wieder zu entspannen«, raunt sie und lächelt mich dümmlich an.

Ich schlage ihre Hand beiseite. »Nein.«

Der Motor erwacht zum Leben und ich lenke das Fahrzeug auf die Straße, fädle mich in den fließenden Verkehr ein.

Juli hat die Arme vor der Brust verschränkt und die Unterlippe vorgeschoben, sieht mich jedoch nicht an, sondern blickt starr geradeaus. Ich werde ihr nachher ein bisschen Honig ums Maul schmieren müssen, damit sie wieder guter Laune ist, aber im Moment habe ich einfach keinen Nerv dafür. Ich kann nur noch an Beatrice denken, an dieses überhebliche Grinsen.

»Fuck!«, brülle ich und schlage mit der flachen Hand auf das Lenkrad ein. »Fuck! Fuck! Fuck!«

Juli sieht mich mit großen Augen an.

Ich kann immer noch nicht fassen, wie das alles passieren konnte, kann nicht glauben, dass Beatrice es tatsächlich gewagt hat, sich gegen mich zu erheben. Hatte ich ihr nicht alles gegeben? Ein großes Haus, tolle Kleider, das beste Essen. Die geplante PID war doch nun wirklich keine große Sache, eine Tochter hätte sie später auch noch haben können. Ich fasse es nicht, dass sie sich deshalb scheiden lassen will.

»Fuck!« Ich schlage erneut gegen das Lenkrad und stelle befriedigt fest, dass Juli ängstlich von mir abrückt. Noch besser wäre es, wenn Beatrice jetzt neben mir säße. Ich würde ihr dieses stupide Grienen aus dem Gesicht wischen.

Und das alles nur, weil diese hirnamputierte Paula alles ihrem Mann erzählen musste. Wenn dieser Trottel nicht gewesen wäre, hätte alles ruhig und gemächlich weiterlaufen können. Aber nein, diese unfähige Frau hat es nicht einmal hinbekommen, ihren bierbäuchigen Stubenhocker ruhig zu halten. Alles hat sie zerstört. Alles!

Meine Fäuste umschließen das Lenkrad und ich stelle mir vor, es wäre Paulas Hals. Sie ist dafür verantwortlich, dass ich mich in dieser beschissenen Lage befinde. Es geht mir nicht allein um das Geld, das Beatrice nun von mir verlangt. Vor allem geht es mir um die Demütigung. Paula hat dafür gesorgt, dass Beatrice auf mich herabschaut, hat ihr eine Möglichkeit gegeben, mich zu erpressen. Gleichzeitig sitzt Paula wieder zu Hause, streichelt ihren schwabbeligen Bauch und lacht sich ins Fäustchen, weil sie aus der ganzen Sache so wunderbar herausgekommen ist.

»Nicht mit mir!«

Wenn ich schon Beatrice nicht zurechtstutzen kann, dann zumindest diese Möchtegern-Genetikingenieurin. Immerhin ist sie an allem schuld!

Ich könnte zur Polizei gehen, ihnen alles erzählen. Oder zur Presse. Aber damit würde ich mir ins eigene Knie schießen,

Paula würde sofort auf mich zeigen. Nein, ich kann sie nicht bloßstellen, ohne selbst die Hosen herunterzulassen.

Wieder ertappe ich mich dabei, wie ich mit den Zähnen knirsche, und ich zwinge mich, den Unterkiefer zu entspannen.

Ich biege in die Rendsburger Landstraße ein, die Häuser fliegen an mir vorbei, während es in meinem Kopf arbeitet. Plötzlich kommt mir eine Idee und ich lache auf. Aus dem Augenwinkel nehme ich wahr, wie Juli mich nervös mustert.

Ja, ich habe viel zu verlieren, wenn die ganze Sache ans Licht kommt. Paula jedoch … Wenn sich die Embryonen tatsächlich eingenistet haben, dann würde sie vermutlich alles tun, um sie zu schützen. Mit Sicherheit auch die eine oder andere nicht ganz legale PID … Und das ganz umsonst.

Ich grinse breit bei dem Gedanken, dass die Kröte mir jeden Cent wieder einbringen wird, den ich dank ihr an Beatrice verliere.

Sobald ihr Bauch sich sichtbar rundet, werde ich sie mal besuchen. Ich muss nur Geduld haben.

PAULA

Samstag, 25.03.

Das Haus ist leer. Ruhig. Tot. Auch von draußen dringt kein Laut herein. Es ist fünf Uhr morgens, die meisten Nachbarn schlafen sicherlich noch.

Nachdem ich mich die halbe Nacht unruhig hin und her gewälzt habe, kann ich nicht länger schlafen. Ich sitze auf dem Klo. Es plätschert leise, als ich in das Glas pinkle. Dann halte ich den Plastikstab einige Sekunden in den Urin, bevor ich ihn mit zittrigen Fingern auf den Rand des Waschbeckens lege und meine Hose hochziehe.

Ich starre auf das kleine Fenster des Teststäbchens. Natürlich ist noch nichts zu sehen. In der Packungsbeilage steht, dass ich drei Minuten abwarten muss. Dann hat sich entweder ein einzelner Streifen gebildet, der bezeugt, dass alle Mühen vergebens waren und sich keiner der Embryonen in meiner Gebärmutter eingenistet hat. Sollten sich jedoch zwei Streifen bilden …

Ich spüle und setze mich auf die geschlossene Toilette. Vor Nervosität kann ich kaum atmen. Die Grabesstille drückt. Ich will stampfen, schreien, irgendein Geräusch machen.

Ich denke an Sören. An die reglose Gestalt im Krankenhausbett, die geschlossenen Augen, all die Geräte.

»Sie dürfen die Hoffnung nicht aufgeben«, hatte die Ärztin gesagt.

Hoffnung worauf?

Dass Sören aufwacht oder dass er es nicht tut?

Es lief nicht immer gut in unserer Beziehung, er war oft ein Idiot. Trotzdem hat er nicht verdient, was ich ihm angetan habe.

Eine Träne rinnt über meine Wange. Ich lasse sie laufen und schon bald folgt ihr eine zweite und eine dritte.

Es ist egal, niemand ist da, der mich sehen kann. Das Haus ist leer. Ich bin allein, vermisse meine Tochter und sehne mich danach, von meinem Mann umarmt zu werden. Ich will ihn küssen, seinen Geruch einatmen, ihn an mich drücken, ganz wie früher.

Wenn er jedoch erwachen sollte … Die Hand auf meinem Bauch verkrampft sich.

Nein, das darf nicht passieren. Noch nicht. In neun Monaten vielleicht, besser noch später, in ein paar Jahren.

Stumm heulend sitze ich auf dem geschlossenen Klodeckel und schäme mich für meine Gedanken, trotzdem bete ich dafür, dass Sören noch lange im Koma liegt.

Vielleicht macht es ohnehin keinen Unterschied, ob Sören bald erwacht oder nicht. Ich habe den Hass in Beatrice' Blick gesehen. Allerdings: Wenn sie von meinen Taten wüsste, hätte sie es doch längst der Polizei erzählt, oder?

Es steht jedoch mehr als meine eigene Freiheit auf dem Spiel.

Finja …

Eine Verzweiflung, die so fundamental ist, dass sie mir den Atem abschnürt, ballt sich in meiner Brust zusammen.

»Finni …« Sie hat auf keine einzige meiner zahllosen Nachrichten reagiert, hat jeden Anruf abgeblockt.

Noch ist nicht alles verloren, sage ich mir. Zeit heilt alle Wunden und wenn ich es oft genug beteure, glaubt Finja mir vielleicht eines Tages, dass es doch nur ein Unfall war. Immerhin bin ich ihre Mutter und das Band zu seinen Eltern kann man nicht einfach so kappen. Ich muss ihr nur Zeit geben.

Mein Blick kehrt zum Schwangerschaftstest zurück. Die drei Minuten sind noch nicht rum, bisher ist nur ein Streifen zu sehen. Oder bildet sich dort gerade der Schatten eines zweiten?

Meine Hand streicht über meinen Bauch. Was wird Finja wohl denken, wenn ich tatsächlich schwanger bin? Sicherlich wird sie annehmen, dass dies der Grund unseres Streits war, was ja im Prinzip auch der Wahrheit entspricht. Wie gern würde ich Finja alles erklären, doch ich darf nicht die Zukunft meiner Ungeborenen riskieren. Finja ist zu jung, um zu verstehen, wie tief sich ein unerfüllter Kinderwunsch in die Seele eines Menschen fressen kann. Sie könnte es nicht nachvollziehen. Was, wenn sie mich verraten würde? Was wird aus meinen Ungeborenen?

Ich habe das Gefühl, dass sich aus dem Schatten heraus unzählige Pistolenmündungen auf mich richten. Finja ist nur eine von vielen, die mich in den Abgrund stoßen könnten.

Was passiert, wenn Sören eines Tages erwacht? Oder wenn sich Beatrice entschließt, der Polizei doch die Wahrheit zu sagen? Ich verstehe ohnehin nicht, weshalb sie bisher geschwiegen hat. Sie könnte Roberts Karriere zerstören. Gäbe es eine süßere Rache?

Was ist mit Robert selbst? Wie oft habe ich abends zum erleuchteten Fenster des Nachbarhauses geblickt und mich gefragt, wann ich wieder von ihm hören werde. Robert ist nicht der Mensch, der eine solche Sache einfach auf sich beruhen lässt.

Bebend atme ich tief ein und aus, versuche, mich zu beruhigen, schaue nach dem Schwangerschaftstest.

Ich schnappe nach Luft.

Ein zweiter Streifen.

NACHWORT

Es ist vollbracht. Wunschkynd ist fertig. Und da du, lieber Leser, dir sogar die Zeit nimmst, durch das Nachwort zu schmökern, hoffe ich, dass dir dieses Buch gefallen hat. Immer wieder hört man, dass selbst gestandene Autoren nervös sind, wenn sie ein neues Buch herausbringen. Ich fühle mich also in guter Gesellschaft, während ich nägelkauend an meinem Schreibtisch sitze und mich frage, wie das Buch angekommen ist. Ich wünsche mir zufriedene Leser, die nicht nur eine spannende Geschichte gefunden haben, sondern sich auch für die unterschiedlichen Facetten von Wunschkynd begeistern konnten.

Die Idee zu Wunschkynd beruht auf dem Gedanken, eine Geschichte zu schreiben, in der Genetic Editing eine zentrale Rolle spielt. Ich habe ein Faible für neue Technologien und vor allem für deren Auswirkungen auf unsere Gesellschaft und auf den Einzelnen. Ich wollte jedoch keinen Thriller schreiben, in dem es um eine globale Verschwörung geht. Es sollte persönlich werden. Es sollte eine Geschichte sein, die theoretisch nebenan passieren könnte.

Genetik war zwar ein Bestandteil meines Studiums, ich bin jedoch keine Expertin. Mein Wissen über Genetic Editing habe ich mir zunächst ganz gemütlich über Dokus, später durch stundenlange Recherche und das Lesen diverser wissenschaftlicher Publikationen angeeignet. Ich bin so akribisch vorgegangen, als plane ich, eine Abschlussarbeit zu diesem Thema zu verfassen, dennoch kann es sein, dass mir Fehler unterlaufen sind.

Auf Grundlage dieser Recherche habe ich mir anschließend überlegt, wie unsere Zukunft mit dieser Technologie aussehen könnte. Hierbei habe ich mir natürlich vieles ausgedacht, anderes entspricht weitgehend der Realität.

Zum Beispiel das MALARI-Projekt: Die Bill und Melinda Gates-Stiftung will die veränderten Mücken spätestens bis 2029 in Afrika aussetzen. Schon jetzt sind viele Gelder geflossen.

Design-Rinder gibt es (meines Wissens) derzeit nicht. Allerdings gehe ich stark davon aus, dass irgendwo auf dem Globus Menschen sitzen, die schon mit diesem Gedanken spielen.

Es stimmt, dass geschätzt 99% aller erblich bedingten Migräneerkrankungen auf eine Mutation auf dem Chromosom 1 zurückzuführen sind. Im Jahr 2005 entdeckte ein Team der Schmerzklinik Kiel und des Instituts für Humangenetik der Universität Bonn/Köln diese Veränderung, welche zu einer Störung der Erregbarkeit der Nervenzellen führt.

Ob Überlegungen unternommen werden, inwieweit man Genetic Editing zur Reparatur des Chromosoms 1 nutzen kann, ist mir nicht bekannt. Allerdings glaube ich, dass man ohnehin eher auf eine PID zurückgreifen würde.

Da wir auch gerade an diesem Punkt sind: Eine PID-Liste gibt es derzeit nicht. Allerdings werden derzeit weitläufige Diskussionen darüber geführt, die auch Bereiche wie Diskriminierungsverbot und ethische Verantwortung streifen.

Ich habe Migräne übrigens nicht ohne Grund ausgewählt. Zum einen, weil es leichter ist, über Dinge zu schreiben, die man kennt. Und mit Migräne kenne ich mich leider sehr gut aus.

Vor allem wollte ich aber eine Erbkrankheit ins Zentrum stellen, bei der es fraglich ist, ob sie den Einsatz von Genetic Editing rechtfertigt. Bei tödlichen Krankheiten wie ALS oder Huntington fällt die Beantwortung leicht. Aber Migräne?
An dieser Stelle noch ein Wort an alle Migräniker dort draußen: Gebt nicht auf! Paula mag zwar kapituliert haben, doch das muss nicht sein. Ich selbst habe extrem unter Migräne gelitten, hatte Verschiedenstes ausprobiert, doch nichts davon hat geholfen. Dann habe ich irgendwann einen Osteopathen aufgesucht. Und siehe da! Innerhalb eines Jahres schrumpfte diese lebensbestimmende Krankheit zu einer Randnotiz.

Übrigens: Falls du wissen möchtest, wie es mit meinem nächsten Buch vorangeht, hierfür biete ich meinen kostenlosen Newsletter an, zu finden unter *www.annalenadiel.de.* Wenn du mich außerdem unterstützen möchtest, dann freue ich mich über eine Bewertung auf einem der gängigen Portale, wie Hugendubel, Thalia, Lovelybooks, Amazon etc. Als Selfpublisherin, ohne Verlag im Rücken, sind Rezensionen besonders wichtig für mich.
Zum Schluss ist es mir eine besondere Freude, mich bei all jenen zu bedanken, ohne deren Mitwirken Wunschkynd niemals in seine jetzige Form gefunden hätte.

An allererster Stelle möchte ich hier meine gute Freundin Alica erwähnen. Als Testleserin hat sie als Erste das Manuskript in der Hand gehabt und maßgeblichen Einfluss auf die Geschichte genommen. Zudem fand ich bei ihr stets eine zweite Meinung, wenn ich beim Schreiben und Überarbeiten ins Stocken geriet. Und als ob das alles nicht genug wäre, erklärte sie sich auch noch dazu bereit, vor der Veröffentlichung ein letztes Mal durch das Manuskript zu gehen. Alica, du hast definitiv etwas gut bei mir!

Aber auch Thore, Rickert und Rike möchte ich nicht unerwähnt lassen. Ihre Meinungen und Kommentare sind ebenfalls in Wunschkynd mit eingeflossen.

Des Weiteren gilt mein Dank natürlich auch meiner Lektorin Jessica Weber und ihrem unbestechlichen Gespür fürs Detail. Es ist der Wahnsinn, was ihr alles aufgefallen ist.

Vielen Dank auch an meinen Coverdesigner Torsten für seine tollen Ideen und seine Geduld mit meinem Wankelmut, als es an die Wahl des finalen Covers ging.

Auch vielen Dank an meinen Mann Slava, ohne den ich niemals die Möglichkeit gehabt hätte, dieses Buch zu schreiben.

Vielen Dank euch allen!

Über die Autorin

Anna Lena Diel, geboren 1986, studierte in Kiel Agrarwissenschaften und vertiefte sich in Umweltwissenschaften. Im Anschluss arbeitete sie als freiberufliche Biologin. Inzwischen hat sie nicht nur zahllose Laufkäfer bestimmt, sondern auch (vergeblich) versucht, im Raum Schleswig-Flensburg die seltene Birkenmaus nachzuweisen. Das Schreiben von Geschichten war schon immer Teil ihres Lebens. Bisher hat sie drei Romane veröffentlicht. Weitere sind in Vorbereitung.

Weitere Infos unter:
www.annalenadiel.de

Autorenphoto: T. Faust, Faust-photowork

Noch mehr Spannung von Anna Lena Diel

Betäubter Wille

Kriminalroman

ISBN: 9783966984126
344 Seiten
Paperback

Der erste Fall für Arthur Morgenroth

In einer Kieler Wohnung wird die Leiche eines jungen Neurowissenschaftlers aufgefunden. An der Wand prangt das blutrote Symbol von Liberty of Mind, einer gewaltbereiten Gruppierung, die sich offen gegen das exzessive und mittlerweile in allen Bevölkerungsschichten alltägliche Gehirndoping ausspricht.
Obwohl Kriminalkommissar Arthur Morgenroth gerade erst in den Dienst zurückgekehrt ist, nimmt er die Ermittlungen auf. Schon bald wird dieser Fall für ihn nicht nur zu einer beruflichen, sondern auch zu einer persönlichen Bewährungsprobe.

Deutschland im Jahr 2036

Homo Digitalis

Roman

ISBN: 978-3967410518
448 Seiten
Paperback

Wie weit würdest du gehen, um dein Kind zu retten?

Die Diagnose „Gehirntumor“ bei der achtjährigen Esme reißt Oskars Welt aus dem Gleichgewicht. Trotz fortschrittlicher medizinischer Versorgung ist ihr Tod unausweichlich. Hilfe verspricht der Platz in einem Sanktuarium. Eine Einrichtung, die einen unterbrechungsfreien Aufenthalt in der virtuellen Welt der zweiten Realität ermöglicht. Aber die Behandlung ist unerschwinglich für die Familie und brächte ohnehin nur etwas Zeit, aber keine Heilung.
Oskar setzt alle Hebel in Bewegung und stößt auf eine revolutionäre Möglichkeit. Eine Chance, Esme zu retten – und sie gleichermaßen zu verlieren.